KB070799

굽이치는
대양의 선율

손정모 장편소설

청어

굽이치는 대양의 선율

손정모 지음

발행처 · 도서출판 **청어**
발행인 · 이영철
영 업 · 이동호
홍 보 · 최윤영
기 획 · 천성래 | 이용희
편 집 · 방세화
디자인 · 김바라 | 서경아
제작부장 · 공병한
인 쇄 · 두리터

등 록 · 1999년 5월 3일
(제321-3210000251001999000063호)

1판 1쇄 인쇄 · 2016년 9월 1일
1판 1쇄 발행 · 2016년 9월 10일

주소 · 서울특별시 서초구 효령로55길 45-8
대표전화 · 586-0477
팩시밀리 · 586-0478

홈페이지 · www.chungeobook.com
E-mail · ppi20@hanmail.net
ISBN · 979-11-5860-429-5 (03810)

이 도서의 국립중앙도서관 출판시도서목록(CIP)은 서지정보유통지원시스템 홈페이지
(http://seoji.nl.go.kr)와 국가자료공동목록시스템(http://www.nl.go.kr/kolisnet)에서
이용하실 수 있습니다.(CIP제어번호: CIP2016018695)

굽이치는
대양의 선율

차 례

굽이치는
대양의 선율

1. 해무를 꿰뚫고

해무가 하도 짙어서 암흑의 수렁에 어선이 통째로 함몰된 느낌이다. 선교(船橋) 내의 전자 기기들만 깜박거리며 안타까운 숨결로 빛살을 내뿜는다. 위성 항법 장치는 서경 165도 북위 10도 부근임을 알려준다. 시각은 새벽 2시를 갓 넘긴 시점이다. 레이더와 위성 항법 장치만으로 뱃길을 더듬어 나갈 따름이다. 안개가 하도 들끓어 내뻗은 팔의 손등조차 안 보일 지경이다. 우주가 온통 암흑의 미궁에 휩싸여 고통으로 번민하며 보채는 듯하다. 우주에서조차 돌파할 길이 없는 난관이 아득히 드리워진 느낌마저 내풍긴다.

4시간씩 서는 당직의 종료 시각은 새벽 4시다. 아직도 2시간을 힘들여 폴리네시아(Polynesia) 수로를 헤쳐 나가야 한다. 자정부터 새벽 4시까지는 원래 2항사가 선교를 맡아야 한다. 해무라는 악천후를 만났기에 1항사인 내가 대신 배를 조종하는 중이다.

너울에 이어 한밤중에 해무가 짙게 낄 무렵부터였다. 20년 전에 페스카마호에서 살해된 큰아버지의 처참한 얼굴이 밀려들곤 했다. 사진으로만 봤던 영상인데 실물처럼 모습을 드러내는 듯하여 가슴이 섬뜩해진다. 해무에 큰아버지의 시린 한이 담긴 것은 아닌지 의아스러울 지경이다. 큰아버지가 숨진 사모아 해역과도 연결된 수로이기에 더욱 가슴이 시리다.

내가 은성호(銀星號)를 탄 지도 벌써 2년째에 접어든다. 선장을 도와 배를 모는 27살의 1등 항해사다. 선장과 2항사와 더불어 교대로 당직을 서며 배를 모는 중이다. 기관원과 조타수와 나를 제외한 22명의 선원들이 단잠에 빠져 있으리라. 1년 연하인 2항사(2등 항해사)의 탐구적인 눈빛이 문득 떠오른다. 바다 자체를 연구 대상으로 여기는 그가 내겐 친밀하게 여겨진다.

그런데 주기적으로 밀려드는 너울의 느낌이 영 달갑지가 않다. 너울이 밀려들 때마다 선체의 진동이 심하다. 배가 좌우로 15도씩 비틀려댄다. 타라와(Tarawa) 관측소에서 보내 준 기상도의 저기압 골이 수상하게 여겨진다. 저기압의 골짜기가 폴리네시아 수로의 동쪽인 라인(Line) 제도에 깔려 있다. 북위 6도의 팔미라(Palmyra) 섬에서부터 남위 1도의 자르비스(Jarvis) 섬까지 내뻗친다. 라인 제도를 향해 해풍이 시시때때로 눈을 부라리며 달려든다. 그 영향 탓으로 폴리네시아 수로에 수시로 너울이 절벽처럼 치솟는다.

기우뚱기우뚱 배가 흔들리는 모습이 내면에까지 불안감을 증식시키는 느낌이다. 부산의 해양대학교를 졸업하고 취업할 무렵이었다. 상선을 타느냐 어선을 타느냐? 여기에 대한 생각으로 한동안 신경을 썼다. 그리하여 큰어머니의 소망을 염두에 두고는 어선을 타기로 했다. '극동해운(極東海運)'이란 원양 어업 회사의 참치 잡이 어선을 타기로 했다. 은성호가 두릿그물을 써서 참치를 건져 올리는 250톤짜리의 원양 어선이다.

투우웅퉁! 퉁투우퉁!
선체에 와 닿는 물소리가 예사롭지 않다. 강철로 축조되고 유선형으로 다듬어진 배인데도 물의 저항을 만나면 힘들어진다. 선체의 곳곳에 전달되는 힘의 위세가 이만저만이 아니다. 배가 옆으로만 일렁대는 것이 아니다. 앞뒤로도 기울어졌다가 떠오르고 대각선 방향으로도 곤두박질쳤다가 치솟기도 한다. 선실의 사물함이나 옷장이나 탁자들의 다리도 단단히 결박된 상태다.
'새벽 시간에 나 혼자서만 토사물에 휘감긴 말미잘처럼 버둥대다니? 일단은 저기압의 골짜기인 폴리네시아 수로를 잘 빠져 나가야만 해. 틀림없이 별다른 일은 생기지 않을 거야. 암, 그렇고말고.'
자기 암시로 스스로의 신념을 강화하면서 전자 기기들을 주시한다. 레이더로는 1마일 이내에는 전혀 장애물이 보이지 않는다. 따라서 불의의 선박 충돌 사고도 없을 거라는 얘기다. 해무로 인하여 전혀 앞이 보이지 않음에도 레이더가 길을 밝힌다. 수로의 폭은 500m에 달하여 해상 장애물이라곤 보이지 않는다. 캄캄한 밤의 공간을 헤어나가는 은성호의 항속은 5노트로로 설정해 놓았다. 평균 속도의 1/3에 해당되는 속도다.

반복적인 흔들림을 갖춘 어둠 속의 항해이기에 기묘한 느낌이 전해진다. 기묘한 느낌에 접속되어 올해 2월 초순의 일이 머릿속으로 밀려든다. 석 달간의 원양 항해를 마치고 고향인 매물도에서 머물 때였다. 사방에는 동백꽃들이 만발하여 나날이 고운 자태로 출렁이는 때이기도 했다. 통영에서 남동쪽 방향의 뱃길로 30킬로미터 거리에 매물도가 놓여 있다. 매물도를 비롯한 남해의 섬 지역 곳곳이 동백꽃으로 만발할 때였다.

저녁 무렵에 어머니와 내가 사는 집으로 사람들이 다가들었다. 먼 거리에서는 누구인지 궁금하여 잠자코 지켜만 봤다. 그러다가 거리가 가까워지자 큰어머니와 그녀의 딸인 정하임이 드러났다. 정하는 3살 연상인 나의 사촌 누나이다. 큰아버지는 1996년의 선상 반란 사건으로 태평양에서 살해되었다. 당시의 큰아버지는 36살의 기관원(기관실 담당 기술자)이었다. 그때의 나는 초등학교에 입학하기 직전인 7살의 유치원생이었다. 또한 정하는 초등학교 3학년에 재학 중인 때였다.

세월이 흘러 큰어머니는 46살이며 정하는 30살이다. 어머니는 큰어머니보다 한 살 아래인 45살이다. 아버지는 내가 고등학교 1학년이었을 때에 해난사고로 세상을 떠났다. 마을 사람들 15명이 함께 무리를 지어 남서해로 조기잡이를 나갔다. 그러다가 돌발적으로 발생된 풍랑에 휘말려 어선들이 죄다 전복되었다. 그때 마을 사람들 15명에 포함되어 아버지도 이승을 하직했다. 당시의 나는 통영에서 하숙을 하며 고등학교를 다녔다.

그러다가 내가 부산의 해양대학교에 입학하면서부터 어머니로부터도 독립하게 되었다. 마당을 거쳐 큰어머니와 누나를 거실로 안내했다. 거실 탁자 둘레로 어머니와 나 및 누나와 큰어머니가 둘러앉았다. 이때 어머니가 먼저 입을 열었다.

"형님이 이처럼 섬을 찾아 주시니 무척 고마워요. 정하도 멋진 처녀가 되었구나."

말을 마치자마자 어머니는 냄비를 식탁에 올리더니 뚜껑을 열었다. 뚜껑이 열리자 냄비에서 뜨거운 열기가 거실로 내리 퍼졌다. 어머니가 일행을 향해 말을 이었다.

"마을에서 오늘 산 꼬막을 삶았어요. 이것을 까서 장에 찍어 먹으면 별미거든요. 자, 다들 함께 들도록 해요."

꼬막이 냄비에 수북이 담겨 있었다. 어머니가 시범을 보이자 일행도 꼬막을 까서 먹기 시작했다. 갓 삶은 꼬막은 미각에 고유한 맛을 안겨 주었다. 섬에서 줄곧 자랐던 나도 꼬막만 대하면 정신을 잃을 지경이었다. 그만큼 맛이 구수하면서 입에 착착 감기는 여운을 안겨 주었다. 꼬막이 식탁에 펼쳐지자 분위기가 한없이 정겨운 방향으로 흐르는 느낌이었다. 이때 큰어머니가 어머니에게 말했다.

"설마 이것으로 식사를 대신하는 것은 아니겠지? 나는 꼬막은 꼬막대로 먹고 밥은 밥대로 먹어야 돼, 알겠지? 뱃속에 아무래도 허기진 귀신이 사는 모양이야."

어머니가 활짝 웃으면서 곧바로 응답했다.

"형님이 귀한 발걸음을 하셨는데 식사가 문제이겠어요? 뭐든 말씀만 하세요. 역량이 된다면 다 구해 드릴게요."

꼬막 냄비가 연이어 식탁에 오르고 분위기는 한결 정감을 자아내었다. 남편인 큰아버지와 사별하고는 딸인 정하만을 키우고 산 큰어머니였다. 세상의 유혹에 흔들리지 않고 가정을 돈독히 지켜 낸 큰어머니였다. 그런 여인이 무엇이 아쉬워 매물도까지 찾아왔겠는가? 당시의 내게도 큰어머니의 내방이 무척 궁금하게 여겨졌다.

'혹시 집 평수를 늘리려고 돈을 빌리러 왔을까? 그렇다면 누나랑 함께 올 필요까지는 없지 않았을까?'

쿵쿵쿵! 쿵쿠웅쿵!

뱃전에 부딪는 파도 소리만이 밤의 적막을 걷어낼 따름이다. 레이더에는 여전히 장애물이라곤 잡히지 않는다. 이제 배는 라인(Line) 제도의 워싱턴(Washington) 섬을 지나 남쪽으로 내달린다. 워싱턴 섬 남쪽의 북위 4도 위치에 패닝(Faning) 섬이 있다. 서경 160도, 북위 4도 언저리에 있는 섬은 별천지인 세상이다. 태풍에 휘몰려 긴급 피난으로 들어섰던 적이 있던 곳이었다.

패닝 섬은 한 마디로 별천지로 여겨졌다. 둘레가 50킬로미터로 에워싸인 기다란 섬의 내부가 바다로 된 곳이었다. 내부 바다의 최장 길이가 15킬로미터, 최단 길이가 6킬로미터에 달했다. 태평양을 기다란 둑으로 에워싸서 인위적으로 만든 느낌마저 들 지경이었다. 주변에는 야자수가 우거진 밀림이 발달되었고 군데군데 백사장이 펼쳐져 있었다. 누가 봐도 천혜의 비경이라 느껴질 만한 별천지였다.

얼마나 절경이었던지 긴급 피난의 상황마저도 망각할 뻔했다. 태풍에 내몰려 섬 내부의 바다에 들어가자마자 날씨마저도 순간적으로 달라졌다. 거기에는 태풍마저도 진입하지 못함을 느꼈다. 섬 내부의 바다로 드나드는 유일한 출구는 서쪽에 있었다. 폭이 230미터인 천연적인 출입구가 딱 한 곳에 있을 따름이었다. 그때 긴급 피난 대열에 들어있었던 사람들은 저마다 탄성을 터뜨렸다. 세상에는 정말 신선들이나 살 만한 별천지가 있음을 확연히 깨달았다.

지금의 은성호에서 패닝 섬을 아는 사람은 나밖에 없는 상태다. 낮이라면 그 빼어난 풍광을 소개시키고도 싶은데 안타깝게 느껴질 따름이다.

올 2월 초순에 큰어머니와 누나가 매물도를 방문했을 때다. 그녀들과 어머니와 내가 거실의 식탁에 둘러앉았을 때다. 꼬막을 비롯한 음식을 먹고 화기애애한 분위기에 접어들었다. 그때 나는 큰어머니와 누나가 할 말이 무엇이겠는지를 분석하고 있었다. 하지만 저녁이 되어 헤어질 무렵까지도 별다른 얘기가 없었다. 그러다가 사립문을 나서기 직전에 큰어머니의 목소리가 다소 낮아졌다. 나는 슬쩍 어머니의 눈치를 살피며 큰어머니를 바라보았다.

큰어머니가 내게로 다가오더니 정색을 하고 말했다.

"네 큰아버지가 죽은 시점이 1996년 8월 2일 새벽이거든. 그 당시의 조선족 난동자들의 신문(訊問) 과정에서 밝혀졌던 부분이야. 새벽 4시 40분경에 칼에 찔려 바다에 던져졌다고 하더구나. 너의 배에 모녀가 타서 네 큰아버지의 영혼을 위로하고 싶어. 사망 당일의 동일한 해상으로 나와 누나를 데려다 주겠니? 이왕이면 시점도 사망 당일의 시각과 같았으면 좋겠어. 너무 어려운 부탁이라 입이 안 떨어져서 지금에야 말하게 되었어."

나는 힘들게 말하는 큰어머니의 처지를 충분히 이해했다. 큰어머니가 나였더라면 더 절박하게 부탁했으리라 여겨졌다. 그래서 가슴으로 알싸한 정감이 밀려들어 최대한 성의를 다해 응답했다.

"알겠습니다. 그 정도라면 염려하지 마세요. 회사의 어선이 어렵다면 사모아 섬의 어선을 빌려서라도 해 드릴게요. 때가 되면 제가 연락하겠습니다."

내 말에 큰어머니와 누나가 감동한 표정으로 멍하니 나를 응시했다. 오히려 내가 쑥스러운 표정으로 큰어머니와 누나를 매물도의 선착장까지 배웅했다. 어머니도 나와 함께 그녀들을 배웅하러 선착장까지 갔다. 이윽고 통영행 여객선이 도착하자 큰어머니와 누나는 배에 올랐다. 그러고는 여운을 남기며 매물도를 떠났다.

폴리네시아 수로에 형성된 해무가 좀처럼 걷히지 않는다. 선교의 통유리 앞에는 아무것도 눈에 띄지 않는다. 오로지 하얀 해무만 두껍게 뒤덮였을 따름이다. 레이더가 아니고서는 도저히 배를 움직일 수조차 없는 상황이다. 설혹 장애물이 나타났다고 하더라도 망원경을 써도 식별하기는 불가능한 상태다. 하지만 레이더의 화면에는 일체의 장애물이라고는 잡히지 않는다.

문득 선장인 40살의 신갑태(申甲泰)가 머릿속으로 밀려든다. 경남 산청이 고향인 그는 내가 졸업한 해양대학교의 선배이기도 하다. 그래서 선장과는 처음 만나자마자 쉽게 친해졌다. 술자리에서 통성명을 한 뒤로는 내게 말을 놓는다. 배에서 유일하게 내게 말을 놓는 사람이다. 생각해 보니 나처럼 고향이 섬인 사람도 드문 편이다.

그는 여태껏 마음에 드는 여인을 만나지 못했기에 미혼이라고 밝힌다. 마음에 드는 여인을 만나면 언제든 결혼하겠다고 말한다. 하지만 대다수의 사람들은 선장의 기준이 까다로울 것으로 여긴다. 그래서 선장에게 중매를 해 주려는 사람들이 없다. 나부터도 일체 선장에겐 중매해 주고 싶지 않다. 중매해서 연분이 닿으면 좋지만 그렇지 않으면 역효과가 생기리라 여겨진다. 그래서 좋은 게 좋다고 일체 개입할 생각이 없다.

쿠쿠쿵 촤르르르!

뱃전에 와 닿는 파도의 음향이 사뭇 달라졌다. 파도가 저항하는 강도가 더욱 커졌음을 의미한다. 파도의 힘이 강하면 프로펠러와 방향키에 휩쓸리는 압력에 신경이 쓰인다. 여기에 관련하여 투발루(Tuvalu) 푸나푸티(Funafuti) 관측소에서 보낸 기상도가 모니터에 뜬다. 저기압의 골이 더욱 깊게 팬 상태다. 저기압의 길이는 패닝 섬을 지나 자르비스(Jarvis) 섬까지 이어져 있다.

선속을 더욱 낮춰야 되겠다는 생각이 든다. 배의 안전이 절대적으로 중요하고 조업하지 못하는 상황임을 헤아린다. 그래서 배의 속도를 3노트로 맞추고 천천히 남쪽으로 항해한다. 15노트 속도였다면 금세 통과해 버렸을 폴리네시아 수로였다.

새들에게도 빼어난 탐지 감각이 있음을 때때로 깨닫게 된다. 절대로 새들이 태풍에 휩쓸려 떼죽음을 당하는 경우가 없기 때문이다. 이들에게는 인간으로서는 범접하기 어려운 예리한 탐지 본능이 있다고 여겨진다. 하다못해 산사태가 일어나더라도 산짐승들이 깔려 죽지는 않는 법이다. 예지 능력으로 인하여 산짐승들이 사전에 대피하기 때문이다.

큰어머니와 사촌 누나가 2월 초에 매물도로 다녀간 뒷날이었다. 사촌 누나가 휴대전화를 통하여 문자 메시지를 내게 보냈다. 세상에서 내게 누나라고는 사촌 누나밖에 없는 처지다. 그래서 마음속으로도 사촌 누나를 그냥 누나로 여기기로 한다.

그 날 이후로 메시지를 통해 누나는 간혹 마음을 전했다. 누나도 여태껏 마음에 드는 사람을 찾지 못했다고 밝혔다. 누나는 제약 연구소의 당당한 연구원이었다. 연구를 하다 보면 많은 사람들과 접촉하기 마련이었다. 그럼에도 마음에 드는 남자를 만나지 못했다고 불평을 해대곤 했다. 어떨 때엔 내게 얼굴 사진을 보내기도 했다. 사춘기 때도 아닌 성인의 시점이라 웃으면서 사진을 보고 넘겼다. 그랬는데 어느 날부터는 사진으로 주변 사람들에게 소개시키라는 뜻으로 여겨졌다. 이런 생각이 들면서부터 누나의 메일을 받는 것이 유쾌하지 않았다.

배가 앞뒤로 흔들리는 빈도가 점차 커지는 느낌이 든다. 한낮이라면 빛살에 따른 바다의 정경이 확연하게 느껴질 터다. 하지만 해무에 뒤덮인 밤중이라 배의 불빛마저 해무에 묻혀 버린다. 마치 옛날이야기 속의 막막한 공간을 헤쳐 나가는 기분마저 든다.

아버지의 형제는 둘이었다. 큰아버지와 아버지의 둘이었다. 큰아버지는 조선족에게 살해되어 태평양에 던져졌다. 아버지는 남서해에서 조기를 잡다가 풍랑을 맞아 어선이 뒤집혀져 사망했다. 어쨌든 형제 둘이 바다에서 목숨을 잃게 되었다. 아버지의 후손인 내가 해양대학교를 지원하자 어머니가 처음에는 강력하게 반대했다. 뱃사람들의 대다수가 물에서 죽으리라는 점 때문이었다. 큰아버지와 아버지에 이어서 아들마저 수장시키고 싶지 않다는 생각 때문이었다.

그래서 며칠간을 어머니와 대화를 나누어 어머니의 동의를 구했다. 힘들게 동의를 한 이후로는 내 삶을 적극적으로 격려했다. 매물

18

도에서 경작하는 논이라고는 거의 없었다. 고작 밭의 경작과 갯벌의 어패류 채취가 생계의 근원이었다. 아버지가 살아 있을 때엔 생계가 쪼들리지는 않았다. 아버지가 세상을 떠나면서부터는 생계의 영위가 어려워졌다. 나는 공부에 매달리느라고 일에 신경을 쓰지 못했다. 초기에만 어머니 혼자서 밭에 씨앗을 뿌려 채소를 가꾸었다.

틈틈이 마을 어민들의 해산물을 갈무리하는 데에도 거들어 수익을 올렸다. 마을 사람들도 혼자 지내는 부녀들을 많이 배려해 주었다. 그리하여 때로는 남자 대신으로 어선에 승선시키기도 했다.

시계를 들여다본다. 새벽 3시를 갓 넘어서고 있다. 얼마만큼 항해했는지 해도를 살펴본다. 한 시간 동안 팔미라 섬에서 패닝 섬까지 이동했다. 북위 6도에서 북위 4도까지의 거리를 고작 움직였을 따름이다. 시야가 식별 불가능한 상태에서 이만큼이라도 이동한 것은 커다란 성과다. 해무에 대한 체험이 없었다면 항해하기 어려운 상황이기도 하다. 배는 패닝 섬 서쪽을 경유하여 남쪽으로 흘러간다.

선경 같은 별천지를 그냥 지나가려니 마음이 너무나 허전하다. 하지만 250톤짜리의 선박을 패닝 섬의 내해로 옮기는 일은 무리하다. 처음부터 예정된 일도 아니다. 설혹 계획이 변경되었다고 해도 섬 내해의 수심이 염려스럽게 느껴진다. 수심이 얕은 내해의 일부에는 양식 어구가 배열되어 있었기 때문이다. 패닝 섬의 풍광은 넋을 잃을 지경으로 빼어난 것이 사실이다.

'이처럼 아름다운 절경을 감상하지도 못하고 지나야 하다니? 나는 한 번이라도 봐서 괜찮지만 못 본 사람들은 어떻겠는가?'

다만 시야가 차단되었을 따름이지 배의 흔들림만으로도 맑은 물결이 느껴진다. 상당히 맑은 물결이 뱃전으로 밀려들었다가 빠져나가는 느낌이 든다. 부유물이 덜 섞인 물의 무게는 상대적으로 적게 나간다. 그러기에 뱃전을 때리는 파도의 소리도 상대적으로 부드럽다.

까르르꽝! 까르르꽈앙!

한밤중의 밤이 너무 길다는 생각이 절실하게 느껴진다. 대다수의 사람들은 자는데도 내가 깨어 있다고 생각하니 외로움이 치솟는다.

'내가 외로운가? 진실로 내 마음이 외로운가?'

누구를 향해서도 아닌 상태로 그대로 고개를 끄떡이게 된다. 외로움을 떠올리자 수향(水鄕)의 얼굴이 밀려든다. 나와 2년째 연인으로 지내던 작년 8월의 일이었다.

지질자원연구원의 연구원이던 수향이었다. 나보다 한 살 연하였던 25살의 수향이었다. 가야산의 지질층을 조사하고 하산하던 길에 산사태를 만났다. 연구원 7명을 태운 버스가 가야산을 막 벗어난 뒤였다. 닷새간 줄기차게 쏟아진 폭우로 인근 야산의 흙더미가 무더기로 흘러내렸다. 야산의 좁은 차도를 지나던 순간에 버스가 거대한 흙더미에 내리깔렸다. 흙더미가 덮치는 충격으로 버스가 계곡으로 굴러 내렸다. 그리하여 탑승자 8명 전원이 사망했다.

그 날 이후로 내 마음에서는 연정의 문이 닫히고 말았다. 수향이 아닌 여인에게는 시선조차 주고 싶지 않다. 그런 마음의 굴레에서 언제쯤 벗어날지는 기약하기 어려운 상태다. 분명한 것은 수향만큼 매력을 갖춘 여인은 쉽지 않으리라 여겨진다. 그리움이 고갈된 마음에서는 새로운 불길이 일기는 어려우리라 여겨진다.

패닝 섬을 지나가면서 내 가슴이 한없이 공허해지기만 한다. 패닝 섬이 아무리 절경이라도 함께 바라볼 연인이 없지 않은가? 연인이라? 그리움을 자아내는 애인이라?

단어만 떠올리는 데에도 눈시울 가득 눈물이 치솟는다. 어쩌다 내게는 그리운 사람과 함께할 시간마저 주어지지 않는 걸까? 광대무변한 천상의 신과 대자연의 배려를 받지 못할 운명으로 태어났을까? 만약 그렇다면 우주가 너무 불공평하다는 생각이 든다. 어떤 사람들은 90세까지 동고동락을 한다고 매스컴에 보도되지 않았던가?

'아, 그런데 나는? 내 소중한 수향의 골분은 그녀의 고향 산자락에 뿌려지고 말았다. 연인을 잃은 느낌은 우주를 송두리째 잃은 것과 뭐가 다르겠어? 산다고 하여 그만큼의 의미도 없는 거라면? 내가 지나는 해무의 끝자락에서 수향의 얼굴을 볼 수만 있다면?'

나는 잠시 주먹을 움켜쥔 채 통유리를 바라본다.

'이런 제기랄! 평소에는 통유리가 얼굴을 비추는 거울의 역할도 했잖은가? 하지만 지금은 해무에 뒤덮여 세상이 온통 먹통이 되고 말았어.'

나는 단절감에 몸을 떨며 보이지 않는 앞을 멍하니 바라본다.

2. 아침의 공간으로

 시야가 해무로 인하여 절벽처럼 차단되었지만 약간씩 밝아지는 느낌이 전해진다. 심산계곡을 흐르듯 상념의 물결이 흘러든다. 세상에서는 돌멩이 하나조차 자유롭지 못하다는 생각에 휘감긴다. 돌멩이가 떠내려가 바다에 이르면 해저에 사막의 모래처럼 쌓일 것이다. 해저에 쇄설물이 쌓이면 수압과 지각의 압력으로 다져지리라. 그러다가 지열에 녹아 마그마가 되면 지표면으로 돌출하여 화산을 이루리라. 화산의 바위 층이 풍우에 분쇄되다가 다시 돌멩이가 되기에 이르리라. 돌멩이로 되돌아 선 시점까지 걸린 세월의 잔해가 무엇을 의미할까?
 미물 하나조차도 가만히 있지 못하는 운명이라면 어떻게 해야 할까? 점차 머리가 무거워져 옴을 느끼면서도 레이더의 움직임을 주시한다. 여전히 세상은 해무에 뒤덮였기에 나는 시력을 상실한 소경 신세다.

혼자 선교를 맡은 상태라 배를 둘러보러 갑판으로도 나가지 못한다. 사고란 항상 방심할 때에 일어난다고 하지 않았는가? 오랜만에 갑판에 나가서 맑은 바람을 쐬고 싶어도 참아야 한다. 배를 타는 자체가 새로운 왕국을 지키는 것과 같음을 느낀다.

문득 선망선에 올라탔던 초창기 시절의 일들이 의식 속으로 흘러든다. 2.5킬로미터에 이르는 그물을 원형으로 수면에 펼치는 일은 상쾌하다. 5~10분이 그물을 펼치는 데 소요된다. 배의 뒤에 실려 있던 보트가 바다에 떠서 고정된다. 보트를 기점으로 선망선이 2.5킬로미터 길이의 그물을 원형으로 펼친다. 그물이 수직으로 드리워지는 깊이는 300미터 깊이에 이른다. 그물 아래의 죔줄을 죔줄 윈치로 감으면 참치는 그물에 갇힌다. 그물을 끌어올려 잡은 참치는 배의 냉동 어창에 채운다.

강력한 힘을 가진 양망기와 권양기의 동력 탓에 조업이 가능하다. 줄을 끌어올리고 그물을 끌어당기는 힘에서 세찬 기류를 느끼게 된다. 하늘의 새들로 친다면 고공을 나는 상태에 비유되리라 여겨진다.

위성 항법 장치의 지도를 봐도 배는 잘 흘러가고 있다. 혼자서 지키는 밤의 공간이 참으로 많은 생각을 갖게 한다. 내가 산사태로 연인의 골분을 그녀의 고향 산기슭에 뿌린 날이었다. 세상이 너무나 허무하여 도무지 마음을 기댈 때가 없었다. 이때에는 어머니마저도 전혀 정신적인 도움이 되지 못했다. 내면의 아픔은 스스로의 노력에 의해서만 극복이 가능하리라 여겨졌다.

거대한 어선에 올라 항해할 때에는 마음을 푸는 연습을 한다. 우주의 끝자락에까지 마음을 풀어 날리기로 한다. 봄철의 매화 향기는 다른 꽃들보다 강력한 터다. 추운 날씨를 극복하여 향기를 피워 올리는 탓이라 여겨진다. 매화를 대할 때면 수향의 얼굴이 머릿속으로 진하게 밀려든다. 삶에 있어서 사별의 아픔이란 경험하지 말아야 할 요소라 여겨진다.

당직할 때에는 자유롭게 갑판으로 나서지 못하는 것이 고통스럽게 느껴진다. 머릿속이 혼란해지거나 공허해지면 산책만큼 좋은 것이 없는 탓이다. 대전 유성 단지의 지질자원연구원의 연구원으로서 성실하게 일하던 그녀였다. 그녀와 2년간을 사귀면서 내 마음이 그녀에게 매혹되었던 요소들이 있다.

첫째 요소가 평온함이었다. 어느 경우에서건 그녀를 만날 때면 나에게 평온감이 느껴졌다. 아무리 마음이 심란하고 괴로울 때라도 그녀만 대하면 마음이 포근해졌다. 그녀가 지닌 평온함의 근원은 그윽한 미소에 있다고 여겨졌다. 두 번째의 요소는 그녀 자신마저도 망각한 듯한 초연함이었다.

살아오면서 숱한 사람들을 대했지만 그녀만큼 명확한 개성이 느껴지지 않았다. 수향의 개성은 밤중에도 눈에 띌 만한 요소라 여겨졌다. 눈에 보이건 보이지 않건 간에 당당하면서도 아름다운 매력이라고 여겨졌다. 외모는 수수하되 그 자체로 부드러움의 인상으로 느껴졌다. 하여간 수향을 대하면 봄철의 매화 향기 같은 청순한 매력을 느꼈다. 그랬는데 이제 다시는 그녀를 볼 수가 없다니? 세상에 태어난 아무런 의미도 없다고 여겨질 때가 더러 생긴다. 대자연이 수향만 되돌려 준다면 내 목숨까지도 내놓을 수 있으리라.

생각에 잠겼으면서도 레이더를 주시하고 있을 때다. 선교 출입문이 열리면서 선장의 목소리가 밀려든다. 40살의 선장이 나를 향해 활짝 웃으며 말한다.

"해무가 지독하네. 조금 전까지는 거울 속의 내 얼굴도 안 보였거든. 이제는 네 얼굴이 보여. 밤새 정말 수고 많았어."

선장의 말에 시계를 들여다보니 새벽 3시 50분이다. 아직 교대할 시각이 10분이 남은 시점이다. 내가 얼른 응답한다.

"선장님, 잘 주무셨어요? 지금까지 해무를 제외하고는 별다른 일은 없었어요."

그러고는 선장에게 보완적인 설명을 보태었다. 해무가 끼기 시작한 시각은 밤 11시를 갓 넘긴 시점이었다. 그 지점은 폴리네시아 수로의 북단이었으며 바다에는 저기압이 발달한 상태였다. 저기압 지대로 밀려드는 해풍 탓에 은성호가 바다에서 떠밀리기 시작했다. 속도는 느렸지만 풍압이 드센 바람이 불기 시작했다. 그래서 밤새 은성호가 폴리네시아 수로를 타고 남하했다고 들려준다.

내게서 보고를 들은 뒤다. 선장이 흡족한 표정으로 입을 열었다.

"좋았어. 위성 지도를 보니 배가 자르비스(Jarvis) 섬을 막 통과하고 있네. 서경 160도, 남위1도 지점이라? 라인 제도의 남단인 곳이잖아? 이제부터 내가 맡을 테니 선실로 들어가 봐. 정말 수고했어."

선장에게 업무를 인계할 무렵이다. 배가 자르비스 섬을 통과하자마자 해무가 눈에 띄게 걷히기 시작한다. 어디선가 강한 해풍이 밀려드는 모양이다. 해풍이 포효하며 달려들자 해무가 신속히 꼬리를 말고 스러지기 시작한다. 시야가 점차 10미터, 20미터, 50미터의 거리까지 확확 열리기 시작한다. 인계할 무렵에 해무가 풀려서 다행이라 여겨진다. 나는 선장에게 인사를 하고는 선교 출입문을 빠져 나온다.

갑판에 들어서서 마스트를 올려다본다. 밤새 어둠에 저항하던 선박등(船舶燈)이 강렬한 불빛을 토해 낸다. 해무가 아무리 선박을 휘감았어도 밤새 불빛을 내쏟았을 선박등이다. 갑판에서의 움직임은 선교에서 다 관측될 터다. 그러기에 잠깐 갑판을 둘러보고는 숙소인 선실로 들어갈 작정이다.

갑판의 난간에 서서 밤새 시야를 뒤덮었던 해무를 떠올린다. 이제 시야에 들어오는 해무란 어디에도 존재하지 않는다. 존재라는 단어에 생각이 미치자 같이 졸업한 혜미가 떠오른다. 해양생물과를 졸업하고 함께 1년간 원양 어선을 탄 뒤였다. 산야가 알록달록한 단풍의 색채로 휘감기던 9월 하순경이었다. 나와 동갑인 혜미가 당시에 26살의 나이로 내게 제안했다.

"석 달간 배를 탔더니 속이 메스껍고 지겨워 죽겠어. 나랑 같이 동해의 해변으로 바람을 쐬러 같이 가지 않겠니?"

당시의 나는 2년간 사귀었던 수향을 산사태로 잃은 상태였다. 수향과 사별한 때가 8월이었으니 그로부터 1개월이 지난 시점이었다. 수향과 사별한 이후에는 세상의 여자들이 지구를 다 떠난 느낌이었다. 혜미가 동해 여행을 제안했어도 심드렁한 상태였다. 내게도 갇혀 있는 세계보다는 신선한 공기의 흡입이 더 필요했다. 그래서 별다른 생각이 없이 혜미와 여행을 나섰다.

모든 여행 일정은 그녀의 방식에 따랐다. 차도 그녀가 몰았고 관광지 선택이나 음식점도 그녀가 골랐다. 나는 그저 그녀의 여행 동반자이기만 하면 되었다. 당시에 혜미의 여행 의도가 무엇이었는지 물어보지 못하고 출발했다. 그냥 속이 메스껍고 지겹다기에 따라나섰을 따름이다. 내게도 수향에 대한 상실감으로 세상이 온통 암흑에 묻힌 기분이었다. 그래서 내게도 어디로든 달려가고픈 충동이 생겼을지도 모를 일이었다.

그녀가 모는 차가 강릉에 들어설 무렵이었다. 그녀가 대뜸 내게 물었다.

"지난달에 수향과 사별했지? 너도 무척 가슴이 까맣게 탔겠구나. 내 경우에도 내 가슴에 구멍이 뚫렸어. 평생 나만 사랑하겠다는 성국을 친구인 민정이 가로채 가 버렸어. 양가의 식구들이 다 반대하는 혼례를 산사(山寺)에서 둘만 홀가분하게 마쳤대. 그러고는 둘이 지난주에 미국으로 유학을 떠나 버렸어. 어찌나 속이 터지고 괘씸한지 며칠간 독기를 품고 다녔어. 가만히 생각해 보니 내게 문제가 많았던 모양이야. 둘이 혼례를 올릴 정도라면 사랑했다는 소리이잖아? 나만 등신같이 성국을 신화 속의 왕자로 품고 살았잖아? 참, 생각할수록 어이가 없어서."

혜미의 얘기를 들으니 마치 60년대의 고전 영화를 보는 느낌이었다. 아닌 게 아니라 나의 관점도 혜미와 같았다. 게다가 성국은 내 친구이기도 했다. 또한 민정도 대학교 동문이기에 내가 잘 아는 처지다. 혜미의 얘기를 들으니 엉뚱하게도 속에서 웃음이 스멀스멀 흘러나오려고 한다. 그래서는 안 되는 상황인데도 내 마음이 그러니 개탄스러울 지경이다.

아마도 내 머리가 수향 때문에 크게 뒤엉킨 모양이다. 혜미가 나를 향해 말한다.

"어때? 내 얘기가 너무 재미있는 모양이지? 네 얼굴이 그렇게 말해 주는 느낌이야."

내가 얼른 표정을 바꾸며 혜미에게 말했다.

"무슨 말을 그렇게 해? 함부로 사람을 엉뚱한 방향으로 내몰지 마. 나는 그래도 엄연한 네 친구이잖아?"

혜미가 여전히 볼 부은 목소리로 내게 말했다.

"친구는 친구고 표정은 표정 아냐? 가만히 보면 네 표정이 너무 진솔하여 내가 질식할 지경이야."

그녀의 말이 너무 정확하여 화가 나기보다는 픅 웃음이 터졌다. 그래서 본의 아니게 실컷 웃고는 그녀를 향해 응답했다. 기왕이면 여행을 망치지 않게 정서를 가다듬기로 했다.

"네가 너무 웃기는 바람에 그만 웃음이 터져 나왔어. 솔직히 생각해 봐. 수향을 잃은 처지에 뭐가 좋아서 나한테서 웃음이 나오겠니? 우리, 오해는 풀고 즐거운 생각만 하고 지내기로 해. 내 말 알겠지?"

내 말에서 어느새 서러움의 정감이 슬쩍 묻어나온 모양이었다. 혜미가 즉시 표정을 바꾸면서 내게 말했다.

"춘호야, 미안해. 내가 좀 과민한 상태였나 봐. 지금부터는 내 마음을 잘 다스릴게."

여행 첫날은 경포대 해변의 횟집에서 밤을 새워 얘기를 나눴다. 회포를 풀 상대를 혜미가 기막히게 잘 골랐다는 생각이 들었다. 이야기의 처음은 각자의 목소리였는데도 이내 서로에게 호소력 있게 스며들었다. 세상의 어떤 얘기를 해도 둘의 가슴은 너무나 잘 수용했다. 이야기 같지 않은 말을 꺼내어도 금세 서로를 공감하게 만들었다. 당시의 나는 술에 취하여 때때로 머릿속으로 중얼거렸다.

'동병상련의 아픔이란 게 이처럼 서로를 연결시키는 걸까? 하지만 이해는 이해일 뿐이야. 내 가슴에 빙벽처럼 치솟은 사별의 회한은 무엇으로도 달래지 못해.'

그 이후로 사흘간을 동해의 해변을 찾아다니며 혜미와 여행을 했다. 모텔도 혜미가 잡았다. 하지만 줄곧 침대는 혜미가 쓰고 나는 방바닥에서 잠을 잤다. 어떤 날은 혜미가 자다가 방바닥으로 내려왔기에 내가 침대로 올라갔다. 하지만 묘한 그 시간이 길지는 않았다. 금세 혜미가 침대로 올라왔기에 나는 재차 방바닥으로 내려가 잠들었다. 어쨌든 혜미와 사흘간을 탈이 없이 여행을 잘 마쳤다. 알몸으로 뒤엉킬 뻔한 적도 있지만 취중에서도 자제심이 서로를 지켜 주었다. 자제심의 근원은 수향과의 사별의 회한이었다.

새벽 공기가 점차 서늘해지면서 가슴 밑바닥까지 청아하게 해 준다. 문득 머릿속으로 혜미의 행방이 궁금해진다. 더 이상은 배를 타고픈 흥미가 사라졌다고 혜미가 말했다. 그런 뒤에 대학원 진학을 해서 학자가 되겠다고 밝혔다. 당시에 나는 마음속으로 그녀의 장도를 진심으로 축원해 주었다.

서서히 머리가 어지러워지려고 한다. 잠이 부족한 탓이라 여겨진다. 그래서 곧바로 선실로 향하기로 한다. 선실은 선교 뒤쪽 칸에 가지런히 배열되어 있다. 선장의 방 옆에 내 숙소가 배정되어 있다. 나는 문을 잠그고 침상에 올라 이불을 끌어당겨 잠을 청한다. 눈을 감자마자 의식이 내풀리는 느낌이 내게도 전해진다.

선내 경보기가 식사 시간임을 알린다. 오전 7시에 선교 아래층의 식당으로 건너간다. 선장과 기관장, 기관원, 갑판장, 2항사가 눈에 띈다. 식판을 들고 밥을 푸고 반찬을 담아 일제히 식탁에 앉는다. 조리장도 함께 앉는다. 48세의 서현택(徐賢宅) 조리장이 일행을 향해 말한다.

"다들 잘 잤어요? 오늘은 바다가 무척 잔잔할 거라는 느낌이 듭니다. 보통 해무가 낀 뒷날은 날씨가 좋아지기 때문이죠."

조리장은 집이 논산에 있으며 체격이 듬직하여 중후한 느낌을 준다. 언제나 정확한 식사 시간을 유지하려 노력하는 사람이다. 조리장의 말에 선장이 응답한다.

"밤새 1항사가 애를 많이 썼어요. 해무가 잔뜩 낀 수로를 무사하게 잘 타고 내려왔더라구요."

그러자 격포가 고향인 43살의 장종수(張宗秀) 갑판장이 말을 받는다.

"대단하십니다. 앞이 송두리째 안 보였을 텐데 말입니다. 여러 번 겪었지만 해무는 끼었다 하면 2시간 이상을 뒤덮죠."

반찬으로는 쇠고기 콩나물 국물에 닭다리 찜과 고등어구이가 나왔다. 그리고 오징어 채 무침도 곁들여져 있다. 채소로는 시금치나물과 김치가 식판에 얹혀 있다. 다들 식욕이 왕성하게 식탁에서 아침 식사를 한다. 배는 자르비스 섬 남서쪽 400킬로미터 해상에서 잠시 정박한 상태. 식사가 끝나는 대로 배를 이동시킬 예정이다. 대전이 고향인 45세의 박형만(朴炯滿) 기관장이 입을 연다.

"예전에는 고등어가 무척 값이 쌌거든요. 그랬는데 등이 푸르다는 이유로 나중에는 급격히 가격이 치솟더라구요. 등 푸른 생선이 그렇게 사람한테 좋다면서요?"

기관장의 말에 속초가 고향인 26살의 진덕평(陳德平) 2항사가 끼어든다.

"설마 밤일하는 데에 좋다는 얘기는 아니겠죠? 제가 알기로는 구렁이나 뱀탕이 무척 좋다더군요."

2항사의 말에 일행이 까르르 웃음을 토하며 한 마디씩 내뱉는다.

"아하하하! 나 원 참. 몸에 좋다니까 당장 관심을 보이네."

"역시 젊은 사람은 못 말리나 봐요."

식후에 일행이 커피 한 잔씩을 마신 뒤다. 양묘기(揚錨機)가 작동되는 소리가 들리더니 선미 갑판으로 닻이 매달려 올라온다. 이윽고 배는 기관음(機關音)을 토해 내며 사모아(Samoa)를 향해 달리기 시작한다. 배는 어느새 정상적인 15노트의 속력으로 달려간다. 바다 전체로 강한 동력이 전해지는 느낌이 밀려든다.

갑판에 서서 한참 바다를 굽어볼 때다. 울산이 고향인 33살의 고상운(高祥雲) 기관원이 내게로 다가오며 말을 건넨다.

"설마 벌써부터 백파를 보려는 것은 아니죠? 뭘 그렇게 골똘히 보는지 궁금해서 나와 봤어요."

기관원은 매우 호기심이 많은 사람으로 비친다. 틈만 있으면 사람들의 대화에 끼어들기를 좋아한다. 이런 유형의 사람들에게는 별로 나의 호감이 일지 않는다. 하지만 내색하지 않으려고 표정을 누그러뜨려 응답한다.

"새벽부터 들리던 수중 울음소리의 정체가 궁금하여 굽어보고 있는 중입니다. 혹시 시력이 좋으세요?"

내 말을 듣자 상운이 활짝 웃으며 응답한다.

"항해사님도 은근히 농담을 잘 하세요. 제 시력이 좋은들 물속까지 환히 들여다보이겠어요? 그게 가능하다면 저도 참 좋겠어요. 신화 속의 용도 실제로 사는지 보고 싶거든요."

상운의 말을 듣자 느낌이 묘해진다. 신화 속의 용이라니? 도대체 어떤 종류의 신화를 말하는지 궁금하다. 그래서 내친 김에 물어본다.

"조금 전에 신화 속의 용이라고 말하셨죠? 어떤 신화를 말하는지 말씀해 주시겠어요?"

상운이 순간적으로 머쓱한 표정을 지으며 더듬거리며 반문한다.

"왜 제 표현이 잘못되었나요? 신라 문무왕이 죽어서 용이 되었다고 하잖아요? 그래서 수중에 묻어 달라고 했다고 하잖아요? 설마 모르고 제게 묻는 것은 아닐 테고 약간 이상하네요."

이번에는 내가 당혹스러워진다. 그래서 즉시에 오해를 풀려고 응답한다.

"나는 신라 시대까지 거슬러 올라가는 신화를 말할 줄은 몰랐어요. 신화에도 동양과 서양으로 나눈다면 엄청나게 많잖아요? 아무튼 나도 수중의 용을 보고 싶군요."

실제로 용이라도 찾으려는 듯 둘이 바다를 굽어본다. 예전에 흘려들었던 섬뜩한 음향의 끝자락이 잠시 생각나는 듯도 하다. 용 대신에 돌고래들이 헤엄을 치는 모습이 눈에 띈다. 혹시 지난밤에 파도 대신에 돌고래들이 선현(船舷)을 들이받았을까? 돌고래들이 배를 들이받을 만큼의 절박한 원인이 있었을까?

말 주변이 좋은 상운이 얘기를 풀어낸다. 예전의 경험으로 그의 얘기를 듣고 있으면 마음이 한없이 평온해진다. 과장이나 가식이 없는 이야기를 담담히 들려주기에 친밀감이 생긴 듯하다.

"예전에 태풍으로 은성호가 파푸아뉴기니의 포트모르즈비 항구로 대피한 적이 있어요. 태풍으로 은성호는 사흘간을 항구에 묶여 있었죠. 태풍이 불 때였으니 아마도 8월쯤 되었겠네요."

가만히 귀를 기울이면 그의 말은 너무나 자연스럽게 이어진다. 어느새 내 마음은 그의 눈빛을 쫓고 있음이 느껴진다. 그들 일행은 포트모르즈비 항구에서 입국 절차를 밟았다. 그리하여 하루 동안만 주변 지역을 구경하기로 했다. 항구에서 북동쪽으로 40킬로미터쯤 떨어진 산야에서 놀라운 새들을 구경했다.

예전에 그 어디서도 보지 못했던 새들이었다. 몸이 붉고, 노랗고, 푸르고, 흰 새들의 체장이 1미터에 달했다. 파푸아뉴기니의 정착종인 새들은 40여 종에 달하는 극락조(極樂鳥)였다. 이들이 야자수 위를 날면 하늘이 채색된 듯 물결치는 느낌이었다.

끼륵! 끼르르륵!

연신 묘한 음향을 토해 내며 하늘을 나는 극락조였다. 상장의 문양으로 쓰이던 봉황새에 가장 가까운 모습의 새들로 여겨졌다. 은성호의 선원들은 하루 종일 극락조를 구경하느라 넋이 나갈 지경이었다. 어떤 사람들은 극락조를 봉황으로 여기며 염원을 빌기까지 했다. 다른 사람들은 사진기로 새들을 촬영하느라 여념이 없었다.

눈감고 가만히 앉아 있다가도 극락조가 날면 훤히 느껴질 지경이
었다. 극락조의 날갯짓 소리가 세상을 여는 성스러운 음향으로 여
겨질 정도였다. 파푸아뉴기니에서는 극락조를 함부로 잡지 못하게
보호종으로 지정했다고 한다. 누구든 자연 상태의 극락조를 구경한
다는 것은 커다란 축복이라 생각되었다.

"혹시 그때 촬영해 둔 사진이라도 있어요? 있으면 좀 보여주세요.
과연 어떻게 생겼는지 궁금해지네요."

내 말이 끝나기도 전에 상운이 휴대전화를 꺼낸다. 이내 화면 표
시창으로 극락조의 사진들을 보여준다. 크기 확대를 하면서 사진
들을 넘겨본다. 40여 장이 극락조 사진으로 깔려 있다. 내가 보기
에도 정말 장관으로 여겨진다. 특히 하늘에 날아가는 모습이 가히
환상적인 아름다움을 자아낸다. 물에서 용을 찾으려다가 얘기 속
에서 봉황(鳳凰)을 발견한 느낌이 든다. 나도 언젠가는 거기로 가 보
고 싶어진다. 내게서 휴대전화를 건네받자 상운은 유유히 선실로
사라진다.

3. 지난한 세월

　바다의 수면이 포근함에 잠겨 간들대는 오전 8시 무렵이다. 하늘의 계단으로 올라서듯 선교 옥상에서 헬기가 하늘로 치솟는다. 선장의 이륙 명령을 받아 헬기가 꿈결을 더듬듯 해면을 더듬는다. 선박의 500미터 전방에서 백파(白波)를 찾느라고 갖은 기교로 허공에서 춤춘다. 작은 물고기 떼를 뒤쫓느라고 참치 무리들이 길길이 물살을 튕긴다. 바로 이때에 포말들이 숱한 벚꽃의 꽃잎처럼 허공으로 치솟아 나부낀다. 이런 현상이 거대한 하얀 파도로 포착되어 시야로 밀려든다. 이런 파도가 백파라는 이름으로 참치 떼들의 존재를 뱃사람들한테 알린다.

　물수리나 매가 수면 상공을 날다가 물고기를 발로 낚아채곤 한다. 치열한 생존의 방법이기에 속도와 정확성이 요구된다. 물고기의 유영 속도에 맞춰 날아 내려야만 물고기를 낚아채게 된다. 그렇지 못하면 물고기를 놓쳐 굶지 않을 수 없다. 제 때에 먹이를 섭취하지 못하면 굶어 죽을 수밖에 없다. 생존의 철칙이니 어느 생명체인들 예외가 되지 못한다.

헬기가 날아오르자 문득 헬기가 물수리나 매로 여겨진다. 매가 정밀한 시력을 갖췄다면 사람은 망원경으로 충분히 대신하게 된다. 헬기가 날아오르면 대개 15분 이내에 적합한 장소가 통신기로 연락된다. 선교의 수신기에 깜박이가 작동하면 선장이나 항해사가 수신기를 청취한다. 헬기에서 내보내는 정보를 분석하여 해당 장소로 배를 이동시키게 된다. 백파만 정확히 포착되면 참치의 수확은 90%가 확보된 것으로 여겨진다. 그만큼 백파의 포착은 참치 잡이의 결정적인 단서에 해당한다.

헬기가 상공을 흘러가며 백파를 찾을 무렵이면 머릿속의 상념도 들끓는다. 아무리 생각해 봐도 지난 3월 하순경의 일로 가슴이 암담해진다. 매물도 내 생가는 당금 마을에 속해 있다. 내 집은 마을로부터 300미터쯤 남동쪽으로 떨어진 곳에 있다. 마을은 서쪽 해안에 가깝지만 내 집은 동쪽 해안에 가깝다. 동쪽 해안에서 100여 미터 떨어진 산비탈에 세워져 있다. 생가 옆으로는 이웃이 딱 한 집이 있다. 나보다 2살 연상의 윤혜가 사는 집이다. 그녀는 초등학교의 선배이기도 하다. 하지만 2살 차이에다가 옆집이라서 어려서부터 말을 놓고 친하게 지냈다.

아버지와 윤혜의 아버지는 같은 날 해난사고로 세상을 떠났다. 남서해의 동일한 해상에서 조기를 잡다가 밀려든 너울에 배들이 전복되었다. 윤혜의 집은 윤혜와 그녀의 어머니가 식구의 전부였다. 상황이 나와 어머니처럼 비슷한 처지였다. 유사한 점으로 인하여 윤혜의 집과 내 집은 친밀하게 지냈다. 마을에서 떨어진 생가와 윤혜의 집은 동백나무 울타리로 빽빽하게 둘러싸였다. 섬을 뒤덮은 나무들도 주로 동백나무였다.

지난 3월 하순경에 윤혜가 내게 전화를 했다.

"네 어머니가 위독하셔서 내가 병원에 입원시켰어. 의사가 급히 보호자를 부르라고 하기에 내가 전화하는 중이야. 여건이 어렵더라도 신속히 와 주기를 바란다. 입원한 병원은 통영의 H병원이야. 그럼, 올 것으로 믿고 끊을게."

H병원은 H대학교 의과대학의 부속 병원이기도 하다. 나는 '극동해운'에 연락을 취하고는 비행기로 사모아에서 피지를 거쳐서 귀국했다. 병실을 찾으니 윤혜가 어머니를 돌보고 있었다. 간병인을 구하기가 어려워 윤혜가 간병을 맡고 있다고 밝혔다. 윤혜를 대하는 순간에 친남매인 듯 고마운 정감을 뭉클 느꼈다. 윤혜는 집안 사정이 어려워 중학교만 마치고는 어부가 되기로 작정했다. 그러다 보니 혼기를 놓칠 확률이 컸다. 중졸 학력인 처녀를 찾을 총각들이 별로 없으리라 여겨졌기 때문이다.

그녀의 앞가림을 하기도 바쁜 시기에 어머니를 돌보고 있다니? 나에겐 고맙기 그지없었지만 그녀의 처지를 생각하자 가슴이 쓰라렸다.

병실을 거쳐서 의사를 대면할 때였다. 40대 초반의 의사가 낭랑한 목소리로 내게 말했다.

"간암 말기예요. 암 세포가 다른 장기로 퍼졌기에 수술해도 별로 의미가 없어요. 하지만 수술받으면 6개월 정도의 수명은 연장될 겁니다. 어떻게 하시겠어요?"

설혹 어머니가 다음 날 운명하더라도 수술은 시켜야 마땅했다. 자식 된 도리로서 다른 선택의 길은 없었다. 그래서 수술 동의서에 곧바로 서명을 했다. 그러고는 회사에도 연락을 취하여 한 달간 휴직을 신청했다. 회사에서도 정황을 참작하여 내 제의를 흔쾌히 수용해 주었다. 그래서 한 달간을 윤혜와 번갈아가면서 간병을 했다. 당시에 윤혜는 내게 밝혔다.

"이웃사촌이기도 하고 존경하는 분이라서 기꺼이 간병을 맡고 싶어. 순수한 마음으로 돕고자 하는 것이지 다른 뜻은 일체 없어."

어릴 때부터 그녀의 깔끔한 성격을 아는 처지였다. 그랬기에 그녀의 말을 진솔하게 믿었다. 그런데 그녀의 처지를 떠올리자 내 마음이 불안해졌다. 어민인 시골 처녀가 이웃집이란 명분만으로 어머니를 돌보지 않았는가? 어머니의 아들인 내가 그녀를 위해 보답할 길이 뭔지 부담스러워졌다. 간병 비용이나 식대만으로는 미흡하리라는 생각이 부쩍 들었다. 어머니를 돌보는 정성이 가족 수준이었기에 크게 감동한 탓이었다. 그녀가 어머니한테 베푼 정성의 답례를 제대로 하고 싶었다. 그게 금전만으로는 부족한 듯하여 부담감이 느껴졌다.

어떻게 하여 어머니를 입원시키게 되었는지가 궁금했기에 윤혜에게 물었다. 그녀가 차분한 목소리로 내게 자초지종을 설명했다. 옆집이기에 수시로 드나들며 대화를 나누었다고 한다. 그랬는데 3월 하순부터는 얼굴에 황달기가 비치기 시작했다. 연이어 몸살기가 돈다면서 식사조차도 힘들게 한다고 여겨졌다. 이런 증상이 나흘째 지속되었을 때다. 윤혜가 일단 어머니를 통영으로 데려가 진찰을 받게 하겠다고 작정했다. 그랬는데 의사가 심각한 표정으로 윤혜한 테 보호자인지를 묻더라고 했다.

윤혜가 이웃집 사람이라고 밝히자 의사가 윤혜한테 보호자를 부르라고 말했다. 그리하여 윤혜가 밤중에 내게 전화를 했다고 밝혔다. 윤혜의 설명을 듣고 나자 더욱 윤혜가 고맙게 느껴졌다. 옆집이면서도 내가 윤혜한테 잘 해 준 일이 별로 없었다. 그랬는데도 윤혜가 나를 대신하여 어머니한테 적절한 조처를 취하지 않았던가? 당시의 내가 스스로에게 반문도 해 보았다.

'윤혜의 어머니가 며칠째 아프다고 관측되었다면 내가 병원으로 모시고 갔겠는가? 아무래도 그랬을 확률은 너무나 미약해. 무조건 윤혜가 알아서 하겠거니 여기고 외면하고 말았으리라. 그런데 어떻게 윤혜는 어머니를 통영의 병원으로 모시고 갔을까? 정말 내 단순한 머리로는 정황을 헤아리기가 너무나 어려워.'

입장을 바꿔 생각해 보니 윤혜가 너무나 고마운 사람임을 깨달았다. 단순히 이웃사촌이라는 명분만으로 적합한 조처를 취하지 않았던가? 나 자신은 물론이고 주변에도 심드렁한 나 자신이 안타깝게 비쳤다. 하지만 내 사기가 급격히 꺾인 근원은 수향과의 사별이었음이 명확했다. 수향을 잃기 전에는 나 또한 열정적인 사내였다고 자부한다. 그랬는데 마음을 지키던 버팀줄이 달아나 버리자 의식이 마비됨을 느꼈다. 그 어떤 일도 심드렁하게 여겨지곤 했다. 그렇다고는 해도 어머니에 대해서만은 상황이 다르리라고 믿는 나였다.

아버지가 세상을 떠난 고등학교 1학년 이후의 상황이었다. 아버지와 경작하던 밭은 초기의 얼마간만 일하다가 어머니는 경작을 포기했다. 여자 혼자만으로는 언덕의 밭을 갈아서 거름을 주기가 힘에 부쳤다. 소를 키우던 상태도 아니었기에 이웃에 소를 빌리기란 더욱 힘들었다. 그런 뒤에 품앗이로 갚아 나가려니 더욱 더 몸이 고단했다. 게다가 밭농사는 수지 타산이 안 맞는 중노동의 영역이었다. 그래서 부득불 어머니는 밭농사를 포기했다.

밭농사를 포기하자 생활공간은 갯벌이나 바다밖에는 없었다. 그리하여 남자들이나 타는 어선에 남자 대신으로 타겠다고 신청했다. 마을 사람들은 어머니의 처지를 이해하기에 어머니의 제안을 선선히 받아들였다. 하지만 사내들만이 타는 배에서 같이 힘을 쓰려니 많이 힘들었다. 그랬어도 힘든 기색을 보일 처지가 아니었다. 점차 몸에 피로가 쌓이면서 식욕도 급격히 떨어졌다. 어느 때에는 몸을 움직이는 것보다 식사하기가 더 힘들어졌다. 그러다가 핏줄에 영양을 실어 나르는 간에 무리가 생기기 시작했다.

간이 건강해야 피로도 신속히 풀리는 법이었다. 간이 점차 쇠약해지자 당장 얼굴에 황달기가 찾아들었다. 그러면서 점차로 어머니는 피로감에 시달려 나날이 지치던 중이었다. 이런 정황이 용케 윤혜에게 식별되어 윤혜가 병원으로 데려갔다.

휴직한 지 한 달이 지난 4월 하순경이었다. 의사가 퇴원해도 좋다는 말을 했다. 퇴원하여 매물도로 들어선 뒤였다. 어머니의 식욕은 예전 상태로 회복되었다. 얼굴에 비치던 황달기도 말끔히 걷혔다. 스스로 환자라고 밝히지 않으면 아무도 병자로 여기지 못할 지경이었다. 그만큼 건강을 되찾은 셈이었다. 윤혜한테 어머니를 자주 돌봐 달라고 부탁한 뒤였다. 나는 어머니와 작별하고는 원양 어선을 타고 바다에 들어섰다.

누구라도 퇴원 후 한 달간은 건강을 회복했다고 여길 정도였다. 그랬는데 지난 6월 중순에 어머니가 위독하다는 귀띔을 윤혜로부터 받았다. 연락을 받자마자 회사에 사유를 열거하여 2주간의 휴가를 받았다. 여태껏 그렇게 긴 휴가를 신청한 적은 없었다. 회사에서도 내 사정을 아는 터라 흔쾌히 수락했다.

2주간의 휴가를 받자 나는 곧바로 매물도의 생가를 찾았다. 그리하여 조석으로 어머니와 뒷산을 오르내리며 대화를 나누었다. 당시에 어머니는 나를 향해 기쁜 표정으로 말했다.

"내게도 이런 시간이 생겨서 너무 기뻐. 아마도 네 아버지가 나를 많이 배려해 준 것 같구나. 아들과 함께 뒷산을 함께 산책하고픈 적이 많았어. 네 아버지가 세상을 떠나고부터 내 마음이 공허했던 탓일 거야. 그랬는데 요즘 매일같이 뒷산과 밭을 산책하니 너무나 기뻐."

어머니와 산책하고 대화할 때의 상황으로는 당장 위험하지는 않으리라 여겨졌다. 2주일의 휴가가 끝난 6월 30일의 일이었다. 오후 5시까지는 통영항으로 돌아가야 할 상황이었다. 그래서 오후 4시 정각에 가방을 챙겨 집을 나설 무렵이었다. 거실에서 윤혜와 어머니와 나의 셋이서 이른 저녁 식사를 했다. 식사를 마칠 무렵이 되자 내 가슴으로 섬뜩한 기운이 느껴졌다.

'아마도 지금의 작별이 이승에서는 마지막 대면이 되겠구나. 어

머니, 잘 지내세요.'

이런 내 마음을 감추려고 하니 눈물이 마구 흘러내리려고 했다. 하지만 가까스로 마음을 추스르고는 어머니의 손을 맞잡고 차분하게 말했다.

"어머니, 어느새 회사로 돌아갈 시간이 되었네요. 제가 드린 돈으로 맛있는 것 많이 사 드세요. 어머니께 어려운 일이 생기지는 않을 테니 너무 걱정하지는 마세요. 혹여 몸이 불편하면 언제든지 윤혜를 부르세요. 그러면 윤혜가 당장 어머니를 병원으로 모실 거예요. 제가 돌아올 때까지 건강하게 잘 지내세요."

어머니가 내 말을 듣고는 고개를 끄떡였다. 그러고는 나를 배웅하기 위해 거실에서 일어나려고 하다가 주저앉으며 말했다.

"어제까지만 해도 뒷산까지 올랐는데 힘줄에 무리가 생긴 모양이야. 일어서기가 힘들어 그만 여기서 배웅할 테니 잘 다녀와. 건강하게 지내고 말이야."

눈물이 흐를 듯한 정황이었지만 입술을 깨물며 자리에서 일어섰다. 그러고는 마당으로 내려서기 직전에 어머니를 향하여 팔을 흔들어 인사했다. 내가 어머니한테 인사를 할 무렵에 윤혜는 사립문을 빠져 나갔다. 내가 이윽고 사립문을 빠져 나갔을 때다. 사립문 곁의 동백나무 울타리에서 윤혜가 나를 기다리고 있었다. 동백나무 울타리는 빽빽하고 키가 커서 밖에서는 마당이 들여다보이지 않았다. 윤혜가 나를 바라보며 말했다.

"춘호야, 네가 꼬박꼬박 어머니를 찾아와 돌봐 주어서 든든하게 여겨져. 하지만 긴급한 일이 생기면 내가 알아서 조처를 취할게. 그런데 너한테 내가 부탁을 하나 해도 되겠니?"

지체할 여유가 없어 내가 머뭇거릴 때였다. 윤혜가 나를 향해 말했다.

"통영행 여객선이 도착하려면 아직도 30분이나 남았어. 너랑 함께 선착장까지 걸어가면서 얘기할게. 그때까지 네 대답을 듣고 싶어."

나는 돌연 가슴이 무거워짐을 느꼈다. 대관절 윤혜가 무슨 부탁을 할지 예측하기가 힘들었기 때문이다. 내가 당황한 모습을 취할 때였다. 거실에서 흐느끼는 어머니의 목소리가 동백나무 울타리를 꿰뚫고 귓전으로 밀려들었다. 나는 잠시 당황하여 몸을 떨었다. 하지만 윤혜의 귀에는 어머니의 흐느끼는 목소리가 들리지 않은 모양이었다. 나는 마음속으로 갈등에 휩싸였다.

'어머니, 제가 지금 어머니한테 되돌아간다면 회사로 돌아가기는 힘들 겁니다. 원양 어선에 항해사가 승선하지 않으면 어떻게 되는지 아시겠죠? 배가 출항조차 못하게 될 거예요. 어머니, 너무 괴로워하지 마시고 잘 견디시길 빌게요. 소자는 이만 떠나갈게요. 부디 안녕히 계세요.'

내가 쏟아지려는 눈물을 추스르려고 애쓸 때다. 윤혜가 내 팔을 당기며 말했다.

"시간이 바쁘다면서 뭘 얼쩡거리고 있니? 어서 출발하자고."

윤혜의 말에 따라 나는 윤혜와 선착장을 향해 걷기 시작했다. 몇 발걸음을 옮긴 뒤였다. 윤혜가 나를 향해 나지막한 목소리로 말했다.

"다가올 8월 2일이 큰아버지가 세상을 떠난 날이라고 했지? 들으니까 네 큰어머니와 누나가 사고 해역으로 간다면서? 어떻게 회사로부터 허락은 받았니?"

내가 깜짝 놀라서 윤혜를 바라볼 때였다. 윤혜가 말을 이었다.

"네가 나한테 말하지 않은 일을 내가 얘기해서 놀랐지? 얼마 전에 네 큰어머니가 어머니한테 전화하는 얘기를 들었어."

윤혜는 나의 어머니를 그냥 어머니라고 불렀다. 마치 그녀의 어머니이기라도 한 듯. 그녀의 얘기로는 어머니의 시중을 들다가 통화하는 내용을 들었다고 밝혔다. 나로서는 의외의 일이었지만 충분히 이해가 될 만했다. 나는 잠자코 그녀의 얘기에 귀를 기울였다. 그녀도 사고 해역에 큰어머니와 함께 가고 싶다고 말했다. 그래서 나한테 부탁을 하고 싶다고 했다. 내가 의아한 눈빛으로 그녀를 바라볼 때였다. 그녀가 말을 이었다.

"내 말이 얼른 이해가 되지는 않을 거야. 나와 너의 아버지가 돌아가신 곳은 한국의 남서해였어. 하지만 내게는 바다가 연결되어 있다고 생각돼. 그래서 한국의 남서해 대신에 태평양의 사고 해역을 찾고 싶어. 너와 나의 아버지 및 네 큰아버지의 영혼까지 위로하고 싶어. 어떻게 내 말 이해하겠니?"

어머니를 돌보는 그녀의 정성을 고려하면 그녀의 부탁은 어렵지 않았다. 그래서 확신에 찬 목소리로 그녀에게 대답했다.

"좋아, 흔쾌히 들어줄게. 회사의 선박이 어렵다면 사모아의 어선을 빌려서라도 해결해 줄게."

내 대답에 대단히 만족한 모양으로 윤혜가 내 손을 맞잡았다. 그러면서 무척 기쁜 표정으로 내 눈을 들여다보며 내게 말했다.

"정말 고마워. 이처럼 쉽게 허락해 주리라고는 미처 생각지 못했어. 너는 정말 멋진 사내야."

그녀는 뭐가 그렇게 기쁜지 눈에 띄게 즐거운 기색이었다. 나랑 함께 선착장까지 걸어가는 내내 달뜬 모습이었다. 내 사소한 의견 하나가 이웃사촌을 기쁘게 해 주었다니 흐뭇했다.

이윽고 통영으로 향하는 여객선이 매물도로 들어섰다. 나를 배웅하는 윤혜에게 손을 흔들어 주자 그녀도 팔을 흔들었다. 배가 움직이기 시작하자 윤혜가 등을 돌려 그녀의 집으로 돌아갔다. 이때부터 내 마음은 어머니로 말미암아 한없이 슬퍼졌다. 나는 망망한 수평선을 바라보며 상념에 잠겼다.

'어쩌면 이승에서 어머니와의 대면은 마지막일지도 모르겠군요. 사랑하는 어머니, 정말 어머니를 만난 건 제게 엄청난 축복입니다. 바다를 떠도느라고 어머니를 제대로 모시지를 못해 너무나 가슴이 아픕니다. 제가 윤혜에게 어머니를 잘 돌봐 달라고 부탁해 놓았어요. 언제든 몸이 불편하면 윤혜에게 말하세요. 그러면 윤혜가 어머니를 모시고 통영의 병원으로 나갈 거예요. 부디 소자가 돌아올 때까지 건강하게 잘 지내세요.'

간절한 마음으로 수평선을 향해 염원을 빌었다. 예로부터 뱃사람들이 염원을 비는 상징적인 곳은 수평선이라고 들어왔다. 그랬기에 나도 수평선을 굽어보며 간절한 내 마음을 빌었다. 하도 내 마음이 간절했던지 눈시울로 눈물이 흘러내렸다. 눈물 젖은 얼굴로 이번에는 매물도를 바라보며 고개를 숙여 인사했다.

"어머니, 부디 제가 돌아올 때까지 건강하게 잘 지내세요. 천지신명님께 간절히 빌게요."

그렇게 해서 6월 30일에 통영항에서 원양 어선에 다시 올라탔다.

헬기가 북서 방향에서 돌아오는 기색이 느껴진다. 갑판에서 육안으로도 북서 방향의 백파가 훤히 감지된다. 멀리서도 엄청나게 흰빛이 바다의 수면을 가르며 쏟아졌기 때문이다. 백파가 발견되자 가슴속으로는 차가운 기류가 밀려들기 시작한다. 백파가 치솟는다는 것은 숱한 물고기들이 몰려들었다는 얘기다. 먹고 먹히는 심각한 생존 현장이 펼쳐졌음을 드러낸다. 참치들이 작은 물고기들을 잡아먹으며 희희덕거리는 것을 인간이 노리지 않는가? 저런 짧은 쾌감의 순간을 인간이 노리고 참치들을 잡아야 하다니?

어차피 선원이란 물고기를 잡아서 생계를 잇는 사람들이 아닌가? 너무나 빤한 것들도 이따금씩 마음을 괴롭힐 때가 있다. 배는 2항사인 덕평이 현재 모는 중이다. 멀리서 포말처럼 흩날리던 백파를 향해 배가 빠른 속도로 다가간다. 백파가 치솟는 50미터 반경 일대로 갈매기들이 소용돌이친다. 내가 쌍안경을 꺼내 그 장면을 바라본다. 갈매기만 바라보면 생존의 강력한 활력을 느낀다.

끼욱! 끼욱! 끼유욱!

숱한 음향을 은가루처럼 쏟아내며 갈매기들이 수면 위를 맴돈다. 그러다가 목표물인 물고기가 보이면 사정없이 수면으로 곤두박질친다. 숱한 구름송이처럼 하늘에서 맴도는 갈매기는 하늘의 백파로 여겨진다. 백파가 바다로부터 수면 상공에까지 치솟은 형상이다. 선장이 선원들을 통제하는 방송 소리가 흘러나온다.

46

"전원 투망 위치로 정렬! 전원 투망 위치로 정렬!"

방송이 울리자마자 금세 하급 선원들이 갑판으로 달려든다. 한국 선원 6명에 인도네시아 선원이 12명이다. 다들 나이가 20대 중반에 이르는 사람들이다. 키가 큰 이루(Irou)와 상체가 근육질인 아리얀티(Aryanti)가 먼저 달려온다. 둘은 서툰 한국어로 내게 인사한다.

"안녕하세요, 항사님! 좋은 날씨예요."

"항해사님, 반가워요."

나도 즉시 인도네시아어로 그들에게 응답한다.

"두 분이 선발대로 나타나셨군요. 오늘 하루도 즐거운 날이 되기를 빕니다."

인도네시아 선원들을 다스리기 위하여 근래에 2년간 인도네시아어를 정식으로 익혔다. 틈틈이 그들과 이야기를 나누곤 했더니 능숙한 수준이라고 인정받는 처지다. 인도네시아인들도 틈틈이 서툰 한국어로 내게 대화를 시도했다. 그럴 때마다 언제나 온화한 표정으로 그들의 얘기를 들어 주었다. 처음에는 낮은 수준이었지만 향상 속도가 눈부시게 빠르다고 느껴진다. 그들과 한국 선원들 사이의 대화가 자연스러울 정도다.

인도네시아인들은 한국어를 익히려고 애쓰지만 한국 선원들은 인도네시아어에 무관심한 편이다. 상대국의 언어를 알아두면 이득이 많을 텐데도 관심이 없는 모양이다.

"아리얀티 씨, 야자나무에 야자가 몇 개 정도가 달리죠? 문득 궁금하기에 묻는 겁니다."

아리얀티가 잠시 쑥스러운 표정을 짓더니 대답한다.

"나도 그냥 지나다니면서 보기만 했죠. 한 번도 제대로 헤아려 본 적은 없어요. 항해사님은 대추나무에 대추가 평균적으로 몇 개나 열리는지 아세요?"

나는 마음속으로 쓴웃음을 짓는다. 나도 대추나무의 열매를 헤아려 본 기억이 없기 때문이다. 하지만 아리얀티의 대화 순발력에는 혀를 내두를 지경이다.

4. 펼쳐지는 그물

태양의 빛살이 서슴없이 바다의 수면에 내리꽂히는 오전 8시 무렵이다. 심해의 갯벌한테까지도 따스한 열기를 실어 보내려는 몸짓으로 여겨진다. 휴식 중이던 선장이 망원경으로 백파를 면밀히 관찰한다. 대어를 낚듯 신중히 투망을 결정하고는 선원들에게 방송으로 지시한다.

"전원 투망 위치로 정렬! 전원 투망 위치로 정렬!"

이윽고 3분의 시간이 도화선의 불길처럼 헐떡거리며 지난 뒤다.

선장의 명령이 타오르는 불길처럼 재차 은성호의 갑판 위로 떨어진다.

"전원 안전모 착용! 투망 실시! 투망 실시!"

두릿그물의 뜸을 연결한 선인 뜸줄이 권양기에서 슬슬 풀려 나간다. '뜸'은 그물의 테두리를 이루며 그물을 띄우는 장치다. 이와 때를 같이 하여 은성호가 바다를 원형으로 돌기 시작한다. 배 뒤쪽에 매달려 있던 뜸과 그물들이 풀려 나간다. 배가 2.5km의 원형을 한 바퀴 돌며 그물을 푼다. 이때 걸리는 시간은 대략 15분쯤에 해당한다. 두릿그물은 자루 모양의 형태로 이루어져 있다. 그물의 아래를 묶을 수 있는 죔줄이라는 밧줄이 있다. 원형 테두리의 길이는 2.5킬로미터에 해당한다. 그물이 물속 수직으로 잠긴 깊이는 300미터에 이른다.

백파가 일어나는 영역을 원형으로 감싼 상태다. 그물의 테두리 밖을 물고기들이 달아나지 않게 쾌속선이 빙빙 순환한다. 바다에 그물을 풀거나 거둘 때에는 위험한 장면이 나타나게 마련이다. 그물에 매달린 부착물 중에는 무게가 나가는 것들도 꽤 많다. 이들 부착물로 인하여 그물이 수중에서 안정한 모습을 취하게 된다. 그물의 부착물에 머리를 맞으면 치명적인 부상을 입을 수도 있다. 조업 중일 때는 언제 그물 부착물에 맞을지도 모른다. 그래서 조업 중일 때는 갑판의 선원들은 안전모를 필수적으로 착용한다.

선원들이 작업할 때엔 그물들의 이동이 있게 마련이다. 투망할 때나 양망할 경우에 다 그물들의 이동이 있기 마련이다. 그래서 어느 겨를에 그물의 부착물에 부딪힐지 모를 상황이다. 선원들이 작업할 무렵이면 선장은 선교에서 방송으로 작업을 통제한다. 참치가 든 공간은 두릿그물에 의해 점차 공간이 압축되는 중이다.

두릿그물 내의 공간이 점차 압축될 때다. 지난 7월 10일의 일이 머릿속으로 밀려든다.

10일 새벽 2시 무렵이었다. 휴대전화를 통하여 윤혜의 목소리가 귓전으로 밀려들었다.

"아직 안 잤니? 어머니가 굉장히 위독하기에 연락한다. 네가 배를 타기에 어지간한 상태로는 연락하기가 애매했어. 하지만 이제는 연락해야 할 시기가 된 것 같아. 하여간 곧바로 여기로 달려와 주기를 바란다."

윤혜가 연락한 자체가 위기 상황이라 생각되었다. 상황이 절박하게 변했다고 여겨졌다. 그래서 회사와 선장에게 휴가를 신청하고는 곧바로 사모아에서 비행기를 탔다.

통영의 H병원에 도착하니 오후 3시 무렵이었다. 비행기로 귀국하던 오전 11시 무렵에 윤혜한테서 전화가 걸려왔다.

"어머니가 방금 운명하셨어. H병원 영안실에서 만나기로 해."

의식이 허물어지는 느낌에 휩싸이며 윤혜에게 응답했다.

"그간 정말 수고 많았어. 나중에 만나서 얘기하기로 해."

비행기 안이라서 이런저런 얘기를 오래 나눌 처지가 아니었다. 그래서 전화를 끊고는 비행기 의자에 앉아 눈을 감았다. 눈을 감으니 어머니와 함께 했던 과거의 상념들이 머릿속으로 치솟았다.

어머니 혼자서는 밭을 경작하지 못하자 갯벌을 캐고 배를 탔다. 공동 조업으로 사망한 가족들을 배려해 주기로 마을 사람들이 작정했다. 마을의 뜻이 하늘의 뜻이었다. 그리하여 누구든 어머니를 배려하여 어선을 타도록 허락해 주었다. 배에서 함께 노력한 만큼 일당을 계산해 주었다. 마을 사람들은 전혀 어머니한테 싫은 내색을 하지 않았다. 왜냐하면 마을 회의에서 사고 유가족들을 배려해 주자고 의결했기 때문이다. 마을의 의결 사항에 대하여 어민들은 철저히 준수하려고 노력했다.

하지만 어머니는 마을 사람들한테 신경이 쓰였다. 남자들만큼 힘이 없는 여자 뱃사람으로 승선해야 했기 때문이다. 그럼에도 불구하고 일당은 남자의 수준과 같이 배려해 주는 터였다. 자격지심으로 인하여 어머니는 썩 마음이 편치는 않았다. 하지만 자식을 교육시키기 위해서는 험난한 중노동도 감수해야 했다. 통영에서 하숙생활을 하며 고등학교를 다니느라 내 마음도 불편했다. 그랬어도 집의 운세를 일으키려면 내가 공부에 몰두해야 한다고 여겼다. 그래서 고등학교를 다니면서 내가 선택한 곳이 해양대학교였다.

등록금이나 학비 일체를 면제받을 수 있는 곳이어서 바라던 곳이었다. 고등학교에 다닐 3년간은 내 마음이 엄청나게 답답해졌다. 어머니 혼자의 노동의 결과로 내가 공부를 한다는 점이었다. 어머니가 다른 친구들의 어머니 같았으면 여건을 조성해 주었을지 미심쩍었다.

통영의 H병원에 들어서니 윤혜가 나를 영안실로 안내하려고 했다. 하지만 나는 먼저 담당 의사부터 먼저 만났다. 의사를 만나니 의사가 내게 말했다.

"수술해서 그만큼이라도 사신 거예요. 운명하실 때까지 저희들은 최선을 다했습니다."

나는 의사에게 진심으로 고맙다는 인사말을 했다. 그러고는 윤혜와 함께 영안실로 갔다. 얼굴을 가린 천을 벗기니 어머니가 평화로운 모습으로 누워 있었다. 어머니가 세상을 떠나더라도 별로 눈물이 나오지 않으리라 여겼다. 왜냐하면 세상의 일이 워낙 각박했기에 눈물주머니마저 마비가 되리라 생각되었다.

　그런데 어머니의 얼굴은 너무나 평온한 표정이었다. 중병에 시달리다가 운명한 거라고는 도저히 믿기지 않는 표정이었다. 나는 느닷없는 장면에 강한 충격을 받아 말문이 닫힐 지경이었다. 이승의 마지막 시점에서 평온한 표정을 지녔다는 의미 자체가 놀라웠다.

　짧은 시간에 내가 어머니의 관점에서 세상을 굽어보기로 했다. 아들은 배를 탄답시고 바다에 나가서 얼굴을 보기조차 어려웠다. 남편은 바다에서 사망하여 시체조차 남기지 않았다. 그 긴 세월 동안 혼자서 아들이 항해사가 되기까지 길렀다. 이제 나이가 들어 암에 걸렸음을 알았지만 치료가 불가능함을 알았다. 아들의 권유로 수술을 받아 생명을 연장시켰다. 하지만 사망 시한의 연장일 따름이지 완치된 것이 아니었다. 그래서 언제나 가슴속에서는 불안감이 조석으로 불길처럼 피어올랐다.

　서서히 목을 죄어 오는 죽음으로의 공포로부터 헤어날 길이 없었으리라. 남편이 죽은데 이어 서 아들마저 항해사가 되어 바다에 머물지 않는가? 이웃집의 윤혜가 딸처럼 자신을 돌봐 주는 것이 전부였다. 그랬음에도 불구하고 얼굴에 평온한 기색이 서렸다니?

　다시 나 자신으로 되돌아와 어머니의 모습을 내려다보았다. 예상했던 슬픈 표정의 어머니가 아니었다. 마지막 이승을 떠나는 표정이 그토록 평온할 수가 있다니? 생각이 여기에 미쳤을 때다. 잘 보살피지도 못했다는 자괴심에 휘감겨 눈물이 마구 줄줄 흘러내렸다.

　보고 싶은 아들을 기다리느라 얼마나 외로웠을까? 분명히 아들이 나타나기를 간절히 기다렸을 터였다. 끝내 아들의 얼굴도 못 본 채 눈을 감지 않았던가? 마지막까지 정신적 위안의 상대가 나타나지도 않았는데 그만 숨길이 끊기다니? 생각이 여기에 미치자 그만 울음이 터져 나왔다. 남의 눈치를 보며 사는 삶이라 울어 보지도 못했던 울음이었다. 내면에 억눌렸다가 터지는 울음이었기에 슬픔의 강도가 유난히 처절했으리라 여겨졌다. 급기야 윤혜도 나와 함께 통곡하며 주저앉았다.

둘의 통곡 소리에 지나다니던 사람들마저 눈시울이 붉게 변하는 모양이었다. 창자가 울음소리에 찢겨 나갈 듯 슬픔이 북받쳤다. 한동안 눈물을 내쏟은 뒤였다. 장의사에게 연락하여 장례식장에 어머니를 안치시켰다. 그러고는 부고를 주위로 내보냈다.

상주라고는 나밖에 없어 세상이 막막했다. 고맙게도 윤혜가 영안실을 찾는 사람들을 안내하고 접대했다. 남들의 눈에 마치 윤혜가 내 아내로 비칠 지경이었다.

빈소에서 조문객을 맞으면서도 시종 가슴이 젖어들었다. 여태껏 어머니가 지켜주었던 세상이 얼마나 광대했던지를 피부로 통감했다. 어머니가 내 삶의 거대한 울타리였음을 너무나 처절하게 깨달았다. 조문객과 맞절을 할 때마다 어머니에 대한 과거사가 수시로 밀려들었다.

고등학교 때 밀린 학비와 하숙비로 인하여 시골을 찾아갔을 때였다. 어머니가 집에 안 보이기에 갯벌을 찾아 나섰다. 어머니는 해안의 갯벌에서 조개를 캐고 있었다. 바닷물이 하얀 포말을 이루며 밀려드는데도 하염없이 조개를 캤다. 너무 모습이 안쓰러워 어머니를 부르며 달려갔을 때였다. 온몸에 개흙이 튕긴 상태로 어머니가 내게로 달려왔다. 그러면서 나를 얼싸안고는 눈시울에 물기를 머금은 채 속삭이듯 말했다.

"아들아, 납부금이 밀려서 왔지? 내가 오늘은 이장한테 빌려서 해결해 주마. 며칠간 갯벌이 말라붙어서 조개가 좀체 안 보이네."

나도 어머니를 바싹 끌어안고는 말했다.

"제가 어머니를 돕지도 못하고 어머니의 도움만 받아서 마음이 아픕니다. 어쨌든 고등학교만 마치면 제 손으로 앞길을 개척할게요. 그리고 어머니도 평생 제가 편안하게 모실게요."

내 말에 어머니가 급기야 눈물을 글썽이며 내 등을 두드렸다.

"엄마가 네게 해 준 일이 뭐가 있다고 그래? 천지신명님도 참 고맙기 그지없어. 너같이 소중한 아들을 어떻게 내 품에 안겨주었는지 모르겠어."

잠깐의 포옹을 끝낸 뒤였다. 나는 어머니가 조개를 캐던 소쿠리와 호미를 챙겨 들었다. 그러고는 어머니를 향해 말했다.

"엄마, 집으로 가요. 땅거미가 져서 파도가 위험해 보여요. 내일 낮에 제가 캘게요."

어머니는 내 말에 따라 함께 집으로 향해 걸었다. 그러면서 고등학교 2학년생인 나를 향해 말했다.

"지금 해변에는 우리 말고는 아무도 없네. 딱 다섯 걸음만 엄마를 업어 줄래? 오늘은 귀한 아들에게 업히고 싶어."

나는 옷에 뻘이 묻은 어머니였지만 소중한 보물처럼 등에 업었다. 의외로 체중이 적게 나가기에 집까지 업고 가겠다고 했다. 그러고는 마을이 보이는 위치까지 어머니를 업고 걸었다. 마을 사람들이 보면 부러워할 거라고 어머니가 등에서 내려달라고 했다. 하지만 나는 마을을 거쳐 집까지 어머니를 업고 걸어갔다. 가난했지만 가정은 내게 한없이 따사로운 터전이었다.

윤혜와 장의사의 도움으로 어머니의 장례식을 무사히 치렀다. 올해 7월 12일의 일이었다. 작년 8월의 수향의 죽음에 이어 어머니마저 세상을 떠난 거였다. 세상이 너무 허무하여 질식할 듯한 느낌마저 들었다. 어머니를 화장하여 골분을 섬의 산기슭에 묻은 날이었다. 나는 슬픔에 취해 밤늦도록 혼자서 술을 마실 작정이었다. 그랬는데 윤혜가 시골의 내 집으로 건너왔다. 적적하고 공허한 상태의 내 술 상대가 되어 주겠다고 제안했다. 나는 흔쾌히 그녀의 제안을 받아들였다.

둘이 술을 마시면서 각자의 과거사를 서로에게 들추어내었다. 윤혜가 나를 위로하며 말했다.

"무척 가슴이 아프겠구나. 작년에 애인과 사별하고 올해 어머니마저 떠나보내다니 말이야. 술이 위로가 될지 모르겠지만 우리 과거사를 서로 얘기하기로 하자꾸나."

내가 먼저 윤혜에게 말했다.

"어머니의 얼굴에 실렸던 평온한 표정을 잊을 수가 없어. 내가 도착하지 못했는데도 평온한 표정을 지녔던 건 너 때문이었어. 네가 가족 대신에 마지막까지 어머니를 편안하게 모셨기 때문이라고 생각돼. 정말 고마워. 어머니가 발병한 이후 세상을 떠날 때까지 줄곧 네가 돌봤잖아? 가족인 나도 못한 일을 네가 많은 수고를 했어. 너한테 아무리 고마움을 표해도 갚을 길이 없을 지경이야. 어떻게 하면 네 고마움에 대한 은혜를 갚을 수 있겠니?"

윤혜가 한참 얼어붙은 듯한 시선으로 거실 창밖을 내다봤다. 밖에 누군가 오게 되어 있는지 의심스러울 지경이었다. 한참 그런 자세를 유지하더니 무겁게 입을 열었다.

"통영대교 주변의 낚시점을 32살의 총각이 운영하고 있거든. 산악회에서 우연히 만나 알게 되었어. 학력은 나랑 같은 중졸인데도 사람이 썩 괜찮아. 그런데 교통사고로 애인과 사별했다고 하여 평생 혼자 살겠다는 거야. 얼어붙은 그 사람의 마음을 어떻게 하면 열 수 있을까? 내 눈엔 딱 그 사람이 내 취향이거든. 나를 도와주고 싶다면 사람의 마음을 여는 방법을 알려줘. 어떻게 하면 그 사람의 마음을 열 수 있겠는지를 말이야. 내 말 듣고 있니?"

나는 당장 윤혜에게 말했다.

"방법은 많아. 일단 그 남자랑 얘기는 나눠 본 거지? 네 마음을 진솔하게 얘기해 봤니?"

윤혜가 약간의 기대감이 실린 눈빛으로 나를 바라보며 말했다.

"물론이지. 그 사람한테 술을 권하며 내가 좋아한다고 고백도 했어. 하지만 그는 사별한 연인 때문에 마음을 열지 못한다고 말했어. 그렇게 나오기에 대화를 이어갈 수가 없었어."

사별한 연인이라? 내게 수향의 얼굴이 문득 떠올랐다. 곧바로 그녀에게 내가 말했다.

"내가 수향 때문에 마음이 닫힌 것처럼 그 사내도 마찬가지였겠어. 연인과 사별한다는 게 얼마나 애절한 일인지 사람들은 모를 거야. 네가 내 어머니를 정성으로 돌봤던 것처럼 중요한 것은 마음이야. 네가 진솔하게 다가서서 네 마음을 거듭 얘기해 봐."

그 날은 윤혜와 얘기를 나누다가 새벽 1시가 되어서 헤어졌다.

두릿그물에 대한 죔줄 원치와 양망기가 기계음을 내지르며 부지런히 작동된다. 선원들이 갑판에 내려가 그물을 지켜보고 있다. 한국 선원 6명과 인도네시아 선원 12명의 총 18명의 뱃사람들이다. 이들 선원들은 물고기를 직접 건져 올리거나 어창에 넣는 사람들이다. 반면에 선장과 나를 비롯한 7명의 뱃사람들은 사관 선원이라 불린다. 간부급 선원을 말함이다. 선교에는 덕평과 내가 선장을 보필하는 중이다. 양망 작업에는 1시간가량이 걸리리라 여겨진다.

평상시에 늘 그래 왔기에 당연히 그러려니 여긴다. 그물의 부피가 점차 줄어들수록 참치들의 수는 눈에 띄게 증가한다. 그물의 부피가 감소하면서 상대적으로 물고기들이 눈에 잘 띄는 탓이다. 앞으로 40여 분은 족히 그물의 부피를 좁히게 된다. 여기에 기여하는 장비가 선수 갑판에 장착되어 있다.

18명의 선원들이 일제히 갑판에 서서 그물이 수축되는 장면을 지켜본다. 그물의 수축은 죔줄 원치(winch)와 뜸줄 원치를 통하여 진행된다. 강한 전기력으로 작동되는 권양기(捲揚機)의 외래어가 원치이다. 외래어는 외국어와는 달리 토착화된 우리말이다. 해양에서 사용되는 마스트(mast)라는 용어도 외래어다. 배의 선교 뒤의 갑판에 수직으로 세워진 기둥을 말한다. 처음에는 '돛대'로 번역되다가 돛을 쓰지 않는 시대에 접어들어 수용되었다. 마스트에는 선박등(船舶燈), 레이더, 깃발, 교신 장치가 부착되게 만들어져 있다.

그물의 위쪽은 부력으로 그물을 띄우는 '뜸'이라는 구체(球體)들이 연결되어 있다. 그물의 아래는 '발돌'이라는 납덩이들이 매달려 그물을 수직으로 드리워지게 한다. 발돌들을 연결한 선이 죔줄이

다. 뜸줄과 죔줄을 감는 윈치들이 기계음을 내쏟으며 한창 힘을 쓴
다. 선원들은 그물이 점차 축소되는 광경을 지켜본다. 대략 50여 분
이 걸리는 작업의 현장이다.

아련한 기억 속으로 의식의 실타래가 나풀대며 풀려 간다. 장례
식을 치르고 어머니의 골분을 산기슭에 묻은 지 하루가 지났다. 햇
살이 서늘한 저녁 무렵이었다. 나는 윤혜의 부탁으로 통영대교 남
단 주변의 '돌섬 낚시점'을 찾았다. 주인은 32살의 하종태(河宗泰)라
는 청년이었다. 서로 만난 시점이 오후 6시 무렵이어서 둘은 횟집으
로 향했다. 어차피 저녁 식사를 해야 할 시점이었다. 둘이 우럭 회
와 소주를 주문하여 식탁에 마주 앉았다. 먼저 내가 종태에게 말
했다.

"윤혜는 제 바로 옆집에 살기에 어렸을 때부터 친하게 지냈어요.
나보다 2살 위의 선배이기는 하지만 친구로 지냈어요. 오늘은 윤혜
의 부탁으로 종태 씨를 찾게 되었습니다."

내가 마음을 열고 얘기하자 그도 선선히 마음을 열고 응답했다.

"저도 윤혜 씨로부터 춘호 씨의 얘기를 많이 들었어요. 마을이
낳은 전형적인 수재(秀才)였다면서요? 윤혜 씨가 무척 댁을 자랑스
럽게 여기는 모양이었어요. 댁이 저처럼 애인과 사별했다는 말을
듣고는 저도 가슴이 아팠어요. 남의 일이 아닌 제 일처럼 여겨졌
거든요."

둘이 술잔을 들이키면서 얘기를 나누기 시작했다. 내가 연인을
산사태로 잃었다는 얘기를 한 뒤였다. 그도 그의 애인과 사별한 얘
기를 내게 들려주었다. 초등학교 동창 모임에 참석했다가 귀가하면

서 친구의 차에 그녀가 탔다. 안개가 짙은 고갯길에서 속도를 줄이지 못해 차가 벼랑으로 떨어졌다. 그래서 탑승했던 세 사람 모두가 사망했다. 사망한 셋은 다들 초등학교 동창생들이었다. 그녀와 사귄 지 고작 8개월 만의 일이었다고 말했다. 그랬는데도 그녀가 준 인상이 컸기에 쉽게 헤어나기가 어렵다고 했다.

그의 얘기를 듣자 참으로 세상이 묘하면서도 암담하게 여겨졌다. 당시에 나는 종태를 바라보며 상념에 잠겼다.

'세상에 출생의 길을 열어 주었으면서도 수시로 생명을 회수하는 대자연이잖은가? 내 목숨은 언제쯤 대자연이 파리 목숨처럼 가볍게 회수할 것인가? 그리고 내가 활동하는 공간이 바다이지 않은가? 바다는 언제나 악마가 춤추는 공간일 수도 있어. 수시로 기상 현상에 따른 위험이 얼마나 많은 곳인가? 그렇다고 내가 다른 일을 하고 싶지는 않다. 설혹 바다에서 죽게 되더라도 내게는 바다가 꿈의 근원지다. 어려서부터 함께 생활한 터전이 해변 마을이었지 않은가? 그래서 내게는 바다가 한없이 소중한 삶의 공간이야.'

술잔을 나누면 나눌수록 둘의 공감대는 넓어지는 기분이었다. 그의 고향은 원래부터 통영이라고 했다. 어려서부터 항구에서 살았기에 바다를 떠날 마음은 없다고 했다. 그래서 낚시점을 운영하면서 배를 몰아 낚시를 즐긴다고 했다. 낚시하려는 사람들을 수시로 모집하여 실어 나르면서 낚시터를 떠돈다고 했다. 그가 나를 향해 말했다.

"생각하면 할수록 세상의 일이 꿈같이만 여겨집니다. 주변 사람들이 많은데도 불구하고 굳이 내가 출생한 일이 신비롭거든요. 뭔가 내가 해야만 할 일이 따로 있다는 얘기가 아니겠어요? 그게 뭔지 파악하느라고 시간이 무척 오래 걸렸습니다."

나는 사내의 이야기를 듣자 정신이 번쩍 드는 느낌이었다.

'뭐야? 철학자가 아니어도 대단히 심오한 생각을 하잖아? 그렇다면 내가 세상에서 해야 할 일은 뭘까? 숱한 다른 사람들이 있음에도 내가 꼭 해야 할 일이란?'

그때 커다란 생각의 반전이 일어났다. 약간은 해학적인 분위기마저 느껴져 그에게 말했다.

"지금 내가 여기에서 할 일이 떠오르네요. 내가 유일하게 할 수 있는 일이 있어요. 이웃 친구인 윤혜를 댁과 잘 연결시켜 주는 일이라고 여겨지군요."

내 말에 사내가 눈을 깜빡거리며 듣고 있다가 응답했다.

"아하, 일이 그렇게 되군요. 비슷한 처지의 사람을 만난 일도 커다란 인연이라 여겨지군요. 윤혜 씨가 사심 없이 댁의 어머니를 돌봤다는 일이 감동적입니다. 만약 나를 마음에 두지 않았다면 오해를 했을지도 모르겠군요. 혹여 그녀가 댁한테 연정을 품고 다가든 것은 아니었는지를 말입니다. 순수한 이웃사촌으로서 댁의 어머니를 돌봤다는 얘기이잖아요? 아무리 이웃집이 가까워도 요즘은 절대로 쉽지 않은 정경입니다. 바로 이 부분에 내가 깊은 의미를 둡니다."

사내의 얘기를 듣고 보니 내 방문의 의미가 전해진 느낌이다. 윤혜가 내 어머니를 돌본 마음이 사내를 감동시켰다고 하지 않은가? 내가 윤혜의 특사로 파견된 의미가 제대로 살아난 듯하여 흐뭇했다. 사내가 나를 향해 덧붙였다.

"댁을 만났기에 저랑 윤혜 씨의 연분도 크다는 것을 느꼈어요. 정말 고맙게 생각합니다."

5. 해양의 숨결

사모아의 북동쪽으로 1,100킬로미터 떨어진 남태평양의 물결이 꿈결처럼 간들대는 바다에서다. 서경 164도 남위 8도인 해상의 지점이기도 하다. 두릿그물을 압축시키느라 한 시간이 물방울처럼 증발하여 스러진 터다. 지름이 3미터인 원형 그물이 두릿그물로 뛰어들려는 시점이다. 심해의 보물을 탐지하듯 원형 그물이 두릿그물 내로 연막처럼 드리워진다. 원형의 입이 두릿그물의 바닥을 향해 기울어졌다가 위로 향할 때다. 참치들이 4미터 깊이의 그물 밑바닥까지 채워지느라고 달뜬 숨결로 발버둥친다.

파워블록을 거쳐서 윈치가 작동되자 원형 그물이 갑판 위로 올라온다. 원형 그물에 매달린 밧줄을 선원이 끌어당긴다. 선수 갑판 바닥의 어창 입구에 그물 밑바닥을 일치시키려는 작업이다. 어창의 원형 뚜껑이 열리고 원형 그물의 죔줄이 풀린다. 그러자 곧바로 참치들이 줄줄이 어창 밑바닥으로 쏟아져 내려간다. 두릿그물 내의 참치들을 이런 작업을 되풀이하여 건져 올린다. 참치들을 다 건져 올린 뒤에는 그물을 건져 올려야 한다.

양망기와 사이드롤러가 작동되면서부터 2.5킬로미터 길이의 어망이 갑판으로 옮겨진다. 어망을 접어 갈무리하기까지의 작업은 안내롤러를 통해 선원들이 떠맡는다. 안내롤러는 밧줄을 원하는 위치로 이동하게 도와주는 장치다. 어망을 원위치로 수습하는 데 걸리는 시간은 대략 반시간이 소요된다. 투망을 하여 작업이 완료되기까지의 총 시간은 2시간 반가량이다. 이 기나긴 시간이 뱃사람들한테는 번갯불처럼 **빠른** 시간처럼 느껴진다.

선교의 창문에 펼쳐지는 태평양의 바다를 굽어본다. 기름 먹인 실타래로부터 피어오르는 불길처럼 눈부신 빛살로 요동치는 바다다. 막혔던 가슴이 후련할 정도로 탁 풀리는 심정이다. 때때로 가슴에 생각할 건더기도 있어야 하는데 막힘이 없으니 공허해진다. 나를 향해 속살거리는 해양의 고동소리마저 섬세하게 들리는 기분이다. 시시각각으로 펼쳐져 다가들었다가 물러나는 바다의 선율이 한없이 다정하게 느껴진다. 이런 느낌의 바다를 바라보면서도 마음이 공허하여 먼지처럼 바스러질 듯하다.

멀리서 하얀 날개의 갈매기들이 봄바람에 흩날리는 목련꽃처럼 우아하게 날아다닌다. 우아한 느낌이란 것이 저절로 가슴으로 스며들 지경이다. 자유롭게 날아다니는 갈매기를 바라보자 연인이었던 수향의 얼굴이 떠오른다. 그녀는 지금 저승의 어느 골짜기를 거닐고 있을까?

언뜻 의식 속으로 수향과 변산반도를 유람한 일이 떠오른다. 수향! 물의 고향이라는 뜻의 수향이라! 대학시절에 그녀의 매혹적인 이름 탓에 그녀와 교제하기로 했다. 그녀를 대하는 내내 그녀 이름의 인상이 나를 포근하게 만들었다. 그녀의 인상을 아주 정확히 나타낸 이름이라고 생각될 정도였다. 그녀 곁에만 있어도 한없이 마음이 포근해지는 느낌이었다.

작년 5월 초순의 일이었다. 천지가 신록으로 춤을 추던 시기였다. 나무의 순으로부터 갓 돋아난 녹색의 잎사귀가 자아내는 현란한 색감이라니? 바라보면 바라볼수록 가슴에 그리움을 자아내는 풍정이었다. 가슴에 그리움으로 스며드는 봄의 숨결에 신록에 묻혀 버리고픈 날이었다.

마음이 통했는지 수향도 내게 전화를 걸어 만나자고 했다. 둘은 천하의 명승지라 알려진 서해의 변산반도를 유람하기로 했다. 거기에 가기만 하면 새로운 세상의 숨결을 느낄 듯했다. 그리하여 곧장 그녀랑 변산반도를 찾았다.

이윽고 둘이 변산반도의 격포항에 도착했다. 정오 무렵에 항구에 닿아 해안 일대를 둘러보기로 했다. 하지만 항구 주변을 거니는 데에는 유람의 한계가 있었다. 둘이서 해변의 방파제를 따라 거닐다가 노상의 간이 횟집에 들어섰다. 잡어 회가 상당히 가격이 쌌기에 둘이 소주와 함께 주문했다. 각자 살아온 유년시절의 일들을 이야기하기로 했다.

내가 아버지의 죽음에 대해 이야기한 뒤였다. 수향도 그녀의 유년기에 대한 이야기를 풀어내기 시작했다.

"내 고향은 전남 무안이란 걸 너도 알고 있지? 무안의 갯벌은 썰물이 되면 무한히 넓어져. 그 갯벌이 내게 안겨준 상처에 대해 얘기할게."

차분하게 말을 잇는 그녀의 얘기에 귀를 기울였다. 그녀가 초등학교 5학년 때였다. 추석 명절이 눈앞인 어느 날이었다. 제수(祭需) 비용을 마련하겠다며 그녀의 아버지가 저녁에 갯벌로 나갔다. 아버지는 갯벌을 파서 낙지를 잡는 일을 즐겼다. 거기서 잡힌 낙지를 단골 어물전에 공급하여 생계를 유지해 나왔다. 낙지잡이에는 인근에서 아버지를 따를 사람이 없었다. 아버지가 갯벌로 나갈 때에 어머니나 그녀가 전혀 걱정하지 않았다. 갯벌은 평소의 생활공간이었기 때문이다.

하지만 자정이 가까워질 때까지 아버지가 돌아오지 않자 불안해졌다. 그리하여 마을 사람들과 함께 횃불을 만들어 해변으로 갔다. 여기저기 흩어져서 일제히 아버지를 불렀으나 아무런 대답이 없었다. 급기야 그녀의 어머니가 일이 벌어진 것을 알고는 울음을 터뜨렸다. 시신은 이튿날 새벽에 갯벌로 떠밀려 왔다. 시신을 살펴본 의사는 수향의 아버지가 심장마비로 숨졌다고 설명했다. 차가운 바람을 쐬어 저체온 상태에서 심장마비를 일으켰으리라고 의사가 설명했다. 그때부터 수향은 어머니와 단 둘이서 생활하게 되었다.

"추석이 오기를 기다리며 좋아했는데 그만 아버지를 여의고 말았어. 그때부터 내 가슴이 살얼음처럼 얼어붙어 버렸어. 그랬는데 너를 만나면서부터 마음이 한없이 평온해졌어."

그녀의 얘기를 듣자 내 가슴마저 답답해졌다. 묘하게도 그녀의 아버지와 내 아버지가 사망한 곳이 다들 바다였다. 나의 아버지는 배가 전복되어 바닷물에 빠져 사망했다. 수향의 아버지는 갯벌에서 심장마비로 쓰러졌다가 밀려드는 바닷물에 익사하여 사망했다. 어쨌든 그녀의 아버지와 내 아버지가 둘 다 익사한 거였다. 세상의 일이 참으로 묘하다고 여겨졌다. 어쩌다가 바다에서 익사한 자녀들끼리 만나서 연인이 되었는지 신비롭게 느껴졌다.

마침내 참치잡이가 끝난 상태다. 배는 남서 방향의 1,100킬로미터를 달려서 아피아 항에 접안할 예정이다. 아피아는 사모아의 우폴루(Upolu) 섬의 북쪽에 있는 수도이면서 항구 도시다. 언제나 항구에는 해외 각국의 대형 선박들이 들끓고 있다. 항구 주변에는 해외 선원의 주머니를 노리는 여인들이 들끓는다. 서너 달씩 어선을 타는 선원들에게는 기항(寄港)하는 날이 축제일이다. 선장이 기항하겠다는 방송을 하자 선원들의 입에서는 환호성이 터져 나온다. 저마다 독특한 방식으로 회포를 풀겠다는 구상을 하며 즐거움에 젖는다.

선장의 지시는 사관 선원들에게도 마찬가지로 적용된다. 가슴이 답답한 내게도 사모아의 섬을 구경할 기회가 주어진 셈이다. 선장은 선원들에게 하루의 휴가를 준다고 방송한다. 기항 체류 시간은 24시간을 넘기지 못하게 되어 있다. 남태평양의 원색적인 지역이 사모아라고 알려져 있다. 이 지역에서 하루 동안 무엇을 할지 머릿속으로 구상해 봐야겠다. 휴가 기간 중에는 개별적인 자유가 최대한 부여되어 있다. 그렇기에 단체로 어울려 이동하는 일은 피하는 것이 관례다. 혹여 언어가 서툴러 이동이 불편한 경우에는 어쩔 수가 없겠지만.

배가 서서히 방향을 돌려 아피아 항으로 향한다. 배의 속도가 15노트이기에 항구에 닿으려면 36시간이 걸리리라 예측된다. 날씨도 쾌청하여 별다른 어려움이 없을 항해라 여겨진다. 줄곧 육체노동에 시달렸던 선원들은 다들 선실로 내려간다. 다들 선실에 내려가서 깊고 편안한 잠에 빠지리라 예견된다. 마침 항구에는 한국에서 건너온 운반선이 도착해 있다는 연락이 왔다. 그래서 은성호의 어창에 실렸던 참치를 운반선으로 옮기면 된다.

할 일이 명확하게 정해진 상태라 선원들의 표정이 활짝 열려 있다. 이제 배는 덕평이 몰 차례다. 시간이 지나면 당직 순서에 따라 배를 몰면 된다.

부웅! 부우우웅!

우렁찬 뱃고동을 울리며 배는 망망한 대해를 달린다. 덕평을 제외하고는 다들 선실로 걸어간다. 나도 잠시 후에 선실로 건너가서 잠을 편히 잘 작정이다. 하지만 눈앞의 바다가 너무나 아름다워 바다에서 눈을 떼기가 어렵다. 너무나 맑은 바다의 물빛이 보는 이의 마음을 뒤흔들 지경이다. 때때로 바다를 떠도는 고래의 모습도 눈에 띈다. 광활한 평야 같기도 하고 무한한 초원 같기도 한 바다다. 넓은 바다를 은성호만이 외롭게 내달리고 있을 따름이다. 고요한 바다에 은성호의 숨결만이 나풀대면서 새 역사를 만들어내는 듯하다.

나는 바다의 풍광이 너무 아름다워 잠시 바다를 구경하기로 한다. 상갑판 선수에 올라 멀리 펼쳐진 수평선을 바라본다. 갈매기를 보자니까 나 자신도 새가 되어 날고픈 충동이 생긴다.

'아, 내가 새가 될 수만 있다면? 새가 아니더라도 자유로이 날 수 만 있다면 얼마나 좋을까? 날다가 보면 이승에서 저승의 하늘로 날 아갔다가 되돌아올 수도 있겠지. 그렇다면 저승에서 어머니도 뵙고 수향도 만날 수 있을 텐데. 그녀들이 얼마나 나를 반가워할까? 아 니면 벌써 죽어서 저승으로 왔느냐고 통곡할까?'

수평선을 바라보다가 문득 공허한 생각에 잠겨 잠시 허둥댄다. 세상 살다가 참으로 혼자인 것이 얼마나 쓸쓸한지 모를 지경이다. 처음부터 혼자였다면 이처럼 비통하지는 않으리라 여겨진다. 줄곧 함께 하던 사람들이 내 곁을 떠나니 슬픔이 커진다.

내 정면으로 다가오던 갈매기들 몇 마리가 바닷물로 날아 내린 다. 뭔가 먹이를 발견한 모양이다. 그들의 자유로운 활강에 거듭 부 러운 마음을 느낀다.

갈매기들의 활강을 바라보자 머릿속으로는 지난 7월 13일의 일 이 떠오른다. 통영에서 32살의 종태를 만난 일이 생각났다. 그는 사 귄 지 8개월 만에 애인을 잃은 상태였다. 하지만 사귄 기간이 중요 한 것은 아니라 여겨진다. 단 하루를 사귀었어도 마음을 열었다면 소중하기 그지없는 인연이라고 생각된다. 그 날 종태와 술잔을 기 울이면서 많은 생각에 잠겼다. 어쩌다가 애인을 잃은 사내들끼리 만 나 술잔을 기울이게 되었는지를 생각했다.

당시에 내가 종태에게 물었다.

"윤혜를 산악회에서 만나게 되었다면서요? 윤혜가 종태 씨한테 사랑을 고백도 했다는데 그녀가 어떻게 여겨지세요?"

종태가 지체 없이 응답했다.

"진솔하게 마음을 고백해 오는 그녀의 용기에 놀랐죠. 사람의 인상이란 첫눈의 느낌을 크게 벗어나지는 않잖아요? 그런 관점에서 본다면 충분히 사귀고 싶은 상대였어요. 하지만 제 연인과 사별한 마음이 정리가 미처 안 되었거든요. 일단 마음의 정리가 끝나야만 세상이 제대로 보일 것 같았어요. 그래서 그녀한테 딱 1년만 대답을 기다려 달라고 했어요. 그 기간 안에 좋은 사람을 만나 떠나면 그녀한테 다행이고요. 1년만 지나면 내 마음도 그녀를 찾게 될지 모르리라 여겨졌어요. 이게 솔직한 제 마음입니다."

종태의 시원한 대답을 들은 후였다. 내 마음만 잔뜩 공허해지는 느낌이었다.

'1년만 지나면 윤혜와 종태 씨가 연인이 된다고? 종태 씨는 새로운 연인을 만나게 되었으니 더 외롭지는 않겠구나. 문제는 나만 외톨이 신세로 남겠어. 세상에 이런 삭막한 일이 있을 수 있다니? 그렇다고 새 애인을 구하겠다고 사방으로 나돌아 다닐 수도 없잖아? 게다가 나 역시 수향과 마음의 정리도 안 된 상태이잖아? 시간이 얼마나 흘러야 수향을 내 가슴에서 내려놓을 수가 있을까? 뱃사람이 된다는 것은 가슴에 고독을 묻는 처신이라더니 참으로 공허해. 너무 마음이 공허해 미칠 지경이야.'

통영에서 종태와 헤어지면서 조만간 종태와 재회하리라는 느낌이 진하게 들었다. 그만큼 종태한테서는 신뢰심이 강하게 내풍겼다. 사람의 인상이란 그만큼 중요하다고 여겨졌다.

한편 슬그머니 상념의 너울이 이번에는 윤혜 쪽으로 휩쓸린다.

나보다 두 살 연상의 선배인 그녀다. 이웃집이다 보니 어릴 때부터 말을 놓고 지낸 사이다. 그러다 보니 커서도 서로 말을 놓고 자연스럽게 지낸다. 얼굴이나 외모에 있어서 남들에게 밀리지 않을 정도의 수준이라 여겨진다. 유일한 결함이 있다면 학력이 중졸이라는 점이다. 살림을 하는 데에 학력이 필요하지는 않으리라 여겨진다. 하지만 사람들의 생각이 부부의 학력이 비슷해야 한다고 여기는 추세다.

이런 관점에서 본다면 윤혜는 상당히 억울하리라 여겨진다. 학력만 갖추었다면 벌써 결혼했을 그녀다. 학력으로 인해 결혼도 못한 그녀가 매우 안쓰럽게 여겨진다. 어머니가 환자로 밝혀진 이후부터 운명할 때까지 줄곧 윤혜가 간호했다. 그녀가 마치 어머니의 딸이라도 한 듯. 내게는 자식보다도 애틋한 심정으로 어머니를 돌본 그녀가 고맙기 그지없다. 그래서 그녀가 결혼하지 못하면 내가 남편이 되리라는 생각까지 했다. 그랬는데 의외로 그녀의 마음은 종태에게 가 있지 않았던가? 짚신도 짝이 있다는 옛 속담이 그대로 적용되는 경우라 여겨졌다.

어쨌든 윤혜가 종태를 들먹이던 날 밤의 내 마음은 엉망진창이었다. 믿는 도끼에 발등을 찍힌 꼴이라 생각되었다. 이런 생각이 들었을 때의 내 마음을 들여다보았다.

'춘호야, 한 번이라도 윤혜를 여자로 생각한 적이 있니? 줄곧 이웃집의 소꿉친구 정도로만 생각했잖아? 그랬는데 미래의 남편이 될 생각이 있었다고? 그녀가 결혼할 여건이 못 된다고 적선하듯 결혼해 주겠다고? 도대체 네 정신 구조가 제대로 된 인간인지 모르

겠군.'

상념에 잠겼다가 쓴웃음을 지으며 자신을 달랜 적이 간혹 있었
다. 어쨌거나 윤혜에게 종태의 얘기를 듣고는 마음이 뒤숭숭해졌
다. 정말 그녀를 축하해야 할 처지임에도 마음이 공허해짐을 견디
기가 어려웠다. 그렇다고 하여 그녀한테 한 번이라도 연정을 품었
던 적도 없었다. 그랬는데도 마음이 심란해지니 내 마음이 희한하
다고 여겨졌다.

바다 갈매기들이 나를 향해 영어를 지껄이듯 꽥꽥거리며 울어댄
다. 갈매기들의 눈에조차 내가 얼빠진 인간으로 비치는 것은 아닌
지? 복잡한 심사에 얽혀 쿵쿵 헛기침을 두어 번 내뱉는다. 내 마
음의 상념이 어떤 방향으로 흘러도 바닷물은 무관심한 모양이다.
눈부신 햇살 아래 청명한 푸른색의 파도로 내 시선을 다독거린다.

문득 선교에서 2항사인 덕평이 나를 바라보리라 여겨진다. 선교
에서는 갑판이 훤히 바라다보이기 때문이다. 내 마음이 괴롭기에
남의 시선 같은 건 관심 밖이다. 내가 갑판의 난간에서 석상이 되
어도 좋겠다는 생각이 들 지경이다. 롤링(rolling)과 피칭(pitching)이
한없이 자유로운 상태에서 배가 바다를 달리는 중이다. 배가 좌우
로 흔들리는 현상이 롤링이며 앞뒤로 흔들리는 현상은 피칭이다.
이런 평온한 상태라면 당장 죽어도 삶이 아름다우리라 여겨질 지
경이다.

이때 문득 주머니의 휴대전화가 떨어댄다. 급히 귀에 갖다 대니
사촌 누나의 목소리가 흘러든다.

"아직 8월 2일까지는 시간이 많이 남았지? 어떻게 그 날 새벽의 일은 계획해 두었니?"

그녀의 말에 문득 날짜를 헤아려 본다. 7월 17일이라 8월 2일까지는 시간이 많이 남아 있다. 나는 그녀에게 곧바로 응답한다.

"누님, 잘 지내셨어요? 조만간 회사에 행사 기안문을 올려 결재를 받을 작정이에요. 태평양에서 일하다 순직한 영혼을 위로하는 게 마땅하다고 생각해요. 적어도 8월 1일까지는 비행기로 사모아의 아피아로 오세요. 아피아는 사모아의 수도라는 걸 아시죠?"

내 말에 엄청나게 기뻐할 줄 알았는데 반응이 시큰둥한 기색이다. 의외의 반응에 내가 당황할 무렵에 누나의 목소리가 이어진다.

"동생, 나한테 '누님'이란 용어를 쓰지 마. 그냥 '누나'라고 불러 줘. 내가 나이 차이가 많은 연장자가 된 느낌이 들어서 싫어. 그건 그렇고 나한테는 네 인상이 무척 좋게 느껴졌어. 매물도에서 만날 때부터 내 마음이 크게 흔들렸어. 우리가 사촌이 아니었다면 당장 연정을 느낄 정도였어. 내 말 듣고 있는 거니?"

누나의 얘기를 들었을 때다. 이때 내 마음속으로부터 급격한 생각이 치솟아 오른다.

'이제부터는 내 마음속에서 '누나'라는 용어는 거두겠어. 요즘 사람들의 정신 상태가 이상하게 흐른다고 하잖아? 동성연애자가 생겨서 세상의 질서를 어지럽히듯 정하의 말에 문제가 있어. 사촌이 아니었다면 당장 연정을 느낄 정도였다고? 어쩜 그런 발언을 동생인 나한테 할 수 있을까? 이미 정상적인 정신의 소유자가 아닌 것 같군. 내가 거리를 두고 언행에 각별히 조심해야겠어.'

내가 마음을 굳건히 먹고는 그녀의 얘기에 응답한다.

"네, 말소리가 선명히 잘 들렸어요. 동생인 저한테 후한 점수를 주셔서 고마워요. 다른 할 일이 있어서 조금 바쁘거든요. 8월 1일에 뵙기로 하고 끊을게요."

내가 거의 일방적인 통고를 하고 전화를 끊은 직후다. 휴대전화에서 신호음이 들리더니 정하로부터 문자 메시지가 도착했다.

어쩐지 너와 나는 영혼이 통하는 사이로 느껴져. 이승을 떠나기 전까지는 줄곧 너랑 숨결을 함께 나누고 싶어. 순수한 내 마음을 혹여 네가 오해하지 말아 주기를 원해. 정하 씀

어쩐지 다소 이상하다고 생각되었던 현상이 벌어졌다고 여겨진다. 이후부터는 전화도 조심스레 받겠다고 작정한다. 8월 2일의 위령 행사가 끝나면 다시는 만나지 않으리라고 마음먹는다. 메일에 대한 응답 메시지는 예의를 다하되 간결하게 작성한다.

나는 재차 마음속으로 중얼대며 광막한 수평선을 굽어본다.

'세상에 정신병자가 많다고 하더니 혹시 정하도 그런 부류는 아닐까? 게다가 제약 연구소의 연구원으로서 멀쩡한 직장인이기도 하잖아? 동료 직원들마저 모를 정도의 정신병자라면 경미하기는 한 편인데 걱정이군. 언제 정신 건강이 극도로 악화될지 아무도 모르잖아? 정신과 상담을 권해야 할 상황인데도 말하기가 두렵군. 오히려 나를 정신병자로 몰아 세워 역습할 우려마저 있잖아? 우선 내 코도 석자로 빠져 있잖아? 나 자신의 일이나 신경을 쓰도록 해야겠어. 정하 씨, 당신의 운은 하늘이 정해 주리라 믿어요. 그렇게 여기고 절대로 모르는 척할게요.'

어쨌거나 정하의 반응에 전신의 맥이 다 풀리는 느낌이 든다.

'다른 점에는 이상이 없고 이성 문제에만 사람이 이상해 보이다니? 그녀한테 이성 문제만 거론하지 않으면 정상인으로 살 것이지 않은가? 사람의 두뇌 구조가 너무나 복잡하고도 심오하다고 생각이 드네. 제발 정하한테 다른 문제는 생기지 않았으면 좋겠어.'

눈앞에 출렁대는 바다의 파도가 갑작스레 심오하게 여겨진다. 먼저 일어난 파도가 다음 물결에 뒤덮이고도 재차 출렁이지 않은가? 생각할수록 세상이 너무 복잡하고도 묘하다는 생각이 짙게 든다.

너무 깊은 생각에 잠겼다가는 당직 근무에 문제가 생기리라 여겨진다. 그래서 곧장 몸을 돌려 선교 뒤쪽의 선실로 찾아간다. 현문 (舷門)을 열고는 내 숙소를 찾아간다. 선장실 옆의 방이 내 선실이다. 세면실에 들러 간단히 씻고 몸을 닦고는 내 선실로 들어선다. 그러고는 침대에 요와 이불을 펼치고는 조심스레 드러눕는다. 잠자리에 드러눕기만 하면 금세 잠들어 버리는 내가 두려워진다.

잠시라도 현실의 공간을 더 기억하기 위해 선실의 천장을 올려다본다. 부드러운 합판 재질로 잘 덮어 놓은 천장이다. 문득 천장이 하늘로 여겨진다. 하늘에는 숱한 별들이 깔려 있지 않은가? 예로부터 사람들이 죽은 영혼들이 별이 된다고 했다. 그렇다면 어머니의 영혼은 어느 모퉁이에서 빛나는 별일까? 수향은 어느 위치에서 빛나는 별이 되었을까? 사람들의 영혼만이 별이 되었을까? 덩치가 큰 코끼리나 사자의 영혼은 별이 되지 못했을까?

별에 대한 생각을 떠올리자 갑작스럽게 가슴이 쓸쓸해지는 기분이다. 가슴이 부푸는 듯하다가 금세 땅바닥 갈라지듯 갈라져 버리

는 느낌이다. 자칫하면 눈시울에서 눈물마저 흘러내릴 듯하다. 그것
도 잠시 내 영혼도 허공을 날고 있음이 어렴풋이 느껴진다.

6. 춤추는 사모아

　조업하던 곳에서 1,100킬로미터 남서로 깃털처럼 허허로이 이동하여 아피아에 도착한다. 15노트의 속력으로 36시간이나 달린, 풋풋한 열정이 실린 항로다. 그간 당직과 식사와 대화가 뱀의 꼬리처럼 맞물려 이어진 상태다. 밤 10시 무렵에 다들 달뜬 마음으로 아피아 항구에 도착한다. 불빛 흐르는 항구의 밤이 선원들의 마음에 달뜬 흥겨움을 안겨준다.

　간편한 입국 절차를 거친 뒤다. 갑판장인 종수와 조리장인 현택만 남아서 배를 지키기로 한다. 선장이 하선한 선원들에게 다음 날 밤 10시까지 귀환하라고 명령한다.

　부두에서 발걸음을 옮길 때다. 선장이 푸근한 정감이 실린 목소리로 내게 묻는다.

　"24시간의 자유가 주어졌는데 너는 어디로 갈 거니? 혹시 갈 데가 없다면……"

나는 선장의 말을 신속히 막는다. 막지 않으면 그와 함께 가는 게 어떠냐고 물으리라 여겨진다. 모처럼의 자유 시간에 남의 감시로부터 자유로워지고 싶기 때문이다.

"저는 일단 해안도로를 타고 이동할 작정입니다. 생각할 일도 좀 있고요."

선장이 다소 불만스런 표정을 지으며 반문한다.

"생각할 일이 있어서 혼자 여행하겠다고? 사모아의 지리도 잘 알지 못할 텐데 괜찮겠어?"

나는 단호한 기세로 응답한다.

"여기는 사모아어와 영어로 의사소통이 되니 전혀 문제가 없어요. 어디를 가든 언어가 자유로우면 걱정스러울 게 없잖아요? 선장님께도 즐거운 하루가 되기를 기원합니다."

인사를 마치고는 항구 부근에서 손을 들어 택시를 불러 세운다. 40대 중반의 여성 기사가 나를 보며 영어로 말한다.

"아피아에서 서쪽 해안도로를 타면 쉴 데가 많아요. 그리로 안내할까요?"

"내 마음도 그래요. 잘 부탁할게요."

택시는 경쾌하게 아피아의 서쪽 해안도로를 타고 달리기 시작한다. 밤 10시 무렵이라 사방이 어두우리라 여겨졌는데 의외로 불빛이 훤하다. 수도이면서 관광지여서 해변 곳곳마다 인공조명 시설이 현란하다. 택시로 10분쯤 달리니 해변에 '전통 춤 공연장'이 나타난다. 사모아의 토속 춤이 어떤 것인지 갑자기 궁금해진다. 그래서 택시 기사에게 내려달라고 말한다. 달러로 차비를 지급하니 기사가 고맙다면서 손을 흔들어 주고는 떠난다.

이윽고 춤 공연장 건물 입구로 들어선다. 요금을 치르고 건물 안으로 들어서니 관광객들이 의외로 많다. 300석에 달하는 관람석 의자가 거의 다 찰 지경이다. 무대 사회자가 유창한 영어로 행사 진행 절차를 안내한다. 피아피아(fiafia) 민속 음악과 시바 전통 춤을 공연한다고 한다. 빈 의자에 앉자마자 무대 위의 조명이 잠시 꺼진다. 그러더니 연한 빛살이 천장으로부터 흘러내리면서부터 사모아아인들이 무대에 등장한다.

남녀가 공히 배와 등이 노출된 붉은색의 의상을 입고 있다. 취관악기의 연주에 따라 사모아인들이 춤을 추기 시작한다. 굵은 몸뚱이와 살이 오른 체구를 가진 남녀들의 몸동작이 펼쳐진다. 여인 5명과 사내 7명이 어우러져 춤동작을 끌고 나간다. 오랜 과거를 회상하여 불러내는 듯한 근엄한 동작들이 실타래처럼 펼쳐진다.

'그래, 오늘은 내 마음이 너무 공허하기 그지없어. 너희들이라도 멋진 춤을 추어 세상의 외로움을 불식시켜 주길 바란다. 배를 타도 그렇고 배에서 내려도 마음이 공허하니 어쩌면 좋을까?'

공연을 보는 사이에 가슴속에서는 단절의 회한이 마구 들끓는다. 이때 나 자신도 모르게 중얼대고 있음을 느낀다.

'단절의 의미가 내게 안겨 준 상처가 너무나 커. 지속만 되어도 좋을 일들이 왜 단절되어 사람을 아프게 만들까? 내가 지닌 아픔의 근원은 어디로부터 비롯되는 것일까? 젊은 나이에 이렇게 마음이 아파도 되는 것인지 묻고 싶어. 대자연이라면 내 물음에 대답해

줄 수 있을까?'

내 기억 속에 떠오르는 첫 번째의 단절은 아버지의 죽음이다. 조업 중이던 배가 풍랑을 맞아 전복되어 아버지가 익사하지 않았던가? 아버지의 사망으로 가장 큰 상처를 입은 사람은 어머니였다고 생각된다. 아버지의 사망으로 인해 밭의 경작도 포기하지 않았던가? 사내들이 타는 마을 사람들의 배에 올라 그물질해야 했던 어머니였다. 날마다 그물을 잡을 때마다 마음의 심연에서는 아버지를 떠올렸으리라 여겨진다.

일이 힘들 때마다 아버지의 존재감이 크게 느껴지기도 했을 터였다. 아버지가 살아만 있어도 보다 편해졌을 어머니였지 않은가? 숱한 세월을 아버지를 가슴에 묻고 살았을 어머니가 애처롭게 여겨진다.

어머니가 암으로 세상을 떠난 것은 내게 또 다른 단절이었다. 게다가 어머니뿐이랴? 수향이 산사태에 깔려 세상을 하직한 것은 처절하기 그지없는 단절이었다. 사람이 태어나서 언젠가는 죽는다는 것은 이해가 되는 일이야. 하지만 예상치 못한 사고로 상대와 사별하는 일은 너무나 괴로워. 생각하지 않으려고 해도 수시로 아픔이 가슴으로 밀려드는 것을 어쩌랴? 누군가 내 가슴을 누른다면 가슴이 움푹 꺼질지도 모르리라. 예상치 못한 상처로 인해 가슴이 짓뭉개졌을지도 모르잖은가?

'내 가슴의 시름을 달래줄 대상이 바다밖에는 없는 것이 아닐까? 내가 항해사가 된 것도 바다가 나를 불러들인 것일까? 당직을 서면서 불면의 밤을 버티는 것은 즐거운 일이 아니야. 남들이 자는 밤에 나도 덩달아 자고 싶은 게 본심이잖아? 그런데도 하필이면 당직을 서야 하는 항해사가 되었다니?'

이때 아주 낮게 속살거리는 한국어가 귓전으로 밀려든다.

"어때? 자리가 빈 곳이 그래도 서너 군데는 되네? 저 남자 옆의 두 자리가 나란히 비었어. 우리 그리로 가자고."

어디선가 많이 듣던 음색이라 여겨진다. 음색이 너무나 고유하기에 내 가슴에 민정의 얼굴이 떠오른다. 과거에 혜미와 민정은 나와 동갑의 같은 학과의 여대생들이었다. 묘하게도 둘은 나하고도 호흡이 맞아 친구로 지낸 처지였다. 내게 같은 학과의 동갑인 사내로는 성국이가 친한 벗이었다. 그러니까 혜미와 민정과 성국은 다들 같은 학과의 내 친구들이었다. 처음에는 성국과 혜미가 애인으로 지냈다. 한동안 혜미의 사랑을 부러워하던 민정이었다. 그러다가 민정이 교태를 부려 성국을 자신의 애인으로 가로채 버렸다.

혜미는 친구인 민정으로부터 배신당한 거였다. 양가 부모의 반대에도 무릅쓰고 성국과 민정은 둘이서 결혼식을 올렸다. 그러고는 둘이 나란히 해외로 유학을 떠났다. 이런 내력과 관련된 혜미의 음색이 들리기에 여인들을 슬쩍 바라본다. 실내가 다소 어두웠지만 혜미가 틀림없음을 알아차린다. 나도 모르게 반가운 마음이 들어서 혜미를 향해 손을 흔든다. 혜미도 나를 알아보더니 호들갑을 떨며 반가워한다.

"어머, 춘호 아냐? 세상에 웬 일이냐? 이렇게 엉뚱한 데서 만나게도 되네."

그러면서 혜미가 곁의 친구를 나한테 소개시킨다.

"서로 인사를 나눠. 이 친구는 대학원 동기생인 현지야. 우리랑 동갑이며 현재 미혼녀야."

나는 현지에게 손을 내밀어 항해사라고 밝히며 통성명을 한다. 그녀도 자신의 전공이 해양학이라며 내게 밝히며 환히 미소를 머금는다. 현지와 혜미가 1주일 기간으로 사모아에 여행을 같이 왔다고 들려준다.

잠깐 인사를 나눈 뒤다. 내 자리 옆에 혜미가 앉고 그녀 옆에 현지가 앉는다. 민속춤은 다들 근원적인 매력을 풍기는 느낌이 든다. 춤을 구경하려니까 마음의 공허감이 서서히 가라앉는 기분이 든다. 사내들은 몸을 흔들다가 근육을 드러내며 힘을 주기도 한다.

문득 머릿속으로 앞으로의 일정에 의아심이 생긴다.

'만약 혜미가 함께 유람을 다니자고는 하지 않겠지? 그녀의 친구인 현지랑 함께 왔기에 당연히 둘이서만 시간을 즐기겠지? 그래야 나도 남에게 간섭받지 않고 시간을 즐길 수 있잖아?'

춤 공연에 이어서 전통 가요가 공연장에서 흘러나온다. 전통 가요는 담백하면서도 사람의 마음을 휘젓는 매력을 지녔다고 여겨진다.

1시간 동안의 모든 공연이 끝났을 때다. 다들 자리에서 일어나 실외로 나가기 시작한다. 내가 자리에서 일어섰을 때에 혜미와 현지도 자리에서 일어났다. 어디로든 이동해야 할 시점이다. 내가 혜미와 현지에게 작별의 인사를 하려고 할 때다. 현지가 나를 향해 말한다.

"아까 하루 동안 사모아에 머문다고 하셨죠? 지금부터 저희들이랑 하루를 함께 지내는 건 어때요?"

내가 잠시 머뭇거리다가 혜미를 향해 말한다.

"둘이 함께 여행을 왔을 텐데 내가 낀다면 분위기가 이상하잖아? 부담 없이 즐겁게 여행을 하려면 여기서 헤어지는 게 어떨까?"

혜미가 다소 서운한 표정을 지으며 곧바로 응답한다.

"여자 둘만 지내기에 함께 하면 좋겠다는 생각이 들어. 우리가 별로 마음에 들지 않니?"

오해하지 않도록 이번에는 현지를 향해 내가 말을 덧붙인다.

"당초에 여성 두 분이 여행을 즐기기로 한 거잖아요? 그런데 낯선 남자가 끼어들면 두 분이 불편해질까 신경이 쓰여요."

내 말에 약속한 듯 혜미와 현지가 일제히 대답한다.

"고마워요. 우리와 함께 지내기로 하셔서요."

졸지에 그녀들과 하루를 보내게 된 상황이다. 뭔가 낯선 곳에서의 자유를 누리고 싶었는데 방해를 받은 느낌이다. 나를 아는 사람들과는 자유로워질 수가 없는 것이기에 아쉽게 느껴진다. 하지만 이미 그녀들이 나를 그녀들의 일행으로 흡수하지 않았는가? 이럴 줄 알았으면 선장과 함께 지냈으면 어땠을지 비교해 본다. 아무래도 여인들과 함께 지내는 것보다는 훨씬 자유로웠으리라 여겨진다.

건물을 빠져 나와 광장에 이르니 혜미가 택시를 불러 세운다. 그러고는 일행이 항구 주변의 아마나키(Amanaki) 호텔로 이동한다. 혜미와 현지는 숙소를 예약해 놓은 상태였다. 호텔에 도착하여 알아보니 여분의 방이 있기에 당장 숙박비를 계산한다. 숙소는 그녀들의 방과 같은 통로의 맞은편에 있다. 다소 피곤하여 곧장 잠잘 생각으로 샤워를 한다. 샤워를 하면서도 생각에 잠긴다.

'어서 씻고 잠을 푹 자야지. 그간 무척 피곤했던 모양이야. 자리

에 누우면 금세 잠들겠어.'

샤워를 끝내고는 잠옷을 꺼내 입고 침상에 오르려고 할 때다.

톡톡톡!

누군가 숙소의 출입문을 두드리는 소리가 들린다. 내가 잠옷 차림새로 살며시 문을 열고 바깥을 내다본다. 혜미와 현지가 잠옷에 덧옷을 걸친 차림새로 서 있다. 내가 놀라서 그녀들에게 묻는다.

"잠옷에 덧옷을 걸친 차림새로 밤중에 웬 일이세요? 저도 막 자려던 참이었거든요."

내 말을 듣자 혜미와 현지가 깔깔 웃으며 침실로 들어선다. 내가 당혹한 표정으로 그녀들에게 말한다.

"잠시 옷을 갈아입고 다시 만나면 어떨까요? 잠옷 차림새라 너무 야한 느낌이어서 그래요."

혜미와 현지가 그녀들의 덧옷을 훌렁훌렁 벗어 던진다. 그러면서 혜미가 나를 향해 말한다.

"밤에 호텔에서 잠옷 차림이 정상이잖아? 우리도 잠옷 차림새로 왔으니까 공평하잖아? 말라빠진 격식은 그만 챙기고 좀 즐겁게 놀면 안 되겠니?"

그녀들의 잠옷을 바라보는 순간 정신이 얼얼해진다. 젖가슴과 성기 일대가 훤히 내비치기 때문이다. 게다가 언제부터 마셨는지 얼굴이 주기(酒氣)로 둘 다 벌건 상태. 얼굴의 혈색과는 무관하게 둘의 동작은 너무나 깔끔하게 정제되어 있다. 그녀들이 문 밖을 가리킨다. 내가 다시 문을 여니 문 앞에는 비닐 주머니가 보인다. 커다란 비닐 주머니를 방 안으로 당겨서 여는 순간이다. 거기에는 캔 맥주가 스무 개가량 들어 있다. 게다가 오징어포와 쥐포 및 소주도 3병이나 들어 있다. 나는 잠시 절망감에 휩싸인다.

아무래도 침실에서 무슨 일이 벌어질 것 같은 예감마저 느껴진다. 침실이 바로 복도 맞은편이라고는 하지만 잠옷 차림새로 들어오다니? 게다가 술을 마셔 이미 얼굴이 벌겋지 않은가? 그러면서도 동작에는 전혀 취기가 느껴지지 않는 점이 신기하게 여겨진다.

혜미가 나를 향해 말한다.

"친구야, 왜 입을 멍하니 벌리고 그런 자세로 서 있니? 바닥에 신문지라도 깔고 술과 안주를 깔아야지. 오늘 사모아에서 인생을 충분히 얘기하자. 내 말 알아듣겠지, 친구야?"

마침내 우려할 만한 상황이 가까워지고 있음을 느낀다. 그럼에도 불구하고 침실 바닥에 신문지를 깔고 술과 안주들을 펼친다.

예전의 경험으로 혜미는 술이 좀 취하면 '친구야'라는 호칭을 남발했다. 생각나는 대로 몇 번이건 '친구야'를 마구 불러대곤 했다.

작년 9월에 혜미와 동해 여행을 하면서 파악한 내용이었다. 그랬는데 사모아에까지 와서 만나게 되리라고는 예측하지 못했다. 이윽고 술과 안주 둘레로 셋이 잠옷 차림새로 둘러앉는다. 잠옷 차림새의 처녀들을 대하자 사타구니의 성기가 발기하여 연신 끄떡댄다. 내 의사와는 무관하게 저절로 빳빳하게 곤두서서 흔들거린다. 나는 아무래도 불안하여 혜미를 향하여 나지막한 목소리로 말한다.

"잠옷 차림새로 둘러앉으니 너무 기분이 야릇해. 밤이 깊었으니 내일 만나면 안 되겠니?"

이때 현지가 정색을 하고는 내게 말한다.

"너무 혼자서 우아한 척하는 느낌이 들어서 좀 역겹네요. 여행지에 와서 서로 아는 처지에 잠옷 바람이면 어떻다고 그러세요? 여행지인 사모아에서 좀 화끈하게 놀면 어떻다고 그러세요? 혜미랑 제 얼굴이 못 생겨서 마음에 안 드세요? 정말 그렇다면 저희가 조용히 나갈게요."

처녀들이 괜찮다는데 나만 결벽증 환자처럼 구는 느낌이 문득 든다. 문득 내 가슴에도 오기심의 물결이 출렁인다.
'그래, 좋아. 설마 너희들이 나를 잡아먹기야 하겠니? 너희들이 괜찮다고 덤비는데 내가 말릴 구실이 없잖아. 그래, 사모아에서 함께 미치든 살림을 차리든 어떻게 해 보자고.'
내가 얼굴 표정을 누그러뜨리며 차분하게 입을 열려는 찰나다. 현지가 나를 향해 말한다.
"춘호 씨, 듣기에 나랑 동갑이라더군요. 높임말이 익숙하지 않아서 불편하거든요. 지금부터 서로 말 놓고 지내면 안 되겠니?"
자꾸만 처참한 마음이 든다.
'나는 아직 술 한 잔도 마시지 않았잖아? 자기들만 술을 마시고는 기분이 달아올라 주정을 부리는 것 같잖아?'
이번에는 혜미가 현지를 바라보며 말한다.
"너는 언제 처음으로 처녀 딱지를 뗐니? 나는 중3 때 사귀던 남자애랑 비디오 방에서 섹스를 했어. 기분이 너무 좋아 미칠 지경이었어. 그랬는데 걔가 금방 싫증을 내더니 나를 걷어차 버렸어. 걔 말로는 나 말고도 데리고 놀았던 계집애들이 수두룩하다는 거였어. 세상에서 얼간이가 되는 것은 시간 문제였어. 얼마나 분하고 억울

하든지 걔의 사타구니 물건을 잘라 버리고 싶었어."

현지가 '푸풋'하고 웃음을 토해 내더니 곧바로 응답한다.

"너는 경험이 이미 많은 여자구나. 미안하지만 나는 여태껏 딱지를 뗀 적이 없어. 현재까지는 풋풋하고 싱싱한 처녀 몸뚱이야. 분위기를 봐서 오늘 밤에 딱지를 떼든지 말든지 해 봐야겠어. 암튼 분위기를 살리려면 술을 더 마셔야 되겠어. 맥주로는 도무지 정신이 민숭민숭하여 영 달아오르지를 않아. 좀 달아올라야 진도를 내든 말든 할 거 아냐?"

내가 그녀들의 말에 위기의식을 느끼는 찰나다. 현지가 나를 향해 말한다.

"종이컵에 소주 좀 따라서 내게 줘. 솔직히 요즘은 마음이 너무 공허하여 미칠 것 같아. 때가 되면 결혼해야 하는데 관심을 갖는 사내조차 없어. 내가 뭣이 그렇게 모자라니? 학력이 미흡해? 키가 작아? 도대체 내가 갖추지 못한 게 뭔지 이야기를 해 봐."

내가 절망감에 잠겨 신산스런 생각에 휩싸일 때다. 현지가 연이어 내게 말을 건넨다.

"춘호야, 내 말 들리니? 네 눈에는 내 외모가 어떻게 보이니? 영 별로라고 여겨지니?"

여인들의 나긋나긋한 태도와 매혹적인 목소리를 들으니 성기가 격렬히 흔들거린다. 꼿꼿하게 일어선 성기의 모습이 여인들에게 그대로 드러난다. 내가 민망하여 얼굴을 숙여 마음을 추스를 때다. 현지가 술잔에 소주를 채워 내게 들이민다. 그러면서 말을 덧붙인다.

"춘호야, 내가 제일 싫어하는 인간이 겉과 속이 다른 속물들이야. 좋으면 좋다고 하고 싫으면 싫다고 하면 되잖아? 뭐가 그리도 생각이 복잡하여 똥오줌을 못 가리니? 정 우리가 마음에 안 들어?"

작년 8월에 수향을 잃은 이후로는 여체를 가까이한 적이 없다. 수향과 만날 때 나누던 성교는 환락의 극치였다. 젊은 혈기의 남녀가 어우러지는데 어찌 환락이 감미롭지 않았겠는가? 하지만 그녀와 사별한 뒤로는 그만 가슴이 얼어붙어 버렸다. 젊은 여체를 봐도 전혀 마음이 움직이지 않았다. 심지어 야한 동영상을 봐도 전혀 느낌이 오지 않았다. 그래서 마음이 결빙되었음을 통감했다. 수향 수준의 여인을 만나지 못한다면 영원히 결빙될지도 모를 일이었다.

그랬는데 오늘 밤은 시작부터가 이상스럽게 돌아가는 분위기다. 다짜고짜 처녀들이 잠옷 차림으로 내 침실을 찾은 터였다. 게다가 그녀들은 이미 주기가 올라 건드리기만 하면 터질 지경이다. 내가 건드리지 않으면 그녀들이 나를 건드리리라는 위기감이 진하게 느껴진다. 최악의 상황으로는 2대 1의 성교까지도 예견되는 터다. 여태껏 포르노 비디오의 세계에서만 이루어지는 일로 여겼다. 그랬는데 현실 상황에서도 금세 그런 징후가 느껴지니 살이 떨린다. 게다가 현지의 말이 더욱 가관이잖은가?

"춘호야, 내가 제일 싫어하는 인간이 겉과 속이 다른 속물들이야."

한 마디로 위선적인 인간이 싫다는 얘기가 아닌가? 나는 현지의 말에 그만 나 자신이 속물임을 절실히 깨닫는다. 다른 남자들처럼 마음속으로는 온갖 엉큼한 생각을 다 떠올리지 않는가? 그러면서도 남들에게는 품격을 갖춘 우아한 인간으로 비치기를 바라지 않는가? 잠옷 차림의 처녀들을 대하자마자 곧바로 성기가 발기하지 않았는가? 내 마음이 단적으로 반영된 것이어서 우스꽝스러울 따름이다. 나는 어느새 상념의 물결에 떠밀려 내 실체를 들여다본다.

'품격이란 겉과 속이 일치된 상태의 안정된 성품을 말함이야. 남들에게 근엄하면서도 우아하게 보이고픈 위장술이 아니야. 암, 그렇고말고.'

나는 짧지 않은 시간에 고뇌에 휩싸인다. 이튿날 호텔에서 빠져나갈 때의 내 위상에 신경이 쓰인다. 여인들로부터 하찮은 사내라는 평가를 받아서는 안 되리라는 생각이 압도적이다.

진솔하지 못한 인간이라는 말도 듣기 싫다. 사람이 보기보다 천박하다는 말도 듣기가 싫다. 사람들의 눈치나 살피는 전형적인 위선자라는 말은 더욱 듣기가 싫다. 세상에 태어나서 이처럼 곤혹스러운 밤은 없으리라는 생각이 들어 답답해진다. 이래도 욕을 듣겠고 저래도 욕을 들을 것만 같다. 소중한 시간을 함께한 뒤에 귀에 거슬리는 평가를 받는다면? 정말 시간이 아깝고 쏟은 관심의 열기가 허망해지리라 여겨진다. 여인들과 어울리는 순간에 내 주도권이 사라진 느낌이 든다. 여인들의 주장에 끌려갈 수밖에 없을 것 같은 낭패감마저 느낀다.

7. 시날레이 해변

공연장에서 사모아의 전설이 날아 내리는 듯한 전통 춤을 감상한다. 꿈결의 작용인 듯 사모아에 여행을 온 혜미와 현지를 만난다. 그녀들이 묵고 있는 호텔에 내 숙소를 정하기로 한다. 그랬더니 그녀들의 숙소 맞은편에 내 숙소가 배정된다. 신화의 밀어가 뒤엉킨 듯 신비한 분위기의 아마나키(Amanaki) 호텔의 숙소다. 샤워를 하고 몸의 물기를 닦아도 여인들과의 만남이 의아스러운 기분이다. 잠들려고 할 때 문 두드리는 소리가 연막처럼 희미하게 들린다. 복도 맞은편의 여인들이 미궁에 휩쓸리는 바람결처럼 내 숙소로 들어선다.

침실 바닥에는 신문지가 펼쳐졌고 거기에 술과 안주가 깔려 있다. 문득 시계를 들여다보니 자정을 갓 넘긴 시점이다. 춤 공연장에서 춤을 구경하고 오느라고 시간이 경과된 모양이다. 문득 여인들을 바라보기가 민망스러운 느낌이다. 속살의 윤곽이 너무나 선명히 내비치는 잠옷이었기 때문이다. 심지어 옷을 입은 것인지 알몸인지를 식별하기가 어려울 지경이다. 젖가슴은 젖가슴대로 사타구니는 사타구니대로 훤히 내비치는 잠옷이다. 둘의 차림새가 흡사하기에 같은 옷 가게에서 구입한 것처럼 여겨진다.

그녀들의 잠옷에 비하면 나의 잠옷은 양호한 편이다. 최소한 내부의 살결이 내비치지는 않기 때문이다. 하지만 발기된 성기의 모습은 너무나 적나라하게 드러나 부끄럽기 그지없다. 그렇다고 하여 손으로 사타구니를 가릴 처지는 아니다. 손으로 가린다면 정말 내가 웃기는 사람으로 여겨질 것이 뻔하다. 참으로 묘한 상황에서 술과 안주 주위로 셋이 둘러앉는다.

문득 머릿속으로 어떤 생각이 흘러간다.

'자칫 잘못하다가는 잠을 못 자는 일도 생기겠는데? 그렇게 되면 배에서의 당직 문제를 어떻게 해결하지?'

생각할수록 기묘하고 해괴한 정경의 밤이라 여겨진다. 나는 한숨을 가만히 삼키며 마음을 추슬러 보려고 애쓴다. 이때 혜미가 내게 말한다.

"자, 술들을 한 잔씩 마시면서 대화를 나누자고. 나도 이런 분위기는 처음인데 다소 야하면서도 운치가 느껴져."

혜미의 말에 따라 내가 여인들의 술잔에 술을 채운다. 현지도 내 술잔 가득히 술을 채운다. 각자 술잔을 입에 갖다 대고는 술을 마시기 시작한다. 냉장고에 채웠다가 꺼낸 것이어서 훨씬 시원하게 느껴진다.

혜미가 먼저 해난사고에 대해 입을 연다. 나로서는 관심 있는 분야라 즉시 마음이 솔깃하게 그녀한테로 쏠린다.

"풍랑을 만나거나 태풍을 만나 배가 전복되면 큰일이잖아? 설혹 구명조끼를 착용해도 바다에서는 체온 변화가 커지기 마련이잖아? 결국 바다에서 배가 침몰하면 죽음으로 내몰릴 수밖에는 없잖아? 그런데 사망하고도 시신이 발견되지 않은 경우가 참으로 곤란하다고 여겨져."

시신이 발견되지 않으면 실종으로 처리될 따름이다. 죽음의 정황을 드러내어도 시신이 발견되지 않는다면? 가족들은 속상하겠지만 사건은 실종으로 처리될 수밖에는 없는 일이다.

생각이 여기에 미치자 큰아버지의 실종에 생각이 미친다. 조선족의 중국인들이 큰아버지를 죽여 바다에 던졌다고 하잖은가? 조선족의 중국인 6명이 한국인 7명을 비롯한 11명의 선원을 살해했다. 그때가 1996년 8월 2일의 금요일이었다. 숨이 끊기지 않은 상태에서도 바다에 던져 넣은 잔혹함이란? 조만간 큰어머니와 정하와 윤혜를 맞아 위령제를 올려야 할 판이다. 아직 시간은 많이 남은 편이지만 신경이 쓰이는 부분이다. 조만간 회사에 기안문을 올려 결재를 받아 추진할 작정이다.

큰아버지가 살해된 구체적인 장소는 조선족들의 증언에 따라 검색해야 한다. 이미 20년 전의 조선족들의 증언 기록이 수집된 상태다. 회사의 임원들이 검찰청과 법원을 방문하여 수사와 진술 자료를 확보했다. 그 자료들이 며칠 전에 내 수중으로 들어왔다. 그 자료를 손에 쥔 순간에 무척 고통스러웠다. 큰아버지가 살해된 시각은 새벽 4시 40분이라고 밝혀져 있었다. 경찰의 현장 검증 때의 사고 지점도 명확히 제시되어 있었다.

그때의 나는 초등학교에 입학하기 전인 7살의 유치원생이었다. 그 나이에는 큰아버지가 죽었다는 의미가 뭔지도 전혀 모를 시기였다.

앞으로 시간이 더 흐르면 사고 기록을 면밀히 훑어볼 작정이다. 요즘 상황으로서는 너무 일이 벅차서 정신을 분산시키기 어려운 실정이다. 하지만 조만간 위령제의 규모나 절차에 대해 검토해야 할 입장이다. 내 생각이 여기에 머물 때다. 혜미의 목소리가 방 안을 휘젓는다.

"해난사고의 얘기를 내가 괜히 꺼냈어. 오늘 밤중엔 사모아에서 가슴 설레는 일을 해야 할 거잖아? 그래야 평생의 추억거리도 될 거고 말이야. 뭐 마땅히 떠오르는 아이디어가 없니?"

현지가 묘한 웃음을 짓더니 혜미와 나를 둘러보며 말한다.

"한밤중의 실내에서 할 만한 일이라고는 별로 없잖아? 내가 할머니한테서 근래에 고스톱을 익혔거든. 내가 옷가방에 화투를 챙겨왔어. 별로 쓸 일이 없겠거니 여겼는데 해 보는 게 어떻겠니? 너희들은 설마 고스톱 칠 줄을 모르지는 않겠지?"

현지의 말에 혜미와 내가 곧바로 응답했다.

"물론 알지."

"기본 교양이 아니겠니?"

혜미와 내가 고스톱 칠 줄을 안다고 대답했을 때다. 현지가 갑자기 신이 나는 목소리로 호들갑을 떨며 말한다.

"딱 구성원이 이루어졌어. 물러나고 싶은 사람이 있어도 빠질 수

없는 것 알지?"

어느새 셋은 전문 도박꾼처럼 둘러앉아서 고스톱의 규칙을 정한다. 혜미가 최종적인 규칙을 일행에게 확인시켜 준다.

"피박과 광박이 다 적용이 되는 거야. 점당 500원씩으로 하기로 하자고. 너무 싼 편인가? 우리가 고스톱으로 돈 벌로 온 게 아니잖아? 한 판의 상한가는 10,000원을 넘기지 않도록 하자고. 확인이 되었으면 패를 돌리도록 할게."

이윽고 화투의 패를 돌린 뒤다. 패를 뒤집어 선(先)을 결정하기 전에 현지가 말한다.

"진짜 중요한 게 빠졌어. 고스톱은 사모아의 밤을 경축하는 도화선일 따름이야. 이걸 통해 무슨 일을 벌일지를 정하지 않았잖아? 이것부터 정하고 시작하기로 했으면 좋겠어."

현지의 말에 혜미도 손뼉을 탁 치더니 자신의 생각을 들려준다. 이러는 사이에도 술잔은 쉴 새 없이 오갔다. 그러는 바람에 나한테도 서서히 주기(酒氣)가 올라오는 기분이다. 취기가 오르니 단단하게 잠갔던 절제의 빗장이 허물어지려는 느낌이 든다.

'그 뭘 잘난 주제도 아닌 처지에 품격을 갖추겠다고 난리냐고? 그런다고 누가 너를 귀공자로 봐 주겠어? 다 삶이란 부질없는 착각과 환상의 자취일 따름이야. 남의 눈치를 초월하여 한 번이라도 주관적으로 행동한 적이 있니? 여태껏 없었다고? 세상이 답답하여 지금껏 어떻게 살아 왔니?'

혜미가 제안하는 말이 귓전으로 밀려든다.

"오늘 밤에 안 해 본 것을 좀 하자고. 춘호야, 너는 머리에 모자를 하나 써. 그러면 모두가 공평해져. 모두 몸에 석 장씩의 부착물을 걸치고 있거든. 춘호 너한테는 잠옷과 모자와 팬티가 있잖아? 현지와 내 경우에는 잠옷과 브래지어와 팬티가 있어. 그래서 다들 몸에는 석 장씩의 부착물을 지녔을 따름이야."

혜미의 이야기가 바람결에 흩날리는 실연기처럼 부드럽게 일행에게 휘감긴다. 현지와 나는 혜미의 제안에 귀를 기울인다. 지는 사람들은 누구나 착용한 피복을 하나씩 벗기로 한다. 여인들의 경우에는 잠옷, 브래지어, 팬티 순서로 벗기로 한다. 내 경우에는 잠옷, 모자, 팬티 순서로 벗기로 한다. 승자는 진 사람이 노출시킨 알몸의 부위를 3차례씩 어루만지기로 한다. 규정을 준수하지 않으면 20만 원의 벌금을 당장 내놓는다. 이런 내용을 일행에게 확인시키는 중이다.

취기로 몸뚱이가 알딸딸해지자 마치 꿈속을 헤매는 기분이 든다. 이런 판에 혜미의 제안마저도 꿈속의 규약처럼 느껴진다. 원래 주량이 소주 넉 잔인데 이미 2병을 마신 상태다. 주량을 넘기자 몸의 균형이나 기분이 그만 느슨해져 버린 터다. 하지만 모든 것을 취기 탓으로 돌리지는 않으리라고 마음을 추스른다.

'혹시 지금의 진행 상태가 불쾌하지는 않은지? 내가 전혀 원하지 않는 방향으로 내닫고 있는 것은 아닌지? 내일 날이 밝아도 부끄럽지 않을 길이기는 한가?'

이때 문득 속이 더부룩해지더니 구토가 울컥 치밀어 오른다. 참으려고 해도 토악질이 바로 시작되려는 위기감을 느낀다. 그래서 급히 화장실로 달려들어 변기 앞에 앉는다. 목구멍 속으로 손가락을 넣어 토악질을 해댄다. 변기는 금세 토사물로 그득 채워진다. 눈에 눈물이 글썽대더니 자꾸만 졸음이 밀려든다. 그래서 입을 씻고는 가까스로 침대에 올라 여인들에게 양해를 구한다.

"조금 주량을 넘겼나 봐. 잠깐만 좀 쉴 테니 양해해 줘."

이후에는 기억이 끊겼다.

눈을 뜨니 어느새 햇살이 부드럽게 나부끼는 아침나절이다. 방에서는 여인들의 자취가 안 보인다. 생각해 보니 내가 취해 침대에 드러눕자 방에서 나간 모양이었다. 아마도 여인들의 기분이 엉망진창으로 망가졌으리라 여겨진다. 무슨 일을 벌이겠다고 고스톱 규칙까지 들이밀었던 그녀들이 아닌가? 그랬는데 내가 침대에 올라서자마자 의식을 잃어버린 모양이었다. 추호도 내가 그런 방식으로 빠질 생각은 아니었다.

빠지려고 했다면 당당하게 빠졌을 터였다. 순전히 취기를 견디지 못해 내가 잠들어 버린 모양이었다. 여인들은 기대감에 부풀었다가 내가 잠들어 버리자 맥이 풀린 모양이었다. 아마도 추정컨대 시무룩한 표정으로 그녀들의 숙소로 건너간 모양이다.

가만히 생각해 보니 오히려 잘된 모양이라 생각된다. 고스톱에 합류했다면 틀림없이 낯이 뜨거운 장면에까지 이르렀으리라 생각된다. 포르노 비디오에서나 가능한 희한한 성교가 이루어졌을지도 모르리라 여겨진다. 그랬다면 일생 동안 희한한 추억에 묻혀 허우적거릴 거라 생각된다. 정말 토악질이 나를 살려준 느낌이 든다. 내가 좀스러운 사내로는 비치지 않았으리라 믿긴다. 맹랑한 여인들로부터 내가 위선자로 평가되지만 않았다면 제대로 대접받은 느낌이다. 나는 싱긋 웃으며 세면실로 샤워를 하러 간다.

샤워를 마치고 숙소를 떠나기 위해 모든 준비를 마쳤다. 사모아의 우폴루 섬 남쪽의 관광지인 시날레이(Sinalei) 해변을 떠올릴 때다. 숙소의 문을 두드리는 소리가 들려 문 밖을 내다본다. 혜니와 현지도 출발 준비를 마친 차림새로 내게 인사를 한다.

"어젯밤에 잘 잤니?"

"속은 좀 괜찮아? 제법 불편해 보였는데?"

내가 즉시 응답한다.

"어제 내가 좀 과음을 했나 봐. 화투를 친다는 약속을 못 지켜서 미안해. 대신 오늘은 너희들과 함께 낮 시간을 보낼게."

내 대답을 듣자 둘 다 순간적인 환호성을 내지른다.

"오우, 예! 너 정말이지?"

"우와, 너 그래도 제법 배려심이 많은 사내로구나."

셋은 곧장 호텔 마당으로 손가방을 끌고 내려선다. 호텔 건물을 빠져 나간 뒤다. 도로변에서 내가 여인들에게 의향을 묻는다.

"지도에 의하면 여기서 섬의 남쪽까지 남북으로 관통하는 도로가 있어. 아피아가 섬의 북쪽 중앙 지점이잖아? 여기서 곧장 25킬로미터를 남쪽으로 달리면 시날레이(Sinalei) 해변이 나와. 거기는 사모아에서도 알아주는 1급 관광지야. 우리 거기로 가면 어떻겠니?"

내 말에 혜미가 내게 농담을 하며 분위기를 고조시킨다.

"어젯밤에 고스톱을 치면서 너를 발가벗겨 애무를 하려고 했거든. 애인이 아니면 어때? 고스톱 규칙으로 우리가 정했잖아? 바다의 물속에서는 더욱 흥미진진하겠어. 아이 신나 죽겠어!"

내가 멍한 표정으로 혜미를 바라볼 때다. 내 표정을 보더니 현지도 놀리고 싶은 충동을 느낀 모양이다. 현지도 즉시 내게 시원스럽게 말을 내뱉는다.

"정말 나도 어젯밤에는 달아올랐단 말이야. 세상에 태어나서 처음으로 처녀 딱지를 떼리라 여기고는 무척 설레었어. 그랬는데 화장실에 다녀오더니 맛이 간 낙지처럼 네가 뻗어 버렸잖아? 내 참기가 막혀서 밤 내내 잠을 못 잤어. 물속에만 가 봐. 내가 너를 가만 두지 않겠어."

너무 어이가 없어서 순간적으로 웃음이 터져 나왔다.

"어허허 허헛! 애들이 어젯밤에 못 먹을 것을 먹었나 봐. 아침부터 왜들 이래?"

말을 하고 나서 보니 나만 농담을 못한 꼴이다. 그래서 약간 억울한 느낌이 들어서 내가 말을 덧붙인다.

"요조숙녀들인 너희들의 마음을 뒤집히게 만든 사모아가 문제의 섬이라 여겨지네. 아예 여기서 렌터카로 셋이 알몸뚱이로 시날레이까지 달려 봐? 못할 것도 없잖아?"

내 말이 끝나자마자 혜미가 깔깔대며 응답한다.

"이야아, 죽인다 죽여. 정말 그래 봤으면 원이 없겠다. 단속 경찰은 내가 알몸으로 다 막아 줄게."

현지도 허리를 꺾으며 깔깔 웃다가 눈에 눈물까지 매달고 말한다.

"제발 좀 그렇게 해 줘. 그렇게 해 준다면 너를 평생 신(神)으로 모실게. 네 농담 수준이 정말 환상적이야."

호텔 옆에는 렌터카 회사가 줄지어 서 있다. 농담으로 말했다가 정말 흰색 렌터카를 몰게 되었다. 사모아에서는 사모아에서 발급하는 임시 면허증을 요구한다. 그래서 렌터카 회사에서 금세 임시 면허증을 발급받는다. 렌터카 회사에서는 20분이 못 걸려서 임시 면허증을 발급해 준다. 왕복 택시비보다도 싸게 드는 렌터카를 이용하기로 한다. 렌터카에 올라 25킬로미터의 남북 횡단도로에 진입할때다. 주변은 야자수가 빽빽이 들어찬 열대 밀림 지대의 연속이다. 자연 경관이 너무나 빼어나 저절로 가슴이 설렐 지경이다.

열기도 강렬한 7월 중순이라 렌터카의 에어컨도 미지근하다. 이때 뒷자리의 여인들이 수영복으로 갈아입기 시작한다. 해변의 탈의실에 가서도 가능한데도 기분을 내려는 모양이다.

'하여간 못 말리는 여자들이야. 한국에서 저랬다간 정신병원으로 끌려갔을 텐데 묘한 일이야. 해외여행이니까 일단은 너그럽게 봐 줘야지.'

남북 횡단도로를 달리는 차량은 생각보다 많지 않은 편이다. 어쩌다가 한 대씩 렌터카를 앞질러 갈 뿐이다. 도로 가장자리의 곳곳에 간이 휴게소가 세워져 있다. 거기에서 사모아 원주민들이 바나나와 파인애플, 망고 등의 과일을 판다. 산림지대의 비옥한 토양에서 생산된 농산품들이라 여겨진다.

횡단도로 절반쯤의 거리인 13킬로미터를 달렸을 때다. 현지가 간이 휴게소에서 차를 세우라는 신호를 내게 보낸다. 그녀의 뜻에 따라 일행이 간이 휴게소에서 잠시 내린다. 사모아 원주민들의 영어가 유창하기 그지없다. 사모아어와 영어가 국민의 언어로 통용되는 나라인 탓이다. 현지와 혜미도 유창한 영어로 원주민 여인들과 이야기를 주고받는다.

"아주머니, 이 파인애플들은 어디에서 재배한 거죠? 주변에 농장이 있나요?"

40대 중반의 원주민 여인이 곧바로 응답한다.

"여기서 가까운 거리의 숲 속에 농장이 있어요. 거기서 경작하여 내다 팔곤 해요. 원한다면 농장을 구경시켜 드릴 수도 있어요."

원주민 여인의 말에 현지가 원주민 여인에게 묻는다. 농장이 얼마나 떨어져 있느냐고? 원주민 여인이 걸어서 5분 정도의 거리라고 들려준다. 현지가 여인을 향해 말한다.

"정말 농장을 구경시켜 주시겠어요? 대신에 우리가 과일은 충분히 살게요."

졸지에 현지의 말에 따라 농장 구경을 나서게 된다. 혜미와 현지는 바람막이 용도의 투명하고도 기다란 덧옷을 걸친다. 덧옷을 수영복 위에 걸치니 금세 정숙한 여인의 복장으로 여겨진다. 휴게소의 가게는 옆집 여자들한테 봐 달라고 원주민 여자가 부탁한다. 그리하여 오솔길을 주인과 길손 셋이 함께 걸어간다.

대략 500미터쯤 걸어가니 분지형의 거대한 농경지가 펼쳐진다. 대략 지름이 2킬로미터에 달하는 방대한 밭이 펼쳐진다. 밭 둘레로는 십여 가구의 농가들이 눈에 띈다. 지붕은 하늘색의 슬레이트로 가려졌고 몸체는 목재로 만들어진 가옥들이다. 밭의 북쪽에는 언덕이 솟구쳐 있고 거기에서 작은 폭포가 쏟아진다.

그 폭포의 물줄기가 경작지의 물을 공급하는 수원(水源)인 모양이다. 너무나 장엄한 경관에 길손 셋은 넋을 잃을 지경이다. 경작지에는 다양한 종류의 과일들이 매달려 바람결에 흔들리고 있다. 열대과일의 종류가 그처럼 많은지 놀랄 정도다. 파인애플, 바나나, 코코 야자, 망고스틴, 두리안, 아보카도, 파파야, 람부탄 등. 용과(龍果)라 불리는 피타야(pitaya)도 경작지의 상당 분야를 뒤덮고 있다.

파인애플과 바나나와 람부탄과 파파야와 망고스틴을 한 바구니 산다. 고스톱 불이행의 벌금으로 모든 여행 경비를 내가 부담하기로 한다. 경작지 둘레로는 광막한 야자수의 밀림이 세상을 뒤덮고 있다. 농장에는 마을 여인들 다섯 명이 눈에 띈다. 다들 40대 중반의 여인들이다. 죄다 밀짚모자를 쓰고 하반신은 작업용의 짧은 치마를 입고 있다. 상반신은 엷은 푸른색의 투명한 바람막이 블라우스를 입고 있다. 그리하여 여인들의 젖무덤이 훤히 눈에 드러난다.

돌출한 여인들의 젖무덤이 시야에 들어오자 마음이 편안해진다. 한국의 과거 시골 아낙네들도 젖가슴을 드러낸 차림새였음을 떠올렸기 때문이다. 바람막이 블라우스에는 단추가 없기에 바람이 불 때마다 젖가슴이 노출된다. 원주민 여인들은 외국인 사내인 나를 대해도 전혀 부끄러워하지 않는다. 나도 원주민 여인들의 풍속을 파악했기에 평온한 마음으로 그녀들을 대한다.

이윽고 농장으로부터 간이 휴게소로 되돌아온 뒤다. 파인애플을 깎아 먹고 바나나도 두둑이 먹은 뒤다. 일행은 남쪽의 관광지인 시날레이로 달려간다. 차 뒤쪽에서 킬킬대는 소리가 들리기에 백미러를 흘깃 들여다본다. 둘 다 덧옷을 벗고는 수영복 차림새로 서로를 바라보며 웃는다. 아마 수영복 차림새가 무척 편안하게 느껴지는 모양이다. 나는 이내 시선을 정면으로 하고는 차의 속도를 높인다. 그러면서 머릿속으로는 남쪽 해변에서 시간을 보낼 계획을 구상한다.

북쪽인 아피아에서 출발하여 시날레이까지 도착하니 한 시간 반이 걸렸다. 휴게소와 농장에서 쉰 30분을 제외하면 한 시간이 소요된 셈이다. 해변에는 대형 리조트 건물이 자리 잡고 있다. 게다가 다채로운 관광 시설들이 갖춰져 있다. 파도타기와 카누 놀이와 수중 관광 시설까지 완벽히 갖춰져 있다. 리조트 건물의 식당에 들어가서 식사를 먼저 하기로 한다. 오락을 즐기려면 힘이 있어야 하기 때문이다. 그래서 맛있는 음식을 주문하여 배불리 먹기로 한다.

토속 양념이 발린 바다가재 구이가 먹음직스럽게 여겨져 주문한다. 소라와 연어 튀김도 주문하여 먹기로 한다. 이윽고 셋이 식탁에 둘러앉아 음식을 먹기 시작한다. 예상했던 대로 바다가재 구이의 맛이 일품이다. 입에 스며들어서 맛이 스러질 때까지가 가히 예술적인 수준이다.

혜미가 바다가재의 속살을 후벼내며 내게 말한다.

"너를 만나서 너무 환상적이야. 마치 너와는 오래 전부터 사귀었던 연인인 느낌마저 들어. 그렇다고 너한테 흑심을 품은 것은 아니니까 두려워하지는 않아도 돼. 아무튼 사모아가 너무나 아름답게 느껴져 미칠 것 같아. 아, 정말 이 느낌을 추스를 수가 없을 지경이야."

8. 해변의 무색계(無色界)

시날레이 해변에 나랑 여인들이 꿈의 장막을 헤치듯 감격스럽게 도착한다. 리조트 건물 내부에서 몰려든 허기를 잠재우려고 음식을 주문한다. 일행이 둘러앉아 음식을 들면서 떠도는 밀어를 캐듯 얘기를 나눈다. 혜미의 얘기를 듣다가 현지가 타는 듯한 그리운 표정으로 말한다.

"이번에 혜미를 통해 처음 알게 되었지만 너는 참 멋있어. 얼굴도 귀공자형이고 내뿜는 지적 매력도 가히 일품이야. 게다가 젊은 육체가 발산하는 향긋한 체취가 넋을 잃게 만들어. 결혼 안 해도 좋으니까 이렇게 평생 산다면 너무 좋겠어."

혜미와 현지의 말을 듣고 나서 내가 응답한다.

"너희들이 마치 나를 놀리려고 작정한 느낌이 들어. 고작 뱃놈일 뿐인 나한테 무슨 멋과 풍취가 있겠니? 너희들 수준이 높으니까 나마저도 높이 평가하려는 모양인데 나는 아니야. 절대로 나는 너희들이 언급하는 그런 고아한 사내는 아냐. 제발 사람을 바보로 만들려고 하지는 말아 줘. 너희들이 나를 바보로 만들지 않아도 나는 이미 바보일 따름이야. 그냥 만남을 소중히 하고 즐겁게 시간을 함께 보내면 좋겠어."

순서대로 소라구이도 먹고 연어 튀김도 맛을 즐기며 먹는다. 야자에서 채취했다는 토속 향미료 맛이 아무래도 일품이라 여겨진다. 구수한 맛이 오랫동안 입안을 감미롭게 만들기 때문이다. 어느 정도 배가 부른 상태다. 리조트 건물을 벗어나 해변을 산책할 때다. 해변의 탈의장에서 옷을 수영복으로 갈아입고는 가방과 물품을 업주에게 맡긴다. 업주가 곧바로 대형 사물함에 넣고는 자물쇠를 채운다. 렌터카는 주차장에 안전하게 세워 둔다.

일행이 해변을 거닐면서 얻은 결론은 잠수 관광을 하기로 한다. 스쿠버를 착용하고 정해진 해역을 잠수하면서 수중을 구경하는 일이다. 혜미와 현지도 스쿠버 자격증을 갖추고 있다고 한다. 나도 예전에 스쿠버 자격증을 취득한 정식 잠수부다. 셋이 태평양의 바다를 유영한다고 생각하니 느낌이 묘하다. 특히 셋은 사전에 만나기로 약속한 사이가 아니기에 더욱 그렇다. 마침내 종업원의 안내 설명을 들은 뒤다. 셋은 지도에 그려진 순서대로 물속을 헤엄치기로 한다.

지도에 의하면 수중 유영장의 외각은 철망으로 가두리를 쳐 놓았다. 가로와 세로의 거리가 각각 2킬로미터에 달하는 정사각형의 수중 지역이다. 가두리 내부에는 산호초도 깔려 있고 열대어들도 엄청나게 많다. 열대어들의 아름다움을 충분히 감상할 수 있을 지경이다. 지도를 기억한 내가 수중의 선도자 역할을 한다. 내가 먼저 천천히 물속으로 뛰어든다. 내 뒤를 이어 혜미와 현지가 순서대로 물속으로 들어선다.

바깥에서 바라보는 것과 물속 세상은 완연히 다르다. 현란하기 그지없을 만큼의 환상적인 세계라 여겨진다. 산호초 군락 지대에는 색채가 다채로운 온갖 산호들이 숲을 이룬다. 산호들 곁을 숱한 물고기들이 떼를 지어 떠다닌다. 얇은 부채 모양에서부터 기다란 병풍 모양에 이르기까지 형상이 다채롭다. 내 삶이 산호의 한 마디보다도 미약하리라는 생각이 문득 든다. 우주가 원래 너무나 광대하기 때문이다.

산호초를 지나서는 수중 입체 궁전을 산책하기로 한다. 내부 건물의 중앙에는 용왕의 모습을 멋지게 만들어 놓았다. 한 눈에 용왕임을 척 알아차리게 만들어진 빼어난 조각품이다. 용왕의 둘레로는 용왕을 호위하는 수중 동물들이 세워져 있다. 돌고래와 상어를 비롯한 거대한 문어들의 형상이 조각으로 만들어져 있다. 예술적 감각이 대단히 세련된 수준으로 표현된 작품으로 여겨진다.

입체 궁전의 바깥에는 탁 튄 공간이 가두리까지 내뻗쳐 있다. 바다 밑 모래의 굵기도 다양하고 자갈의 색채도 다채롭다. 거기에 못지않게 수중을 떠다니는 열대어들의 종류와 무리가 이만저만이 아니다. 문득문득 물고기 떼가 하늘의 별이라 여겨지기도 한다. 물속을 유영하는 나 자신이 우주인 같다는 생각마저 든다. 우주 공간을 마음대로 떠다니는 우주인 말이다. 문득 수중에서 말하지 못하는 것이 참으로 다행이라는 생각이 든다. 그렇지 않았다면 혜미와 현지의 얘기를 듣느라고 정신이 분산되었으리라 여겨진다.

물속에는 나의 일행 셋을 제외하고는 거의 보이지 않는다. 물속 지역이 너무 넓기 때문이라는 생각이 언뜻 든다. 압력계의 수치를 들여다본다. 산소의 압력은 충분한 셈이다. 또한 시계도 들여다본다. 아직 20분은 더 물속을 둘러볼 수가 있다. 이제는 섬의 내부로 내뻗은 철제 가두리 지역까지 헤엄을 친다. 철제 가두리를 따라 셋이 나란히 이동하며 철망을 살핀다. 마치 철망을 점검하려는 건설업체의 전문 기술자들이기라도 한 것처럼.

가두리 철망을 따라 20여 미터쯤 이동했을 때다. 가두리 아래쪽으로 허연 물체가 눈에 띈다. 마치 말라죽은 고사목의 허연 뿌리 같다는 느낌이 밀려든다. 혹여 야자수의 뿌리일지도 모르리라는 생각이 들어 접근하여 살핀다. 여전히 식별하기가 어려워 자세를 낮춰 천천히 철망까지 접근한다. 내 뒤의 여인들도 나를 따라 철망으로 접근한다. 철망의 아래에 끼어든 하얀 물체에 바싹 다가든 찰나다. 잠시 영문을 모를 섬뜩한 느낌이 전신으로 밀려든다.

이윽고 거리가 밀착된 상태로 허연 물체를 바라본 찰나다. 가슴이 저릿해지며 오줌을 지릴 듯한 느낌이 든다. 물체는 인간의 갈비뼈로 느껴졌기 때문이다. 흔히 인체 해부학 책에서 보게 되는 전형적인 인간의 갈비뼈다. 인간의 갈비뼈로 여겨진 순간이다. 여인들에게도 신호를 보내어서 물속의 갈비뼈를 보게 한다. 여인들도 자세히 다가들어 갈비뼈를 식별한 순간에 놀라는 몸짓이 느껴진다. 갈비뼈의 존재를 확인하자 셋이 더욱 면밀히 갈비뼈를 관찰한다.

아무리 봐도 인간의 뼈임에 틀림없다는 확신이 든다.

'살점이라곤 없이 하얀 뼈만 보이잖아? 적어도 1년 이상이 지난 유골임에 틀림없어. 그렇지 않다면 살점이 붙어 있으리라 생각된다. 아무리 봐도 뼈에는 일체의 살점도 붙어 있지 않다. 시간상으로도 이제는 바깥으로 나가야 할 시점이 가까워졌다. 수중 산책의 시간이 한 시간이었다. 한 시간을 너끈히 채우고 이제 물 밖으로 나가려고 한다. 슬쩍 바라보니 혜미와 현지의 얼굴이 굳어 있다. 수중에 뛰어들 때의 활력은 전혀 내비치지 않는다.

이윽고 일행이 스쿠버 장비를 업체에 반납하고 해변으로 들어선다. 세면장으로 가서 몸을 깨끗이 씻고 옷을 갈아입는다. 수영이라면 물속에서 한 시간을 즐긴 셈이다. 에너지도 고갈된 상태라어서 물가에 나가 쉬고 싶을 따름이다. 탈의장에서 빠져 나와서는 셋이 해변에 늘어선 야자수의 숲으로 들어선다. 야자수 그늘 아래에 휴대해 간 대자리를 깐다. 대나무를 깎아서 촘촘하게 만든 야외용 자리이다. 일행 셋이 둘러앉아서 물속에서 본 인골에 대해 대화를 나눈다.

혜미가 먼저 말을 꺼낸다.

"춘호가 업체에게 갈비뼈를 발견했다고 신고했기에 알아서 처리하겠지. 아마 업소 직원들은 전혀 몰랐을 거야. 처음 가두리를 만들 때에는 없었을 테니까. 그런데 대체 어떻게 인골이 거기에 끼어들었을까?"

현지가 혜미의 말에 자신의 견해를 말한다.

"바다에는 해난사고들이 많이 생기잖아? 익사체들이 떠돌다가 뼈만 남아 끼어들었을 거야."

나도 그녀들의 의견에 찬성하는 말을 덧붙인다.

"풍랑을 만났거나 빙산에 부딪혔거나 하여간 해난사고는 많기 마련이야. 익사자들의 시체를 물고기들이 먹잇감으로 파먹었겠지. 그러다 보니 뼈에서 온갖 살점은 다 해체되었을 거야. 그렇게 남은 인골이 바다를 떠돌다가 그 철망에까지 도착했겠지."

혜미가 정색을 하면서 다른 의견을 꺼낸다.

"해난사고를 당한 피해자일 확률은 높아. 하지만 반드시 그렇다고만 볼 수도 없잖아? 비행기가 공중에서 폭발하여 바다에 추락해도 시신이 바다에 잠기잖아? 또한 산사태가 발생하여 산에 묻혔던 인골이 바다로 유입되기도 하잖아?"

누구의 관점에서도 혜미의 말이 틀린 것은 아니다. 하지만 확률에 있어서 크게 다르다는 점이 문제다. 인골이 출현된 과정에 대해 셋이 진지하게 대화한 뒤다.

셋은 해변에서 가까운 시우무(Siumu) 밀림 지역에서 시간을 보내기로 합의한다. 태고부터 발달된 원시림으로 인하여 산야가 밀림으로 뒤덮인 곳이다. 거기에는 계류가 흐르고 폭포도 있고 동굴도 많다고 알려져 있다. 그래서 원시 상태의 수풀을 감상하기로 일행이 마음먹었다.

나중에 비상 상태를 감안하여 건전지와 회중전등을 준비한다. 독충에 대비하여 가스 분사식 살충제도 마련한다. 만일의 사태에 대비하여 렌터카는 숲에 가까운 공영 주차장에 세운다. 이런 준비를 마친 뒤다. 일행은 짐을 챙겨 렌터카에 올라탄다. 밀림이 아무리 울창한 지역이어도 입산을 통제하는 곳은 없다. 군대가 없고 군사 시설이 없는 탓이라 여겨진다. 계곡의 물소리가 우렁찬 곳을 향해 셋이 원시림을 뚫고 들어선다.

후덥지근한 바람은 쉴 새 없이 계곡을 오르내린다. 남위 14도 서경 171도 46분의 지점에서다. 휴대전화의 위성 탐색기가 정확한 위치를 알려준다. 퇴적 지형에서 흔히 발견되는 석회암 동굴이 눈에 띈다. 동굴 입구는 키 큰 수목들로 뒤덮여 있다. 동굴 내부로는 누구도 발을 들여놓지 않은 모양이다. 동굴 입구는 높이가 3미터에 달하고 폭도 2미터는 됨 직하다. 내부가 캄캄한 것이 마음에 걸릴 따름이다.

동굴을 대하자 혜미가 먼저 입을 연다.

"생긴 모습이 석회동굴로 보이네. 한국의 동해에서는 많이 봤잖아? 그렇다면 이 부분도 예전에는 바다였다는 얘기이잖아? 석회암은 해저에서 퇴적물이 쌓여서 만들어지는 암석이잖아? 이게 육지로 솟구쳐 동굴이 만들어졌다는 얘기야."

혜미의 견해가 타당하다고 인정된다. 보통의 경우에 석회동굴의 규모는 인간이 걸어 다닐 정도는 된다. 줄곧 석회암 동굴을 관측한 결과다. 석회암에 지속적으로 파고든 빗물에 바위가 녹아서 만들어진 동굴이다. 바위가 물에 녹아서 동굴이 되려면 시간이 얼마나 걸렸을까? 엄청나게 긴 시간이 흘러야만 가능한 경우다. 내가 생각에 잠겨 있을 때다. 현지의 목소리가 귓전을 파고든다.

"우리, 동굴 속으로 들어가 보지 않을래? 석회동굴이라면 종유석이라든지 석순 등의 볼 것이 많을 거야. 우리가 회중전등을 갖고 있으니까 진입하기는 힘들지 않을 거야."

나도 동굴에 들어갈 것인지 말 것인지를 검토하는 중이다. 외국의 원주민이 사는 섬이지 않은가? 노출된 야외보다는 동굴이 날씨 변화에 영향을 덜 받으리라 여겨진다. 또한 석회동굴은 바위로 이루어진 굴이기에 안전하다는 점도 장점이다. 느닷없이 동굴이 무너져서 흙더미에 깔려 죽을 확률이 작다는 얘기다. 여기까지는 좋다고 여겨졌는데 문득 지난밤의 일이 떠오른다.

'설마 동굴에서까지 고스톱을 치자는 얘기는 하지 않겠지? 동굴 내부는 어두울 테니까 빛도 들어오지 않을 것이고 말이야.'

생각이 여기에까지 미치자 내가 여인들에게 의견을 들려준다.

"내 관점으로도 석회동굴이라고 여겨져. 돌로 된 동굴이라 무너져 내릴 일은 없거든. 절대로 안전한 곳이야. 게다가 느닷없이 폭우가 쏟아지더라도 대피하기에 최상인 곳이야. 회중전등을 이용하여 동굴 감상을 해 보자꾸나."

내 말을 듣자 여인들이 흔쾌히 동의한다. 그러고는 내가 회중전등을 켜고는 동굴에 먼저 들어간다. 내 뒤를 현지가 따르고 제일 뒤에 쳐져서 혜미가 들어선다. 이윽고 조심스레 불빛을 비추며 동굴 속으로 들어간다. 해발고도가 낮은 지점인 탓인지 동굴의 크기가 상당히 크다. 안으로 들어갈수록 바닥에서의 높이가 10여 미터에 이를 정도다. 폭도 열 명이 어깨를 맞대어 옆으로 나란히 설 만하다. 지하철 전동차의 의자의 폭을 연상하자 굉장히 넓다고 인식된다.

규모에 어울리게 곳곳마다 종유석이 매달렸고 석순이 치솟아 있다. 안으로 20여 미터쯤 들어갔을 때다. 느닷없이 굉음이 터져 나오면서 박쥐 떼들이 한 무더기 밀려나온다. 그러더니 이내 잠잠해진다. 동굴에 사는 곤충들을 잡아먹는 박쥐들인 모양이다. 회중전등의 불빛에 놀라서 박쥐들이 잠시 장소를 옮긴 모양이다.

이때 현지가 내게 바싹 밀착되어 따라 오면서 말한다.

"혹시 동굴에 악어나 아나콘다 같은 것은 없을까? 텔레비전이나 영화 같은 데서는 더러 많이 나온다고 조명이 되잖아? 왠지 좀 무시무시한 느낌이 들어."

혜미도 때를 놓치지 않고 한 마디 거든다.

"나도 많이 봤어. 사람들에게 살며시 다가들어 꼬리로 휙 내려쳐 쓰러뜨리곤 했어. 무시무시한 괴력이었어. 한 번 맞으면 절대로 회생되기 어려웠을 정도야. 나도 금세 마음이 불안해져."

혜미의 말을 들으면서도 내가 동굴의 안쪽을 은밀히 살핀다. 일단 대자연의 상태에 노출되지 않았는가? 괴물이 아닌 불량배의 공격을 받더라도 셋을 지킬 수 있겠는지? 생각하고 싶지는 않지만 셋을 보호할 자신은 있다고 여긴다. 뱃놈이 되려면 먼저 악인이 되어야 한다고 강조하던 무술 사범이었다. 사관 선원들에게 무술을 가르치던 마지막 날의 시범에서였다. 필살기를 가르치던 사범이 매달린 벽돌을 왼발 돌려 차기로 깨뜨렸다. 날아드는 축구공을 발로 걸어차 터뜨려 버렸다.

무술 사범에 영향을 받아서 피나는 수련을 거쳐서 유단자가 되었다. 무술 사범이 보여주었던 옆차기와 앞차기 동작을 수없이 반복하여 수련했다. 그런 어느 날이었다. 빨랫줄에 벽돌을 매달아 달려들면서 발로 힘껏 찼다. 단숨에 벽돌이 박살이 나서 가루로 흩어졌다. 이런 나였기에 호젓한 밀림에 여인들과 함께 다닐 배포를 가진다.

동굴 안쪽을 바라볼 때다. 내부에 어렴풋한 빛살이 스며든 흔적이 발견된다. 즉시 내부로 달려들어 회중전등으로 사방을 비추어 본다. 그러다가 바닥에서 50여 미터의 높이에 뚫린 구멍이 눈에 띈다. 그 구멍은 빗물이 동굴 속으로 흘러드는 길목이라 여겨진다. 그 빗물로 석회암이 녹아내려 석회동굴이 된 거라고 여겨진다. 오랜 세월 동안 석회동굴을 만들었던 근원이 그 구멍이라 여겨진다. 그 구멍으로부터 빛이 쏟아져 내려 동굴 안이 훤하다.

동굴 천장의 구멍은 직경 1미터에 달하는 원형이라 여겨진다. 그 구멍을 밖에서 막는다면 동굴은 보물급이라 여겨진다. 유사시에는 훌륭한 대피처가 될 만한 장소라고 여겨지기 때문이다. 내가 여인들을 안내하여 보다 동굴 안쪽으로 들어섰을 때. 거기의 동굴은 직경 10미터에 이르는 원형으로 발달되어 있다. 바닥에서 천장까지의 높이는 대력 50여 미터는 되어 보인다.

여인들의 눈이 동그랗게 변하면서 일제히 탄성을 질러댄다.

"어머, 이런 별천지가 이 섬에 있었네."

"우와, 정말 여기서 눌러앉아 살고 싶어."

내가 동굴 바닥에 대자리를 펴자 여인들이 환호성을 지르며 좋아한다.

"이제야 좀 편히 쉴 수 있겠어. 산길을 걷느라고 다리가 많이 아팠어."

"정말 편안해져서 엄청나게 기분이 좋아."

회중전등의 불을 꺼도 내부의 밝기는 상대방의 눈동자를 식별할 정도다.

동굴 바닥의 공간에는 알록달록한 색채의 버섯들이 많이 깔려
있다. 온대지방의 동굴에서는 보지 못했던 종류의 버섯이라 여겨
진다. 한 뼘 길이의 버섯인데 동굴 바닥에 빽빽하게 깔려 있다. 셋
이 발걸음을 옮길 때마다 많이 부러져 나뒹군다. 그때마다 향긋한
냄새가 후각으로 스며든다. 마치 향긋한 꽃 냄새를 맡는 기분이 들
지경으로 감미롭다.

열대 과일과 과자와 음료수를 대자리 중앙에 펼친다. 대자리를
펼치자 숱한 버섯들이 꺾이면서 향내가 크게 난다. 느닷없이 여인
들이 매우 감미로운 향기가 진하게 난다고 떠들어댄다. 이때부터
머릿속에서 현기증이 일기 시작한다. 괜히 가슴이 설레고 뺨이 달
아오르면서 성기가 발기하려고도 한다. 예전에는 체험하지 못했던
돌연한 현상에 내가 머리를 갸우뚱댄다. 여인들의 얼굴도 눈에 띄
게 상기된 상태다. 여인들의 눈길이 자꾸만 내 사타구니로 휩쓸림
을 느낀다.

셋이 과일을 들면서 이야기를 나눈다. 혜미가 야릇한 비음을 흘
리면서 먼저 입을 연다.

"우리 셋이 긴장을 풀고 조금 더 가까이 지내면 어떨까? 함께 있
으니까 무슨 속내를 털어놓아도 마음이 편하리라 여겨져."

이번에는 현지가 다소 게슴츠레한 눈빛으로 말을 덧붙인다.

"지금 상태도 좋지만 육체적으로도 더 가까워지면 좋겠다는 생
각이 들어."

이때 헤미가 배낭으로부터 맥주 캔을 줄줄이 쏟아 낸다. 빈 캔이 아니라 속이 맥주로 채워진 상태다. 현지가 마른 오징어와 쥐포를 술안주로 대자리에 펼친다. 그러면서 그녀도 배낭 속에서 맥주 캔들을 쏟아 낸다. 대충 살펴봐도 30개가 넘는 맥주 캔이다. 맥주를 대하니 어젯밤에 술에 시달려 나뒹굴었던 일들이 또렷이 떠오른다. 정말 어젯밤은 너무 심하게 토하여 정신을 잃을 지경이었다. 아침에 눈을 뜰 때까지 깊이 잠들었던 원인이기도 했다.

여인들의 주량은 나와는 너무나 달랐다. 여인들은 마치 음료수를 마시듯 꿀꺽꿀꺽 맥주를 잘도 마신다. 여인들이 맥주를 마시는 모양을 바라보니 맥주가 맛있겠다는 생각마저 든다. 하지만 내게 맥주는 도수가 낮은 술일 따름이다. 사이다와 같은 음료수와는 차원이 다른 액체일 따름이다. 여인들이 내게 맥주 캔을 마시라고 안긴다. 마지못해 조금씩 마시며 그녀들과 이야기를 나눈다. 조금씩 마신다고는 했지만 나도 어느새 7캔을 비우게 되었다.

속도를 조절하려고 손에 들고 있었지만 자꾸 마시라는 바람에 마셨다. 6캔을 넘어서자 정신이 혼란스러워지며 자꾸만 눈이 감기려 한다. 내 발이 저린 심정으로 내가 여인들에게 말한다.

"설마 또 어젯밤처럼 여기서 고스톱을 치자는 말은 하지 않겠지? 누가 엉큼한 마음을 품었는지 얘기해 주지 않겠니? 너희 둘 다의 마음이 같지는 않았을 거잖아?"

헤미가 좋아서 어쩔 줄 모른다는 표정을 지으며 말한다.

"춘호야, 솔직히 말해 줘. 네가 고자는 아니지? 예전에 동해 여행을 함께 하며 혼숙까지 했잖아? 그랬는데도 줄곧 침실에서 나를 피해 다녔잖아? 그때 나는 사실 긴가민가하게 여겼어. 솔직히 말해 봐. 네가 고자는 아니지?"

내가 어이가 없어하며 대답할 말을 찾으려고 할 때다. 느닷없이 혜미가 내 사타구니를 꽉 움켜쥐더니 문질러댄다. 격분하여 혜미의 뺨을 치려고 하는 찰나에 사범의 말이 밀려든다.

"제일 못난 사내는 여자와 약자에게 손질을 하는 놈들이야. 정신병자가 따로 있겠니?"

내가 생각에 잠겨 주춤거릴 때다. 이번에는 현지가 내 바지 속으로 손을 밀어 넣으려고 한다. 순간적으로 격분이 치민다. 성에 굶주리다가 나타난 여인들 같은 느낌이 왈칵 든 탓이다. 내가 일단은 여인들을 물러나게 만들고는 대자리에서 일어선다.

여인들을 향해 내가 정색을 하고 말한다.

"장난이 너무 지나친 느낌이라 솔직히 부담스러워. 이제부터 마음을 좀 추슬러 주면 고맙겠어."

바로 이때다. 대략 2미터쯤 떨어진 석주에 새겨진 어떤 글귀가 눈에 띈다. 내 시선이 거기로 쏠리자 여인들도 대자리에서 일어난다. 그리하여 셋이 석주(石柱)의 글귀가 새겨진 곳으로 향한다. 영어로 쓰인 글귀가 소용돌이에 휩쓸리는 물결처럼 눈으로 밀려든다. 글을 읽으면서 다들 표정이 일제히 변한다.

　　　2란성 쌍둥이 자매가 동굴의 몽환버섯으로 인하여
　　　이성을 잃고 색정에 이끌려 통정했다가
　　　자신들의 운명을 비관하여 여기 동굴에서 생을 마감했기에 몽환버섯에 대한 각별한 주의를 환기시킴과 아울러 추도의 흔적을 남깁니다.

- 사모아 시날레이 관광청장 알림 -

9. 시린 상념의 너울

저승의 미로처럼 은밀한 시날레이 북동쪽 야산의 석회동굴 속에서다. 여인들이 내게 심한 장난을 치려다가 내 말에 움츠러든 때다. 일행이 동굴 속의 석주에 쓰인 글귀를 발견하고 들여다볼 때다. 혜미와 현지가 스마트폰을 꺼내 몽환버섯을 검색하려 든다. 사모아 관광 자료에 들어가서 몽환버섯을 검색하니 사진과 특성이 제시된다. 사진의 영상이 대자리 밑에 깔렸던 버섯과 일치한다. 대단히 강한 최음(催淫) 효과를 지니고 있다고 제시되어 있다. 동물원에서 사자나 호랑이 등의 맹수들의 교미에 사용한다고 적혀 있다.

내가 혜미와 현지를 향해 조용히 입을 연다.
"너희들이 아까 장난친 원인이 몽환버섯인 것 같네. 내가 정색을 하고 말하여 너희들의 자존심이 상했다면 내가 사과할게. 사실은 나도 너희들이 너무 좋아. 육체적 환락보다는 아름다운 정신적인 교류를 나누기를 원해."

내 말을 들은 그녀들은 미안해서 그런지 숨을 죽이고 있다. 다시 내가 말을 잇는다. 내가 말하지 않으면 영원한 침묵이 이어질 듯한 분위기다.

"혜미야, 너와는 예전에 동해 여행도 함께 했잖아? 그때도 육체적으로 얽히려고 해서 내가 많이 힘들었거든. 내 머릿속은 사별한 수향을 아직도 그리워하고 있어. 어떻게 해서 사모아까지 오게 되었는지 진실한 내막을 알려주겠니?"

혜미가 한동안 한숨을 내쉬더니 작정한 듯 내게 말한다.

"언젠가는 다 얘기할 작정이었어. 화를 내지 말고 끝까지 얘기를 들어주면 고맙겠어."

일행이 석주 앞을 벗어나서 대자리로 되돌아가 둘러앉는다. 이윽고 혜미가 말을 잇고 현지와 내가 귀를 기울여 듣는다.

"춘호야, 나는 이미 성국이란 애인을 민정한테 빼앗긴 처지이잖아? 성국이 떠나고 네 연인인 수향이 죽은 뒤부터 네가 좋아졌어. 예전의 동해 여행은 허전한 마음을 달래려는 일환이었어. 사모아까지 오게 된 내력을 상세히 말할게. 지나간 시간의 숨결이 너한테도 소중히 전달되기를 원해."

동해 여행을 함께 한 이후로 혜미는 내게 연정을 품었다. 그리하여 어떻게든 나를 만나 그녀의 마음을 전하고 싶었다. 그래서 내가 재직한 회사를 통해 은성호의 기항 일자를 파악했다. 원양 어선들은 수시로 가까운 국가에 기항함을 알게 된 터였다. 그래서 사모아에 기항하는 예정 일자에 맞추어 사모아를 찾기로 했다. 내가 만나

주지 않을 경우에 대해서도 대비하기로 했다. 그리하여 지기(知己)인 현지와 함께 여행하는 방식을 취했다. 예전부터 혜미와 현지는 둘이서 세계 여행을 즐기는 편이었다.

현지가 나에 대해 궁금하게 여기기에 사진도 보여주었다. 그랬는데 묘하게도 현지도 내게 관심을 갖는 느낌이 들더라고 했다. 현지는 남자와 사귄 적이 없는 처지였다. 현지가 만난 적도 없는 나한테 관심을 많이 가진다고 여겨졌다.

어쨌든 둘은 은성호의 기항 날짜에 맞춰 사모아에 도착했다. 사모아에 도착하면서부터 둘은 나랑 즐거운 시간을 가지기를 원했다. 그리하여 화투를 비롯하여 분위기를 고조시킬 술도 많이 준비했다. 호텔에서 셋이 어우러지려던 날에 내가 취해서 쓰러진 거였다.

혜미가 잠시 숨을 돌릴 때다. 이번에는 현지가 나를 향해 말한다.

"이번에는 내가 얘기를 좀 하고 싶어. 여기 오기 전에 몇 번이나 혜미한테 물어 봤어. 혜미와 네가 연인이냐고? 하지만 몇 번을 물었지만 연인이 아니라고 했어. 그래서 나도 너한테 강한 호기심이 생겼어. 묘한 일이지만 내겐 여태껏 교제한 남자가 없었거든. 그래서 네 얘기를 혜미한테서 전해 듣자마자 관심이 급격히 커졌어. 그래서 혜미와 같은 공간에서 노력하여 네 관심을 끌고 싶었어. 다소 야하게 비친 행위도 이런 차원에서 이해해 주기를 원해."

혜미와 현지의 얘기를 들은 뒤다. 내 마음이 급격하게 공허해지는 느낌이 든다. 혜미와 현지는 나한테 관심을 갖고 사모아로 왔다고 했다. 하지만 나는 그녀들의 미묘한 마음의 움직임을 전혀 몰랐다. 그녀들이 말하지 않은 것을 사전에 알아내기는 거의 불가능했다.

내가 잠시 상념의 너울에 휘감겨 흔들릴 때다. 현지가 나를 향해 말한다.

"먼저 확인하고 싶은 게 있어. 그 사이에 새로운 애인이 생겼니?"

내가 아니라고 고개를 흔들 때다. 기다렸다는 듯 혜미가 달뜬 목소리로 말한다.

"일단 나랑 현지가 네 마음에 연인이 될 가능성은 있니? 네 취향에 전혀 안 맞으면 우리가 조용히 돌아갈게."

이럴 때일수록 응답을 잘 해야겠다는 생각이 든다. 내가 여인들을 향해 명확하게 내 마음을 들려준다.

"사람의 마음이란 처음부터 결정되기보다는 함께 어우러지면서 자연스레 결정되리라 여겨져. 걱정할 사람은 너희들이 아니라 나라고 생각돼. 내가 과연 너희들의 마음에 들지 두려워지거든."

내 말을 어떻게 받아들였는지 둘이 일제히 환호성을 내지른다. 셋은 암묵적으로 서로 마음을 열고 대화를 나누기로 한다. 셋이 다시 둘러앉아 서로를 바라보며 충분히 대화를 나누기로 한다.

동굴 속에서 문득 귀항 시각을 헤아려 본다. 밤 10시까지 아피아 항구로 돌아가면 된다. 그때까지는 시간이 많이 남은 편이다. 나한테 필요한 것은 여인들의 진실한 마음이라고 여겨진다. 그래서 혜미와 현지를 바라보며 정색을 하고 묻는다.

"꼭 마음의 기류를 이곳 사모아에서 정해야 하는 것은 아니지? 충분히 앞으로의 시간도 많이 남아 있잖아?"

내 말에 혜미가 먼저 대답한다.

"우리의 만남을 선보는 자리 정도로 여기지 않길 원해. 아득한 사모아까지 너를 만나러 온 본질을 알아주면 고맙겠어."

현지도 이내 미소를 머금으며 말한다.

"나도 혜미랑 생각이 똑 같아. 혜미처럼 나도 네 마음을 꼭 붙잡고 싶어. 애초부터 삼각관계는 아니었는데 어쩌다 보니 이렇게 되었어."

나는 간결하게 내 의견을 그녀들한테 들려준다.

"셋의 생각이 암묵적으로 일치된 행위이기에 셋이 천천히 해결하기로 해."

현지와 혜미가 진솔하게 얘기한다. 몰랐던 사실들이 많기에 나는 현지와 혜미의 얘기에 귀를 기울인다. 현지나 혜미 누구든 내게서 선택받지 못하면 최악의 절망이라고 밝힌다. 혜미는 성국과 헤어지고 내가 수향과 사별한 뒤부터 마음이 변했다. 구체적으로 나랑 동해 여행을 할 때부터 나를 좋아했다고 밝혔다. 현지는 혜미로부터 내 이야기를 듣고 내 사진도 보게 되었다. 농담처럼 혜미한테 나를 소개시켜 달라고도 했다.

사모아로 여행을 온 것도 우발적이 아니라고 거듭 밝힌다. 은성호가 사모아에 기항한다는 사실을 회사로부터 알아냈다고 한다. 기항하면 선원들이 하선한다는 사실까지도 알아내었다. 그래서 기항 예정 일자를 알아내어 거기에 여행 일자를 맞췄다. 내가 기항하던 날은 내가 항구에서 내릴 때부터 지켜봤다고 한다. 그러다가 내가 택시를 타고 이동하자 그녀들도 곧바로 택시를 탔다. 그러고는 우연을 가장하여 민속 춤 공연장까지 따라왔다고 밝힌다.

내 사진을 처음 볼 때부터 현지의 마음이 끌렸다고 한다. 그래서 혜미와 함께 나를 만나러 사모아까지 왔다고 들려준다. 여인들의 얘기를 들으면 들을수록 꿈속을 배회하는 느낌이다. 현지와 혜미의 취향이 상당히 닮은 점도 신비한 점이라 여겨진다. 어쨌든 그녀들이 마음이 통했기에 함께 사모아까지 여행을 왔다.

그녀들은 호텔에 머물 때도 숙소 맞은편 방까지 예약했다고 한다. 그래서 내가 그녀들의 맞은편 방에 숙박하게 되었다. 사전에 이런 치밀한 계획을 세우고 둘이서 나를 기다렸다. 민속 춤 공연장에서 항구의 호텔로 돌아온 뒤였다. 그녀들은 진지하게 이마를 맞대고 의견을 나누었다. 그 날 밤에 혜미가 현지에게 물었다.

"너는 춘호를 오늘 처음 만났잖아? 그런데도 고스톱을 핑계로 그와 육체적으로 가까워지고 싶니? 괜히 마음이 들떠서 그런 것이라면 말리고 싶어."

현지가 곧바로 응답했다.

"너와 나는 마음을 통한 지기(知己)이잖아? 내 마음을 그렇게도 모르겠니? 지금 내 나이가 얼마냐? 자그마치 27살이야. 빠른 여자애들은 고등학교 무렵부터 사내들의 성기를 받아들이잖아? 그런데 지금껏 어떤 놈도 나한테는 눈길마저 주지 않았어. 솔직히 내가 얼굴이 못 생겼니? 키가 작거나 몸이 뚱뚱하냐고? 이런 나 자신한테 얼마나 화가 나는지 네가 아니? 그래서 제발 오늘은 나도 처녀 딱지를 떼고 싶어. 지금까지 쌓였던 스트레스가 장난이 아냐. 오늘마저 해소하지 못한다면 머리가 뺑 돌아 버릴 지경이야. 어때 내 생각이 그래도 납득이 안 돼?"

혜미와 현지가 진지하게 대화를 나눈 뒤였다. 둘이 샤워까지 하여 몸을 말끔히 씻고는 잠옷을 챙겨 입었다. 사모아의 옷가게에서 산 선정적인 잠옷들이었다. 성기가 거울처럼 훤히 드러나는 잠옷이었다. 내 숙소가 그녀들의 맞은편이었기에 그녀들이 신속히 이동하기로 작정했다. 하지만 만일을 대비하여 잠옷 위에 둘 다 덧옷을 걸쳤다. 덧옷을 걸치자마자 잠옷이 가려지면서 숙녀들의 차림새로 변했다. 내 숙소의 문이 열리는 기척이 느껴지자 여인들이 덧옷을 벗었다. 내가 숙소 문을 열었을 때는 여인들이 투명한 잠옷 차림새였다.

여인들의 얘기를 듣고 보니 내가 여인들에게 농락당한 느낌마저 든다. 하지만 내게도 상당한 정신적인 문제가 있었다고 여겨진다. 여인들의 차림새가 엉뚱하다고 여겨졌으면 마땅히 돌려보냈어야 했다. 돌려보내지 않았다는 것은 여인들의 유혹에 구미가 당겼다는 얘기다. 끼리끼리 어울린다고 내 수준 역시 여인들과 마찬가지였으리라 생각된다. 석회동굴에서 빠져 나오기 직전에 셋이 약속했다. 결론이 내려지기 전까지는 셋을 '잠정적인 애인'이라고 생각하기로.

원래의 생각은 석회동굴에 다녀온 뒤에 사모아 섬을 둘러볼 작정이었다. 셋이 동굴에서 진솔한 대화를 나누어 마음이 아늑한 상태다. 셋의 어학 실력으로는 영어 대화에 전혀 불편함이 없는 상태다. 사모아의 언어가 사모아어와 영어이지 않은가? 명료한 결론이 내려지지 않는다면 셋이 해결할 성질의 문제다. 충분히 사모아에서 살 수 있으리라 여겨진다. 게다가 사모아 국민의 숫자도 얼마 되지 않잖은가? 남의 눈치를 보며 살지 않아도 될 환경이라 오죽 좋은가?

내가 여인들에게 오늘의 일정을 물어본다. 그랬더니 당초의 계획대로 순환도로를 따라 섬을 둘러보고 싶다고 말한다. 그래서 일행이 짐을 꾸려 도로변의 렌터카에 싣는다. 2개의 큰 섬이 사모아를 대표한다. 사바이(Savaii) 섬과 우폴루(Upolu) 섬이 사모아의 대부분의 면적을 이룬다. 두 섬은 다들 한반도의 제주도 크기와 거의 같다. 제주도의 섬 둘레는 184킬로미터이다. 사바이 섬의 둘레는 188킬로미터이다. 우폴루 섬의 둘레는 168킬로미터이다.

렌터카의 운전대를 잡고 시날레이에서 서쪽 순환도로를 타고 이동하기로 한다. 차를 달릴 무렵은 오후 2시를 갓 넘긴 시점이다. 셋은 달리는 차 속에서도 열심히 의견을 교환한다. 달리다가 명승지가 보이면 차를 세우고 구경하기로 약속한다. 차를 서서히 서쪽 해안도로를 타고 이동시킨다. 시날레이 해변에서 24킬로미터 떨어진 곳에 '파라다이스(Paradise) 해변'이 나타난다. 시날레이와는 또 다른 매력을 안겨 주는 지점이다.

거기에도 관광객은 많지만 대형 관광 건물들은 보이지 않는다. 연초록 물결로 나부끼는 바다와 야자수 밀림이 인상적인 곳이다. 여인들이 거기에 내려달라고 조른다. 내 눈에도 거기에 가면 색다른 풍광에 휘감기리라 느껴진다. '마타우투'에서부터 '사바이아'를 거쳐 '팔레즈엘라'에 이르는 6킬로미터의 해변이 파라다이스 해변이다. 렌터카를 마타우투의 주차장에 세워 두기로 한다. 셋은 민소매 티셔츠와 반바지에 밀짚모자를 쓰고 샌들을 신는다. 그러고는 편안한 마음으로 6킬로미터의 해변을 거닐기로 한다.

가다가 관광객들이 모인 곳이면 기웃거리며 들여다보기로 한다. 광막하게 펼쳐진 야자수의 밀림이 너무나 인상적이다. 참으로 원시 시대부터 전해져 내려온 땅이라는 느낌이 저절로 든다. 출렁대는 바닷물이 해변에 닿은 곳에서부터는 야자수가 광막하게 펼쳐져 있다. 바닷물과 숲 사이의 공간에는 눈부신 백사장이 내리깔려 있다. 백사장 곳곳에는 야자수의 고사목이 짐승의 등뼈처럼 하얗게 나뒹군다. 하얀 고사목에 올라앉은 남녀로부터 발산되는 음향의 분절들이 날아든다. 흘깃 바라보니 30대 초반으로 보이는 한국인 남녀들이다.

아무도 한국어를 모르리라 여긴 탓인지 말소리들이 크게 들린다. 해외 지역이어서 한결 친밀한 한국어. 한국어가 들리자 혜미와 현지의 눈빛에도 반가움이 실려 출렁인다. 어느새 일행의 귀가 한국인 남녀의 말에 쏠리고 있음을 느낀다. 청년의 우렁우렁한 목소리가 들린다.

"몽환버섯(fantasy mushroom)이 강력한 최음(催淫) 식물이라는 것을 아무도 몰랐잖아? 사모아의 석회동굴을 가득 채운 버섯들은 대다수가 몽환버섯이라는 거야. 이 버섯들은 동물원 맹수의 교미에 사용되는 강력한 최음제라는 거야. 사모아인 현지에 와서야 겨우 이 사실을 알았잖아?"

청년의 말에 여인의 말이 들린다.

"남녀 대학생들이 혼음을 했던 원인이 그 식물이었다니 기가 막혀. 우리가 인솔했던 동굴 탐사 동아리의 회원들에게 이런 일이 터지다니? 학술 자료에는 시날레이 석회동굴의 버섯의 맹독성이 가장 크다고 알려졌어. 꽃처럼 향긋한 버섯에서 어쩜 그처럼 강한 최음 증기가 발산되었지?"

다시 청년의 응답 소리가 들린다.

"맹독성 물질로부터 야기된 사건이기에 학생들의 명예를 위해서 덮기로 하자고. 절대로 지도 교수님한테는 얘기해서는 안 돼. 내 말 알아듣겠지?"

여인의 응답이 곧바로 이어진다.

"사실이 그러할진대 어떻게 할 거야. 그 방법밖에는 길이 없지. 대학원생인 우리도 눈을 떠서야 발가숭이로 나뒹굴었던 것을 알아차렸잖아?"

한국인 청춘 남녀의 말을 듣고서는 일행이 발걸음을 멈춘다. 그러고는 자연스레 둘러서서 서로를 바라보다가 혜미가 먼저 입을 연다.

"시날레이 석회동굴의 버섯이라고 했지? 우리가 대자리를 깔았던 곳에 무수히 깔려 있었던 버섯이잖아? 이상하게 버섯에서 진한 꽃향기가 난다고 다들 말한 기억이 나지? 그 버섯이 바로 몽환버섯이었어. 술을 많이 마시지 않았는데도 춘호 네가 너무 힘들다고 말했어. 네가 쓰러지기만 하면 당장 발가벗길 마음을 품었어. 발정에 가까운 육체적인 충동을 느꼈어. 하지만 나는 버섯을 핑계거리로 삼고 싶지는 않아. 본질은 춘호 네가 좋았기 때문이었다고 생각해."

그러자 현지도 말을 잇는다.

"왠지 그 날은 나도 통제 불가능할 정도의 발정을 느꼈어. 그 원인이 맹독성 버섯 때문이었던 모양이야. 나도 졸렬하게 버섯 핑계를 대고 싶지는 않아. 춘호 네가 매력적인 사내였던 탓이었음을 혜미랑 마찬가지로 인정해."

나도 여인들을 향해 진심을 실어 말한다.

"나도 너희들이 너무 좋아. 하지만 육체적인 것보다는 정신적인 아름다움을 느끼기를 더 원해. 너희들 못지않게 내 마음도 너무 흔들려. 둘 다 매력이 빼어나기에 어느 누구와도 헤어지고 싶지 않아. 미안하지만 천천히 결론을 내리면 어떨까? 심리적 부담이 너무 커서 그래."

시날레이 동굴의 추억을 떠올리며 일행이 잠시 얘기를 나눈 뒤다. 한국인 청춘 남녀한테는 의도적으로 고개를 돌린 채 일행이 움직인다. 백토를 뿌린 듯 결이 너무나 고운 백사장이 연이어 펼쳐진다. 해변 곳곳에 야자가 떨어져 나뒹군다. 혜미가 그 중의 하나를 주워 든다. 꽤 무거울 텐데도 소중한 보물처럼 들고 즐거워한다. 현지는 초록 빛깔의 작은 돌멩이를 주워 든다. 야자 열매만한 돌멩이를 신기한 듯 들여다보며 희희낙락한 표정이다. 나는 여인들의 모습을 보다가 가슴이 알싸하게 젖어듦을 느낀다.

'야자와 돌멩이 하나에도 저처럼 호기심을 기울일 줄 아는 여인들이잖아? 그런데 내 마음은 그녀들처럼 왜 즐겁지 않을까? 왜 둘중의 하나를 선택하기 어려운 걸까? 설마 둘을 다 연인으로 삼자는 마음은 아니잖아? 지금의 정직한 내 마음 상태는 어떤지 참으로 궁금해.'

문득 머릿속으로 현실이 꿈속의 세계라 여겨질 정도다.

'만약에 두 여인이 한 사내와 결합할 수는 있을까? 원시 사회도 아닌 현실의 세계이지 않은가? 지기라는 이유로 둘이서 한 사내와 살 수는 없을까? 부모와 자식 사이에도 대립이 생기는데 지기끼리도 알력이 생기지 않을까? 선택받지 못한다면 여인들은 죽겠다고 말하지 않았는가? 특히나 이 곳 사모아에서 말이다. 나의 미필적고의(未必的故意)로 그녀들을 죽일 수는 없는 일이지 않는가? 혹여 누가 죽게 되더라도 내가 간접 살인을 하는 꼴이잖아? 무슨 이런 일이 다 벌어지려고 할까?'

과거에는 내 판단 능력이 깔끔했다고 여겨진다. 그랬는데 시날레 이 동굴 사건이 생긴 뒤로는 판단이 흐려진 느낌이다. 예전에는 경험하지 못했던 대사건이라 생각된다. 그래서 조금 판단의 시차를 둘 필요가 있다고 여긴다. 들뜬 의식이 추슬러지면 보다 밝은 객관성을 확보하리라 여겨진다. 몽환버섯과는 무관하게 여인들은 내게 무한한 매력을 지녔다고 생각된다.

'지금 당장 결론을 내려고 서두르지는 말자. 시차를 두고 냉철한 판단을 할 필요가 있어.'

내가 수평선을 바라보며 상념에 휘감겼을 때다. 혜미가 내게 말한다.

"이름대로 여기가 정말 파라다이스 같아. 바닷물의 색채나 우거진 야자수 숲이나 맑은 하늘이 너무 좋아. 게다가 소중한 지기와 연인과 함께 걸으니 파라다이스일 수밖에는 없잖아?"

현지도 뒤질세라 얼른 나를 향해 말한다.

"나야말로 꿈을 꾸는 느낌이야. 평소에 혜미한테서 춘호 네 얘기는 많이 들었어. 하지만 너를 처음 보는 순간에 넋이 달아날 지경이었어. 나도 세상의 사내들을 많이 봐 왔어. 하지만 너처럼 강렬한 인상을 준 사내는 없었어. 네 모습 자체가 신화적인 귀공자의 자태로 여겨졌어. 이토록 신화적인 인물이 여태껏 눈에 안 띄었는지 정말 모르겠어."

듣고 있기가 쑥스러워 내가 응답한다.

"두 사람이 나를 놀리려고 작정한같아서 무척 부끄러워. 내가 아무것도 아닌 존재임을 너희들이 동굴에서 확인했잖아? 그러면서도 나를 놀리니 숨을 곳이 없을 것 같아."

느닷없이 현지가 나를 향해 소리를 내지른다.

"우와, 저기 봐. 바다거북 같은데 맞니? 잘 보라고."

등껍질의 길이가 1미터 가량인 바다거북이 해변 가까운 물속에서 헤엄치고 있다. 물속에 뛰어들면 충분히 잡을 수 있겠다는 생각이 든다. 잠시 구경을 하고는 다시 돌려보내겠다는 마음이 든다. 생각이 여기에 미치자 훌쩍 물속으로 뛰어든다. 예상대로 바다거북은 금세 붙잡힌다. 거북을 두 팔로 머리 위로 들고는 백사장으로 올라선다. 여인들이 환호성을 내지르며 반긴다.

"우와, 춘호 너는 정말 대단해."

"그렇게 쉽게 거북을 잡다니? 나도 정말 놀랐어."

거북을 머리 위로 들고 있는데도 거북이 활개를 치는 모양이다. 활개를 치는 움직임이 내 전신으로 또렷이 전해진다. 나는 물 밖 해변의 백사장으로 조심스레 발걸음을 옮긴다. 조금 걷다가 거북을 모래 위에 내려놓으리라 작정한다.

10. 연이은 해안도로

파라다이스 해변에서 바다거북을 들어 올려 해변으로 석상처럼 올라설 때다. 여인들이 바다거북을 보고 싶다면서 어서 내려놓으라고 아기들처럼 보챈다. 햇살을 한 웅큼 밀어내며 따가운 백사장에 내가 바다거북을 내려놓는다. 등껍질의 길이가 1미터가량인 거북의 위용은 대단하게 여겨진다. 거북의 배가 하늘을 보도록 뒤집어 놓는다. 그래야 몸을 뒤집어 일어설 때까지 관찰이 가능하기 때문이다. 거북은 우주의 허무함을 반추하는 듯 백사장에 마냥 드러누워 있다.

혜미와 현지가 바다거북 가까이로 다가가서 무릎을 꿇고 들여다본다. 바다거북은 흡사 시신이 된 듯한 느낌마저 내뿜는다. 나도 여인들 곁에 무릎을 꿇고 바다거북을 들여다본다. 그런데 바다거북의 눈이 나를 바라본다. 시선이 마주쳤음에도 내겐 아무런 느낌이 밀려들지 않는다.

"왜 나를 건져 올렸니? 설마 나를 구워 먹으려는 것은 아니겠지?"

내가 바다거북이라면 최소한 이 정도의 말은 하리라 여겨진다. 그런데도 바다거북의 눈빛에서는 일체의 감정이 느껴지지 않는다. 바다거북이 내 신세가 된 것 같은 느낌이 밀려든다.

'정말 가슴 설렐 정도로 혜미와 현지가 좋았던가? 육체적인 쾌락을 정신적인 만족감에까지 확장시켜 해석한 것은 아닌가?'

중요한 사실은 동굴까지 가는 동안에 줄곧 그녀들을 관찰했다는 점이다. 사람의 성품을 파악하는 데 시간이 오래 걸리지는 않는다는 사실이다. 춤 공연장에서 만나서 동굴까지 가는 내내 그녀들의 성향이 관찰되었다. 둘 다 쾌활하여 붙임성이 좋은 성격을 지녔다고 판단된다. 그녀들의 사회성은 성품만으로도 양호하다고 판단될 정도다.

연인이 되는 절차에도 상황에 따라 달라진다고 생각된다. 정신적인 교감부터 이루어진 뒤에 육체적으로 진행하는 것이 보편적인 경향이다. 하지만 항상 그렇게 해야 마땅하다는 논리는 성립되지 않는다고 여겨진다. 상황에 따라서는 육체적인 사랑부터 먼저 시작할 경우도 있으리라 여겨진다. 상대를 보자마자 매혹되었다면 육체적인 사랑이 앞설 수도 있으려니 여겨진다. 현지는 분명히 내게 말했다. 나를 보는 순간에 매혹되었다고. 그런 경우에는 얼마든지 육체적인 사랑이 앞설 수도 있으리라 여긴다.

혜미의 경우에는 주변 정황에 마음이 동요된 경우라 생각된다. 그의 애인인 성국이 그녀를 배신한 터다. 또한 성국의 사랑을 가로

챈 여인은 의외로 혜미의 친구인 민정이다. 성국과 내가 친한 친구임을 아는 혜미다. 그래서 평소부터 나에 대한 관심이 높았던 혜미다. 그랬는데 내가 수향과 사별하자 그녀는 나한테서 연민의 정을 느꼈다. 나를 안타깝게 여기는 마음이 쌓이다가 나를 좋아하게 되었다고 실토했다. 혜미는 확실히 정신적으로 나를 먼저 사랑했다고 여겨진다.

생각의 골이 깊어지는 것은 그녀들이 획책한 일의 잔영 탓이다. 사모아로 오라고 그녀들을 내가 부르지 않았다는 점은 너무나 분명하다. 내가 언제쯤 어디에 기항할 테니 나와 달라고 하지 않았다. 사모아의 아피아로 나를 찾은 것은 그녀들의 일방적인 행동이다. 거듭 말하지만 추호도 내가 그녀들에게 오라고 암시한 적도 없다. 그랬는데도 그녀들이 일방적으로 사모아의 아피아까지 찾아 왔다. 그런 뒤에 내 숙소를 잠옷 차림새로 찾은 것도 그녀들이다.

변태가 아니고서야 내가 그녀들한테 잠옷 차림으로 나를 찾아오라고 했겠는가? 여기까지도 오로지 그녀들의 일방적인 행동으로 추진되었다. 문제는 동굴에서의 일부터라고 여겨진다. 동굴에서 자칫 육체적으로 뒤엉킬 뻔했던 상황은 내게도 책임이 있었다. 적극적이었건 수동적이었건 태도가 중요한 것은 아니다. 문제는 너무나 자연스럽게 셋 사이에서 색정이 유발되었다는 점이다. 여인들을 육체적으로 흥분시킨 요인은 내 신체였으리라 여긴다. 결과적으로 밝혀진 이 사실을 부인할 길은 어디에도 없다. 몽환버섯 탓도 일부분으로는 없지 않았겠지만.

자신과 관여된 일에 대해서는 책임을 지는 것이 마땅하리라 여겨진다. 그래서 내가 차근차근히 과거의 일을 떠올리는 중이다. 절대로 여인들만이 음흉한 마음을 품었던 것은 아니다. 나 역시 피동적이긴 했지만 여인들의 손길을 기다렸음이 드러나는 정황이다.

'내가 여인들의 손길을 기다리고 있었다니? 현지가 내 바지 속으로 손을 밀어 넣으려고 하지 않았는가? 그때에서야 가까스로 뿌리치지 않았던가? 또한 내 입으로 혜미가 혀를 내밀려는 것도 겨우 뿌리쳤다. 달리 말하면 내가 그녀들의 손과 혀를 기다렸다는 얘기다. 의미를 덧붙이면 내 의식은 그녀들과 육체적으로 어울리기를 원했음이 드러난다. 그리하여 내심으로는 그녀들과 육체적으로 한껏 어우러지기를 바랐을지도 모른다. 육체적인 쾌감은 정신적인 사랑으로 순식간에 승화되리라 여겼으리라. 이런 은밀한 현상이 시날레이 동굴에서 일어날 뻔했다니!'

그녀들이 나를 사랑하듯 나 역시 여인들을 사랑한 터다. 내 마음이 매혹되어 여인들에게 이끌렸다면 사랑임이 틀림없잖은가? 내가 사랑하는 대상이 연인이 아니고 뭐겠는가? 수향과 사별한 뒤에 나는 2명의 여인을 만나서 마음이 매혹되었다. 내 마음이 매혹되었다면 여인들은 이미 연인임에 틀림없는 일이다. 핑계를 대어 둘 중의 누구하고도 헤어져서는 안 되리라 여긴다. 바로 여기에서부터 내 새로운 고뇌가 시작되는 터다.

'고뇌가 생기다니? 내가 둘을 책임지면 될 일인데 고뇌가 생기다니? 둘을 책임지지 못하면 까짓 내 생명을 내놓으면 그만 아닌가? 내 생명이 붙어 있는 한 여인들을 책임져야 마땅하다고 생각해.'

고뇌 끝에 중요한 결론에 이르렀음을 느낀다. 혜미와 현지는 둘 다 나의 연인이라는 사실을 깨달은 터다. '잠정적인 연인'이 아니라

'확정된 연인'임을 깨닫는다.

눈앞에는 여전히 바다거북이 활개를 뻗고 누워 있다. 눈은 여전히 나를 바라보고 있다. 장난치지 말고 빨리 원래 위치로 옮겨 놓으라는 뜻으로 여겨진다. 거북의 눈을 바라보다가 충동이 일어서 여인들을 향해 내가 말한다.

"혜미야, 너는 내 애인 맞지?"

"현지야, 너도 내 애인 맞는 거지?"

그랬더니 여인들이 좋아하면서 내게 말한다.

"너는 복 받은 줄 알아라. 애인이 둘씩이나 되니 말이야."

"너는 충분히 애인 둘을 거느릴 만한 자격이 있어. 너를 사랑하며 너를 믿을게."

어설프게 건드리려다가 정통으로 얻어맞은 느낌이 강하게 든다.

돌연 여인들의 참다운 마음이 궁금하게 여겨진다. 그래서 이야기를 둘러대기 시작한다.

"너희들 내 얘기 잘 들어 봐. 내가 바다거북을 건져 올린 중요한 근거가 되니까 말이야."

중국 고사라고 둘러댄 뒤에 엉터리 얘기를 엮어서 들려준다. 중국 오나라 동쪽 해안 마을에서 있었던 얘기라 못을 박았다. 마을이 가난하여 물고기를 잡아야 할 상황이었다. 그때 하필이면 바다에는 풍랑이 며칠째 거칠게 일었다. 바다에 들어서기만 하면 배가 전복되어 사람들이 떼죽음을 당했다. 그런 중에 해안으로 바다거북 한 마리가 밀려나왔다. 가난한 어부가 즉시 바다거북을 백사장에 뒤집어 눕혔다. 그러고는 아내를 향해 말했다.

"바다거북은 예로부터 장수(長壽)를 상징하는 영물(靈物)이라고 알려졌소. 남편인 내가 무사하게 귀환하기를 바란다면 바다거북에게 예(禮)를 표해야만 하오."

그러자 어부의 아내가 어부에게 물었다.

"어떻게 바다거북에게 예를 올리나이까? 가르쳐 주시면 곧바로 시행하겠나이다."

그러자 어부가 한없이 근엄한 표정으로 말했다.

"영물은 여인의 알몸을 보면 커다란 보답을 한다고 했소. 혹시 이녁이 지금 나신(裸身)으로 바다거북의 배에 올라설 수 있겠소? 바다거북은 등껍질이 두꺼워 사람이 올라서는 정도로는 끄떡도 없을 거요."

그랬더니 어부의 아내가 금세 옷을 훌렁훌렁 벗기 시작했다. 그러더니 발가숭이가 되어 바다거북에게 절을 넙죽 했다. 그러고는 바다거북의 배에 올라서게 되었다. 그랬더니 남편은 숱한 풍랑에도 무사하게 귀환하여 부부가 행복하게 살았다.

마치 대단한 중국의 고사처럼 꾸며서 여인들에게 들려준 직후다. 내가 다른 얘기를 더 늘어놓기도 전이다. 여인들이 누가 시킨 것처럼 신속히 옷을 벗기 시작한다. 내가 말리려고 했지만 여인들이 거세게 밀어붙인다. 이윽고 여인들이 완전한 알몸뚱이가 된다. 그러더니 여인들이 나란히 서서 바다거북에게 절을 세 차례 한다. 그런 뒤에 둘이 나란히 바다거북의 배에 오른다. 돌연한 상황에 바다거북이 기가 막히는지 잠깐 버둥댄다. 발가벗은 여인들은 고사를 핑계로 육체적으로도 내게 완벽함을 알려주려는 듯하다.

당황하여 나 자신도 발가벗으려고 바지에 손을 갖다 댈 때다. 여인들이 거북한테서 내려오면서 내게 일제히 말한다.

"솔직히 우리도 궁금해. 너의 육체도 결함이 없는지를 보여줘."

"여자의 성욕을 충족시킬 만한 체형인지 무척 궁금해. 호텔에서나 동굴에서 우리가 달려들려고 했던 원인도 그 점 때문이었어. 우리한테도 마음을 정할 근거를 주어야 공평하잖아?"

바다거북은 여전히 잠자코 드러누운 채다. 여인들의 요구에 나도 순식간에 알몸이 되어 여인들 앞에 선다. 발기된 사타구니의 성기를 보더니 여인들이 만족한 듯한 탄성을 질러댄다. 이때 바다거북이 몸을 뒤집으려고 애를 쓴다. 내가 달려가서 바다거북을 물속으로 넣어준다. 바다거북이 시야에서 완전히 사라진 뒤다. 혜미가 먼저 내게 말한다.

"항해사인 낭군(郎君)을 오래 살려 주십사고 내 알몸을 바쳤어."

연이어 현지도 나를 향해 말한다.

"낭군이 배를 탈 때마다 무사히 귀환하라고 나도 알몸을 바쳤어. 이만하면 우리의 연정을 우리 낭군이 충분히 알리라 믿어도 되겠지?"

여인들의 머리 회전이 이처럼 빠를 줄을 몰랐다. 더 이상 여인들을 시험하거나 의심해서는 안 되겠다는 생각이 든다. 하지만 여전히 가슴은 답답하다. 셋이 연인으로 맺어지려면 국적을 바꿔야 할 상황이기 때문이다. 그렇다고 둘 중의 하나만을 연인으로 선택할 수도 없고.

백사장 주변에 사람들이 보이기는 하지만 너무나 먼 거리다. 발가벗은 일행의 모습이 그들에게는 식별되지도 못할 거리라 여겨진다. 백사장에 알몸으로 나란히 선 여인들이 눈부실 지경으로 아름답게 여겨진다. 연인의 안전을 기원하기 위해 발가벗었다고 하지 않은가? 이런 숭고한 여인들만큼 아름다운 여인이 세상에 또 있겠는가?

뭔가 보답을 해 주어야겠다는 생각이 든다. 알몸 상태로 다가가 혜미와 현지를 순서대로 따뜻이 포옹해 준다. 이윽고 셋이 서둘러 옷을 입고는 차림새를 가다듬는다. 이윽고 다시 나란히 서쪽 백사장으로 발걸음을 옮긴다.

이제 내 마음은 점차 굳혀져 간다. 국적을 바꿔 혜미와 현지를 아내로 삼아 사모아의 국민으로 살겠다고. 사모아에서는 일부다처가 통용된다고 들었기 때문이다. 어떤 상황에서든 인간의 신뢰는 대단히 중요하다고 여겨진다. 내가 혜미와 현지를 연인으로 받아들이기로 작정했으면 책임을 져야 한다. 마침 내게 친척이라고는 큰어머니와 정하밖에는 없는 처지다.

문득 정하를 떠올리자 불안한 마음이 생긴다. 연인이 없다는 정하가 예전에 말한 얘기가 예사롭지 않기 때문이다.

"내겐 아직 연인이 없어. 주변에 사내들은 많았지만 연인이라고 여겨질 만한 사람이 없었어. 나한테 복이 없는 탓이 아니겠니? 하지만 널 보는 순간에 솔직히 내 마음이 엄청나게 흔들렸어. 친척 관계만 아니었다면 당장 너한테 사랑한다고 고백하고 싶을 정도였어.

너와 같은 인물은 일생에 한 번 만나기도 힘들 정도야. 내가 애인을 찾을 때까지만 네 곁에 머물면 안 되겠니? 같은 방을 쓰자는 얘기는 아니니까 놀라지는 말고."

정하의 말이 무엇을 의미하는지 잘 모를 지경이었다. 하지만 정상적인 여인의 말이 아니란 점은 확실하다고 여겨졌다.

백사장의 모래 알갱이는 굉장히 잘다. 많은 세월에 걸쳐서 수없이 바스러진 결과라 여겨진다. 한국의 백사장과는 달리 해변의 곳곳에서 전갈이 발견되곤 한다. 일반 전갈보다는 독성이 약하다고 하지만 독충임에는 틀림없다. 때때로 샌들에 전갈이 묻지는 않았는지 이따금씩 점검을 한다.

가다가 보니 야자나무가 거의 쓰러지다시피 바다로 드러누운 것이 보인다. 하지만 완전히 쓰러진 것은 아니어서 하늘로 고개는 들려 있다. 걸으면서 살피니 팔을 들어 올리면 닿을 정도의 높이다. 그런데 묘한 것은 야자가 빼곡히 달려 있다. 지나다니는 사람들이 아무도 손대지 않았음을 드러낸다.

일행이 매달린 야자를 들여다볼 때다. 혜미가 먼저 입을 연다.

"다른 사람들은 아무도 손대지 않은 모양이군. 동양에서 온 우리들이나 만져 봐야지. 누워 있어도 상당히 크네."

내가 별 생각 없이 응답한다.

"누워 있다고 해서 열매가 작아질 리가 없잖아? 비바람을 맞으면서 서서히 이만큼 기울어졌을 거야. 완전히 쓰러지지 않은 것만 해도 다행이야."

현지가 싱긋 웃으며 내게 말한다.

"아까 네 성기는 서 있을 때에 굉장히 크더라. 포르노 영상과 비교해서 그렇다는 얘기야. 대화를 나눌 때도 큰지 갑자기 만져 보고 싶네."

내가 황당한 표정으로 현지를 향해 응답한다.

"아직 밤도 안 되었는데 낭군의 물건을 조사하려고? 너무 밝히면 건강에 안 좋아. 뭐든 정도껏 해야 탈이 없기 마련이야."

내 말이 끝나기도 전에 혜미와 현지가 허리를 꺾으며 깔깔댄다. 일행이 야자를 들여다보며 한동안 얘기를 나누다가 발걸음을 옮긴다. 그대로 두고 지나가기가 무척 아쉬운 듯 혜미가 되돌아보곤 한다. 그리하여 내가 한 개를 떼어 그녀한테 안긴다. 그랬더니 현지도 따 달라고 조른다. 한 개를 더 따서 현지한테도 건넨다. 여인들이 소중한 보물처럼 야자를 들여다보며 발걸음을 옮긴다.

해변을 거닐면서 생각에 잠긴다. 땅은 작지만 토질이 좋고 기후가 좋은 사모아가 좋다고 생각된다. 육지로는 광막한 야자수 숲이 펼쳐졌고 바다에는 물고기 떼가 들끓는다. 마음 편히 발걸음을 내디딜 수 있는 세상이 어디 흔하랴? 참으로 사모아는 환상적인 천국의 세계라는 생각마저 든다. 게다가 곁에는 풋풋한 체향을 발산하는 두 연인들이 걷지 않는가?

"이번에는 용왕을 봤니? 아까는 바다거북을 찾아 우리를 발가벗기더니?"

내가 어이없는 표정을 지으며 혜미에게 응답한다.

"말은 똑 바로 해야지. 언제 낭군이 그대들한테 발가벗으라고 말했니? 너희들이 자발적으로 발가벗었잖아? 왜 슬그머니 낭군한테 뒤집어씌우려고 그래?"

이번에는 현지가 깔깔 웃으면서 말한다.

"에이, 농담으로 말한 건데 시비를 걸면 어떻게 해? 억양이 조금만 올라가면 낭군의 불알 크기를 조사하겠어."

여인들의 언행이 하도 익살스러워서 내가 웃음을 터뜨리며 주저앉는다.

"아하하! 나 참으로 웃겨서 못 살아! 왜들 그렇게 낭군을 웃기니?"

혜미가 일부러 다소곳한 자세를 취하며 말한다.

"푸후훗! 마누라가 교양이 없어서 낭군을 잠시 홀대했나 보옵나이다. 부디 아량을 풍선처럼 부풀려서 마누라를 아껴 주시면 고맙겠나이다."

현지도 덩달아 내게 말을 보탠다.

"달덩이처럼 눈부신 낭군님이시여! 사탕이 없어서 그러니 낭군의 불알을 조금 깨물어도 되겠사온지요?"

나도 어느새 농담하는 물이 들어 응답한다.

"사랑하는 낭자님들이시여! 아까 바다거북이 쩨려보는 눈빛에 그만 불알이 으깨어진 같소이다. 이 일을 어떻게 하면 좋겠소이까?"

내 말이 끝나기도 전에 현지가 곧바로 응답한다.

"아까 바다거북이 너를 쩨려보았다고? 황당하기 짝이 없네? 처녀들의 알몸뚱이를 보고도 너를 쩨려보았다는 말이지? 거북의 눈빛이 그렇게 강했어? 어디 봐. 내가 한 번 확인해 볼게."

말이 끝나기도 전에 현지의 손바닥이 내 사타구니를 향해 다가

든다. 움찔 놀라 내가 몸을 피하면서 말한다.

"그러다가 습관이 되면 어쩌려고 그래? 야외에서는 제발 낭군을 더듬으려는 충동은 자제해 주면 고맙겠어. 사실은 거북의 눈빛보다도 네 손에 으깨어질까 봐 더 두려워."

여인들이 일제히 웃으며 내 곁에 주저앉는다. 그러면서도 입은 쉬지 않는다.

"나 참 낭군 때문에 못 살아. 뭐가 으깨어진다고 그러니?"

"내 말이 그 말이야. 만지지도 못하게 하면서 괜히 엄살만 피우고 야단이야."

여인들은 줄곧 야자 하나씩을 들고 해변의 백사장을 걸어간다. 예전에 야자를 깨어 먹으려다가 거의 다 쏟았던 경험이 생각난다. 그 뒤부터 나는 주머니에 휴대용 쇠톱을 넣어 다닌다. 쇠톱의 크기는 작지만 절단력의 성능은 대단히 우수한 편이다. 한참을 걷다 보니 혜미가 갈증이 난다고 말한다. 사이다나 콜라는 주변의 가게에서 사면 금방 해결된다. 혜미가 야자 속의 과즙을 먹고 싶다고 말한다. 혜미의 말에 따라 나는 주머니 속의 휴대용 쇠톱을 꺼낸다.

쇠톱의 크기가 작기에 적어도 5분 정도는 썰어야 한다. 그래야 야자의 단단한 부분이 절단된다. 쉬지 않고 썰어서 마침내 과즙을 마시게 한다. 현지가 말하기도 전에 이번에는 현지의 야자를 쇠톱으로 썬다. 나는 톱질을 하면서 생각한다. 야자의 과즙을 마셔야만 무거운 야자를 버릴 것이라 여긴다. 내가 말려도 야자를 끝까지 들고 다닐 여인들임을 알아차렸기 때문이다. 둘은 선선히 야자를 내게 맡기고는 과즙을 마셔댄다. 둘 다 내게 조금 마셔 보라기에 시험

삼아 마셨다. 과즙은 충분히 신선한 상태라 여겨진다.

여인들의 손에서 야자도 제거된 상태로 사바이아의 백사장을 지날 때다. 백사장과 야자수 밀림 사이에 커다란 괴물체가 보인다. 괴물체의 키는 어지간한 건물 1층 높이에 달한다. 참 묘하다는 생각을 하면서 셋이 부지런히 거기로 다가간다. 100여 미터쯤의 거리로 다가서니 괴물체가 난파선의 잔해임이 드러난다. 난파선을 대하니 느낌이 묘하다. 은성호도 어느 날엔가는 기관이 고장 날 때가 있으리라. 그렇게 되면 추진력을 잃고 바다를 떠돌다가 난파당하기 마련이다. 모든 난파선이 처음부터는 난파선이 아니라고 생각된다. 세월이 흘러 나도 항해사를 그만두면 난파선처럼 처량해지리라 여겨진다.

세월이 흘러 기관이 노후하여 성능이 감퇴되다가 고장을 일으키게 된다. 대다수 선박의 최종 운명은 난파선이라 예견된다. 배의 나이가 젊을 때는 폭풍우나 풍랑도 뚫고 나갔으리라. 하지만 선박이 노후하면 기관의 기능도 감퇴되기 마련이다.

난파선을 바라보자 항해사로서 마음이 엄청나게 쓸쓸해진다. 난파선의 덩치가 워낙 커서 쓰러진 그대로 방치된 모양이다. 세월이 흘러도 어지간한 기계로는 치우기가 버겁겠다는 생각이 든다. 내 표정이 쓸쓸하게 변한 것을 여인들도 알아차린 모양이다. 피부가 뽀얗고 얼굴이 갸름한 현지가 나를 향해 말한다.

"난파선을 보니 항해사로서 가슴이 아픈 모양이구나."

나는 그녀의 말에 콧등이 시큰거려서 대답 대신에 고개만 끄떡인다.

11. 바람의 선율

이윽고 일행이 전설적인 위인을 만나듯 난파선 곁으로 다가간다. 난파선의 철판이나 철골은 재처럼 삭아서 흙더미로 변한 상태다. 워낙 큰 덩치 탓에 형태만 전설처럼 간직하고 있다. 난파선은 상처 입은 악어처럼 완전히 땅바닥으로 뒤집혀 있다. 난파선의 높이는 건물 1층의 높이에 이른다. 아무리 살펴도 난파선에 잇닿을 단서는 없어 보인다. 그만큼 부식되어 버린 탓이다.

난파선 곁에는 사람이라고는 눈에 띄지 않다고 여겼다. 가까이 가서 살펴보니 야자수 그늘에 70세가량의 할머니가 앉아 있다. 그 할머니로부터 좀 떨어진 거리에는 떠돌이 장사꾼들이 얼쩡거린다. 떠돌이 장사꾼들 4명이 눈에 띄고 음료수와 과일을 팔고 있다. 장사꾼들은 다들 40대 중반의 여인들이다. 여인들이 영어로 쑤군대는 소리가 귓전으로 흘러든다.

"저기 칭마이(Chingmai) 할머니는 오늘도 저 자리를 지키고 있네.

어떻게 32년간을 하루도 안 빠지고 나올 수가 있을까? 정말로 대단한 할머니야."

"그러게 말이야. 저 난파선에 남편이 항해사로 탔었다고 했지?"

두어 마디의 대화로도 할머니의 내력이 머릿속에 그려진다. 다가가서 할머니와 대화를 나눠 볼까 하다가 그만두기로 한다. 왜냐하면 과거의 아픔을 부추기는 결과가 되리라 예견되기 때문이다. 난파선이 형체를 수습하지도 못하고 방치되는 게 가슴 아플 따름이다. 난파선에서는 바람이 밀려들 때마다 공기의 막이 찢기는 음향이 발산된다.

난파선을 바라보고 있으려니 어머니의 장례식 날의 일이 떠오른다. 아침에 장례식이 종결되고 어머니의 골분을 화장장에서 넘겨받았다. 그 날 아침나절에 어머니의 골분을 섬의 산기슭에 고이 묻었다. 골분을 묻는 작업을 끝냈을 때였다. 휴대전화가 떨어대기에 귀에 갖다 대니 큰어머니의 목소리가 흘러들었다.

"오늘 장례 치르느라 애썼다. 오늘 정오 무렵에 널 만나러 매물도에 갈게. 약간 부탁할 일이 있어서 네 집으로 갈게."

큰어머니의 말에서 '네 집'이란 말을 듣자 가슴이 온통 알싸해졌다. 어머니의 부재를 실감하는 단어였기 때문이다. 매물도의 집은 고향을 가꾸어 온 엄연한 어머니의 집이었다. 그랬는데 어머니가 세상을 떠나자 나의 집으로 변했다. 자연의 순리라고는 하지만 가슴이 저린다.

어머니가 생존할 때에는 윤혜가 매일 집으로 와서 어머니를 돌봤다. 그렇다고 내가 따로 간호 경비를 윤혜에게 준 것도 아니었다. 단지 이웃사촌이라는 도리만으로 옆집의 어머니를 돌본 터였다. 그녀의 어머니가 아팠다면 내가 윤혜처럼 그녀의 어머니를 돌봤겠는가? 내가 설혹 시골에서 농사를 짓고 있었다고 하더라도 어려웠으리라 여겨진다.

큰어머니가 내 집을 방문하기로 한 그 날은 나 혼자였다. 나 혼자서 마당을 쓸고 마루를 닦았다. 밥은 내가 지었지만 반찬은 항구의 반찬 가게에 가서 샀다. 그렇게 하여 큰어머니를 맞을 준비를 마쳤다. 여객선 시간표를 봤다. 정오 무렵에 통영에서 매물도에 도착하는 여객선이 있었다. 아마도 그 배를 큰어머니가 타고 오리라 여겨졌다. 그래서 시간에 맞춰 항구에 나가 큰어머니를 기다리고 있었다. 이윽고 배가 항구에 닿았고 나는 큰어머니를 기다렸다. 이윽고 선착장으로 내려서는 어머니와 정하를 만났다.

나는 예사로 큰어머니만 오리라 여겼다. 그랬는데 사촌 누나인 정하까지 오리라고는 예상하지 못했다. 어쨌건 나는 큰어머니와 정하를 내 집으로 안내했다. 거실에 들어서면서 큰어머니가 눈물을 글썽이며 말했다.

"동서가 없으니 벌써 허전한 느낌이 너무 진하게 느껴져. 네 마음이 무척 공허하겠구나."

잠시 숨을 추스른 뒤였다. 내가 부엌으로 나가 밥상을 차려서 거실로 들고 갔다. 밥상을 거실에 내려놓고는 큰어머니와 정하에게 식사를 권했다. 이윽고 일행이 함께 식사를 하면서 이야기를 나누기 시작했다.

기본 안부를 묻다가 점차 본론으로 이어졌다. 큰어머니가 마침내 본론을 꺼냈다.

"8월 1일에는 정하랑 내가 사모아 아피아 항구의 호텔에서 묵을게. 그 날 오후에 네가 우리를 데리러 와 주겠니? 그러면 너를 만나서 위령제를 치를 수가 있거든. 참, 들으니까 옆집의 윤혜 양도 위령제에 참석하기로 했다면서? 다들 너를 만나야 하니까 우리도 윤혜 양과 함께 갈게."

큰어머니의 얘기로는 윤혜와 함께 아피아 항구의 호텔에서 묵겠다는 거였다. 내가 들어 봐도 거리낄 요소는 전혀 없다고 여겨졌다. 그래서 그렇게 하라고 큰어머니에게 응답했다. 이윽고 식사를 마치고는 귤과 과자에 이은 커피까지를 끓여서 대접했다. 커피를 마시고도 눈빛이 빛나던 큰어머니가 나에게 말했다.

"전화를 해도 될 텐데 배를 타고 건너온 이유가 있어. 위령제 때 무당 둘과 박수 한 사람을 부르기로 했어. 그들은 정말 용하다고 소문난 무속인들이야. 그렇게 해서라도 큰아버지의 영혼을 깨끗한 세상으로 보내 드리고 싶어. 지금까지 이 일을 하려고 내가 안 죽고 살았어. 그렇지 않았다면 나도 벌써 저 세상 사람이 되었을 거야. 국제적인 바다에서 행하는 일이잖아? 내가 얼마나 그간 신경을 써 왔는지 너는 모를 거야."

간단히 국화꽃을 바다에 던지고 마음속으로 추념(追念)하리라 예상했다. 그랬는데 무당과 박수를 부르겠다니 새삼 긴장이 되었다. 회사가 은성호를 행사에 동원시키도록 허락해 줄지도 모르는 상태였다. 원양 어선의 작업 중단으로 발생하는 손해의 비용이 엄청나기 때문이었다. 그런데다 굿판까지 벌인다면 시간이 훨씬 많이 들

146

리라 예상되었다. 굿판을 벌인다면 허가가 날 영역마저도 취소될 확률이 크다고 여겨졌다. 회사가 커다란 손해를 감수하고 굿을 허용하지는 않을 것만 같았다.

회사가 허락하지 않는다면 휴가를 신청하고 다른 방식을 동원해야 했다. 사모아의 개인 어선을 빌려서 행사를 진행하는 방식이었다. 사모아의 개인 어선을 빌리는 일은 어렵지 않다. 예전에도 더러 빌려 본 경험이 있기 때문이다. 그때는 순수한 취미로 낚시를 즐기려고 어선을 빌렸다. 그물이 아닌 낚싯대를 드는 것은 바다에서의 낭만이었다. 물고기를 무더기로 건져 올리는 일이 아닌 탓이다. 낚싯줄이 허용하는 만큼만 물고기를 잡는다는 점이 낭만적인 요소였다.

하여간 회사에 굿을 한다고 보고하기에는 너무나 마음이 불편하다.

'이건 아니야. 공과 사를 구분해야지. 회사에 막대한 피해를 입히면서까지 철 지난 위령제를 올리지는 못해. 회사가 허용한다고 하더라도 합리적인 행사로 인정받지 못할 거야.'

내가 단골로 동력 어선을 빌리는 곳이 있다. 20톤의 빈약한 어선이지만 엔진이 장착된 동력선이다. 그래서 내가 직접 엔진을 가동시켜 배를 몰곤 했다. 항해사이기에 소형 동력선의 엔진 조작 정도는 내게 문제가 아니었다. 동력선의 선주는 34살의 사모아 처녀인 윈차도르(Winchador)이다. 그녀의 부모는 나이가 70대의 늙은 어부들이다. 기력이 감퇴하여 지금은 호젓한 가옥에서 딸로부터 부양받는 처지다. 윈차도르는 성격이 대범하고 체격도 강건하여 사내의 기질을 많이 닮았다.

　원차도르와 낚시질할 때면 동성의 친구 같은 생각이 들 정도다. 한 번은 낚시질하다가 심한 폭우를 만났다. 순식간에 쏟아진 굵은 빗방울로 선실로 향하기도 전에 옷이 젖었다. 온 몸에서 빗물이 뚝뚝 떨어져 내려서 견디기 어려운 상황이었다. 그런 상황에서 원차도르가 나를 선실로 이끌었다. 좁은 선실 내에서 빗물을 뚝뚝 흘리며 남녀가 마주 앉았다. 그녀가 영어로 말했다.
　"좀 몸이 차가워도 조금만 견디세요. 폭우라서 그리 오래 쏟아지지는 않을 거예요. 섬에서 남자들끼리는 등을 맞대고 앉아 금방 옷을 말리거든요. 나도 몸이 차가워지는데 등을 맞대 줄 수 있겠죠? 그래 준다면 아름다운 마음 영원히 잊지 않을게요."
　그녀의 말에 그녀와 등을 맞대려고 자리에서 일어섰다. 그때 그녀가 말했다.
　"제가 등을 돌렸으니 반대 방향에서 옷의 물기를 짜세요. 망설이지 말고 발가벗고 물기를 짜세요. 그러고 등을 맞대면 옷이 빨리 마르죠."
　그녀의 사내다운 기질로 인하여 간혹 그녀가 여인임을 망각하곤 했다. 그만큼 소탈하면서도 활달한 여인이었다. 그녀의 말에 따라 내가 그녀의 등 뒤에 섰다. 그러고는 옷을 말끔히 벗어 젖은 옷을 손으로 바싹바싹 쥐어짰다. 순식간에 선실 바닥이 물기로 축축해졌다. 나는 이내 마른 걸레로 선실 바닥의 물기를 닦았다. 내가 발가벗고 물기를 짤 동안 그녀는 석상(石像)처럼 앉아 있었다. 이윽고 물기를 짠 옷을 다시 착용하고 내가 앉았을 때였다. 이번에는 그녀

148

가 일어나 옷을 벗는 기척이 났다. 나는 그 자리에서 눈을 감고 가만히 앉아 있었다.

그녀도 물기를 짠 옷을 다시 착용하고는 선실 바닥에 앉았다. 그러더니 그녀가 나의 등에 등을 맞대며 앉았다. 항해 경험에서 들려준 그녀의 말은 맞았다. 등을 맞댄 지 얼마 되지도 않았을 때다. 둘의 옷이 거의 말랐다.

윈차도르가 내게 말했다.

"나는 그대를 정말 인간적으로 존경해요. 혹여 음심을 품고 그대가 달려들었다면 그대는 벌써 죽었을 거예요."

말을 마치면서 그녀가 품에서 단검(短劍)을 꺼내 내게 보여주었다. 칼날이 잘 닦여 퍼런 빛살을 내뿜는 단검이었다. 나는 그녀의 말에 마음속으로 아찔한 현기증을 느꼈다.

'내가 발가벗은 채 겁탈하려고 달려들었더라면 살해될 뻔했겠어. 아무튼 당차고 대범하여 좋은 친구로 여겨져.'

나도 그녀를 향해 진정어린 목소리로 응답했다.

"나도 그대의 훌륭한 성품을 좋아해요. 내 마음은 이미 그대를 좋은 친구로 받아들였어요."

내 말에 그녀가 간단히 응답했다.

"고마워요."

어떤 부차적인 설명도 덧붙이지 않았다. 대범하고 진솔한 유형의 윈차도르와 친구로 지냄을 나는 자랑스럽게 여겼다.

큰어머니가 무당을 부르겠다는 얘기를 들려주고는 바람을 쐬러 바깥으로 나갔다. 이때 정하가 내게 다가서며 말했다.

"철 지난 위령제임에는 틀림없어. 그런데도 엄마는 꼭 위령제를 올리고 싶다고 하셨어. 평생 나 혼자를 키우면서 산 세월이 오죽 공허했겠니? 나 같았으면 분명히 재혼했을 거야. 한평생 아버지만 생각하는 엄마라 대단하게 여겨지면서 지겹게도 보였어. 어떻게 혼자서 암담한 세상을 사느냐고?"

나는 정하가 내게 쏟을 본론이 궁금하여 귀를 기울이고만 있었다. 정하가 흘깃 내 눈치를 살피더니 마침내 본론을 꺼냈다.

"문제는 현재 나한테 연인이 없다는 점이야. 내가 제약 회사의 연구원이잖아? 말하기는 쑥스럽지만 내 외모나 체형에서 남들보다 못한 점이 보여? 남들한테 뒤질 요소도 없는데도 애인이 없어서 무척 속상해."

나는 일단 훌륭한 청취자가 되기로 마음먹었다. 상대가 나한테 얘기했다가 스스로 해법을 찾으면 다행이라 여길 따름이었다. 그러면서도 은근히 내 마음속에서는 불안감이 수시로 불길처럼 일렁거렸다. 정하가 예전에 휴대전화로 내게 엉뚱한 얘기를 들려주었기 때문이다. 그 당시의 얘기가 또렷한 음색으로 머릿속에 밀려들었다.

"현재 나한테 애인이 없는 것은 이해해. 세상의 사내들 안목이야 특별히 빼어날 요소는 거의 없잖아? 다만 연분이 닿지 않은 것뿐일 거야. 시간이 흐르면 자연스레 해결되리라 생각해."

그녀의 말에 귀를 기울이고 있음을 확인시켜 주려고 말했다.

"그럼요, 누나는 누가 봐도 훌륭한 여성이잖아요? 누나의 말씀대로 단지 연분이 안 닿았을 따름이라 생각해요. 그러니 너무 걱정하지 말고 기다리기만 하면 되리라 여겨요."

정하는 내 말이 당연하다는 듯 고개까지 끄떡이더니 말을 이었다.

"어떨 때는 사람들과의 접촉의 기회를 많이 가지겠다는 생각도 했어. 아무리 사람들이 마주쳐도 시선이 맞닿지 않으면 의미가 없어진다는 얘기야."

큰어머니가 바람을 쐬러 간다고 나간 것은 정하 때문이라고 여겨졌다. 둘이서 충분히 얘기를 나누도록 기회를 주려고 작정한 모양이었다. 그런데 문제는 나의 관심 분야였다. 내게는 처녀인 정하가 주절대는 말이 예쁘게 느껴지지가 않았다. 하지만 정하한테는 무척 절박한 일로 느껴지는 듯했다. 아직도 휴대전화에서 내게 말했던 본론은 나오지 않은 상태였다. 시계의 초침을 읽듯 그녀가 본론을 말하기까지 차분히 기다렸다.

강물에 산골짜기 실개천의 물줄기가 흘러들 듯 정하가 말을 이었다. 이때의 말이 그녀가 들려주려던 핵심임을 내가 알아차렸다.

"내 얘기를 이상하게 받아들이지는 말아 줘. 남녀한테 마음에 드는 상대를 만나는 것만큼 소중한 일이 있겠니? 너는 여태껏 내가 만난 남자로서는 최상의 인물이라 여겨져. 왜 하필이면 너와 나는 친척으로 만났는지 너무나 야속해. 친척만 아니었으면 곧바로 내가 연정을 고백했을 거야. 그렇다고 내가 친척 관계까지 뒤엎으려는 것은 아니야. 내가 연인을 만날 때까지만 네 곁에 머물면 안 되겠니?"

이때의 내 심정은 올 것이 왔다는 참담한 느낌이었다. 예상 밖의 일이 세상에는 나돈다고 했다. 친구로 지내다가 누군가 동성연애자가 되어 달라고 매달렸다던 얘기도 들었다. 내 경우는 아니었지만 너무나 끔찍한 세상이라 여겨져 뒷골이 시렸다. 친한 친구 간에 이런 요청을 받았다면 얼마나 참담한 심정이었겠는가?

정하의 얘기는 불쑥 근친상간(近親相姦)을 떠올리게 만들어 너무나 기분이 착잡해졌다. 처녀가 연인을 만날 때까지 친척인 총각 곁에 있고 싶다니? 제 정신을 가지고서야 말하기조차 끔찍한 얘기가 아닌가? 아무리 그녀를 이해해 보려고 해도 납득이 안 되는 상황이었다. 그러면서도 나 자신한테 의문이 생겼다.

'도대체 내 행실이 어떻게 비쳤기에 정하가 그따위 얘기를 했을까? 나 같은 사람이면 슬그머니 친족의 경계를 짓뭉개어도 상관없다고 여겼을까? 도대체 정하는 어떤 생각으로 내게 해괴한 제안을 한 걸까?'

회사에 복귀할 시간으로는 하루가 남았던 때였기에 신중하게 생각하기로 했다. 여태껏 살아오면서 남에게 피해를 주지 않고 살아왔다고 자부하는 터였다. 관점을 조금 바꾸어서 정하의 입장을 이해하려고 생각해 봤다. 하지만 아무리 주워 맞추어도 특별한 해답이 떠오르지는 않았다. 해답이 떠오르지 않기에 마냥 정하의 존재가 두려워질 따름이었다.

그 날 내게 하루의 휴가가 남았음을 알아차리고는 정하가 말했다. 큰어머니와 정하가 내 집에서 하룻밤을 묵고 싶다고 했다. 그러면서 그녀의 제안을 받아 줄는지 어떤지를 내게 물었다. 큰어머니와 정하는 엄연히 친척이었다. 친척이 하룻밤을 묵고 가겠다는 것이 문제가 될 리는 없었다. 하지만 어머니의 유품을 정리할 시간이 필요하기에 어렵다고 대답했다. 그랬더니 큰어머니와 정하가 그 날 저녁에 매물도에서 떠나기로 결정했다. 일단 결정된 일에 대해서는 나로서는 최선의 예절을 다하려고 노력했다.

점심 식사를 끝내고 다소의 시간이 흐른 뒤였다. 그녀가 항구의 횟집에서 술을 마시고 싶다고 했다. 큰어머니가 낮잠으로 휴식을 취할 때 정하와 내가 횟집으로 갔다. 이윽고 잠든 큰어머니의 숨결이 고르게 들린 뒤였다. 나는 정하를 데리고 항구의 횟집으로 찾아들어섰다. 생선회와 소주를 시켜 식탁에 정하랑 마주 앉았다. 둘이 술잔에 술을 따라 건배하면서부터 이야기를 나누었다. 사실은 이때부터 나는 긴장했지만 겉으로는 드러나지 않게 신경을 썼다.

얼굴이 불콰해진 정하가 하고 싶은 얘기가 있다면서 입을 열었다. 나는 한 마디도 빠뜨리지 않고 잘 듣도록 노력했다. 술을 서너 잔 마신 뒤부터 정하의 말이 매끄럽게 흘러나갔다.

"우주가 탄생된 지 137억 년이라고들 하지? 그 우주가 존재한다는 것을 확인하는 실체가 누구지? 유명한 과학자들이라야 우주의 실체를 확인하는 거니? 어때? 네가 한 번 대답해 봐."

관점에 관한 질문이기에 내가 쉽게 대답했다.

"모든 주변 사물의 존재를 확인하는 실체는 과학자가 아닌 관측자예요. 누나 주변의 모든 현상을 확인하는 실체는 누나예요. 누나의 눈이 있기에 우주와 주변의 존재가 확인되는 거예요. 만약에 누나의 눈이 없다면 우주의 존재가 무슨 의미가 있겠어요? 물론 어떤 개인이 죽더라도 우주는 존재하고 별들은 빛나겠죠? 그런데 그 우주와 별을 식별하는 주체는 관측자의 눈이라는 얘기예요."

정하가 느닷없이 반가운 웃음을 터뜨리더니 그녀의 견해를 말했다.

"역시 너는 나와 생각이 통하는 동생이야. 사촌 동생과 친동생의 경계가 무슨 의미가 있겠니? 우주를 바라보는 시각이 너와 내가 완전히 일치하기에 엄청나게 기뻐."

내 관점과 그녀의 관점이 같다는 사실에 내가 멀뚱해졌다. 대다수의 사람들이 내 관점을 너무 주관적이라고 시비를 걸지 않았던가? 그랬는데도 정하는 대뜸 그녀의 관점과 일치한다고 반가움의 웃음까지 터뜨렸다. 나는 이어질 그녀의 얘기에 신경을 쓰면서 침착하게 귀를 기울였다. 이어지는 얘기는 내 생각과 너무 흡사하여 내가 질릴 지경이었다. 그녀의 더듬이가 내 머릿속을 정확히 탐지한 느낌마저 들었다. 그녀의 말이 바다에 밀려드는 강물처럼 이어졌다.

"단 한 번 우주에 태어나는 것이 개개의 인간 삶이잖아? 이 소중한 삶이 자신이 꿈꾸는 대상을 만나지 못하면 어떨까? 거듭 태어나지 못하는 유한한 존재의 삶이잖아? 이러한 삶의 주체가 이상적인 상대를 만나는 것은 필수적인 요건이야."

여기까지의 그녀의 말에 대해서도 나는 감탄스러울 따름이다. 나의 관점도 그녀의 견해와 정확히 일치했기 때문이다. 그녀의 얘기를 듣고 있으니까 그녀가 나로 현신한 느낌이 들었다. 내 생각이 죄다 그녀의 입을 통해 발설되는 현상으로 여겨졌다. 그녀와 내 생각의 합일점은 인간의 존재 가치가 고유하다는 점이었다. 존재 가치가 고유하기에 연인도 추구하는 기준에 맞아야 한다는 거였다. 그런데 이런 내 생각을 정하가 말하고 있었다.

나는 참으로 묘한 느낌에 젖어 정하를 바라보았다. 첨단 장치로 내 의식의 내부를 들여다본 느낌이 들 지경이었다. 그런데 거기까지는 내 생각과 합치하다가 마지막 부분이 비틀어졌다. 연인을 찾기까지는 이상형에 가까운 사람 곁에 있어야 한다는 논리였다. 이상형 옆에 머물러야 이상형을 닮은 연인을 만나게 된다는 생각이었다. 그럴 수 있는 가능성은 있을지라도 너무 황당하다는 생각이 밀려들었다.

이때 내 생각을 밀치고 그녀의 목소리가 귓전으로 파고들었다.

"내가 오래 네 곁에 머물겠다는 얘기는 아니야. 내가 이상형의 연인을 만날 때까지만 안 되겠니?"

그래서 내가 그녀에게 물었다. 이상형의 연인을 만나는 데까지 얼마의 기간이 필요한지 아느냐고? 그랬더니 역정을 내면서 말했다.

"내가 신(神)이 아닌데 어떻게 그것을 알 수가 있겠니? 빠르면 지금이고 느리다면 죽을 때까지도 못 만날 수도 있다고."

그 날의 대화는 그 정도까지만 진행되었다. 더 길게 해 봐야 달라질 게 없으리라 여겨졌다.그 날 오후 5시 무렵이었다. 큰어머니와 정하는 여객선으로 통영을 향해 매물도를 떠났다. 통영에는 그녀들의 보금자리가 그녀들을 기다리고 있을 터였다.

나는 혜미와 현지와 함께 난파선 앞에서 사진을 촬영한다. 주변의 관광객인 영국인 사내한테 사진을 눌러 달라고 부탁한다. 동굴에서 연분을 맺은 이후의 첫 단체 사진으로 여겨진다. 난파선 앞이지만 시날레이의 추억까지 촬영된 느낌이 들어 마음이 편안하다.

12. 항구로의 귀환

난파선 앞에서 사진을 촬영한 직후다. 혜미가 칼을 들이밀 듯 결연한 표정으로 내게 말한다.

"나는 난파선 앞에서 내 마음을 정했어. 네가 나를 거절하지 않으면 네 연인이 되기로. 네가 거절한다면 사모아에서 깨끗이 생을 마감할 작정이야. 너무나 세상의 충격이 컸기 때문이야."

내가 혜미의 말에 응답하려고 할 때 현지도 내게 말한다.

"난파선이 주는 인상이 컸어. 나도 마침 혜미와 같은 생각을 했어. 나도 지금부터는 너를 연인이라 여기겠어. 네가 나를 거절한다면 나도 사모아에서 조용히 목숨을 거두겠어. 절대로 협박이 아닌 진솔한 내 마음이야. 나도 세상으로부터 받은 공허함이 너무 컸기에 이런 결론을 내렸어."

여인들의 얘기에 나도 응답하지 않을 수 없는 분위기를 느낀다.

서로의 정신과 육신마저 들여다본 상태가 아닌가? 더 이상 그녀들을 기다리게 해서는 안 되리라 여겨진다. 그래서 나도 신중한 음색으로 여인들에게 말한다.

"목숨을 전제로 하면서까지 연인이 되겠다고 하니 나도 결론을 들려줄게. 나한테는 너희들 중 누구도 죽게 할 권리가 없어. 너희들 둘이 동시에 나랑 연인이 되어도 괜찮겠니? 이 방법밖에는 길이 없잖아? 내게도 너희들 둘이 너무나 소중하게 여겨져."

내 말이 끝나자마자 혜미가 환호성을 질러대며 말한다.

"정말 네 대답에 후회가 없는 거지? 현지랑 나는 지기이기에 너랑 동시에 연인이 되어도 문제가 없어. 나는 무조건 네 의견에 찬성해."

현지도 곧바로 내게 말한다.

"나도 찬성해. 내가 생각했던 것처럼 너는 역시 멋진 사내야. 아무래도 셋이 연인이 되려면 국적을 옮겨야 되겠지? 일부다처가 허용되는 사모아에서 셋이 함께 살면 어떨까?"

현지의 말에 셋은 이후에는 사모아에서 삶을 살기로 마음을 굳힌다.

난파선을 지나서 서쪽으로 300여 미터쯤 걸었을 때다. 현지는 너무 많이 걸어서 다리가 아프다고 투덜댄다. 아직 끝까지 걸으려면 2킬로미터는 더 걸어야 할 판이다. 걸어서 구경하는 것은 힘에 부친다는 얘기를 여인들이 들려준다. 그래서 곧장 렌터카를 향해 일행이 걸어간다.

한낮임에도 주차장에 세워 두었던 렌터카는 야자수 그늘에 놓여있다. 에어컨을 켜서 실내를 시원하게 하고는 차를 움직인다. 팔레즈엘라에서 아폴리마(Apolima)에 이르는 17킬로미터의 길을 천천히 달리며 풍광을 감상한다. 차량의 통행이 한적하기에 시속 30킬로미터의 저속으로 차를 몬다. 도로의 왼쪽은 푸른 태평양이고 오른쪽은 야자수의 밀림 지역이다.

충분한 관광을 위해 운전도 번갈아가며 하기로 한다. 지도를 보고 아폴리마에서부터 팔레지우까지의 18킬로미터 구간은 혜미가 운전하기로 한다. 아폴리마는 우폴루 섬의 서단(西端)에 해당한다. 우폴루 섬의 북서쪽에 위치한 사바이 섬과는 19킬로미터 떨어져 있다. 바로 이 지역이 아폴리마 해협으로 불리는 지점이다. 아폴리마 해변에서 일행이 내려 3.5킬로미터 서쪽의 팔레우(Faleu) 섬을 바라본다. 섬의 둘레가 7.3킬로미터에 해당하는 섬이라지만 너무나 작게 보인다.

아폴리마 해협에는 2개의 섬이 놓여 있다. 앞쪽의 섬이 팔레우이고 뒤쪽의 섬이 아폴리마 섬이다. 아폴리마 섬은 팔레우 섬의 1/4배의 아주 작은 섬이다. 바다를 대하면 세상의 모든 허물이 다 용해될 것같이 느껴진다. 그래서 언제나 가슴 설레는 마음으로 바다를 대하게 된다. 파도가 하얗게 일어서면 팔레우 섬이 바다에 묻히는 느낌이 전해진다. 쌍안경을 꺼내어 팔레우 섬의 정경을 바라본다. 사방이 넓적하게 깔린 평야 형태의 섬이다. 야자수와 종려나무와 빈랑나무가 숲의 주종을 이루고 있다.

내친 김에 우폴루 섬도 쌍안경으로 바라본다. 사방이 탁 틔어 비행기에서 내려다보듯 훤히 잘 보인다. 확실히 전망이 좋은 지점을 고른 모양이다. 예전에 비행기에서 내려다본 바로는 섬의 최장 길이가 72킬로미터이다. 남북의 폭이 가장 긴 곳이 33킬로미터에 달하는 섬이다. 섬은 화산 분출로 만들어졌으며 동서의 중앙을 따라 분화구가 펼쳐졌다. 섬은 거의 평지에 가까운 지형을 이루고 있다. 섬을 뒤덮은 대부분의 수종은 야자수와 종려나무와 빈랑나무이다.

대부분의 분화구에는 물이 없는 상태다. 섬 중앙 좌측에는 라노토(Lanoto)라는 직경 330미터의 원형의 호수도 있다. 예전에 선장과 경비행기를 타고 섬을 유람했기에 섬의 지형에는 훤하다. 하지만 직접 발걸음을 옮겨 확인한 지역은 많지 않은 편이다. 현지도 쌍안경을 눈에 갖다 대고는 천천히 섬을 둘러본다. 그러더니 나를 향해 말한다.

"남미 같은 데는 경비행기 여행이 관광의 필수 항목이잖아? 이곳에는 경비행기를 탈 만한 데가 없을까?"

내가 곧바로 응답하여 그녀에게 알려준다.

"아피아의 파갈리(Fagali) 공항은 대표적인 경비행기 비행장이야. 관광객들이 제일 많이 찾는 곳이기도 해. 아직 시간이 많이 남았으니까 파갈리 공항까지 가 보면 어떻겠니?"

내 말에 여인들이 일제히 환호성을 터뜨린다.

"역시 낭군은 다정다감하여 미워할 수가 없겠어."

"내가 보기로도 세상에서 가장 멋진 낭군이라 여겨져."

내가 미소를 머금으며 여인들에게 말한다.

"멋진 낭군이 되는 것이 이렇게 쉽다니? 경비행기 한 번만 태워 주면 바로 멋진 낭군이냐? 이처럼 낭군을 배려해 주는 그대 낭자들이 너무너무 멋있어."

내 말에 현지가 장난기 실린 표정으로 말한다.

"기분 좋은 김에 불알을 살짝 만져 줘도 되겠니?"

내가 자신도 모르게 놀라 엉겁결에 대답한다.

"어이구, 무서워라. 너는 그렇게도 낭군의 물건을 으깨어 버리고 싶니? 성미 치고는 별스럽게 고약한 성미도 다 보겠네?"

내 대꾸에 여인들이 좋아라고 깔깔대며 허리를 꺾는다.

이윽고 일행이 렌터카에 오른다. 운전석에는 혜미가 앉아 아폴리마에서부터 팔레지우까지의 18킬로미터 구간을 운전하기로 한다. 그러다가 문득 운전 면허증을 떠올린다. 렌터카 회사에서 발급받은 임시 면허증이 아니고서는 통용되지 않음을 깨닫는다. 어쩔 수 없이 내가 다시 운전대를 잡게 된다. 여인들이 안타까운 목소리로 한 마디씩 내뱉는다.

"우리나라 같았으면 충분히 교대로 운전할 수 있잖아?"

"여기서만 유난히 국제 면허증까지 무시를 하고 난리야. 약간 이해가 안 돼."

내겐 우폴루 섬이 익숙하기에 천천히 차를 몬다. 그러면서 창밖의 풍광을 부지런히 감상한다. 왼쪽으로는 태평양의 파도요 오른쪽으로는 광막한 야자수의 밀림이다. 시선이 닿을 때마다 편안하여 저절로 피로가 풀리는 느낌이다. 아폴리마에서 1.6킬로미터를 달리자 도로 좌측 해안에 공항이 나타난다. 활주로의 길이가 3킬로미터에 이르는 팔레올로(Faleolo) 국제공항이다. 비행기로 사모아를 찾아들어오는 관광객들은 이 공항을 거치게 된다.

한국인 관광객들은 피지(Fiji)의 나디(Nadi) 공항을 거쳐 팔레올로 공항으로 들어온다. 한국으로 돌아갈 때도 팔레올로를 거쳐서 나디 공항에서 인천으로 들어간다. 여인들도 감회에 젖은 듯 고개를 내밀어 팔레올로 공항을 바라본다. 팔레올로를 거쳐 금세 차는 팔레지우에 들어선다. 팔레지우는 주택의 밀도가 다른 지역보다 큰 번화가다. 팔레지우에서 아피아 파갈리(Fagali) 공항까지는 27킬로미터의 거리다. 속도를 조금 내니 40분 만에 공항에 도착한다.

경비행기를 타려는 관광객의 숫자가 생각보다 많지 않은 편이다. 그래서 경비행기 1대에 일행이 다 올라탄다. 비행시간은 40분이라고 조종사가 마이크로 안내 방송을 한다. 비행기 내에는 20대 초반의 여자 안내원도 탑승한다. 비행기가 이륙한 뒤부터 펼쳐지는 장소에 대해 설명하기 시작한다. 주로 각 지역의 명승지를 소개하는 데 역점을 둔다. 그러면서 명승지와 연관된 역사도 재미있게 설명한다. 비행기는 동서로 쭉 날았다가 섬의 테두리를 따라 저공으로 난다. 눈 아래로 펼쳐지는 사모아의 풍광이 참으로 눈부실 지경으로 황홀하다.

여인들도 너무나 감탄스러운지 일체의 말이 없다. 모든 정경을 빠짐없이 머릿속에 다 기억해 두려는 듯하다. 안내원의 설명으로 인하여 기내에서는 일체 잡담을 나눌 수가 없다. 단점이기도 하지만 장점이라고도 생각된다. 비행기가 이번에는 섬의 서쪽을 출발하여 동쪽을 향해 섬을 통과한다. 눈앞의 거대한 용암 대지를 대하자 대자연에 대한 장중함을 느낀다. 섬의 중앙 지대에서 동쪽에 가까운 영역을 비행할 때다. 직경 330미터에 달하는 라노토(Lanoto) 호수가 드러누워 있다.

바람이 불면 파도처럼 나부끼는 야자수 밀림의 정경이 가히 환상적이다. 비행기를 타지 않았으면 이처럼 섬세하게 지역을 들여다보기는 어려웠으리라 여긴다. 참으로 사모아를 자세하게 잘 관찰하게 되었다고 생각된다.

　마침내 40분간의 비행이 종료된 뒤다. 혜미가 비행기에서 내리자마자 내게 말한다.

　"정말 낭군 덕분에 구경 잘 했어. 만나서 이처럼 배려해 주어서 고마워."

　내가 곧바로 응답한다.

　"내가 한 게 뭐 있다고? 우리 다 함께 움직였잖아?"

　이어서 현지가 내게 말한다.

　"렌터카로는 섬을 순환하고 비행기로는 섬 전체를 내리 훑었잖아? 참으로 너무너무 고마워."

　현지의 말에도 곧바로 응답한다.

　"함께 움직인 결과를 높이 평가해 주어서 오히려 내가 고마워."

　공항을 빠져 나와서는 여인들을 항구의 호텔로 데려다 준다. 여인들은 그녀들의 계획에 따라 섬을 더 감상하리라 여겨진다. 여인들과 작별하고는 렌터카 회사로 가서 차량을 반납한다. 렌터카 직원이 신속히 차량의 상태를 점검한다. 점검을 마치고는 잘 넘겨받았다는 확인서를 끊어 준다. 나는 이제 서서히 항구를 향해 발걸음을 옮긴다.

　시계를 들여다보니 밤 9시를 갓 지나는 시점이다. 항구에 들어서서 은성호를 살펴보니 조금도 이상이 없다. 그간 은성호를 맡은 항구의 직원이 배를 잘 지켰다고 생각된다. 항해사이기에 다른 선원에 비하여 먼저 은성호에 올라선다. 아직 선장의 모습은 배에 보이지 않는다. 배의 곳곳을 돌며 일일이 점검을 마친다. 어창에 실렸던 참치 떼들은 운반선이 말끔히 다 옮겼다. 이제는 승선하는 선원들의 인원만 점검하면 그만이다.

거의 모든 점검을 마치니 9시 30분 무렵이다. 이 무렵에 선장이 환한 얼굴로 나타나며 내게 손을 내민다. 그러면서 선장 특유의 억양으로 내게 말한다.

"오, 항해사! 휴가는 잘 보냈어? 혹시 시간이 모자라지는 않았는지 모르겠군."

내가 제 때에 배 점검을 잘 마쳤다는 느낌이 든다. 선장이 미소를 흠뻑 머금었다는 사실은 크게 만족했다는 뜻임을 안다. 이제는 갑판에 서서 선원들의 출석을 다 확인해야 한다. 항해사는 선장을 보필하여 탑승객과 화물 관리를 해야 한다. 경험으로 볼 때에 집합 30분 이전부터 사람들이 몰려들게 마련이다. 대개 30분 만에 출석이 완료되곤 한다. 9시 반 무렵부터 은성호가 붐비리라 예견된다.

잠시 20분간의 여유가 있기에 선장실로 들어가 환담을 나누기로 한다. 선장이 나를 반기면서 커피를 끓인다. 이윽고 커피를 마시며 둘이 담소를 나누기 시작한다. 선장이 내게 말한다.

"사람이 행복하다고 느끼는 마음의 근원이 어디에 있는지 생각해 봤어? 나도 나이가 늙어 가는 모양인지 벌써부터 개똥철학을 생각하고는 해. 네 생각을 듣고 싶어."

선장으로부터 얘기를 듣는 순간에 잡다한 생각들이 먹구름처럼 밀려드는 느낌이다. 바쁘게 살다가 보니 무엇이 행복인지 모르고 지냈을 경우가 많다. 그런데 선장이 말해 보라고 해도 할 말이 없지는 않다. 다만 깊이가 있게 생각해 보지 않았을 따름인 것 같다. 그래서 나도 선장의 생각이 궁금하기도 하여 솔직한 느낌을 말한다.

"행복의 기준 자체부터도 애매한 거잖아요? 어디서부터 행복한 건지 경계가 불투명하잖아요? 하지만 어디까지나 제 개인적인 생각만을 얘기해 볼게요. 행복하다는 마음의 근원은 잡념을 배제할 힘이 있는 경우라 생각합니다. 이 힘이 있을 경우에 누구든 최상의 행복에 접근하리라 여겨집니다."

선장이 내 말을 듣고 마음속으로 연신 중얼대는 기색이 느껴진다. 확실히 선장은 내 말을 음미하면서 나름대로의 상념에 휩쓸리는 모양이다. 나도 이런 기회를 이용하여 내 발언의 의미를 더듬어 본다. 잡념을 배제할 힘을 갖춘 것이 행복의 근원이라니? 혹시 나 자신도 모르게 말장난을 하는 것은 아닐까? 생활 주변에는 마음을 분산시킬 요인들이 너무나 많다. 자칫 방심하면 주된 노선에서 이탈하기 십상일 때가 많다. 무엇이 주이며 뭣이 종일까? 이런 관계의 정립은 생활을 나날이 성숙시키는 중요한 요체가 된다.

잠시만 마음이 흐트러져도 일의 진행이 마비되는 경우도 많다. 하찮은 일에 신경을 쓰다가 보면 대국을 놓칠 수도 있다. 처음에는 대국과 하찮은 일들이 식별되기조차 어려운 경우가 많다. 나름대로 삶을 살다가 보면 저절로 지혜라는 것도 생기게 된다. 지혜는 바위 암반에 괸 약수처럼 소중하기 그지없는 지적인 자산이다.

'조금만 시간이 더 있으면 좋겠어. 그렇다면 이 난관을 여유 있게 통과할 수도 있겠는데.'

내 생각이 여기에 이르렀을 때다. 선장의 목소리가 내 귓전으로 밀려든다.

"네 말은 서양 철학자들이 교만스레 떠벌리는 허황한 이론으로도 보여. 허황하지 않다는 근거를 보여 주어야만 발언에 힘이 실리지 않겠어? 잡념을 배제할 힘을 갖춰야 행복에 도달할 수가 있다고? 네가 주장하는 관점을 내가 수용하기에는 상당히 버거워."

선장과 내가 자칫 논쟁을 벌일 가능성도 부각되는 느낌이다. 하지만 쓸데없는 일에 힘을 낭비하고 싶지가 않다. 정 듣기가 불편하다면 내가 자리를 피해 주면 될 일이다.

문득 선장이 우폴루 섬에서 견딘 얘기를 천천히 들려주기 시작한다. 어차피 흘러갈 시간이기에 마음 편히 선장의 얘기에 귀를 기울인다.

"처음에 함께 갔으면 해서 물었더니 네가 혼자 가겠다고 했잖아? 그래서 나는 나 혼자 우폴루 섬에서 보내기로 했지. 오라는 곳은 없어도 정말 갈 데는 아주 많았어."

이렇게 시작된 선장의 얘기가 서서히 내 마음을 흔들어댄다.

선장이 둘러보고자 했던 곳은 마을이 아니었다. 우폴루 섬은 원래 널따란 용암 대지였다. 섬의 동서 방향으로 마그마(magma)의 열류가 심하게 들끓었던 때가 있었다. 섬의 동서 중앙을 따라 작은 웅덩이 형상의 분화구들이 펼쳐졌다. 과거에 마그마의 열기가 극점에 치솟았던 곳을 둘러볼 작정이었다. 과학자는 아니지만 분화구들의 자취를 더듬으면서 지구의 속삭임을 듣고 싶었다. 과거에 뜨거운 열기로 남실대었던 만큼 사모아가 윤택한 생활을 하는지? 참으로 인간이 아닌 땅이 은밀하게 들려주는 대화를 듣고 싶었다.

그래서 망원경을 휴대하고 섬의 중앙을 따라 서쪽에서 동쪽으로 이동했다. 광막한 평원에는 야자수의 숲이 끝없이 펼쳐져 있었다. 분화구에까지도 야자수의 숲은 장엄하게 펼쳐져 있었다.

섬의 중앙 지점에 이르렀을 때였다. 선장과는 반대 방향에서 다가오는 남녀 일행을 만났다. 남자 둘에 여자 하나였다. 그들과 대화를 나눠 보니 다들 30대 초반의 미혼 남녀들이었다. 다들 영국인들로서 지질학자들이라고 자신들을 밝혔다. 그래서 선장이 그들에게 영어로 물었다.

"지금 눈앞에 펼쳐진 오목한 분지가 분화구임에 틀림없죠?"

그랬더니 '플랭킨(Flankin)'이란 여인이 미소를 지으면서 응답했다. 밝은 표정을 지닌 미인의 매력을 발산하는 날씬한 체격의 여인이었다.

"맞아요. 지질 구조를 정확히 아시는데, 혹시 과학자이세요?"

여인의 말에 선장이 진솔하게 응답했다.

"아뇨. 어선을 모는 선장일 따름입니다. 그냥 화산 지형인 사모아의 구조가 궁금해서 둘러보는 중입니다."

선장의 말에 이번에는 '잭슨(Jackson)'이라는 사내가 선장과 악수하며 말했다.

"반가워요. 저는 영국 지질 연구소에서 일하는 연구원입니다. 지질 구조에 관심이 있다면 저희들과 합류하여 여행하지 않겠어요?"

잭슨은 근육질 형태의 청년이고 모하비(Mohabee)는 호리호리한 키다리 청년이었다. 선장이 단 하루 동안만 같이 지내겠다며 동의

했다. 그리하여 선장은 왔던 방향을 되돌려 서쪽에서 동쪽으로 이동하기 시작했다.

선장이 이들과 함께 하면서 지형에 대한 견문을 많이 익혔다. 분화 지형은 물론이고 해저 지형에 대해서도 풍부한 설명을 들었다.

선장이 자신의 휴일 일정을 들려준 뒤였다. 나를 향해 은근한 목소리로 정보를 제공해 준다.

"그들은 사모아 현지의 지형 연구를 위해 1달간 파견되었다고 했어. 그들이 머무는 곳이 바로 아피아 항구의 M 호텔이더군. 혹시 네가 그들에게 도움을 구할 일은 없을까?"

선장의 말을 듣고 보니 도움받을 일이 있을지도 모르리라 여겨진다. 사모아 근해에서 조난당한 시신들이 잘 모이는 곳이 있을지도 모른다. 페스카마(Pescamar) 15호에서 배출된 시신들이 매몰당한 데가 있으리라 여겨진다. 20년이나 경과되어 유골이 제대로 있는지도 모르겠지만 궁금증은 여전히 크다. 위령제를 지내더라도 유골이 모이는 위치가 적당하리라는 생각이 든다.

내가 선장을 향해 묻는다.

"혹시 그들의 연락 전화번호라도 알고 계세요? 알려주시면 곧바로 통화하고 싶군요."

그랬더니 선장이 수첩을 꺼내들더니 내게 전화번호를 알려준다. 그러면서 내게 덧붙인다.

"내가 유일하게 아는 전화가 여성 연구원인 플랭킨의 전화야. 그녀의 미모 수준이 장난이 아냐. 총각들은 가능한 한 그녀를 만나지 않는 게 좋겠다고 생각돼. 그녀의 미모가 눈부셔서 국적을 불문하고 사내들이 달려들 가능성이 크거든. 그런데도 그녀와 통화하고 싶어?"

내가 플랭킨의 전화번호를 휴대전화에 입력시킨 뒤다. 내가 선장을 향해 여유 있는 자세로 농담을 던진다.

"선장님이 방금 큰 실수를 하셨어요. 제 눈에 미인이 포착되면 국적을 불문하고 달려들거든요. 지금까지 얌전하게 보였던 것은 그런 상대자를 만나지 못한 탓입니다. 그랬는데 지금 나한테 전화번호까지 안겨 주었잖아요? 선장님한테 플랭킨이 마음에 들었다고 하더라도 제가 알았으니 백지화되는 거예요. 제 말뜻이 뭔지 아시겠죠?"

선장도 과도할 정도로 쾌활하게 웃어대며 만만찮게 응답한다.

"이야아, 이 사람이 엄청나게 세게 나오네? 선장인 내가 점을 찍어 놓았는데도 무효로 만들겠다는 심산이잖아? 세상에 믿을 사람이 정말 없네? 이런 황당한 경우가 어디 있어, 정말?"

내가 선장을 향해 미소를 지으며 말한다.

"정말 플랭킨이 예쁘기는 예쁜 모양이네요. 내가 미처 만나 보지도 않았는데 미리부터 경계령을 발동하려고 하다니요? 만약 제가 만나보고 못 생겼으면 조용히 입을 다물게요. 하지만 미인이란 절대로 쉽게 눈에 띄지 않는다고 하더군요."

둘이서 커피를 마시면서 20여 분간을 휴식한 뒤다. 시계를 보니 밤 9시 반에 접어든 상태다. 나는 갑판에 올라가 선원들의 승선 상태를 점검한다. 점검한 지 십여 분도 지나지 않아서였다. 25명의 선원들이 모두 승선했음을 확인했다. 이제 출항에 따른 선장의 명령만 기다리는 상황이다. 마음이 한결 가볍고 평온하게 여겨진다.

13. 돌고래들의 출현

만 24시간의 휴가가 꿈결처럼 아스라이 스러진 시점이다. 밤 10시까지라는 귀환 시각을 아무도 어긴 사람이 없다. 배의 질서가 너무 잘 잡혀 바라만 봐도 평온해질 지경이다. 절벽의 테일러스처럼 돌발 사고가 터질 만한데도 전혀 그렇지 않다. 그랬기에 선원 모두가 사무칠 정도로 고맙고 소중하게 여겨진다. 선장이 나를 향해 꿈결로 흘러드는 뱃고동처럼 나지막이 말한다.

"우리가 이제 투망할 지점은 각국의 경쟁이 심한 곳이야. 조금이라도 먼저 파고들어가 우리가 유리한 자리를 잡아야 해. 그러기 위해서는 잠시 후에 출항을 해야만 해. 원양 어선 출항의 경우에는 원래 밤낮의 구별이 없잖아? 괜찮겠지?"

"판단은 선장님이 내리시는 거잖아요? 명령대로 배가 잘 움직이게 책임을 다하겠습니다."

선장이 빙긋 미소를 짓고는 캄캄한 밤바다를 굽어본다. 그러더니 선박등에 불을 켠 뒤에 선교의 마이크로 방송을 시작한다.

"출항 대기 중! 출항 대기 중! 전원 각자 위치로 정렬!"

선박 위에 일제히 수런대는 느낌이 강하게 밀려든다. 그러다가 이내 잠잠해진다. 기관실에서 기관을 작동하는 움직임이 선체의 진동을 통해 들려온다. 이제 곧 출항이 임박했음이 느껴진다. 내가 2항사인 덕평을 불러 말한다.

"선박 후미 하물의 적재 안전 상태를 곧바로 확인해 주세요. 그리고 계류 윈치의 이상 여부도 점검해 주세요."

내 말을 듣자 곧바로 덕평이 응답한다.

"선박 후미 하물 및 계류 윈치 점검을 하러 갑니다. 전달받은 업무를 이행하겠습니다."

나는 잠시 선장과 투망 지점을 의논한다. 선장이 펼쳐진 해도에 루비 빔을 쏘아 가리키며 말한다. 사모아 북서쪽 1,000킬로미터 해상의 지점이다. 서경 178도이며 남위 6.5도에 해당하는 해역이기도 하다. 투발루와 피닉스 제도의 중간 지점에 해당하는 곳이다. 가다랑어와 황다랑어가 대단히 잘 잡히는 곳이다. 가다랑어가 길을 잃고 사라지면 황새치과의 돛새치와 녹새치들이 줄지어 몰려든다. 몸뚱이 폭의 2배가 넘는 폭의 등지느러미를 가진 돛새치다. 평균 체장이 3.3미터에 이르는 물고기이다.

참치잡이 그물로 체장이 4.5미터에 달하는 녹새치들도 더러 몰려든다. 주둥이가 송곳처럼 뾰족하여 주둥이를 무기로 삼는 어종이다. 상어들마저 돛새치와 녹새치들을 피해 다닐 정도다.

선장이 어군 탐지기 화면을 가리킨다. 태평양의 수면을 타고 치솟는 포말들처럼 곳곳에서 빛살이 흩날린다. 그러면서 은빛 뭉게구름처럼 수중에서 하얀 물고기의 무리가 대규모로 이동한다. 녹새치들이 떠도는 부근에서 제일 가깝게 움직이는 어류들이 있다. 이들이 바로 전갱이 무리들이다. 저녁 무렵에는 연안 가까이에 머물다가 일조량이 많아지면 대양으로 몰려간다. 이들의 움직임을 기민하게 돛새치 무리들이 알아차린다. 돛새치들이 움직이기 시작하면 참치라 불리는 가다랑어들이 떼를 지어 이동한다.

참치들까지 움직여서 바다가 격렬한 파동으로 휘말릴 때에 돌고래들이 움직인다. 돌고래들은 강한 친화력을 갖는 결속된 움직임을 잘 보여주는 동물들이다. 이들이 움직이면 바다에는 한바탕 소용돌이가 일어난다. 먹이를 놓치지 않겠다고 상어들도 떼를 지어 몰려든다. 상어들의 가장 큰 천적 집단이 돌고래들이다. 돌고래가 이동하는 곳에서는 상어들이 뿔뿔이 흩어져 숨기 마련이다. 돌고래의 공격을 받으면 절대로 무사하게 달아나기가 어렵기 때문이다. 돌고래는 강한 지구력을 지녔기에 해양의 생물들이 기피한다.

선장이 어군 탐지기의 화면을 들여다보며 말한다.

"지금 이 부분을 잘 살펴봐. 기포처럼 계속 수중이 들끓고 있잖아? 바로 돌고래들이 이동하면서 내뿜는 포말들 탓이야. 우리가 지금 이동하는 길에는 돌고래들의 시신들이 깔린 해로가 있어. 웬만큼 대양을 누빈 선장들도 잘 모르는 해로야. 이 해로를 수십 차례를 넘나든 사람들이라야 참다운 외항 선원이야."

나도 선장이 말하는 해로를 잘 알고 있다. 피닉스 제도 부근을 지나는 해로라는 의미로 피닉스 해로라 불린다. 피닉스 해로(海路)의 평균 수심은 대략 530미터에 이른다. 참치선 투망을 해도 그물이 전혀 바닥에 걸리지 않는 해역이다. 수심이 깊어서 참으로 마음이 편한 지대이다.

그런데 해로 밑에는 기다란 바다 산맥인 해령(海嶺)이 지나간다. 해저에서 내달리다가 해령에서 부딪힌 물줄기들의 힘은 너무나 강력하다. 이 물줄기들이 치솟는 힘은 1톤 화물차를 전복시킬 만한 세기다. 이 정도이기에 해령 상층부로 밀착해 이동하는 어군들은 변을 당한다. 변을 당하여 비늘을 반짝이며 흩어지는 물고기들을 돌고래들이 뒤쫓게 된다. 그러다가 돌고래들마저 해령으로 치솟는 해류에 맞아 목숨을 잃게 된다. 이런 돌고래들의 시신들이 해령 부근에는 줄지어 깔려 있다.

묘하게도 이런 해령의 상층부가 피닉스 해로를 이룬다. 이런 사정을 알기에 나도 피닉스 해로에만 들어서면 마음이 숙연해진다. 그러다가 내 마음이 갑자기 움츠러든다. 피닉스 해로를 통과하다가 숨진 큰아버지의 시신에 생각이 미친다. 살해되기는 피닉스 해로를 달리던 새벽 4시 40분이라고 했다. 검사가 당시의 조선족 피의자들을 신문(訊問)하는 과정에서 밝혀진 기록 내용이다. 새벽 4시 40분이라니! 육지에서는 세상의 만물들이 조용히 수면에 잠겼던 시기가 아닌가? 그런 새벽에 조선족들이 칼을 휘둘러 사람을 찔러 죽였다니?

살해된 시신들은 사모아 근해에서 바닷물에 던져 버렸다지 않은가? 사모아에서 가까운 바다라는 곳이 피닉스 해로의 남단 부분이다. 거기는 사모아 북서쪽 100킬로미터인 지점이다. 서경 173도이며 남위 13도인 해역이기도 하다. 바로 이 지점이 큰아버지의 위령제를 지내야 하는 해역이다. 사모아로부터는 54해리 떨어진 지점이기에 사모아에서도 행사 허가를 받아야 한다. 내 회사에서도 허락을 받아야 한다. 어떻든 위령제를 은성호에서 치르고 싶기에 회사의 결재를 받고 싶다. 하지만 무속적인 의례를 밟겠다는 큰어머니의 뜻을 전달하기는 두려운 상태다.

가슴이 너무나 두근거린다. 임원들이 소리를 내지르면서 반대하는 느낌이 예견되는 탓이다.

"1초의 어획량이 회사의 살림에 어떤 영향을 주는 줄을 알잖아? 그런 줄을 알면서도 그따위 말을 사관 선원이라는 사람이 해? 도대체 회사를 무엇으로 보고 하는 소리야?"

"간부 선원이라는 사람의 정신상태가 틀려먹었어. 회사 배를 빌려서 위령제를 치르는 경우가 세상에 어디에 있느냐고? 세상에 좀 말이 되는 얘기를 해야 숨이 안 막히지."

느닷없이 가슴이 답답해지면서 들끓기 시작한다. 아무래도 회사의 배를 빌려서 위령제를 지내려는 것은 무리라 여겨진다. 무리라 여겨지는 내용을 큰어머니가 조심스레 내게 부탁했다. 페스카마 15호와 관련된 회사가 바로 내 회사였기 때문이다. 그래서 꼭 회사의 배를 통해 위령제를 지내고 싶다고 했다. 사정은 충분히 이해가 된다. 하지만 이윤 추구를 하는 회사의 관점에서는 용납되기 어려운 실정이다. 회사가 허용한다고 하더라도 내가 제안을 철회해야마땅한 처지다.

선장이 나를 향해 말한다.

"어장까지는 1,000킬로미터 거리라서 15노트의 속력으로는 36시간이 걸리지? 잠시 후에 배가 출항하면 가서 눈을 좀 붙여. 그래야 나중에 당직을 설 게 아냐?"

내가 편안한 마음으로 응답한다.

"선장님, 일단 출항한 뒤에 자러 갈게요."

이윽고 선장이 마이크로 선내 방송을 한다.

"출항 개시! 출항 개시!"

"부부우웅! 부우우웅!"

커다란 뱃고동을 울리며 마침내 은성호가 아피아 항구를 벗어난다. 은성호가 바다를 가르며 당당히 태평양으로 얼굴을 들이민다. 이제 배는 36시간 동안을 쉬지 않고 달릴 예정이다. 나중에 당직을 대비하여 선교 뒤쪽의 사관 침실에 가기로 한다. 선장을 향해 인사를 하고는 조용히 선교를 빠져 나간다.

이윽고 나의 선실에 들어선다. 침대나 옷장과 사물함들이 가지런히 배열되어 있다. 나중을 위해 잠을 자야겠다고 여기며 침상에 올라 드러눕는다. 하루의 일상이 고달팠던 탓이리라. 그러다가 어느새 의식이 꿈의 공간으로 날아 내림을 느낀다.

치리리링! 치리리링!

머리맡의 휴대전화 경보기가 또렷한 음향을 토해 낸다. 시계 바늘은 새벽 3시 50분을 가리킨다. 나는 후다닥 일어나서 세수를 하고는 선교로 간다. 선교의 출입문을 열자 선장이 환하게 웃으며 나를 반긴다.

"오, 제 때에 일어나서 나왔구나. 배턴을 넘길 테니 운항을 잘 부탁해."

"선장님, 잘 알았습니다. 들어가서 푹 쉬세요."

선장이 선교를 빠져 나간 뒤다. 선교의 위성 지도를 바라본다. 배는 아피아 항구에서 북서쪽으로 180킬로미터 떨어진 곳에서 달린다. 서울에서 경북의 김천까지에 해당하는 직선거리다. 투발루(Tuvalu)의 푸나푸티(Funafuti) 관측소에서 전송한 기상도가 모니터 화면에 뜬다. 기상도의 정보로는 이루 형언할 수 없을 정도의 쾌청한 날씨다. 항구를 벗어날 때에 갑판으로 날아오르던 갈매기의 무리도 뜸하다. 새벽 4시가 갓 지난 시점이라 주변은 여전히 캄캄하다. 레이터와 위성 지도가 배를 해로로 잘 이끈다.

바다에는 바람도 거의 불지 않는다. 물결도 잔잔하고 항속은 평균 속도인 15노트이다. 대략 시속 30킬로미터에 해당하는 속도이다. 중량이 250톤의 거선(巨船)에 해당되기에 15노트일지라도 무척 빠르게 느껴진다.

선장이 내게 선교를 인계하면서 들려주었던 대화의 일부분이 떠오른다.

"아피아에서 100킬로미터쯤 떨어졌을 때였어. 무엇인가 배의 측면을 자꾸만 들이받는 소리가 들렸어. 그래서 음향 탐지기로 살펴보니 돌고래의 무리들이었어. 왜 돌고래가 배를 들이받았는지는 모르겠지만 약간 기분이 이상했어. 김항(김 항해사)도 배를 몰면서 소리에 좀 신경을 썼으면 좋겠어."

선장이 내게 애정으로 붙인 별칭이 '김항'이다. '김 항해사'를 줄인 말이다. 나는 그가 별칭으로 나를 부를 때가 기분이 좋다. 별칭에 그의 애정이 실려 있음을 느끼기 때문이다. 내가 항로를 지시하면 서부터는 특별한 음향이 들리지 않는다. 추측으로 이동 중이던 돌고래들의 일부가 배에 부딪힌 것으로 여겨진다. 그 정도의 일이야 간혹 일어날 수 있는 거라 생각된다.

이제 큰아버지의 위령제는 눈앞으로 다가온 상황이다. 큰어머니가 회사의 어선에서 굿판을 벌이겠다고 하지 않았는가? 그게 그녀의 처음이자 마지막인 간절한 소망이라고까지 밝혔다. 조카인 나의 입장에서는 당연히 최선을 다해야 할 입장이다. 하지만 회사의 어선이란 회사의 이윤 추구를 위해 존재하는 시설물이다. 거대한 어선을 위령제에 사용하겠다고 청원다면 회사에서 나를 어떻게 생각하겠는가? 제대로 된 선원인지 근무 내력부터 조사당하리라 여겨질 정도다. 그래서 내 마음의 진통이 무척 크다.

큰어머니를 위하여 회사의 임원들에게 청원을 해야 마땅한 일일까? 큰어머니의 처음이자 마지막 소망이라고 하지 않는가? 게다가 큰아버지는 과거에 회사의 어선에서 작업하다가 피살당하지 않았던가? 회사가 사원들의 이런 애환을 충분히 이해해 줄 것인지 미심쩍다. 요즘 세상이 얼마나 각박한데 개인의 감상주의적인 관점에까지 귀를 기울이겠는가?

매물도까지 찾아와서 눈물을 숨기며 하소연하던 큰어머니의 슬픔이 아니었던가? 하필이면 내가 큰아버지가 근무했던 회사에 취직되리라고는 생각하지 못했다. 더구나 과거의 선입관에서 벗어나려고 회사가 이름까지 바꾸었기 때문이다. 페스카마 15호와 연관된 회사임은 알지 못한 상태로 회사에 입사했었다. 세월이 흐르면서 회사가 그런 내력을 갖고 있었음을 알게 되었다.

"도대체 내가 어떻게 행동해야 옳을까? 왜 선뜻 결정을 못 하느냐고?"

나도 모르게 신경이 곤두서서 냅다 고함을 질렀다. 누가 듣기라도 했으면 엄청나게 민망스러울 뻔했다. 여전히 내 머릿속은 번잡한 상념의 물결들로 술렁댄다. 시간 관계로 인터넷으로 회사의 결재를 받는 길밖엔 없다고 여겨진다. 그래서 머릿속으로는 어떤 식으로 결재를 받을 것인지를 구상한다. 일이 잘 안 풀리면 사모아의 처녀인 윈차도르를 찾아야 한다. 내겐 정해진 길이 그 경로밖에는 없다고 여겨진다. 사모아의 처녀인 윈차도르 같으면 충분히 나를 배려해 주리라 여겨진다.

선장이 일러주었던 배의 옆구리를 들이받는 일체의 음향도 들리지 않는다. 순수한 파도만이 다가왔다가 밀려날 뿐이다. 어디를 향해 고개를 돌릴지라도 바다는 탁 틔어 있다. 해무 속과는 달리 어느 정도는 윤곽이 잡히는 전망이다. 게다가 서서히 시간이 흐를수록 주변의 색채가 본래의 모습으로 깨어난다. 모든 색채가 어둠에 갇혀 먹빛이었던 것이 본래의 색상으로 돌아간다.

통통통통! 통통통통!

강력한 기관음을 내뱉으며 배는 잘도 달린다.

'이대로 한없이 멀리 달아나 외계로 사라져 버린다면 어떨까? 말로만 듣던 버뮤다 삼각지대가 그런 현장이었을까? 항해하던 선박들이 돌연 지구에서 종적을 감춘 곳이라지 않은가? 다른 사람들도 배를 몰면서 외계로 사라지고 싶었을까? 지금의 내 정신을 지탱해

주는 근원은 무엇인가? 혜미와 현지를 연인으로 받아들임에 있어
서 내 마음의 동요는 없는가? 정녕 국적을 사모아로 바꾸면서까지
그녀들과 일생을 살고 싶은가? 혜미와 현지는 미래에도 마음의 동
요가 생기지 않을까? 두 여자가 한 남자와 애인이 된다는 것을 진
심으로 원할까?'

배를 모는 내내 산적한 상념들이 내 머리를 어지럽힌다. 그리하
여 오죽하면 버뮤다 해역까지 들먹였는지 모를 지경이다. 내 머릿
속으로 페스카마 15호에 관련된 일들이 펼쳐진다. 위령제를 치르기
위하여 틈틈이 관련 자료를 수집해 왔다. 페스카마 15호의 진상을
알아야 제대로 된 위령제를 준비하리라 여겨진다.

점차 수평선을 거쳐 날아다니는 갈매기들의 무리가 눈에 띄기
시작한다. 시야 확보가 그만큼 넓어졌다고 생각된다. 문득 돌고래
가 은성호에 부딪혔던 일을 재차 떠올린다. 돌고래의 뛰어난 감각으
로 표층수에 떠가는 선박과 부딪히다니? 상식으로는 아무래도 이
해가 안 되는 정황이라 여겨진다. 모르기는 몰라도 수중에 무슨 커
다란 변화가 생겼으리라 추측된다. 모르긴 해도 해저 지질 구조의
변화가가 생겼을지도 모를 일이다. 혹시 해저 지진이나 해저 화산
이 치솟았을까?

사람의 심리 상태의 변화를 차근차근히 생각해 보기로 한다. 시
날레이 동굴에서의 상황이 다시 한 번 머릿속으로 떠오른다. 혜미
와 현지가 내게 달려들었을 때의 내 태도가 문제였다고 여겨진다.
술을 입에 댈 때에도 위험 요소에 대비했어야 마땅하다고 여긴다.
2여인들이 취기로 내게 달려들기 전에 적절한 대비를 했어야 마땅

했다. 차후의 관계가 험악해질지라도 여인들의 들뜬 분위기를 가라앉혀야만 했다. 여인들이 성적으로 흥분하기 전에 정신적인 대화를 충분히 나누었어야만 했다.

여인들의 돌발 행위를 유발시켰던 것은 내 중대한 과실이었다. 자칫 포르노 비디오에서나 보던 난교를 벌일 분위기마저 감돌지 않았던가? 그러고는 신의를 들먹이며 둘 다를 연인으로 삼겠다고? 한국에서 허용되지 않으면 국적까지도 바꿔 사모아에서 살겠다고? 생각할수록 과거의 내 판단력에 문제가 많이 생겼다고 여겨진다.

'어떻게 하다가 그런 야한 분위기를 유발시켰을까? 내 원래의 머리가 좀 살짝 돈 것일까? 도대체 이 상황을 어떻게 수습해야만 옳을까? 아니, 이제라도 변화시킬 가능성은 열려 있을까?'

위령제도 위령제이지만 우선 시날레이 동굴의 일을 수습해야겠다는 생각이 든다. 그 일을 어떤 방식으로든 말끔하게 수습해야 한다고 여긴다. 그렇지 못하면 다른 일에 신경을 쓰지 못하리라 여겨진다. 제일 먼저 대두되는 것은 나 자신의 마음이다.

'현재 내가 진심으로 두 여인들을 사랑하고 있는가? 내가 그녀들을 사랑해야만 연인이 될 수 있잖아? 지금 이 순간에도 내가 혜미와 현지를 진심으로 사랑하고 있는가?'

내가 사모아에서 여인들과의 헤어질 때의 정경이 떠오른다. 그때 셋의 정신 상태는 음주 상태가 아닌 온전한 상태였다. 그 당시에 내렸던 결론에 대해서 면밀히 생각해 본다.

'어쨌든 그때의 의견은 셋이 잠정적인 연인이 되자는 거였잖아? 온전한 정신으로 셋이 뜻을 모은 의견이었잖아? 그 이후에는 난파선 앞에서 셋이 연인이 되기로 약속했잖아?'

불현듯 시계를 들여다보니 어느새 오전 5시 무렵이다. 세상은 화선지 위로 스며드는 핏물처럼 서서히 여명에 휩싸인다. 배는 시름없이 계속 앞만 보고 내달린다.

통통통통! 통통통통!

배 전체에 강한 동력이 남실댄다. 선원들이 일어날 시간은 아직 멀었다. 그들은 새벽의 고요한 시간을 즐기기만 하면 된다. 수평선 일대로 파나마 선적의 컨테이너선이 지나가는 것이 보인다. 오랜만에 보인 대양에서의 배였기에 손이라도 흔들어 주고 싶을 지경이다. 바다에서는 곳곳에 백파가 일곤 한다. 전갱이나 고등어 무리들이 떼를 지어 몰려가는 모양이다.

바람이 불면서 바다가 춤추기 시작한다. 거센 바람결은 아니어서 잔디밭이 나풀대는 것처럼 물결이 남실댄다. 끝없이 호수를 꿈꾸는 듯한 평온함이 수면에 안정된 물비늘을 늘어뜨린다. 쾌청한 날씨의 바다는 신선의 세상인 선경(仙境)으로 비친다. 광막하게 펼쳐진 파란 바다의 수평면이 사람의 정신을 맑게 다스린다.

'시날레이 동굴의 일로 이처럼 마음의 진통을 겪을 줄은 몰랐어. 사모아에서 헤어지기 전의 시점에서 보다 바람직한 결론을 내렸어야 옳았어. 셋이 함께 살자는 합의를 했다니? 그녀들의 목숨을 배려한 내 결정을 세상 사람들은 알아줄까? 세상이 셋을 변태로 여기지는 않을는지?'

처음부터 잘못 꼬인 실타래처럼 현실적 타개가 참으로 어렵게 여겨진다. 차후에 셋이 만나서 재차 의견을 나누어야겠다고 생각된다. 여인들이 다음과 같이 말한다면 어떻게 대처해야 할까?

"왜 지난번에 합의된 결론을 뒤집으려고 그래? 셋이 합의된 결론을 철회하겠다는 거잖아?"

"사람이 말에 책임을 져야 하잖아? 왜 결정된 내용을 번복하려고 하니?"

여인들이 이렇게 나온다면 내겐 해결의 길이 막힌 것으로 여겨진다. 나 자신도 모르게 차디찬 한숨이 새어 나온다.

'여인들의 생각이 그렇다면 할 수 없는 일이지. 신의(信義)란 것이 동물과 사람을 구별 짓는 척도이잖아? 말을 번복하면서까지 사람의 위상을 무너뜨리고 싶지는 않아. 연인이 하나면 어떻고 둘이면 어떤가?'

내가 논리를 전개하다가 그만 푹 고개를 숙인다.

'애인이 하나여야 정상이지 둘이 되어서는 문제가 되는 세상이 아닌가? 그래서 문제가 되니까 국적을 옮겨서 사모아에서 살려는 게 아닌가?'

시날레이 동굴의 일로 이처럼 번민하리라고는 생각지 못했다. 막연히 시간이 지나면 세상의 인정을 받아 마음이 안정되리라 여겼다. 하지만 시간이 흐를수록 점차 번민의 골만 깊어지는 기분이다.

문제 해결에는 전혀 도움이 못 될 생각을 해 본다.

'만약 혜미와 현지 중 하나를 선택한다면 누가 더 나을까? 문제는 둘 다 내 눈에는 괜찮게 여겨진다는 점에 있어. 혜미도 놓치기 아깝고 현지도 대단한 매력을 지니고 있어.'

이런 생각을 가진 나 자신에 엄청나게 화가 난다. 난봉꾼에 딱 어울리는 생각을 하고 있으니까 내가 숨이 막힌다. 도대체 내가 인생을 왜 이렇게 살까?

14. 펼쳐지는 풍광

　어느새 오전 6시의 햇살이 날아드는 시점이다. 대양의 동쪽에는 짙은 홍조가 구름송이처럼 펼쳐져 수평선을 다독거린다. 수면에는 수천수만 마리의 물고기들의 비늘들이 반짝이듯 수면이 연신 파드득거린다. 언제 봐도 일출이나 석양의 장면은 가슴을 설레게 한다. 선홍의 색조로 바다에 드리워진 놀의 빛깔이 사람을 혹하게 만든다. 자칫 매혹시켜 넋을 잃게 만들 지경이다.

　오전 6시 무렵이 되자 선원들이 갑판으로 내닫기 시작한다. 일부는 체조를 하기도 하고 뜀뛰기를 하는 사람도 있다. 신체의 선율을 조절하는 일은 각자에게 중요한 일이라 생각된다. 아침놀이 점차 진해지더니 수평선에 마침내 태양이 떠오른다. 맑고 눈부신 태양이라 자신도 모르게 태양을 향해 손을 흔든다. 마치 태양이 잠깐 방긋 미소를 짓는 듯한 느낌마저 밀려든다. 하늘에도 구름 조각 하나 안 보인다. 세상이 너무나 화창한 느낌이 든다.

오전 7시 무렵이면 선내 식당에서 식사를 하게 된다. 식당은 칸막이로 일반 선원용과 사관 선원용으로 분할되어 있다. 식사 시간은 오전 7시부터 8시까지이다. 갑판에 선원들이 움직여 대니 사람이 산다는 느낌이 밀려든다. 날씨가 화창하여 파도도 크게 일지 않아 호수를 달리는 느낌이다.

세상을 살면서 해결해야 할 일들이 참으로 많다고 생각된다. 아무리 많더라도 성의껏 노력하면 해결되리라 여겨진다. 하지만 시날레이 동굴의 일은 참으로 내게 커다란 난관이라 여겨진다. 혜미와 현지와 가정을 이루며 한 집에서 무난하게 살겠는지 두려워진다.

목련이나 수련처럼 둘의 개성이 아름답게 느껴지는 것은 사실이다. 목련에게는 목련의 아름다움이 있고 수련에게는 수련의 아름다움이 있기 때문이다. 절대적인 기준으로 어느 꽃이 더 아름답다고 말할 수는 없다. 꽃들 각각의 장점을 도외시할 수가 없는 처지다.

꽃에 대한 생각에 휘몰리니 문득 어머니의 얼굴이 떠오른다.

'어머니는 무슨 꽃에 비유될까? 매화꽃이라면 딱 어울리겠구나. 꽃송이는 작지만 향기가 끝없이 사람을 매혹시키는 꽃이 아닌가?'

뒷산의 보리밭 경작을 포기하면서부터 급격히 살림이 고달파졌다. 밭을 경작하려면 소를 동원하여 밭을 갈아야만 한다. 밭을 갈아 거름을 넣지 않으면 수확이 기대에 못 미친다. 반드시 밭을 갈아엎은 뒤에 거름을 주어야만 한다. 거름으로는 재래식 화장실에서 배출된 똥오줌이 주류를 이룬다. 똥오줌은 보릿짚과 섞어서 두엄으로 만들어 충분히 썩힌다. 썩은 두엄을 밭에 옮기려면 건장한 장정이 필요하다. 결코 부녀자의 손길로는 해결하기가 힘든 일이다.

그래서 어머니가 뒷밭의 경작지를 포기한 터였다. 밭에 대한 경작을 포기하자 살림이 급격히 쪼들렸다. 그리하여 끼니 해결마저 어려운 상황이 수시로 벌어졌다. 이때마다 어머니는 마을 어민들의 어선에 올랐다. 마을 대표인 이장의 배를 주로 이용하는 처지였다. 어머니로 말미암아 이장의 아내도 승선하게 되었다. 어머니가 곤란을 겪지 않게 하려는 이장 아내의 배려 탓이었다.

어선에서 그물을 잡아당기거나 어물들을 건져 올리는 일이 만만치 않았다. 전신이 만신창이가 될 지경으로 너무나 힘이 들었다. 하지만 힘이 든다고 해서 일을 포기할 수 없는 처지였다. 생계가 달린 일이었기 때문이다. 배에서 내릴 때면 수확한 물고기들의 일부가 어머니에게 지급되곤 했다. 어머니가 그 수확물을 단골 어시장에 넘겨 생계비를 벌었다. 배를 타지 못할 경우에는 해안의 갯벌을 파야만 했다. 해안의 갯벌도 주민들에게는 경작지의 일부였다. 저마다에 배정된 갯벌이 있었다. 그 영역을 넘어서면 이웃 간에도 분쟁이 생겼다.

통영에서 고등학교를 다니다가 어쩌다가 집을 방문할 때가 있었다. 그럴 때마다 어머니의 행색은 너무나 초췌했다. 혼자서 감당하는 육체적인 노동량이 버거웠던 탓이라 여겨진다. 아들이라 어머니를 돕겠다는 눈치를 보이면 어머니는 정색하여 말했다.

"형편이 어려울수록 네가 실력을 갖춰야 해. 너는 어부가 될 사람이 아니잖아? 일은 나한테 맡기고 너는 학업에만 몰두해 줘. 그게 이 엄마의 간절한 소망이야."

어머니의 말대로 내가 고향에 잠깐 들렀다가는 이내 통영으로 돌아갔다. 혼자서 노동에 부대끼는 어머니 곁에 머물기가 미안하면서도 두려워졌다. 그래서 통영의 하숙집으로 돌아가기만 하면 눈에 불을 켜고 공부했다. 내가 공부를 하면서도 내심으로는 번민이 컸다.

'혹시 힘에 부쳐서 어머니의 건강이 악화되지는 않겠는지? 병원에 입원이라도 한다면 어떻게 해야 할지?'

통영에서 공부하느라 머물면서도 윤혜와는 줄곧 편지를 주고받았다. 혹여 어머니의 건강이 악화되면 곧바로 연락해 달라는 취지에서였다. 편지를 주고받을 때에 내가 아예 선을 그어 놓았다. 편지의 교환을 혹여 오해하지는 않기를 바란다고 명시했다. 어머니의 건강이 염려스럽기에 이웃집 사람의 관점에서 지켜봐 달라는 취지였다고. 윤혜가 말을 알아듣고는 절대로 편지에 다른 얘기는 쓰지 않았다. 윤혜와 나는 순수한 이웃으로서의 교류를 한 거였다.

어쩌다가 기성회비의 납부가 늦어졌을 때다. 학교 서무과의 주임이 학생인 나를 수업 시간에 불러내었다. 그러고는 기성회비가 납부되지 않았다고 내게 심리적인 억압을 주었다. 공부할 시간이 소비되어 아까웠지만 부득불 주말에 섬을 찾아야만 했다. 어머니를 만나 설명을 했더니 눈물을 글썽이며 마을에서 준비해 왔다. 내 말이 떨어지자마자 어머니의 눈시울로 번지는 눈물이 너무나 애잔했다. 그리하여 내가 어머니를 애처롭게 만든 것 같아 가슴이 알싸해졌다. 빈곤의 자취는 내게 한없는 시름으로 밀려들었다.

'이런 빈곤한 환경에서 과연 대학을 어떻게 헤쳐 나갈 것인가? 대학에 입학해도 등록금을 어떻게 조달할 것인지 세상이 막막하기만 하네. 나도 대학에 입학하고 싶은데 잘 안 될까?'

가슴에 시름이 쌓여 있기에 집에 들렀어도 2시간 체류가 고작이었다. 2시간이 지나면 그만 짐을 챙겨 집을 벗어났다. 집을 벗어나면 갈 데라고는 통영의 하숙집밖에는 없었다. 하숙집에서 책을 펴고는 오로지 공부에만 몰입하기로 했다. 세상에서 화산이 치솟든 땅바닥이 갈라지건 일체 신경 쓰지 않기로 했다.

그러던 고등학교 2학년 여름철의 주말의 일이었다. 밀린 기성회비 문제로 섬을 찾았을 때였다. 어머니는 해변의 갯벌에서 조개를 캐고 있었다. 그 날은 이장의 배가 바다로 출항하지 못한 터였다. 그래서 어머니가 갯벌에서 조개를 캐고 있었다. 좁다란 갯벌에서 어떻게 날마다 조개가 나오겠는가? 적어도 조개의 종패를 돈으로 사서 일정한 시기마다 갯벌에 뿌렸다. 종패마다 갯벌에 적응하는 방식이 달랐다. 어떤 것은 뿌리자마자 조건이 맞지 않아 썩어서 죽어버렸다. 꾀까다로운 생존 습성에 견뎌낸 것들만 조개로 성장했다.
그러다가 보니 조개도 캐는 날을 정해 두었다. 캐는 날에 맞춰 조개를 캐었다. 그 날이 조개를 캐는 날이었던 모양이다. 내가 갯벌에 달려갔을 때에는 어머니의 옷이 개흙으로 젖어 있었다. 호미로 개흙을 파다가 보니 개흙이 얼굴에까지 튕겨 있었다. 내가 갯벌로 내려가자 어머니가 들어오지 말라면서 대바구니를 들고 나왔다. 바구니엔 조개가 얼마 담기지 않은 터였다. 그보다는 어머니의 표정에 힘이 너무나 없어 보였다. 살짝 건드리기만 해도 넘어질 듯이 보였다.

내가 어머니에게 말했다.

"엄마, 너무 힘들죠? 쉬어 가면서 일하세요. 오늘은 내가 집에까지 업어다 드릴게요."

어머니가 쑥스러우면서도 기쁜 표정을 지으면서 내게 말했다.

"네가 집에까지 나를 업고 갈 자신이 있니? 자신이 없으면 괜히 애쓰지 말고."

내가 농담 삼아 곧바로 응답했다.

"제가 그래도 고등학생이잖아요? 엄마 정도는 충분히 업고 갈 수 있어요. 지금 힘들어도 조금만 더 견디세요. 제가 반드시 꿈을 이룰 게요. 바구니를 머리에 이세요."

어머니가 바구니를 머리에 이자 내가 어머니를 업었다. 갯벌에서 집까지는 고작 800미터의 거리에 불과하다. 뼈만 앙상한 어머니 정도야 8킬로미터라도 업을 수 있었다. 내가 어머니를 업는 순간에 어머니의 눈빛이 잠시 흔들렸다. 짧은 순간에도 어머니는 나를 통해 아버지를 떠올리는 모양이었다. 어머니가 아버지를 그리워하는 듯한 표정으로 내게 말했다.

"비행기는 탈 수 있어도 아들의 등을 타기는 쉽지 않겠지? 가다가 힘들면 내려 줘. 괜한 객기를 부리지 말고, 알았지?"

"예, 알았어요."

티끌만큼이나 가볍다고 여겼더니 정말로 어머니의 몸은 가볍게 여겨졌다. 업고 가면서도 실제로 사람이 업힌 것인지 의심스러울 지경이었다. 내 집은 마을에서도 300미터쯤 산기슭 쪽에 치우쳐져 있었다. 그런 내 집 바로 옆에 윤혜의 집이 있었다. 윤혜가 2년 선배임에도 불구하고 어려서부터 윤혜와 나는 친하게 지냈다.

내가 어머니를 업고 마을에 들어섰을 때다. 어머니가 내게 나지막이 말했다.

"춘호야, 여기서 나를 내려 줘. 동네 여자들이 보고 괜히 부러워할까 싶어서 그래."

어머니의 말에 내가 반발하듯 응답했다.

"아들이 엄마를 업는다는데 간섭할 사람이 누가 있겠어요? 아들이 집까지는 비행기가 되어 착실히 엄마를 모실게요."

내 말에 어머니도 내 등을 손바닥으로 치면서 말했다.

"매물도 당금마을까지 날아다니는 비행기는 엄마 말고는 타지 못할 거야. 아이구, 오늘은 신나는 날이구나."

내게는 궁핍한 환경이 심리적 압박감으로 작용했다. 초등학교 2학년 때 아버지와 통영시장을 걸을 때였다. 시장의 과일 가게에서는 사과 향기가 행인들의 코를 향긋하게 자극했다. 그리하여 내 눈길이 수시로 가게의 사과에 이끌리곤 했다. 아버지가 내 눈치를 채고는 사과를 사 주리라 여겼다. 어린 내 판단에도 아버지는 내 눈길을 무시하는 거라 여겨졌다. 그런 아버지의 행동의 근원에는 금전적인 여유가 없었음이 느껴졌다. 그래서 아무리 침이 넘어갈지라도 사과를 사 달라고 얘기하지 못했다. 궁핍한 환경이 유년시절의 나를 짓누른 기억의 일부였다.

궁핍의 잔영은 유년시절의 소년에게도 시린 억압감을 안겨 주었다. 친구들이 평온한 표정을 지을 때도 내 마음은 얼어붙어 있었다. 이런 유년기의 환경이 소년인 나의 성격마저도 내향적으로 만들었던 모양이다. 세월이 흘러서야 활달하고 명랑한 표정을 짓지만 어디까지나 연기의 수준이었다. 마음이 얼어붙었던 유년의 강을 지

190

났는데도 외향적일 리는 없었다. 성격에 적극성을 갖는다는 의미가 얼마나 소중한지 사람들은 모를 터였다.

배는 여전히 당당한 기세로 바다의 수면을 가르고 있다. 이물에 찢겨 튕겨 오르는 포말들이 봄철의 벚꽃잎들을 연상케 한다. 쿵 쿵거리는 배의 기관음이 아주 강건한 활력을 시사한다. 모니터 화 면에 삐리릭거리는 음향이 연속적으로 들린다. 그러더니 키리바시 (Kiribati)의 타라와(Tarawa) 관측소에서 보낸 일기도가 화면에 펼쳐진 다. 광막한 해상 어디에도 기압골이 자리 잡은 곳은 발견되지 않는 다. 어장에 갈 때까지는 악천후를 맞을 염려가 없다고 여겨진다. 자 신도 모르게 마음이 평온하게 자리 잡는 느낌이 든다.

어머니만 떠올리면 내 가슴이 금세 젖어든다. 아버지의 사망 이 후에 마음 편히 대했던 기억이 거의 없었다. 적어도 내가 대학에 입 학할 때까지는 긴장 상태의 연속이었다. 그러다가 내가 고등학교를 마치고 부산의 해양대학교에 합격하게 되었다. 매물도에서의 내 합 격 소식은 대단한 뉴스 거리였다. 사관학교처럼 특수한 국립대학에 합격되었기에 일체의 납입금을 국가가 부담하였다. 대학부터는 국 가의 배려를 받으면서 안정된 학창 생활을 하게 되었다. 하지만 합 격의 기쁨도 잠시에 그쳤다.

대학 자체가 기숙사 제도를 구축하여 등하교하는 체제가 아니었 기 때문이다. 그래서 사사로이 매물도에 들러 어머니와 이야기를 별 로 나누지 못했다. 고등학교 때에는 공부한다는 핑계로 어머니를 자주 만나지 못했다. 대학 시절에는 기숙사 제도로 인하여 어머니를 자주 만나지 못했다. 게다가 대학을 졸업한 뒤에는 원양 어선을 타게 되었다. 본국에 귀항하는 기간이 평균 석 달씩이나 걸렸다. 어쨌든 배는 하나의 별다른 공화국으로 불릴 정도의 독립된 체제다. 배의 선원과 화물을 관리하는 책임자는 선장이다.

무릇 선원이라면 선장의 말에 절대적인 복종을 해야 한다. 이를 소홀히 하면 선장으로부터 징계를 받기 십상이다. 아무튼 내게 선박은 새로운 독립 공화국에 준하는 존재라 여겨진다. 그래서 언제나 항해사인 것을 자랑스럽게 여긴다.

"오전 7시부터는 식사가 제공됩니다. 선원들은 식당을 찾아 주세요."

식당에서 식사를 공지하는 안내 방송이 흐른다. 금세 승선한 선원들은 식당으로 몰려드리라 예상된다. 운항 중인 경우에는 선교로 식사가 배달된다. 마치 병실로 식사가 배달되는 것처럼. 조리장인 현택이 배달 수레에 식판을 싣고 와서는 내게 건네준다.

"항사(항해사)님, 밤 새 잘 지내셨어요? 혼자서 식사를 하게 되었네요. 수고하세요."

조리장이 선교를 빠져 나간 뒤다. 나는 레이더와 모니터의 위성 지도를 살피면서 혼자서 식사를 한다. 세상이 아무리 넓어도 식사 시간에는 항사들이 외톨이가 된다. 배를 무사히 몰기 위해서는 어쩔 수가 없는 상황이다.

이 커다란 배도 엔진이 고장 나면 바다를 떠돌기 마련이다. 그 어떤 기계의 경우에도 언젠가는 고장이 찾아들게 마련이다. 영원히 고장 나지 않는 기계란 존재할 수가 없다. 이런 관점으로 엔진을 생각하다가 잠깐 기관장을 떠올린다. 나보다 18년 연상인 박형만 기관장은 기계 박사라는 별칭으로 불린다. 박사학위를 가진 사람은 아니지만 그만큼의 전문가라는 의미에서의 별칭이다. 운동으로 상체가 각별히 발달된 체형을 지닌 사람이기도 하다. 그의 특징은 허탈하게 비칠 정도의 웃음을 잘 웃는다.

누가 시비를 걸더라도 여유스럽게 잘 넘기는 성격을 지니기도 했다. 그래서 선원들은 누구나 기관장을 신뢰하며 좋아한다. 어느 날 내가 기관장에게 질문했다.

"이 배가 갑자기 대양에서 엔진 고장을 일으키면 어떻게 되죠? 만약에 수리가 불가능하다고 판단된 경우에는 어떻게 조처하죠?"

기관장이 내 눈을 들여다보며 말했다.

"수리가 불가능한 엔진은 버려야죠. 엔진만 새로 바꿔 끼우면 배는 한참 오래 쓰게 되거든요. 수리가 불가능한데도 붙들고 있으면 되는 일이 없어요."

내겐 기관장이 허허로이 던지는 말이 예사롭게 들리지 않았다. 경지에 도달한 달인이 들려주는 말이라 여겨졌다. 그 날 이후로 나는 기관장을 마음속으로 존경하게 되었다.

기관장의 말을 떠올리다가 갑작스럽게 마음이 움찔해진다.

'수리가 불가능한 엔진은 버려야 한다고? 혹시 내 정신이 수리가 불가능하다면 어떻게 해야 할까? 내 정신마저도 버려야 하는 걸까? 내가 내 정신을 버리면 나는 뭐가 되는 걸까?'

갑자기 '식물인간'이란 단어가 떠올라 순식간에 몸서리가 쳐진다. 내 의식이 황폐화되면 고장 난 엔진과 마찬가지이리라. 내가 나를 다스릴 경황이나 있을지 궁금하게 여겨진다.

아침 식사를 마친 뒤에 커피를 끓여 한 잔 마신다. 커피를 마시면서 탁 튄 바다를 내다본다. 바다의 물빛은 아무리 봐도 대자연의 조화라고 생각된다. 어쩜 그렇게 고운 색채를 지녔는지 보면 볼수록 감탄스럽기 때문이다.

문득 이틀 전에 걸려온 전화에 생각이 미친다. 종태가 새벽에 내게 전화를 걸었다. 당시에 내 귓전에 흘러든 종태의 말이 떠오른다.

"예전에 만나서 대화를 나눴던 종태예요. 기억나시죠?"

내가 반가운 마음으로 응답했다.

"안녕하세요? 기억하고말고요. 요즘 어떻게 지내시는지요?"

내 말에 종태도 반가움의 느낌을 전하면서 내게 말했다. 마침내 자신의 마음은 안정을 찾았다고 들려주었다. 그리하여 윤혜의 구애를 받아들이기로 했다고 말했다. 내가 잠시 멍한 표정으로 듣고 있을 때였다. 그가 말을 이었다.

"사모아에서 위령제를 올린다면서요? 저도 윤혜 씨랑 같이 가고 싶거든요. 함께 가서 장인어른의 명복을 빌고 싶어요. 윤혜를 거치는 것보다는 제가 전화를 하는 것이 도리라고 여겨졌어요. 어떻게 가능하겠어요?"

위령제에 사람이 많으면 많을수록 좋으리라는 생각이 들었다. 종교의 관점을 떠나서 많은 사람들이 행사를 축원한다는 관점 때문이었다. 그래서 곧바로 종태에게 확실하게 응답했다.

"그럼요. 꼭 윤혜랑 함께 오세요. 윤혜 아버지는 태평양이 아닌 한국의 남서해에서 운명하셨다는 점은 아시죠? 하지만 태평양이나 남서해나 바다로 연결되었다는 점에서 위령제가 통할 거예요."

내 말을 듣자 종태가 대단히 고맙다는 인사를 연발했다. 사모아로 올 때에는 '피지'를 거치는 것이 관례라는 안내도 들려주었다. 종태가 고맙다는 말을 연발하면서 전화를 끊었다.

이제는 선장에게도 말하고 회사의 임원진에게 의향을 타진해야겠다고 작정한다. 그래서 시계를 들여다본다. 오전 8시가 되면 2항사인 덕평이 키를 잡을 차례다. 덕평이 배를 몰 때에 선장을 찾아가서 말하리라 마음먹는다.

이윽고 8시 20분 전에 덕평이 선교로 들어선다. 내가 덕평을 향해 말한다.

"식사는 잘 했어요? 지금부터 업무를 인계할 테니 잘 들으세요."

덕평이 경건한 자세로 곧바로 응답한다.

"성실하게 업무와 정보를 인수하겠습니다. 말씀하셔도 좋습니다."

사모아에서는 북서쪽으로 300킬로미터 떨어진 지점이라고 알려준다. '월리스푸투나' 섬에서는 북동쪽으로 260킬로미터 떨어진 해령의 상층부라고 들려준다. 해령의 상층부를 배가 달리는 중이라고 알려준다. 덕평은 위성 지도에서 해당 위치를 정확히 읽어 낸다.

마침내 선교를 덕평에게 인계한 뒤다. 나는 선교 뒤쪽의 선실로 들어간다. 그러고는 선장실에 이르러 노크를 한다. 선장이 문을 열고는 나를 반가이 맞이한다. 둘이 다탁에 마주앉았을 때다. 큰어머니가 내게 부탁한 위령제의 얘기를 선장에게 자세하게 들려준다. 위령제 행사는 무속인을 불러 진행하겠다는 말까지 전한다. 그러고는 선장의 눈치를 살피며 내가 말한다.

"20년 전의 사건에 대한 얘기라 실감이 잘 안 나죠? 큰어머니는 사건 피해자의 아내였어요. 그랬는데 20년간 한을 품고 살아 왔나 봅니다. 회사 차원에서 은성호에서의 위령제가 가능할까요?"

선장이 한동안 입을 다물고 생각에 잠기는 눈치다. 마치 실어증에 걸린 사람처럼 침묵하다가 선장이 침착하게 말한다.

"이것은 원양 어선에서 판단할 일은 아니야. 일단 회장님한테까지 보고를 올리는 게 마땅해. 시간이 별로 없는 상태로군. 말하기에 앞서서 많이 고심했겠군. 나 같으면 망설이지 않고 회사의 의견을 물어 보겠어. 그래서 안 된다면 할 수 없잖아? 만약 된다면 좋은 일이고 말이야. 당장 컴퓨터를 써서 인터넷으로 결재를 신청해 봐. 잘 되기를 빌겠어. 설혹 잘 안 되더라도 너무 서운하게는 여기지 말았으면 해. 하여간 곧바로 결재는 올려보는 게 좋겠어."

선장의 말에 내 선실로 돌아와 컴퓨터에 전원을 연결한다. 그러고는 평소에 생각해 두었던 대로 기안문을 작성한다. 결재 선을 선장을 거쳐 회사의 회장에게 닿게 작성한다. 기안문을 작성한 뒤에도 서너 번씩을 꼼꼼히 점검한다. 그런 뒤에도 갑판으로 나가 바다를 굽어보며 마음속으로 기도한다. 부디 결재 처리가 잘 나도록 천지신명께서 도와 줍시사고. 그런 뒤에 컴퓨터 앞으로 되돌아와 결재 상신 버튼을 누른다. 지금 이후로는 운에 맡기겠다고 작정하면서.

15. 마침내 어장으로

사모아에서 북서쪽으로 1,000킬로미터 떨어진 곳에 어장이 허허로이 드러누워 있다. 사모아에서 배로 달리면 36시간이 소요되는 곳이기도 하다. 기상과 어군 이동로를 바탕으로 접신하는 무당처럼 선장이 결정한 지점이다. 이틀 후의 오전 10시 무렵이면 어장에 닿으리라 예견된다. 어장에 닿을 때까지 이틀의 시간이 내게 자유를 안겨 준다. 위령제의 결재가 이틀간 어느 선까지 날지 의문이다. 길 잃은 갈매기처럼 기안문이 회사의 공간을 배회하는 것은 아닌지?

선교를 덕평이 맡았기에 내게 자유 시간이 주어졌다고 여겨진다. 이 기간에 처리할 일과 생각할 과제의 윤곽을 잡기로 한다. 내가 생각에 잠겨 있을 때다. 선장이 방문을 두드려 동의를 구하고는 내 선실로 들어선다. 그러면서 그가 묘한 표정으로 내게 말한다.

"김항 컴퓨터에 카메라가 달려 있지? 플랭킨한테 자네 얘기를 했더니 화상 대화를 나누고 싶다고 했어. 그래서 지금 가능하다고 했더니 곧 컴퓨터로 신호가 들어올 거야. 어디 큰 소리 친 대로 잘 해 보라고."

짓궂은 표정을 살짝 짓더니 그의 방으로 돌아가 버린다. 방문이 닫힌 직후다. 컴퓨터의 자막에 화상 채팅 신청이 들어왔다는 안내문이 뜬다. 즉시 카메라를 조절하여 내 얼굴이 비치게 한 뒤다. 내가 화상 채팅 접속 단자를 마우스로 클릭한다. 그랬더니 섬광이 두어 차례 깜빡인 뒤에 채팅 화면이 펼쳐진다. 곧바로 화면에 아리따운 서양 여인의 얼굴이 떠오른다. 순간적으로 숨이 멎을 듯한 느낌이 몰려든다. 세상에서 이처럼 아름다운 여인이 있다는 사실에 놀란다.

내가 마이크 전원을 켜서 화면을 향해 그녀한테로 영어로 말한다.

"혹시 지질학자인 플랭킨 씨예요? 저는 은성호의 항해사인 김춘호예요."

그랬더니 화면의 여인이 방그레 웃으면서 차분히 응답한다.

"안녕하세요? 제가 플랭킨이에요. 선장님으로부터 춘호 씨의 얘기를 많이 들었어요. 젊은 나이에 도전하기를 좋아한다면서요?"

일단 서로 의사소통이 이루어지자 서로 편하게 이야기를 나누기 시작한다. 내가 그녀를 향해 말한다.

"혹시 사모아 우폴루 섬의 라노토(Lanoto) 호수를 보셨어요? 직경은 330미터에 불과하지만 물이 괴어 그윽한 풍정을 드러내더군요."

플랭킨이 신나는 표정을 지으며 응답한다.

"맞아요. 나도 얼마 전에 선장님과 함께 그 호수를 봤거든요. 저도 그 호수가 썩 마음에 들었어요. 외계인들이 살 만한 좋은 장소라고 여겨졌어요? 혹시 외계인에 대해 들어보신 일이 있으세요?"

나는 곧바로 내 견해를 들려준다.

"저는 외계인한테는 도무지 관심이 없어요. 왜 그 호수에 외계인들이 산다고 생각하시죠?"

내 말에 깔깔대면서 플랭킨이 농담을 했다고 들려준다. 그 호수가 하도 아름다워 넋을 잃을 지경이었다고도 말한다. 선장의 말이 떠올라 내가 그녀에게 물었다. 해저의 지질 구조에 대해서도 잘 아느냐고? 그랬더니 자신의 전공이라고 밝히면서 도움을 주겠다는 얘기를 들려준다. 플랭킨과 통화하면서 내심으로 생각에 잠긴다. 수중 유골들의 이동 장소를 파악하기에는 플랭킨의 도움이 필요하리라 여겨진다. 가능하다면 위령제에 그녀를 초청하면 좋겠다는 생각마저 든다.

그래서 내 마음을 즉시 플랭킨에게 들려준다. 그랬더니 그녀가 '위령제'란 말뜻이 뭐냐고 내게 묻는다. 내가 대답을 들려주자 그녀가 활짝 웃으며 알았다고 말한다. 하여간 그녀는 쾌활하면서도 상냥하여 대번에 마음을 끄는 매력이 있다. 언제까지 사모아에 머물 거냐고 내가 물었다. 그랬더니 한 달간 정부 지원으로 머문다고 들려준다. 혹시 8월 2일 새벽에 만나줄 수 있겠느냐고 물었다. 그랬더니 그녀가 가능하도록 노력해 보겠다고 들려준다. 나는 그녀에게 고맙다는 인사를 하며 통화를 종료하겠다고 말한다. 그녀도 이내 통화를 나로부터 종료한다.

내겐 플랭킨 같은 지질학자의 도움이 필요한 터다. 그랬는데 그녀가 초청에 응해 주겠다고 대답하다니! 참으로 기뻐서 가슴이 벌렁거릴 지경이다. 화상 채팅을 끝내고는 바로 옆의 선장실 방문을 두드린다. 선장의 들어오라는 말을 듣고는 선장실에 들어선다. 플랭킨과 통화한 얘기를 들려주자 선장이 대단하다는 투로 나를 바라본다. 그러다가 나를 향해 선장이 말한다.

"나는 그녀와 직접 만나게 되었기에 대화하기가 쉬웠어. 그랬는데 김항은 그녀와 화상으로 채팅하여 위령제에 오겠다는 허락을 받았다고? 정말 대단한 수완일세. 그 재주를 나한테 전수해 주면 안 될까?"

선장의 방에서 한동안 플랭킨에 대해 이야기를 나눈 다음이다. 나는 선장의 방에서 나와 내 방으로 들어선다. 선배와 후배의 선실이 가깝게 붙어 있어서 편리하다고 생각된다. 내가 침상에 올라앉아 잠시 생각에 잠길 때다. 휴대전화가 떨어대기에 귀에 갖다 대니 윤혜의 목소리가 밀려든다.

"춘호야, 정말 고마워. 종태 씨의 제안을 선선히 받아주었다면서? 종태 씨랑 내가 연인이 되도록 애써 주어서 너무 고마워. 위령제 전날에 사모아에서 만나기로 해. 안녕!"

종태의 전화도 받고 윤혜의 전화까지 받으니 마음이 흐뭇해진다. 나로 인하여 둘이 연인으로 맺어졌다고 하지 않은가? 남을 연인으로 연결시켜 주면서 나는 왜 동굴에서 변고를 겪었을까? 생각할수록 기가 막히지만 시간을 두고 검토하기로 한다.

플랭킨에 이어서 윤혜와도 통화했기에 가슴이 벙벙해진다. 배는 어장까지 이틀을 더 달려야 하는 상태다. 배가 아무리 빨라도 어장에 닿기 전에는 작업하지 못한다. 어장에 닿을 때까지 주어진 자유 시간이 너무나 고맙게 느껴진다. 몸은 고단한데도 잠은 오지 않으려고 한다. 아무리 누워서 눈감고 있으려고 해도 잠이 들지 않는다. 그래서 갑판에 나가서 바다의 풍광을 굽어보며 상념에 잠기려고 한다. 이윽고 발걸음을 옮겨 난간을 부여잡고 바다를 바라본다.

언제 바라봐도 생명력이 넘치는 바다의 숨결이 느껴진다. 절대로 단순한 파란색의 색채가 아니다. 곱고 연한 녹색에서부터 파란색까지가 어우러진 물빛이다. 누구든 바다만 대하면 저절로 가슴이 부풀어 오르리라 여겨진다. 광활하고 아득하여 그윽이 잠겨드는 듯한 느낌에 젖어드는 풍광이다. 가슴에 상처를 많이 입은 사람에게조차도 자신감을 안겨주는 바다다.

'조금만 견디면 돼. 이제 난관이 그리 많이 남은 것은 아냐.'

우주가 만들어진 이후로 그 막대한 활력의 파동을 전하는 곳이다. 바다를 대하는 사람으로 하여금 저절로 마음을 다스리게도 만든다. 종태가 윤혜와 어떻게 마음이 맞아 연인이 되었는지 반가울 따름이다. 윤혜의 간절한 마음이 종태의 마음을 감동시켰으리라 여겨진다. 순수하고 진실한 마음이 상대를 감동시켰다고 여겨진다.

가슴에 평온한 기류가 스며들어 한없는 청아함에 휩싸인다. 이처럼 평온할 때조차도 조선족 중국인들만 떠올리면 가슴이 답답해진다. 국적은 중국인이어도 환경이 불우하여 세계로 떠다니는 부랑자들을 말함이다. 이들은 배운 게 없어서 오로지 육체노동밖에는 제공할 것이 없다. 이런 상태이기에 생존 현장에서 가장 처절하게 충격을 받는 집단이다.

1996년 8월 2일에는 페스카마 15호의 선상에서 반란 사건이 일어났다. 그 날은 금요일이었고 시점으로는 새벽 무렵이었다. 중국인 6명이 태업으로 징계받고 강제 하선당하려 사모아로 가던 중이었다. 육체노동밖에는 가진 자산이라고는 없는 조선족들이었다. 이들의 눈에는 한국 선원들과 자신들의 처우가 달라서 불만이었다. 한국 선원들에게는 정기 급료와 특별 수당이 수시로 지급되었다. 특별 수당은 어획량이 예상치를 초과할 때마다 수시로 지급되는 상여금이었다. 한국 선원들에는 지급되는 특별 수당이 조선족들에게는 지급되지 않았다.

처음에는 임금 체제를 몰랐다가 이런 정황을 파악하자 불만이 생겼다. 애초부터 단순 노동력의 외국 선원들에게는 고정 임금제가 설정되었다. 영리를 추구하는 회사로서는 자국민들에게 대한 당연한 보호 대책이었다. 하지만 인도네시아인이나 중국인들 같은 외국인들에게는 회사의 방침이 불만의 근원이었다. 체제를 인정하고 받아들이는 경우에는 전혀 문제가 없었다. 문제는 체제를 거부하는 순간부터 발생하는 터였다.

티니안(Tinian) 섬에서 조선족 7명이 페스카마 15호에 승선했다. 티니안 섬은 태평양의 사이판 곁의 섬이다. 페스카마 15호는 1996년 6월 7일 오후 2시에 부산을 출발했다. 6월 15일에는 태평양의 티니안 섬에서 조선족들을 태웠다. 페스카마호가 처음으로 조업한 것은 6월 27일이었다. 배가 부산 남항을 출발한 지 20일이 지났다. 출발할 당시의 페스카마호에는 한국인 7명과 인도네시아인 10명이 탑승해 있었다. 승선 정원은 25명이고 배의 중량은 254톤이었다.

공교롭게도 페스카마호의 크기는 은성호의 크기와 비슷한 규모였다. 페스카마호가 6월 27일에 첫 조업할 때의 탑승자는 24명이었다. 조선족들은 6월 27일에 첫 조업할 때부터 불만을 느꼈다. 그러다가 7월 30일에는 조선족 6명이 조업을 거부했다. 조선족 1명은 6명의 행위에 동참하지 않았다. 조선족 6명은 침대에 드러누워 조업을 거부하며 귀국하겠다고 저항했다. 그리하여 선장은 8월 1일에 조선족 6인에 대해 징계를 내렸다. 선장은 사모아에 조선족 6명을 하선시키겠다고 조선족들에게 통보를 했다.

조선족들에게는 예상 밖의 일이었다. 처음에는 조업을 거부하여 한국 선원들과 동등한 대접을 받기를 원했다. 그랬는데 선원 징계를 내려 사모아에 강제로 하선시킨다고 하지 않은가? 티니안 섬도 아닌 사모아에 강제 하선시킨다니? 임금도 제대로 받지 못한 채 강제로 내쫓김을 당하는 터였다. 사모아에서 강제로 하선되면 귀국에 드는 비용을 자비로 해결해야만 한다. 그 비용이 어마어마한 금액이기에 머리에 피가 돌 지경이었다.

임금 체제에 저항하다가 커다란 곤욕을 치르게 된 터였다. 돈도 벌지 못하고 강제로 하선당하다니? 하선에 따른 경비도 본인들이 부담한다면 거의 절망할 정도의 충격이었다. 그래서 조선족 6명은 8월 1일 저녁에 모였다. 이들의 움직임에 반대하는 1명은 배제시킨 상태였다. 그리하여 당시 38살의 전재천을 중심으로 5명이 모여 밀담을 나누었다. 선원 자격을 두고서도 전재천만 선원 자격증을 갖추었다. 나머지 5명은 선원증도 없는 현장 잡역부에 불과했다. 이들이 티니안에서 배를 타기 위해서는 중국인 중개인에게 거액을 제공했었다.

거액의 중개료는 전 재산을 다 판 금액이었다. 그 중개료를 벌충하려면 엄청나게 노력해야 할 판이었다. 그럼에도 임금도 못 받고 강제로 내쫓김을 당하면 신세가 끝장이었다. 이들의 눈빛에 독기가 실리지 않을 수 없었다. 평소에 무계획적이며 나태하게 생활하고서는 현실적인 자신의 비하감에만 민감한 무리들이었다. 남들이 평범한 말을 나누어도 그들의 귀에는 멸시하는 말로 들렸다. 자신들에 대한 열등감이 풍선처럼 부풀어 오른 상태였다.

조선족들은 승선한 뒤부터 고분고분하지가 않았다. 기회가 나면 게으름을 피우고 작업 대열에서 슬슬 뒷걸음질을 쳤다. 보다 못한 선장이 이들 중의 하나를 혼내 주려고 마음먹었다. 급기야 선장은 6월 27일에 조선족 한 사내에게 몽둥이를 휘둘렀다. 사내는 몸을 비틀어 피하다가 어깨 부위를 몽둥이에 맞았다. 사내는 울화가 치밀어 참치를 가공하는 칼로 선장을 찌르려고 했다. 이때부터 선장의 권위는 실추되어 조선족들은 노골적으로 작업에서 게으름을 피웠다.

한국 선원들과 조선족 선원들 간의 감정 대립이 점차 심화되었다. 그러다가 7월 30일에는 전재천을 통해 작업 거부의 의사가 전해졌다. 임금 체제를 개선하지 않으면 더 이상 일하지 않겠다는 거였다. 당장 자신들은 배에서 내리겠다고 으름장을 놓았다. 이런 조선족들의 움직임에 대한 대책이 필요했다. 그리하여 8월 1일에는 선장을 중심으로 하는 징계 위원회가 소집되었다. 이 회의를 통하여 조선족 6명에 대한 징계가 결정되었다. 태업을 했기에 임금도 지불하지 않겠으며 강제로 사모아에 하선시키겠다고 결정되었다.

징계에 반감을 품은 6명의 사내들은 머리가 팽 돌 지경이었다. 돈 벌러 왔다가 돈도 벌지 못하고 내쫓김을 당할 국면이잖은가? 사모아에 하선되는 그들의 상태도 최악의 조건이었다. 적법한 체재(滯在)의 근거 서류도 첨부되지 않은 강제 하선 방식이었다. 이 경우에는 사모아로부터 본국으로 강제 송환이 되는 거였다. 이런 상황은 조선족들에게는 치명적인 보복에 해당되었다.

악감은 악감을 더욱 고조시키기 마련이었다. 이들은 치를 떨며 보복 계획을 짜려고 했다. 하지만 머리에 든 지식이라고는 없는 그들이었다. 단지 육체노동밖에는 가진 재산이 없는 그들이었다. 그런 그들의 관점으로는 보복의 길이 단순한 길로 압축이 되었다. 그들 자신들을 제외한 나머지 선원을 다 살해하기로 작정했다. 심지어 인도네시아인들마저 살해하기로 했다. 그런데 조선족 중에서는 원양 어선을 몰 만한 항해사가 없었다. 그래서 한국인 항해사 한 명만을 일시적으로 살려 두기로 했다.

그들은 배에서 거침없는 속도로 의견을 나누었다. 한국인 항해사 중의 이인석을 지목했다. 한국인 선원들 중에서는 성품이 비교적 온화하다고 판단한 터였다. 그래서 이인석만 남기고는 한국 선원들을 죄다 죽이기로 했다. 그런 뒤에 인도네시아인들도 죽여 버리기로 했다. 그들은 진지하게 의논했다. 강제로 하선당하면 그들은 평생 중국에서 옥살이를 할지도 모르리라 여겨졌다. 강제 송환료를 지불할 능력이 그들에게는 없는 탓이었다. 송환료를 벌충하는 길로서는 평생 옥살이를 할 수밖에는 없으리라 여겨졌다.

생각이 여기에까지 이르자 그들은 거의 발작할 지경이었다. 게다가 중국의 법률은 얼마나 가혹한지 치를 떨 지경이 아닌가? 사형 집행마저도 당당하게 시행하는 나라이잖은가? 평생을 구금되어 살기보다는 모험을 하는 게 더 낫겠다고 판단했다. 그래서 그들은 선원들을 살해하기로 작정했다. 아무리 생각해 봐도 그들에게는 그 길밖에는 길이 없다고 판단되었다. 그래서 전재천을 중심으로 의견을 나누었다.

선원들을 죄다 살해한 뒤에는 어떻게 할 것인가? 생계 대책이 없기는 어떤 상황에서나 마찬가지였다. 육체노동밖에는 자산이 없는 그들에게 뾰족한 대책이 있을 리가 없었다. 하지만 일단 생명은 유지시켜야 한다는 관점은 압도적이었다. 절망에 내몰려 자결하는 따위의 짓을 하지는 않겠다는 거였다. 하다못해 강도짓을 하더라도 자결하는 행위는 피하리라 작정했다.

그래서 이들은 8월 1일의 밤을 거의 뜬눈으로 밀담하며 보냈다. 조금의 실수라도 생겨서는 안 된다는 생각이 압도적이었다. 그래서 8월 2일의 새벽 시간을 이용하여 선원들을 살해하려고 작정했다. 한 명씩 호출하여 도주로를 차단한 뒤에 칼로 찌르는 방식이었다.

선원들을 살해한 뒤에는 어선을 일본으로 몰고 갈 생각이었다. 일본 근해에까지 밀고 들어간 뒤에 뗏목으로 해안에 잠입하기로 했다. 페스카마호에서 내리기 전에 페스카마호는 준비한 폭약으로 폭발시키기로 작정했다. 배가 폭발하면 사람들의 시선이 그쪽으로 쏠릴 것이리라 생각했다. 그런 상황에서는 뗏목을 통한 밀항이 가능하리라 여겼다. 일본 해경에 붙잡혀도 생존을 위한 불가피한 선택이었다고 말할 작정이었다. 일본에 밀항한 뒤에는 각자의 능력껏 미래를 개척하리라 마음먹었다.

마침내 8월 2일의 새벽이 다가왔다. 조선족들은 핏발선 눈으로 가슴에 죄다 참치용 칼을 휴대했다. 참치의 몸통을 자르는 식칼은 칼이 크면서도 예리했다. 조선족들은 이런 흉기의 특성을 이용하기로 했다. 새벽 3시가 되자 조선족 사내들 6명이 갑판에 자리를 잡았다. 그들 중 한 명이 선장실로 찾아가 선장을 갑판으로 불러내었다. 도주로를 차단한 뒤에 조선족들은 계획대로 신속히 선장을 칼로 질렀다. 38살의 선장 최기택이 배를 움켜쥐며 갑판으로 쓰러졌다. 그러자 조선족 일행 셋이 달라붙어 선장을 바다로 던져 버렸다.

조선족 사내들 중의 한 명은 대걸레로 신속히 핏자국을 지웠다. 연이어 살해될 한국인들이 눈치 채게 하지 않으려는 조처였다. 연이어 3시 30분에는 33살의 강인호 갑판장을 갑판으로 불러내었다. 선장이 오라고 지시했다고 말하면서 갑판장을 불러내었다. 일단 갑판장이 갑판에 나타나자 찌르기를 벼르던 사내가 달려들어 찔렀다. 갑판장의 비명 소리가 터지자 곁의 조선족 사내가 입을 막았다. 그러고는 곁의 사내들이 우르르 달려들어 갑판장을 바다로 던져 버렸다. 준비된 동작들이라 깔끔하고 빈틈이라고는 전혀 없었다.

자로 잰 듯 처리하는 동작이 깔끔하기 그지없었다. 4시에는 이인석 항해사를 불러들여 갑판에서 집단으로 마구 두들겨 팼다. 그러고는 죽이지 않고 묶어서 부식 창고에 가두었다. 그러고는 4시 20분에 32살의 박종승 전기사를 불러내어 살해했다. 갑판 바닥의 핏자국을 신속히 대걸레로 문질러 지웠다. 이어서 4시 40분에 36살의 김창열 조기장을 살해하여 바다에 던졌다.

배는 기관 작동이 정지되어 바다를 떠도는 상태였다. 조기장이 바로 나의 큰아버지였다. 사망 당시에 초등학교 3학년생인 딸과 아내를 둔 처지였다. 그녀의 딸이 나의 사촌 누나인 수향이었다. 수향보다 3살 연하인 나는 당시에 유치원생이었다.

이어서 20분 뒤에는 45살의 서장주 조리사가 살해되었다. 오전 5시 20분에는 53세의 김신일 기관장이 갑판에서 살해되었다. 조선족들의 살인 행위가 인도네시아인들에게도 발각되었다. 거기에 무관하게 조선족들은 원래부터 인도네시아인들도 죽일 작정을 했다. 하지만 그 시기를 잠시 뒤로 미루어 두기로 했다. 조선족들이 6시 반에는 실습 항해사인 최동호를 죽이라고 인도네시아인들한테 말했다. 그리하여 인도네시아인들을 그들과 잠시 공범으로 묶을 작정이었다. 조선족들의 요청에 따라 19살의 최동호는 바다에 던져져 익사했다.

오전 7시에는 살해 행위에 비협조적인 선원 넷을 가려내었다. 조선족 1명과 인도네시아인 3명이었다. 조선족 사내들은 이들 4명을 냉동 어창에 넣어 동사시켰다. 오전 8시 반에는 부식 창고에 갇혀 있던 이인석을 석방시켰다. 그러고는 일본 방향으로 곧장 배를 몰게 했다.

8월 22일에는 일본 근해의 도리시마 섬 부근까지 진입했다. 바로 그 부근에서 배가 기울어지기 시작했다. 창고 내의 물품들의 균형이 맞지 않기 때문임을 항해사가 설명했다. 그러자 조선족 6명 중 5명이 창고 안으로 들어갔다. 이인석이 인도네시아인들을 구슬려 창고 문을 잠그도록 지시했다. 창고 바깥의 조선족 1명은 인도네시아인들이 둘러싸서 붙잡아 묶었다. 그리하여 배의 균형을 유지하면서 24일에는 일본에 구난 요청을 했다. 요청을 받은 지 1시간 만에 일본의 어업 지도선이 달려왔다.

어업 지도선이 배에 갇힌 선원들을 모두 구조했다. 부산에도 연락을 취해 28일에는 해양 경찰이 도쿄 항에 도착했다. 페스카마호와 선원을 일본으로부터 인계받아 8월 31일에 부산 부두에 도착했다. 6월 7일에 출항했던 배가 3달이 걸린 8월 31에 귀항했다.

눈부신 빛깔로 굽이치는 파도를 바라보며 페스카마호의 사건을 떠올려 보았다. 참으로 복잡한 정서가 뒤얽힌 사건이라 여겨진다. 2007년 정부의 특별사면으로 주범인 전재천은 사형수에서 무기수로 전환되었다. 선장과 갑판장의 반복된 폭언과 폭행이 난동의 원인이라고 주범이 진술했다. 선장과 갑판장이 수시로 폭언과 함께 쇠파이프를 조선족들에게 휘둘러대었다는 얘기였다. 1996년 10월 26일에는 1심 판결이 선고되었다. 여기에서는 난동자 6명 전원에게 사형이 선고되었다.

1997년 4월 18일에는 2심 판결이 선고되었다. 여기에서는 주범에게만 사형이 선고되고 나머지는 모두 무기수로 선고되었다. 그러다가 2007년 정부의 특별사면으로 주범마저 무기수로 전환되었다. 판결은 존중되어야 하지만 피해자 친척의 관점에서는 씁쓸하다는 생각이 든다. 사람의 몸을 포를 뜨듯 찔러서 바다에 던진 조선족들이 아닌가? 사관들의 폭언과 폭행은 난동자들의 행위를 정당화시키려는 변명일 수도 있잖은가?

어쨌든 내가 항해사로 바다를 굽어보는 시점에서는 마음이 상당히 쓸쓸해진다. 피해 사망자에 대한 배려가 충분치 않다는 생각이 든다.

 잠이 부족한 탓인지 머리가 좀 어지럽다. 숙소에 들어가서 잠을 자야겠다는 생각이 든다. 그래서 한잠 푹 자고 나면 어장에 도착해 있으리라고 여겨진다. 위령제를 잘 치르려면 어획량이 풍부해야겠다는 생각이 든다. 침상에 드러누워 풍어를 기원하고는 조용히 눈을 감는다.

16. 거대한 수확

    세월은 시간의 속삭임을 반추하면서도 잘도 흐른다. 사모아의 아피아를 출발한 지 36시간 만이다. 마침내 꿈에서조차 풍어를 꿈꾸던 어장에 도착한다. 사모아의 북서쪽으로 1,000킬로미터 떨어진 곳에서 꿈결처럼 남실대는 지점이다. 서경 177도, 남위 6.5도의 지점이기도 하다. 어장의 주변으로 경부고속도로 길이만큼을 회전시켜도 무인도조차 발견되지 않는 지점이다. 태고의 광막한 기운이 바다로 연신 풀풀 녹아내리는 지점이기도 하다. 갈매기들조차 불러들일 동료가 모자라 고독에 사무쳐 절규하는 아득한 공간이다.

    우주의 광막함이 어느 정도인지 처절하게 통감할 수 있는 곳이다. 어선들이 다녀갔는지 바다에는 은성호를 제외하고는 선박마저도 보이지 않는다. 선장이 나를 부르는 소리가 들린다. 마음을 추스르고는 투망을 언제 할지 선장에게 물어본다. 선장이 곧바로 응답한다.

"그렇잖아도 그 때문에 김항을 불렀어. 날씨도 쾌청한데 지금 사방에서 백파(白波)가 들끓어. 이 시기를 놓칠 수가 없지. 어군 탐지기나 음향 탐지기로도 참치가 한창 전방에 들끓고 있어. 바로 선원들에게 준비 명령을 내려야 되겠어."

내 판단으로도 절호의 기회라 여겨진다. 어장에 접근할 때부터 갈매기 떼들의 눈부신 비상이 돋보였다. 그러더니 사방에서 백파가 물이 끓듯 치솟기 시작한다. 이윽고 선장이 마이크를 들어 방송한다.

"전체 투망 위치로 정렬! 전체 투망 위치로 정렬!"

부원에 해당하는 선원들이 갑판 주변으로 쫙 펼쳐진다. 이윽고 방송이 단계적으로 진행된다.

"보조선 대기! 보조선 대기!"

은성호가 그물을 내리며 돌 때에 붙박이로 머무는 배가 보조선이다. 선미에 매달렸던 보조선(skiff boat)이 수면에 드리워진다. 보조선에는 23살 동갑의 웅환과 철민이 자리 잡고 있다. 43살의 갑판장이 선장의 명을 전달한다.

"선망 줄 윈치 작동! 선망 줄 윈치 작동!"

선원들은 모두 머리에 철제 안전모를 착용한다. 발에도 전원 안전화를 착용한다. 기중기처럼 생긴 파워블록을 거쳐 두릿그물과 뜸줄이 윈치로부터 풀려 나간다. 펼쳐져서 바닥으로 드리워지도록 그물의 밑자락에는 쇠사슬이 치렁치렁 연결되어 있다. 선망 줄 윈치가 작동되면서 은성호가 백파 둘레로 돌기 시작한다.

백파가 치솟는 곳에는 갈매기 떼들이 날아들어 하늘을 뒤덮는다. 적어도 수백 마리는 되어 보이는 갈매기들의 집단이다. 하급 선원들인 부원들이 선미 갑판에서 윈치의 작동 상태를 지켜본다. 부력을 일으키는 공 모양의 뜸들이 뜸줄로 연결되어 바다로 흘러내린다. 거대한 선망이 실타래처럼 줄줄이 바다로 흘러내린다. 2.5킬로미터의 원주를 그리며 15분간에 걸쳐서 은성호가 백파를 에워싼다.

에워싸인 백파들 속에서 점차 참치 떼들이 요동치기 시작한다. 마스트 부근에 매달려 있던 스피드 보트(speed boat)도 바다에 뛰어든다. 두 척의 스피드 보트가 선망의 테두리 둘레를 쾌속으로 내달린다. 그리하여 선망(旋網)을 탈출하려는 참치들을 내부로 밀어 넣으려고 한다. 포위되는 느낌에 참치들이 뜸줄을 뛰어넘어 선망을 빠져 나가려고 한다. 참치들이 지닌 본능에 해당되는 행동이다.

선장의 명령을 복창하는 갑판장의 목소리가 귓전으로 날아든다.

"죔줄 윈치 작동! 죔줄 윈치 작동!"

2.5킬로미터의 원주(圓周)를 이루며 수심 300미터까지 드리워지는 선망이다. 선망을 점차 압축하여 참치를 잡는 데까지 대략 2시간가량이 걸린다. 죔줄 윈치가 작동되면서 선망의 밑바닥에 연결된 죔줄이 당겨진다. 죔줄이 당겨지면서부터는 참치가 그물 밑바닥으로 빠져 나가지 못한다. 작은 물고기 떼들을 쫓다가 참치들이 일으킨 백파였다. 그 백파가 선망선을 불러들여 참치들이 무더기로 잡히는 신세가 된다.

죔줄 윈치가 작동되면서 부원들이 파워블록 아래에서 그물을 갑판으로 받아들인다. 그물을 잘 펴서 잘 접히게 연신 탁탁 털어

준다. 죔줄을 감는다고 하여 바로 물고기가 갑판으로 올라오는 것은 아니다. 참치들은 그들먹한 두릿그물에 갇혀 점차 그들끼리의 거리를 좁히기 마련이다. 선망의 윗부분에 달린 뜸줄은 뜸줄 윈치가 감아올린다. 반면에 선망 밑바닥의 죔줄은 죔줄 윈치가 부지런히 감아올린다. 이들 윈치들은 선교 뒤쪽의 마스트 좌우에 배치되어 있다.

사관이 아닌 하급 선원인 부원들과 갑판장이 갑판에서 분주하게 움직인다. 선교에서 망원경으로 선망 속을 들여다본다. 천여 마리를 넘길 듯한 어마어마한 양의 참치 떼들로 그들먹하다. 중량을 견디지 못해 혹여 그물이 터지지나 않을지 두려울 지경이다. 회사의 수익이 급격히 증대되리라 예견되는 정경이다. 내 마음이 크게 설렌다. 은성호에서의 수확이 좋아야 위령제도 당당하게 치르리라 여겨지기 때문이다.

대략 2시간이 소요될 양망 과정을 지켜보느라 가슴이 요동친다. 물고기를 바다에서 건져 올릴 때마다 본능적으로 겪는 현상이다. 뛰노는 물고기들을 바라보는 자체가 역동적이다. 파드득거리며 포말을 흩날리는 장면만큼 생동적인 장면도 드물 것이리라 생각된다.

파워블록은 선교의 뒤쪽인 선미 중앙에 설치되어 있다. 그물을 바다에 풀어 내리거나 끌어 올릴 때에 파워블록을 통과시킨다. 파워블록은 그물 같은 엄청난 무게를 지탱해 주는 장치이기도 하다. 이것을 통하여 그물이 바다로 들어가거나 바다에서 올라온다. 선교에서는 선미에 장착된 폐쇄회로 텔레비전에 의해 선미의 정경을 조망한다.

스피드 보트 2대가 뜸줄 주변을 돌면서 물고기들을 내부로 몬다. 스피드 보트에서는 무공해 형광 염료들을 물속에 푼다. 이들 물감들은 수중에서 연막을 쳐서 물고기들을 내쫓는다. 물고기들의 양도 그들먹하고 부원들도 성실하게 작업에 몰두한다. 양망 작업을 할 때마다 감탄스러운 장면이 보인다. 직경이 3미터이며 높이가 4미터에 이르는 원형 그물이 움직일 때다. 파워블록에 매달려 있다가 좁혀진 선망 내로 던져지는 그물이다. 이 원형 그물에다가 잡힌 물고기를 퍼서 갑판에 옮긴다. 전동 장치에 의해 작동되는 작업 과정이 상당히 흥미롭다.

선장과 나와 덕평이 번갈아 가며 갑판을 드나든다. 그러면서 부원들을 격려한다. 부원들을 감독하는 일은 갑판장의 주된 역할이다. 마침내 죔줄 윈치를 가동한 지 한 시간째다. 두릿그물은 원형 둘레가 30여 미터 이내로 좁혀진 상태다. 여전히 뜸줄 윈치와 죔줄 윈치가 그물을 압축시키는 중이다. 이때 파워블록에 매달려 있던 원형 그물이 두릿그물 속으로 파고든다. 이윽고 선망에 갇힌 참치들을 원형 그물이 퍼 담아 올린다. 참치들은 원형 그물 내부에 금세 그득 채워진다.

원형 그물이 선미 갑판의 어창 위로 파워블록에 의해 옮겨진다. 원형 그물 밑의 죔줄이 풀리면서 참치들이 원형의 어창으로 담긴다. 이런 작업이 한참 반복이 되면서 어창이 서서히 채워진다. 사모아로부터 36시간을 달려온 보람이 충분히 느껴질 정도다. 수확량이 증가될 때마다 특별 수당도 늘어나기에 이래저래 마음이 즐겁다. 냉동 어창 속에는 삽으로 퍼 넣은 얼음들이 수북이 채워진다. 그 얼음 조각들 사이로 참치들이 빽빽이 들어찬다.

원형 그물이 어창으로 드나들 때마다 두릿그물은 점차 좁혀진다. 평소 때보다는 2.5배가량의 수확이라 여겨진다. 두어 군데만 투망하면 회사의 수익이 크게 달라지리라 여겨진다. 좋은 날씨와 적당한 표층 물고기들의 이동이 커다란 원인이리라 생각된다.

이윽고 갑판으로 내려가 본다. 어느새 투망을 한 지 2시간이 경과될 시점이다. 어창의 2/5가 벌써 참치로 꽉 찬 상태다. 두어 번만 투망을 하면 어창이 다 차리라 여겨진다. 그물을 갈무리하는 마무리 작업도 얼마 남지 않은 상태다. 나는 부원들을 향해 말한다.

"갈무리 작업도 얼마 안 남았군요. 마무리 작업까지 최선을 다하세요."

대다수는 큰 목소리로 대답하고 일부는 손을 흔들어 친근감을 나타낸다.

"네, 알았습니다."

"잘 알겠습니다."

갑판장도 나를 향해 팔을 흔들며 고마운 뜻의 정감을 나타낸다. 나는 다시 냉동 어창으로 내려가 본다. 규모가 갑판 넓이의 1/3에 해당하는 거대한 공간이다. 공간 가득히 저장용 컨테이너가 벌려서 있다. 저장 공간의 컨테이너에 들어찬 참치의 양들이 아무리 봐도 어마어마하다. 참으로 오랜만에 보는 풍어라 여겨진다.

마침내 어망의 갈무리 작업이 마무리된 뒤다. 선장은 새로운 투망 지점을 찾아 배를 몰기 시작한다. 선장은 내게 들려준다. 새 투망 지점까지는 대략 40분쯤 달려야 도달되는 지점이라고 말한다. 선장이 산정한 어장 간의 거리는 대략 20킬로미터에 이른다.

새 투망 지점으로 배를 몰 때다. 선교의 통신 장비의 파란 신호가 깜박인다. 선장이 내게 말한다.

"본사로부터 연락이 온 모양이야. 교신을 확인해 봐."

내가 통신 장비의 수신기를 귀에 갖다 댈 때다. 30대로 추정되는 여인의 매끄러운 목소리가 귓전으로 흘러든다.

"그룹 비서실의 문은영이에요. 혹시 김춘호 항해사님과 통화하고 싶군요."

내가 즉시 응답한다.

"안녕하세요? 제가 항해사 김춘호예요. 제게 전할 말이라도 있는지요?"

비서가 내게 간결하게 말한다. 내일 오전 10시까지 부산의 본사에 와 달라고 한다. 위령제의 안건을 해결하려고 이사회가 소집되었다고 한다. 거기에서 내 의견을 듣고 위령제의 안건을 처리하겠다고 한다. 내가 통화를 마치고 선장에게 내용을 얘기하자 선장이 말한다.

"알았어. 그렇다면 곧장 헬기를 타고 사모아로 가라고. 거기에서 비행기를 타고 피지를 거쳐서 부산으로 곧장 가라고. 내가 곧바로 은성호의 헬기 조종사한테 지시를 내리겠네."

선장의 지시에 따라 나는 곧바로 은성호의 헬기에 올라탄다.

어느새 하루가 흘러 부산시 서구 남부민동에 있는 본사로 들어선다. 부산의 남항에서 아주 가까운 위치다. 오전 9시 무렵에 회장의 호출에 따라 회장실에 내가 들어선다. 50대 중반의 건장한 골격의 회장이 내게 자리를 권한다. 회장이 나를 바라보며 말한다.

"내 입장으로서는 위령제 행사를 곧바로 승인하고 싶어요. 하지만 이사들이 이사회 소집을 요구했기에 항해사님을 부른 거요. 사람들이 여럿이다 보니 견해가 다양해요. 차분히 행사 추진의 당위성을 이사들에게 납득시켜 주세요. 그래서 이사회의 승인을 받아 합법적으로 행사를 추진하기를 바라겠소."

격려가 실린 회장의 눈빛을 대하자 용기가 생기는 느낌이다. 그래서 회장을 향해 정중하게 말한다.

"회장님, 격려해 주셔서 정말 감사합니다. 회의장에서 발표를 마치고 나중에 뵙겠습니다."

이윽고 오전 10시가 되자 회사 3층의 회의실에서 이사회가 열린다. 회장을 비롯하여 그룹의 이사 15명이 참석한 이사회에 내가 참석한다. 상무이사의 사회에 의해 이사회의 개회가 선언된 뒤다. 상무이사가 이사회 소집의 경위를 설명한 뒤다. 나를 불러 위령제의 추진 당위성을 설명하라고 마이크를 넘겨준다. 이윽고 내가 이사들을 향해 목례를 하고는 설명하기 시작한다.

"안녕하세요? 저는 은성호의 1등 항해사로 근무하는 김춘호입니다. 지금부터 페스카마호의 난동 사건과 관련된 위령제 추진 당위성을 설명하겠습니다."

휴대용 컴퓨터에 저장된 페스카마호 난동 사건의 자료를 영사막으로 보여준다. 검찰청 수사 및 법원 판결 자료들이 체계적으로 제시된다. 여기에 덧붙여 피해자인 큰어머니의 가정 형편을 상세하게 화면으로 보여준다. 40분간에 걸친 설명을 한 뒤에 마무리 발언을 한다.

"이상으로 페스카마호 사건과 피해자 가족의 가정 형편을 설명했습니다. 20년의 세월이 흐르도록 가슴에 무거운 짐을 진 피해자의 가족이었습니다. 이 사람들 중의 한 분이 위령제를 거행하고 싶다고 말했습니다. 저는 위령제를 제안한 피해자 가족의 사촌 조카이기도 합니다. 당시에는 경제적으로나 거리상으로 도저히 위령제를 들먹일 상황이 아니었습니다. 피해자들이 우리 회사의 선배 직원들이라는 관점을 고려해 주시기를 바랍니다. 위령제에 무속인을 동원하여 망령들을 위로하겠다는 점도 수용해 주시기를 간청합니다."

내 말이 끝났을 때다. 그룹의 2인자인 전무이사인 부회장이 자신의 의견을 말한다.

"설명은 잘 들었어요. 20년이나 지난 세월에 위령제를 올린다는 것에 현실적 괴리감을 느낍니다. 강산이 두 번씩이나 변했을 기간이 경과했잖아요? 이런 상황에서 위령제를 올린다는 사실을 여러분들은 어떻게 생각하세요? 저로서는 솔직히 너무나 황당하다는 생각이 듭니다."

가공부의 김종철 이사가 자신의 견해를 발표한다.

"사건 발생부터 현재까지의 시간 간격은 큰 의미가 없다고 봐요. 문제는 피해자들이 선배 직원들이었다는 점에 있다고 생각됩니다. 그 피해자들이 우리의 가족이 아니고 누구이겠습니까? 저로서는 당연히 위령제를 추진해야 마땅하다고 생각합니다."

이번에는 수송부의 권갑출 이사가 그의 견해를 발표한다.

"원양 어선의 시간당 어획량이 얼마인지 알고나 있으세요? 귀한 자금의 산출 통로가 위령제로 제동이 걸려서는 안 됩니다. 사소한 동정심과 회사의 이윤 창출 중 어느 것이 우선입니까?"

이때부터 온갖 의견들이 들끓어 회의장이 온통 시끌벅적해진다. 마음을 열면 될 일에 이처럼 의견이 다양하니 심란하기 그지없다. 대략 20분간 회의장이 소란해졌을 때다. 사회자인 상무이사에게 발언권을 얻어 내가 의견을 말한다.

"저도 배를 모는 항해사입니다. 원양 어선의 시간당 수익을 누구보다 잘 아는 사람이기도 합니다. 피해자인 큰어머니가 제게 부탁한 일이어서 위령제에 대한 건의안을 올렸습니다. 회사의 대외적인 이미지 홍보가 이윤보다 중요할 수도 있지 않겠습니까? 이사님들의 의견이 부정적이라면 제게 무슨 힘이 있겠습니까? 건의안이 부결되면 제 개인 비용으로도 위령제를 치를 생각입니다. 회사의 어선이 어렵다면 사모아 어민들의 어선이라도 빌려야 되겠죠? 일단 제 의견은 다 전했으니 오늘의 결과를 겸허하게 기다리겠습니다."

내 말이 끝나자 회장이 자리에서 일어서서 발언한다.

"애초에 내가 지원할 작정이었는데도 여러 이사님들이 이사회 소집을 요청하셨죠? 회사에서 해결하지 못하여 외국의 어선을 빌린다면 도대체 꼴이 뭡니까? 어지간하면 피해자들인 선배 직장인들을 배려하여 행사 지원을 해 줍시다."

회장의 발언에도 불구하고 한동안 회의장이 의견 대립으로 시끄러웠다. 이윽고 사회자인 상무이사가 안건을 표결에 부치겠다고 선언한다. 그러자 상무이사가 나를 회의장 바깥으로 나가 달라고 한다. 그래서 회의장 밖에서 결과를 기다린다.

내가 회의장 바깥의 대기용 의자에 앉았을 때다. 위령제의 안건 의결이 내 인간적 평가와 연계가 되리라 여겨진다. 실제로는 그럴 리가 없겠지만 마음속으로는 괜히 그런 생각이 든다. 마치 터지려 는 조짐을 보이는 둑 위에 올라선 기분이다. 금세 심장의 판막이 터 져 버릴 위기감마저 느껴지는 기분이다. 온 우주를 향해 무릎을 꿇 고 빌고 싶다. 가슴을 떨며 상념에 잠긴다.

'위령제 안건이 이사회에서 통과될 수 있을까? 회장의 의사마저 도 간섭할 정도의 이사회라니? 안건이 부결되면 사모아의 어선을 빌 려야 되겠어. 이사들이 이처럼 반대할 줄 몰랐어.'

대략 5분쯤의 시간이 흐른 뒤다. 회의장 문이 열리면서 이사들 이 몰려나온다. 마치 벌어진 둑의 틈새로 하천의 물이 격렬하게 쏟 아지는 느낌이다. 상무이사가 발소리를 쿵쿵 울리며 내게로 다가온 다. 내 심장이 터질 듯 부풀어 오르는 느낌이다. 의외로 상무이사가 활짝 미소를 지으며 내게 말한다. 바로 이 순간마저 미소의 의미를 몰라 가슴이 터질 지경이다.

"김 항해사님, 축하합니다. 운이 좋게도 위령제 추진안이 통과되 었어요. 피해자 가구당 2명까지 왕복 항공료도 지불하기로 결정되 었어요. 회장님 방에 들렀다가 가세요."

상무이사의 얘기를 듣자마자 가슴이 알싸해지면서 콧등이 시큰 거린다. 그러다가 어느새 내 눈가로 눈물이 흘러내린다. 간부 선원 으로서의 체면과 품위에 대한 생각마저도 순간적으로 증발되는 느 낌이다. 하지만 울먹거리는 목소리를 가까스로 추슬러 상무이사에게 응답한다.

"사회 보시느라 정말 수고 많으셨습니다. 오늘 애써 주셔서 정말 감사합니다."

이윽고 회장실을 찾아 들어선다. 회장이 환한 얼굴로 내게 손을 내민다. 나도 엉겁결에 손을 내밀어 회장과 악수를 나눈다. 내가 회장에게 곧바로 감사의 마음을 전한다.

"회장님, 이번 일을 이처럼 배려해 주셔서 정말 너무나 감사합니다. 앞으로 은혜를 잊지 않고 열심히 회사를 위해 일하겠습니다."

곧바로 회장이 응답하며 격려해 준다.

"김 항해사님, 참으로 오늘 수고 많았소. 피해자 직계 후손이 아니면서도 애를 많이 썼더군요. 행사를 최대한 지원할 테니 계획을 잘 세우세요."

군림하려 들지 않는 회장의 따스한 인간미를 접했을 때다. 내 가슴속으로 얼어붙었던 살얼음이 녹아 온천수로 왈칵왈칵 밀려드는 듯하다. 자신도 모르게 고매한 인간의 위용에 저절로 고개가 숙여질 지경이다. 회의장에서 소란을 떨던 이사들의 언행마저도 충분히 용납될 지경이다. 언젠가 나도 경영인이 되면 회장을 닮은 풍도를 유지하리라 다짐한다. 끝까지 억제하려던 눈물이 회장실 문을 닫고 나오자마자 눈가로 흘러내린다.

회사 건물을 벗어나서는 곧장 김해 공항으로 향한다. 인천까지 가서 사모아 행 비행기를 탈 작정이다. 공항으로 향하면서 큰어머니에게 전화를 한다. 금세 신호가 가더니 큰어머니가 전화를 받는다.

"조카냐? 그래, 회사에서는 뭐라든? 피해자 가족의 요청을 들어주기로 했다고? 그게 정말이니? 정말 고맙기 이를 데 없구나."

큰어머니와의 통화를 통해서 굿하는 데 걸리는 시간을 파악한다. 대략 한 시간쯤 걸리리라고 한다. 행사에 걸리는 시간으로 적어도 3시간을 잡으면 되리라 여겨진다. 행사 추진 계획을 세워야겠다고 작정한다. 그래서 회사의 총무부에 전화를 걸어 알아본다.

"안녕하세요? 은성호 항해사인 김춘호예요. 8월 2일에 치를 위령제 지원을 담당한 분과 통화하고 싶습니다."

이윽고 생기발랄한 여직원의 목소리가 귓전으로 밀려든다.

"위령제 지원을 맡은 전혜령이에요. 무엇을 도와 드릴까요?"

내가 혜령에게 피해자의 친척이 됨을 밝힌다. 또한 은성호에서 위령제를 시행할 실무자임도 아울러 밝힌다. 그랬더니 혜령이 아주 반가운 음색을 쏟아낸다. 그러면서 뭐든 잘 협조해 주겠다고 말한다. 내가 궁금한 점을 우선적으로 그녀에게 묻는다. 혹시 피해자 가족들한테 위령제를 실시한다고 매체로 알릴 계획이 있는지를? 피해자 가족들의 연락처를 찾아서 추진하겠다고 그녀가 대답한다. 통지문에는 가족 2인까지는 제반 항공료를 비롯한 숙식비를 제공하겠다고 밝힌다. 혜령과의 통화를 바탕으로 나름대로의 진행 계획을 세운다. 이것을 나중에 시간을 두고 검토하기로 한다.

인천공항에 도착한 뒤다. 나는 전화를 걸어 선장에게 위령제 추진에 대한 결과를 보고한다. 선장이 크게 기뻐하며 나를 격려해 준다. 선장과 통화를 끝내고는 사모아 행 비행기에 올라탄다. 그리고는 의자에 앉아서 위령제에 대한 생각을 가만히 정리해 본다. 그러면서 혼자서 선교를 맡아 배를 몰 선장을 떠올린다. 선장과 협력하여 어획고를 듬뿍 올려야겠다고 생각한다. 그래야 어선을 이용한 행사 추진이 떳떳하리라 여겨지는 탓이다.

17. 항해 중의 대화

사모아에 도착하자마자 헬기의 기장이 지기(知己)를 만난 듯 나를 반긴다. 그리고는 헬기에 나를 태워 은성호로 날아간다. 배에 도착하자마자 선장을 만나서 진행 경과를 들려준다. 원래의 어장에서 배는 미끄러지는 순풍처럼 북서 방향으로 내달리는 중이다. 나는 커피를 타서 선장과 함께 대화를 나눈다. 위성 지도를 살피니 조타수가 키를 잘 잡고 있음이 드러난다. 선장이 항로를 변경할 때마다 조타수에게 명령을 내린다. 조타수는 명령을 받을 때마다 명령을 복창해야 한다. 옛날부터 해양에 전설처럼 맺혀 만들어진 뱃사람들의 규율이다.

선장과의 나이 차이는 많지만 관점이 비슷하여 호감이 많이 간다. 선장이 통유리 바깥의 수평선을 굽어보며 입을 연다.

"위령제와 관련된 선박이 페스카마 15호이잖아? 나도 20년 전의 그 사건을 잘 알고 있어. 내가 당시의 선장이었더라고 해도 참으로 견디기가 어려운 상황이었어. 선장이 배를 통제하지 못하면 그 선박의 운명은 끝장난 거야."

나는 선장이 페스카마호를 들먹이자 신이 나는 느낌이 든다. 내가 먼저 꺼내고 싶은 얘기를 선장이 했으니까 말이다. 이것을 계기로 새 어장에 도착할 때까지 얘기를 나누고 싶다. 선장도 진지하게 대화를 나눌 사람이 필요했던 모양이다. 선장이 커피를 마시며 입을 연다. 나는 선장이 어떤 생각을 갖고 있는지 궁금하게 여긴다. 그래서 일단 선장의 얘기에 귀를 기울이기로 한다. 참고 있었던 오줌을 누듯 선장이 시원스레 말을 꺼낸다.

"나는 당시의 사건에 대해 굉장히 관심이 컸어. 중국인 변호사가 나타나서 사건을 희석시키려 했지만 엄연한 난동이었어. 있을 수 없는 난동이 발생한 근원을 김항과 얘기하고 싶어."

세상을 살다가 보면 우연한 일이 벌어지기도 한다. 벌어지는 정도가 아니라 엄청나게 많이 발생하기도 한다. 선장과 동일한 주제로 의견을 나누게 된 것은 특별한 우연이다. 세상의 일이 무조건 논리의 잣대로만 진행되지 않는 경우도 허다하다. 삼풍백화점이 무너지고 세월호가 침몰한 것에 필연적인 배경이 있었던가? 충분히 무사할 수도 있었는데 일이 벌어지니 세상에서 마구 떠들어대었다. 삼풍백화점이 무너지고 세월호가 침몰한 과학적인 근원은 중력의 작용이었다. 지구의 중심이 백화점을 끌어내렸고 세월호를 수중에 가라앉혔다.

이 엄연한 사실에 대해 누가 토를 달겠는가? 사람들의 희망이 끝까지 무너지지 않는 건물이기를 원했다. 사람들의 바람이 언제든 가라앉지 않는 배를 원했을 따름이다. 배를 몰다가 배의 균형이 무너지면 배는 침몰하기 마련이다. 세월이 흘러 하중을 지탱하던 철근이나 철골이 끊기면 건물은 무너진다. 명백한 것은 처음부터 건물이 중력을 견디지 못한 것은 아니었다. 줄곧 견뎌 내다가 한계점이 무너져서 끊겼을 따름이다.

나는 마주 앉은 선장을 향해 마음속으로 경배를 올린다. 오랫동안 얘기하고픈 주제에 대해 대화의 상대가 되어 주기 때문이다. 마음 하나에 따라 세상의 의미가 커다랗게 변함을 느낀다. 나는 선장을 바라보며 내 마음의 방향을 가다듬는다.

'상대와 대화를 나누려면 상대의 마음을 충분히 파악해야 해. 그러기 위해서는 충분히 선장의 얘기에 귀를 기울여야만 해. 선장의 말과 함께 그 말이 발생된 근원을 찾아야 하거든. 내가 말하고자 하는 바는 잠깐 생각하지 말기로 하자. 내 생각에 선장의 의견이 가려지면 진정한 의견 교환이 어렵잖아? 오늘의 시간은 단순한 의견 교환 이상의 중요한 시간이야. 참으로 기억의 창고 속에까지 가서라도 파헤치고 싶었던 부분이 아닌가?'

아직도 따가운 열기를 띠는 커피를 나도 천천히 마신다. 그러면서 거듭 내 마음가짐을 돈독히 갖겠다고 다짐한다.

선장이 진지하게 입을 열어 말하기 시작한다. 나는 선장의 말에 귀를 잔뜩 기울인다.

"난동이 일어난 근원을 더듬어 보려고 해. 왜 사람을 살해하는 데까지 진행했느냐하는 것이 대화의 논점이야. 내 생각을 차분히 말할 테니까 끝까지 듣고 말하기를 원해."

응답하는 형식마저 번거로울까 봐 그의 얘기만 집중해서 듣기로 한다. 얘기를 잘 듣기만 해도 분석이 원활하리라 여겨진다. 원양 어선의 급여 체제는 어디에나 비슷한 양상을 띤다. 자국 부원들을 다 활용하면 인건비가 너무 많이 지출된다. 그래서 부원들의 절반 인원은 타국민들을 쓰기 마련이다. 한국에서는 주로 필리핀인, 베트남인, 조선족 중국인, 인도네시아인들을 쓰는 편이다. 그물을 당기고 물고기들을 옮기는 육체노동에 투입되는 사람들이다.

이들은 대략의 언어만 알아들어도 현장에 투입될 수가 있다. 그렇기에 특별히 전문화된 예비지식의 준비가 불필요하다. 어느 원양 업체에서나 인건비를 절약하려고 값싼 노동력에 눈독을 들인다. 한국의 경우에도 정황은 마찬가지다. 선장이 말을 잇는다.

"값싼 노동력을 추구하는 데서부터 문제가 발생했다고 여겨져. 임금을 제대로 주고 심신이 온전한 내국인 부원을 썼다면 어땠을까? 그와 같은 일이 발생할 근원이 차단되지 않았을까?"

선장의 말이 먹구름 속을 휘젓는 바람결처럼 이어진다. 회사가 이윤을 추구하는 곳이기에 낮은 임금을 지급하려는 것은 당연하다. 그 당연함으로 인하여 임금 낮은 동남 아시아인들을 찾게 된다. 동남 아시아인들에 덧붙여 조선족 중국인까지 넣게 된 것이 현실이다. 선박의 경우에서는 부원들을 갑판장이 다스려야 한다. 선장의 지시에 따라 갑판장이 부원들을 통솔해야 한다. 작업 지시가 내려지면 해당 작업을 체계적으로 추진시켜야 한다. 이때 언어가 문제가 될 경우가 있다.

타국의 동남아인들은 대충 몸짓으로 말뜻을 추측할 따름이다. 정확한 뜻을 몰라도 대충 눈치를 보고 작업에 임한다는 얘기다. 그러다 보니 임금의 지불 방식에 대해서는 타성적으로 수용할 따름이다. 당연히 그러려니 여기는 상황이다. 이런 경우에서는 절대로 다른 일이 발생할 여지가 없다. 회사에서 타국의 부원들을 쓰는 것은 오랜 관행이다. 그래야 인건비를 줄일 수 있는 탓이다. 필리핀, 베트남, 인도네시아 국가들의 부원들한테서는 문제가 생기지 않았다.

그들은 회사의 임금 지불 방식을 잘 모른다. 설혹 안다고 치더라도 당연한 것으로 받아들인다. 체제가 마음에 안 들면 다른 일터로 옮겨 가면 그만이다. 그렇기에 다른 나라의 선박 회사들도 동남아인 부원들을 선호하는 추세다. 열악한 경제 환경 탓으로 조선족들도 이 대열에 동참하게 된다. 그런데 조선족들이 끼어들면서부터는 어선 내의 작업 분위기가 다소 달라진다. 선장이 목소리에 힘을 넣어 그의 생각을 내게 전한다.

"문제는 그들이 한국어를 정확히 안다는 점이야. 한국 부원들에게 지급되는 금액과 그들의 임금 차이를 안다는 점이야. 한국인 부원들은 어획량이 증가함에 따라 특별 상여금을 추가로 받는다. 하지만 조선족들에게는 애초의 계약대로 고정 임금만 지급되는 체제다. 어획량이 증가할수록 한국인 부원들과 조선족들 간의 격차는 점점 커진다. 이런 상황을 몰랐을 경우에는 전혀 문제가 없었다. 하지만 갑판에서 한국인들과 부대끼다 보니 내막을 점차 알게 되었다. 이때부터 그들은 심리적으로 상대적 박탈감을 느끼게 되었다.

노력은 똑같이 하는데 임금은 적게 받다니? 조선족의 논리로서는 납득하기 어려운 상황이라 여긴다. 그래서 그들은 집단으로 모여 자기들끼리 불만을 꺼내 얘기한다. 그러다가 어떤 순간부터는 핑계거리를 찾으려고 시도하게 된다. 그 대표적인 것이 작업을 명령하는 갑판장의 언행이다. 갑판장의 관점에서는 내국인이나 타국인들에게 동일한 방식으로 작업 명령을 내린다. 그물을 풀어 내렸다가 죔줄을 감아올리는 작업이 주가 아닌가?

부원들이 해야 할 고유한 업무다. 이들은 이러한 단순 노동을 하러 배에 올라탄 터다. 그물을 내렸다가 갈무리하는 작업에는 무려 3시간이 소요된다. 이런 일을 하기 위해 고용된 사람들이기 때문이다. 똑같은 일을 해도 한국인들은 싱글벙글 웃음을 짓고 모여든다. 어획량이 늘수록 그들의 주머니도 두둑해지기 때문이다. 하지만 조선족의 경우에는 그렇지 않기에 점점 불만이 커진다."

배운 기술이라곤 없는데다 가진 것이 고작 육체노동에 불과하다는 생각. 이 생각이 조선족들을 점차 빗나가게 충동질해대는 터다. 아마도 그들은 모여 앉아서 불만을 번갈아 가며 터뜨렸으리라.

"무슨 이런 경우가 있니? 다 같이 애써 일하는데 남한 사람들한테만 돈을 더 주다니? 우리는 도대체 뭐냐? 그들의 눈에는 조선족이 사람으로 안 보인다는 얘기가 되잖아?"

"욕탕에 들어가서 홀랑 벗으면 달린 것이 똑 같잖아? 그런데도 남한 부원들한테만 특별 상여금을 지급해? 이게 도대체 선원법에 나오는 소리니? 아니면 회사 경영학에 나오는 소리냐? 말 같은 소리를 해야 알아들을 거잖아?"

"가만히 보니까 갑판장이 우리 조선족을 대하는 태도부터가 글러먹었어. 남한 놈들한테는 친절하게 굴다가도 우리들만 보면 도끼 눈을 뜨고 지랄들이야. 이런 더러운 분위기에서 너희들은 일할 맛이 나냐?"

불만을 가진 사람은 어떤 조직에서나 있기 마련이다. 그 어떤 기준에서도 서열은 정해지기 마련이다. 이런 서열의 밑바닥에 놓이면 그때부터는 내면에 불만이 쌓이기 시작한다. 처음에는 혼자서 심한 박탈감에 휩싸여 절망하다가 분노를 터뜨린다. 분노를 느끼는 순간부터는 외부와의 마음을 스스로 차단하게 된다.

바람결에 불길이 옮겨지듯 불만은 유사한 무리들에게로 전해지기 마련이다. 마땅한 핑계를 못 찾아 버둥대다가 돌파구를 찾게 된 경우다. 불만을 가진 무리들은 점차 늘어나게 된다. 선장이 나를 향해 말한다.

"조금 열을 올리니까 배가 고파지네. 조리장한테 연락해서 토스트와 우유 좀 갖다 달라고 해. 먹으면서 대화를 하도록 해야겠어."

내가 곧바로 선내 식당의 인터폰으로 조리장을 찾는다. 신호가 가자 금세 조리장의 목소리가 인터폰으로 흘러든다. 내가 간식거리를 좀 갖다 달라고 부탁하자 조리장이 알았다고 응답한다. 이윽고 조리장이 토스트와 잼과 우유와 삶은 달걀을 갖다 준다. 그러고는 선교에서 빠져 나가면서 선장에게 말한다.

"혹시 부족한 것은 없으세요? 언제든지 생각나면 말씀하세요. 곧바로 갖다 드릴게요."

선장이 우렁찬 목소리로 응답한다.

"고맙습니다, 조리장님. 안건을 협의하다가 보니 배가 고파서 부탁했어요. 잘 먹겠습니다."

따끈따끈한 토스트에 딸기잼을 발라 선장과 내가 먹기 시작한다. 나도 은근히 시장했던 모양이다. 순식간에 토스트 몇 조각이 입 속으로 사라진다. 먹을수록 군침이 당기는 상황이라 머리를 갸웃대며 컵의 우유를 마신다. 참으로 간식의 맛은 일품이라 여겨진다. 둘이 한동안 토스트와 우유로 배를 채운 뒤다.

선장이 여유로운 자세로 말한다.

"중단되었던 말을 이제부터 계속할게. 7명의 조선족 중에서 6명이 불만을 공유하게 된 거였어. 한 마디로 남한 부원들보다 임금이 적어서 화가 난다는 얘기지."

내가 선장의 말에 공감하는 의미로 응답한다.

"맞습니다. 그들은 실현 불가능한 요구를 했겠죠? 남한 부원들만큼 자기들의 임금도 올려달라고 말이죠. 그렇지 않으면 일을 제대로 하지 않겠다고 억지를 부렸겠죠?"

선장이 내 말에 당연하다는 표정을 지으며 자신의 견해를 말한다.

"그럼. 아주 나쁜 놈들이지. 양망 작업하는 중에 두어 명씩은 빠져서 침상에 나뒹굴었다고 하잖아? 도대체 생각 자체가 틀려먹은 놈들이지. 일하기 싫으면 배를 안 탔어야지."

내가 살펴본 당시의 문서 기록에도 조선족의 불만이 표출되어 있다. 최일규와 박군남이 제일 먼저 불만을 내비친 사내들이라고 밝혀져 있다. 이들이 먼저 마음이 맞아서 수시로 불만을 털어놓았다. 그러자 최금호, 리춘성, 백춘범이 가세했다. 이들 다섯 명이 먼저 똘똘 뭉쳐서 다양한 불만을 내쏟았다. 그러고는 유일한 선원증을 지닌 38살의 전재천을 끌어들이려고 시도했다. 다행스럽게도 전재천은 쉽게 그들의 집단으로 들어섰다. 하지만 한 명이 끝내 조선족 6명과는 뜻을 달리하겠다고 밝혔다.

마음이 통한 6명의 조선족은 서서히 남한 부원들과도 대립하게 되었다. 불만이 쌓인 상태에서는 누구도 곱게 보이지 않았다. 사건 당시의 기록물을 바탕으로 난동을 일으킨 당시의 정황을 추측한다. 내 머릿속의 단순한 추측만 작용된 것은 아니라는 사실이다.

중키에 가슴이 벌어진 최일규가 주변 5명의 조선족 사내들에게 말했다.

"남한 놈들만 특별 수당을 받다니 말이 돼요? 먼저 우리의 요구를 확실하게 전합시다. 그래도 반영되지 않으면 배에서 내리겠다고 말합시다. 우리가 없어도 선장이 계속 투망질을 하겠는지 어디 시험해 봅시다."

조선족 사내들은 6월 15일에 태평양의 티니안(Tinian) 섬에서 어선에 올라탔다. 그러고는 페스카마 15호에 실려 태평양으로 이동했다. 승선 정원 25명에 254톤의 중량을 갖춘 원양 어선이 페스카마호였다. 12일간을 더 항해하여 태평양의 피닉스 제도 부근에 들어섰다. 페스카마호는 이 부근에서 6월 27일에 첫 조업을 했다. 조업 첫 날부터 조선족 사내들은 남한의 부원들과 신경전을 벌였다. 양쪽에 마찰이 일어나려던 것을 6월 27일에는 전재천이 중재하여 수습되었다.

그 날 이후로 조선족은 틈틈이 불만을 터뜨리며 게으름을 피웠다. 일하면서도 틈틈이 게으름을 피워 감독자의 신경을 건드렸다.

선장과 갑판장의 말이 제대로 먹혀들지 않으면 선박의 운영은 끝장이다. 그리하여 선장과 갑판장은 수시로 만나 대책을 협의하기에 이르렀다. 점잖은 말로는 도저히 통제할 수 없는 상태라 여겨졌다. 하지만 폭행을 동원하는 것은 선장이 원하는 방식이 아니었다. 노동 현장의 막노동꾼이나 휘두르는 수단이 폭력이라 여겨졌다. 사관이라는 사람이 폭력을 떠올린다는 자체가 품격을 벗어나는 일이라 여겼다.

배는 꾸준히 예정 궤도를 향해 달리는 중이다. 날씨는 너무나 화창하여 바다는 고운 초록의 비단을 깐 듯하다.

통통통통! 통통통통!

배는 탄력적인 기관음을 토해 내며 바다를 질주한다. 아무리 봐도 시야는 탁 틔어 세상의 장애물이란 없는 듯하다. 선교의 통유리창을 통해 밖을 내다보며 내가 선장에게 묻는다.

"새 어장에서도 조금 전처럼 많이 잡힐까요? 어군 탐지기 결과로는 비슷해 보이는데요."

선장이 자신감을 가진 자세로 응답한다.

"실제로 건져 올려 봐야 알겠지만 거의 비슷할 거야. 오늘의 어황이 실로 최대 상태가 되리라 여겨져. 지금 눈앞에 펼쳐진 갈매기들의 무리를 보면 알 만하잖아?"

예전 같지 않게 온 바다가 갈매기로 뒤덮여 춤추는 느낌이다. 갈매기 떼가 깔리지 않은 곳이 눈에 띄지 않을 정도다. 갈매기 떼가 몰려다닌다는 것은 물고기 떼가 사방에서 들끓는다는 얘기다.

부부우웅! 부우우웅!

선장이 뱃고동을 울린다. 내가 선장을 바라보자 선장이 허허로운 미소를 머금으며 말한다.

"배가 순항을 하더라도 의식은 깨어 있어야 한다는 일종의 경고야. 금세 하늘의 기상이 어떻게 변할지 모르는 일이거든. 배에서 내리기 직전까지는 항상 긴장해 있어야 하는 것이 선원이야."

나는 잠시 망각한다. 반드시 바다에 문제가 있어야만 뱃고동을 울리는 것은 아님을. 나도 시선을 선교 밖의 수평선으로 던졌다가 서서히 회수한다. 그러고는 이내 선장의 얘기에 귀를 기울인다. 선장의 얘기는 길지는 않지만 핵심이 잔뜩 깔린 모양이다.

"전재천이 법관 앞에서 떠들었던 말이 여운을 안겨 주었어. 전재천은 형량이라도 낮출 심산으로 횡설수설했던 것이라 생각돼. 단지 그것이라 여겨지는데도 그의 발언이 묘한 여운을 남겼다는 얘기야. 선장과 갑판장이 쇠파이프를 휘두르며 수시로 폭언과 폭행을 일삼았다는 거야. 김항한테는 이게 말이 되는 소리라고 들려?"

선장의 생각을 헤아리기 위해 잠시 선장의 눈을 들여다볼 때다. 선장의 말이 재차 귓전으로 밀려든다.

"선장은 해양대학을 거쳐 지식과 기술을 쌓은 전문 사관이었어. 이런 선장이 쇠파이프를 들고 폭언이나 폭행을 일삼는 사람이었겠어? 미친 사람이 아니고서야 쇠파이프를 들고 휘둘러대었겠느냐고?"

항해사인 내 관점에서도 선장의 말이 합리적이라 여겨진다. 전문 사관으로서 최고 학부를 나온 사람이 쇠파이프를 휘둘렀겠는지 미심쩍다. 하지만 조선족 사내들 6명이 일제히 입을 맞춰 그랬다고 증언했다. 조선족 사내들은 해양경찰에 넘겨지는 순간부터 생명은 포기한 상태였다. 그들 스스로도 사형 선고를 받으리라 확신했다. 그들이 죽인 사람들만 해도 11명에 이르지 않는가? 이런 살인을 저지른 그들에게는 죽음밖에는 돌아올 게 없다고 여겼다. 그랬기에 무조건 선장과 갑판장이 폭력을 수시로 휘둘러대었다고 입을 맞췄다.

당시에 중국에서는 조봉 변호사가 한국의 재판에 끼어들었다. 조봉은 조선족 사내들의 견해가 절대로 옳다는 관점으로 변호에 주력했다. 하지만 아슬아슬하게 살아난 이인석 항해사의 증언은 조선족과 확연히 달랐다. 조선족 사내들 6명의 견해와 이인석의 진술이 완전히 달랐다. 그랬기에 재판관들은 신중히 판단해야만 했다. 1996년 10월 26일에는 1심 판결이 공표되었다. 이 판결에서는 조선족 사내들 6명이 모두 사형으로 선고되었다. 조봉이 떠들어대었지만 한국 재판관들의 정서를 뒤집을 수가 없었다.

여기에 대해 선장이 자신의 견해를 들려준다.

"여기에는 말의 무게가 대세를 결정한 현장이었어. 조선족 사내들의 말만 듣고 앵무새처럼 떠든 조봉이었잖아? 겨우 살아난 항해사의 발언과 조봉 변호사의 발언은 얼마만큼의 차이였을까? 바보가 아닌 다음에야 다들 이인석의 말에 손을 들어주었으리라 여겨져."

당시의 사건 기록들을 조사했던 바라 나도 기억을 떠올린다. 사건 기록들은 주로 검찰에서 작성된 기록물들이다. 당시 38살의 항해사는 새벽 4시에 조선족으로부터 집단으로 구타당했다. 주먹과

발길로 얼굴과 배를 숱하게 사정없이 구타당했다. 인체 구조로 인간의 두뇌는 너무나 섬세한 부분이다. 잘못 맞으면 정신이상을 일으키거나 즉사할 수도 있는 부위였다. 머리를 얻어맞을 때의 공포가 얼마나 컸겠는지 아무도 모를 것이리라.

1996년 8월 2일 새벽 4시에 항해사는 조선족 사내들한테 구타당했다. 그러고는 부식 창고에 오전 8시 반까지 구금되었다. 조선족 사내들은 인도네시아인들을 공범으로 몰아가려고 애썼다. 19살의 최동호를 오전 6시 반에 인도네시아인들에게 바다에 던지라고 억압했다. 당시의 최동호는 실습 항해사 신분이었다. 그는 이웃 배를 타고 작업하다가 몸이 아파서 페스카마호에 탔다. 그랬는데 운수가 사납게도 그는 바다에 던져져 익사해 버렸다.

오전 7시에는 조선족 6인에게 저항하는 무리를 추가로 제거하기로 했다. 인도네시아인 3명과 비 동조 조선족 1명을 냉동 어창에 가두어 죽였다. 그러고는 오전 8시 반에 항해사를 풀어 주면서 그에게 명령했다. 곧장 일본으로 배를 몰라고. 이들 6명은 남아 있는 인도네시아인들도 당장 죽이려고 별렀다. 이 눈치를 챈 항해사가 전재천에게 말했다.

"지금은 시기가 안 좋으니 나중으로 미루는 것이 좋을 겁니다. 그들은 죄다 지금 칼을 휴대하고 있어요. 그들도 무슨 대비를 하고 있음이 눈치로 느껴져요."

전재천도 인도네시아인들의 말없는 분위기에는 기가 질린 듯했다. 아닌 게 아니라 그들은 노골적으로 칼을 쥐고 다녔다. 심지어 화장실에 갈 때도 칼을 들고 다녔다. 수틀리면 언제라도 칼로 찌를 듯한 기세였다. 이런 판에 선제공격을 한다고 해도 위험 요소가 많다고 여겨졌다. 자칫 양쪽 다 죽게 될지도 모르는 탓이었다. 전재천도 살인 계획을 다음으로 미루기로 했다.

18. 풍성한 어창

    선장과 난국의 바둑을 수습하듯 장시간 대화를 나눈 뒤다. 원래의 어장에서 북서쪽으로 20킬로미터 떨어진 곳으로 배가 내닫는다. 선장이 나중에 계속하자면서 이야기를 중단한다. 이제부터는 물을 긷듯 어획 작업에만 신경을 쓸 작정이다. 선장의 방송 통제가 시작된다.

    "모든 선원들은 각자 위치로! 모든 선원들은 각자 위치로!"

    즉시 갑판에는 부원들과 갑판장이 나타난다. 선장의 방송 통제가 이어진다.

    "스킵 보트 하선! 스킵 보트 하선!"

    은성호 선미에 부착되었던 스킵 보트가 바다로 밀려 내려간다. 스킵 보트에는 22살의 동갑인 철우와 태주가 올라타 있다. 스킵 보트는 은성호가 움직일 기준점을 제시하는 배다. 은성호가 두릿그물을 원형으로 바다에 내두르고 되돌아오는 기준점을 제시한다.

스킵 보트에서 출발하여 스킵 보트 위치까지 원을 그리고 되돌아온다. 은성호가 대략 20여 분에 걸쳐서 바다에 두릿그물을 드리운다. 그물 아래쪽에 매달린 쇠사슬의 무게로 그물이 수직으로 드리워진다.

뜸은 그물의 위쪽을 물에 띄우는 부양체이다. 이런 뜸들이 50~70센티미터 간격으로 연이어 매달려 있다. 이런 뜸들을 이은 줄이 뜸줄이다. 은성호의 선미에는 뜸줄 윈치가 있어서 뜸줄을 전기력으로 오르내리게 만든다. 쌍안경으로 바다를 바라보니 바다의 수면이 온통 난리판이다. 백파로 인하여 참치 떼가 밀려들어 내뿜는 포말들로 하늘이 하얗다. 이들 포말들을 넘나들며 작은 물고기들을 사냥하는 갈매기 떼가 지천이다.

끼루룩! 끼루루룩!

하늘에서 수천수만의 목련 꽃송이가 바람결에 흩날리듯 갈매기들이 폭우처럼 쏟아진다. 어느 하늘의 일부에도 빠끔한 공간이 없을 지경이다. 게다가 두릿그물에 갇힌 물고기들이 펄떡이는 정경이 가히 장관을 이룬다. 이들 물고기들을 놓치지 않게 죔줄 윈치가 죔줄을 당기기 시작한다. 두릿그물 내에 갇힌 물고기들은 참치인 가다랑어임에 틀림없다. 어디에서 이처럼 몰려드는지 바라보는 것만으로도 정신이 어지러울 지경이다.

갑판장이 한창 바쁠 시간이다. 핸드 마이크로 작업 지시에 여념이 없을 지경이다. 한국인 6명과 인도네시아인 12명의 총 18명의 부원들이 작업하느라고 부산하다. 인도네시아인들과 한국인들은 예전부터 잘 지내는 터다. 눈길이 마주칠 때마다 미소를 나누며 작업에 다들 분주하다. 50분쯤 지나서부터는 참치를 어창으로 끌어올리는 작업이 진행될 예정이다.

나는 선교로부터 빠져나와 갑판의 작업 현장을 굽어본다. 갑판장의 지시에 따라 다들 일사불란하게 몸을 움직이고 있다. 나는 갑판으로 나가 부원들에게 격려하는 눈빛을 보내며 순회한다. 그러고는 갑판장을 향해 말한다.

"참치를 끌어올리기에는 최상의 조건인 것 같아요. 두어 군데만 더 돌면 어창이 다 차겠죠?"

갑판장도 즐거운 표정으로 곧바로 응답한다.

"어창이 다 차기 전에 운반선을 불러들여야죠. 모처럼의 기회인데 잡는다는 느낌이 들도록 건져 올려야죠."

부원들의 협조 상태와 작업 광경을 한동안 지켜본 뒤다. 몸을 돌려 선교로 돌아갈 무렵이다. 주머니의 휴대전화가 크게 떨어댄다.

주머니에서 꺼내 귀에 갖다 대니 성국의 목소리가 귓전으로 밀려든다.

"춘호야, 나 성국이야. 그간 잘 지내고 있니? 내가 너한테 부탁할 일이 있어서 전화했어. 지금 통화가 가능하니?"

내가 반가운 마음이 들어 즉시 응답한다.

"이야, 너 정말 오랜만이구나. 거기 캘리포니아에서 잘 지내니? 부인도 잘 지내고?"

내 말에 전화가 끊긴 느낌이 들 지경으로 반응이 이상하다. 그렇지만 개의치 않고 내가 말을 잇는다.

"혹시 너야말로 지금 운전 중이니? 전화 느낌이 조금 이상하거든."

통화기 저편으로 가라앉은 한숨소리가 들린다. 그러더니 성국의 맥 빠진 목소리가 이어진다.

"한국을 떠나기 전에 양가 부모의 반대를 무릅쓰고 결혼식을 올렸거든. 친구인 너마저도 초청하지 못했잖아? 그런 약식 결혼을 하고 가정을 꾸렸지만 행복한 부부였어. 그런데 나는 지금 홀아비 상태야. 민정은 미국 사내와 눈이 맞아 내게 이혼을 요구했어. 그래서 2주간을 고심하다가 그녀의 요구를 받아들여 이혼하고 말았어."

성국의 말을 듣자 갑자기 두뇌 신경이 마비되는 느낌이 든다. 그러면서 나도 모르게 중얼거리게 된다.

'참으로 희한한 일이군. 둘이 좋아서 결혼할 때는 언제이고 이혼은 또 뭐냐? 도대체 민정은 어떻게 된 여자이지? 혜미의 애인을 가로채서 결혼했다가는 냉큼 걷어차 버리다니? 사랑의 질서를 문란시켜도 유분수지 도대체 이해하기가 어렵네?'

내가 안타까운 목소리로 성국에게 말한다.

"네가 받은 충격이 상당히 컸겠다. 부부 사이에 어쩌다가 그런 일이 벌어졌지? 그간 이상한 낌새 같은 건 없었니?"

내 말에 입술이 탄다는 듯 입술을 축이는 소리가 들린다. 잠시 한숨 소리까지 들린 뒤에 성국이 말한다.

"너는 내 친한 친구이잖니? 그래서 전화상으로 네게 먼저 도움을 청하고 싶어."

나는 별로 성준을 도울 만한 일이 없다고 여기면서 응답한다.

"거기는 미국이고 여기는 태평양 바다인데 내가 너를 어찌 돕겠니? 그렇지만 하고 싶은 말을 털어놓아 봐. 가능하다면 네 부탁을 들어줄게."

한숨 소리가 들리더니 성준의 목소리가 들린다.

"이혼한 뒤에는 내가 얼굴이 두껍게도 혜미한테 전화를 걸었어. 자초지종을 설명하고 여전히 미혼이면 다시 나를 받아들이겠느냐고 물었어."

의도적인지는 모르겠지만 성국이 잠시 침묵을 지키는 눈치다. 나는 그 사이에 생각에 잠겨 중얼댄다.

'자신이 걷어차 버린 여자한테 다시 자신을 받아 달라고 전화했다니? 어떤 대답을 들었기에 나한테 부탁하는 전화를 할까? 도대체 혜미는 어떻게 대답했을까? 성국으로부터 전화를 받았다면 혜미는 왜 나한테 연락하지 않았을까? 현지랑 나랑 함께 셋이 평생을 함께 하자고 약속한 사이이잖아? 그런데도 나한테 전화가 없었다니? 세상이 어떻게 돌아가는 거야?'

내가 생각에 잠겨 허공을 바라볼 때다. 성국의 목소리가 이어진다.

"혜미가 놀라운 대답을 들려주었어. 자신을 버린 남자와는 절대로 재결합하지 않겠다고 했어. 그래서 어떻게 하겠느냐고 물었더니 정말 엉뚱한 얘기를 들려주었어. 그 말이 사실인지 궁금해서 너한테 확인하고 싶었어. 혜미의 말로는 현지라는 여자와 함께 너랑 가정을 이루겠다는 거였어. 하도 말 같지 않은 소리였기에 흘려들으려고 했어. 하지만 혜미의 목소리가 팽팽하게 긴장된 상태여서 농담으로는 여겨지지 않았어. 그래서 너한테 직접 확인하려고 전화했어."

이번에는 내가 한숨을 내쉬며 성국에게 말한다.

"믿기지 않겠지만 혜미의 말이 사실이야. 혜미가 너로부터 받은 정신적인 충격이 이만저만이 아니었어. 그래서 직장 친구랑 나를 찾아 사모아에까지 왔어. 그러다가 셋이 마음이 통하여 일생을 함께 하기로 약속했어. 내 생각으로는 네가 혜미한테 할 얘기는 없으리라 여겨져. 네가 혜미를 먼저 걷어찬 것이 사실이잖아? 너를 다시는 만나지 않겠다는 것도 혜미의 마음이야. 그런 혜미의 마음을 네가 서운하게 여길 상태는 아니라고 생각해. 내 말 틀렸니?"

내 말을 듣다가 말고 성국이 발작하듯 웃어댄다.

"아하하하핫! 그럼 넌 정말 두 여자를 아내로 데리고 살 작정이니? 요즘 세상에 두 여자를 아내로 거느리고 살겠다니? 네가 배를 타더니 정신이 좀 이상해진 것은 아니냐? 설마 해서 전화를 걸었더니 정말 어이가 없군."

내가 한껏 인내심을 발휘하여 차분하게 말한다.

"우리는 그래도 다정한 친구이잖아? 네가 먼저 혜미를 버린 것은 사실이잖아? 너한테 배척당한 혜미의 입장을 생각해 봤니? 혜미가 너와 재결합하지 않겠다는 것은 혜미의 소중한 관점이야. 나는 혜미의 관점을 네가 존중해야 한다고 생각해. 사람의 사랑은 물건을 구매하듯 이랬다저랬다 장난치는 행위는 아니라고 생각돼. 그건 그렇고 나한테 부탁하겠다는 말은 뭐니? 일단 말이라도 해 봐. 내가 검토는 해 볼 테니까."

어느새 짜증도 나고 화도 난 기색으로 성국이 말한다.

"나는 적어도 네가 내 친구라고 여겨 진심으로 부탁하려고 했어. 하지만 말을 들어 보니 부탁하기가 힘들 것 같아."

내가 조금 단호한 기세로 말한다.

"말하기 싫으면 관둬. 나도 왠지 너랑 통화했지만 마음이 불편해지네."

내 응답이 예상 밖으로 들렸는지 그가 놀란 목소리로 말했다.

"친구야, 잠깐만 기다려 줘. 네가 혜미를 나한테 되돌려 줄 수는 없겠니? 어쨌든 나와 혜미는 원래부터 연인이었잖아? 혜미도 아직 미혼이고 나는 이혼했지만 아기도 없는 홀아비야. 총각과 다를 바가 없는 입장이라고. 사람들 중에서 내 결혼 사실을 아는 사람들은 거의 드물어. 제발 내 부탁을 좀 들어주면 안 되겠니?"

내가 차가운 공기를 들이마시고는 성국에게 말한다.

"성국아, 나도 말 좀 하자. 혜미가 단순한 물건이니? 미래에 함께 가정을 이루겠다는 것은 셋이서 약속한 일이야. 사람이 동물과 다른 점은 약속을 소중히 한다는 점이라고 생각해. 한 마디로 나는 네 제안을 거절하겠어. 도저히 용납할 수 없는 일이라고 생각하기 때문이야."

내 말에 성국이 활활 달아오르는 기세로 내게 말한다.

"너를 만나서 직접 얘기하고 싶어. 내가 방학 중에 부업을 많이 했기에 항공료 정도는 충분해. 또한 집에서 정기적으로 송금받은 금액도 충분하고 말이야. 내가 8월 1일에 시간이 나거든. 8월 1일에 내가 너를 찾아갈게. 그 날 네가 머물 장소를 알려 줘."

내가 성국을 향해 차분한 목소리로 들려준다.

"좋아. 네 부탁과는 무관하게 우리는 친구이잖아? 8월 1일에는 내가 사모아의 H호텔에서 머물 예정이야. 그 날 저녁 7시경에 호텔에서 만나기로 하자고."

성국의 말이 곧바로 이어진다.

"알았어. 혜미한테도 사모아로 나와 달라고 부탁할게. 셋이 만나서 일을 결정하기를 원해."

그런 말을 남기더니 내가 응답하기도 전에 성국이 전화를 끊는다.

선교로 돌아가려던 내 마음에 슬쩍 시린 그늘이 드리워지려는 느낌이다. 내가 잠시 마음을 가다듬느라고 수평선을 바라보고 있을 때다. 이번에도 주머니에서 휴대전화가 격렬하게 떨어댄다. 예감으로 혜미한테서 전화가 걸려 왔겠거니 여긴다. 그래서 휴대전화를 귀에 갖다 대니 현지의 목소리가 밀려든다.

"춘호 씨, 나야. 오늘 혜미가 사모아행 항공권을 예매했어. 혜미와 내가 함께 위령제 전 날에 사모아에 도착하기로 했어. 혜미가 너를 많이 보고 싶다고 했어. 나도 마찬가지야. 그런데 혜미의 옛 애인이었던 사람이 아내하고 갈라섰다고 했어. 그 사람이 혜미와 재결합하겠다고 전화질을 해대는 모양이야. 계속 통화해도 괜찮겠니?"

현지의 말에 정신이 번쩍 드는 기분이다. 혜미가 나한테 전화하지도 않고 항공권부터 먼저 예매했다는 게 찜찜하다. 하지만 잠시 일었던 쓸쓸함을 감추고 현지의 말에 응답한다.

"그래, 괜찮아. 지금 충분히 통화할 수 있어. 네 목소리 듣게 되어 너무 기뻐."

이윽고 현지의 얘기가 계속 귓전으로 흘러든다. 현지와 혜미는 마음이 통하는 벗이기에 둘이 진정한 대화를 나누었다. 현지가 혜미한테 물어봤다고 한다. 성국과 재결합하는 게 정해진 연분은 아니겠는지를 물었다. 그랬더니 혜미가 펄쩍 뛰면서 현지의 말을 제지시켰다. 그러면서 현지한테 말하더라는 거였다. 연인한테 배신당한 아픔이 얼마나 피눈물 나는 일인지 모르리라고 말했다. 한 번 배신한 사람은 언제 다시 배신할지 모르리라고 했다. 신뢰는 사람의 마음을 묶는 거울이라 했다. 신뢰의 거울이 깨지면 이미 인간으로서의 교분은 끝난 거라고 했다.

현지가 재차 진지한 마음으로 혜미에게 물었다. 성국과 혜미와의 재결합이 정해진 연분일지도 모르지 않겠느냐고 물었다. 그랬더니 혜미가 현지에게 부탁하더라는 거였다. 절대로 현지가 혜미의 마음을 변화시키려고 애쓰지 말라고 했다. 만약 그렇게 한다면 성국이 현지한테 부탁한 것으로 여기겠다고 했다. 그러면서 현지와의 교분까지도 정리하겠다고까지 말했다.

혜미의 일관된 신뢰의 관점이 내 마음에 커다란 감동으로 밀려든다. 그리하여 왜 혜미가 성국의 문제로 나한테 전화하지 않았는지를 알아차린다. 이런 혜미가 나한테서는 신뢰를 잃지 않게 해 주고 싶어진다. 내가 혜미한테 신뢰를 잃지 않으려면 셋이 결합해야만 한다. 혜미와 현지와 나의 셋을 말함이다.

내가 성국과 현지의 전화를 받느라고 시간이 조금 지체되었을 때다. 이윽고 은성호는 그물의 뜸줄과 죔줄을 윈치로 팽팽하게 잡아당긴다. 브레일러에 내장되었던 직경 3미터짜리 원형 그물이 두릿그물 내로 드리워진다. 원형 그물이 옆으로 밀고 나가다가 머리를 세워 일어선다. 파워블록에 힘이 가해지면서 원형 그물이 위로 끌려 올라간다. 그물 속에는 수백 마리의 참치가 담겨 끌려 올라온다.

원형 그물이 끌려 올라와서는 부원들에 의해 어창으로 연결된다. 어창의 원형 뚜껑이 열리자 원형 그물 밑의 쬠줄이 풀린다. 그러자 수백 마리에 달하는 참치들이 어창으로 줄줄이 떨어져 내린다. 대기하던 부원들이 플라스틱 삽으로 얼음들을 어창에 푹푹 밀어 넣는다. 참치들의 신선도를 유지시키려는 작업의 일환이다.

시계를 들여다보니 이제는 내가 선교를 넘겨받아야 할 시각이다. 선장실로 들어가서 내가 선장에게 말한다.

"선장님, 이제부터는 제가 맡을 시각이군요. 예정된 어장과 항로를 알려 주시면 제가 작업을 맡겠습니다."

선장이 기다리고 있었다는 듯 나를 향해 말한다.

"그러면 키 방향을 유지한 채 20킬로미터만 더 달리라고. 거기에서 한 번만 더 작업하면 어창이 가득 찰 거야. 바다에서 참치를 수송선으로 옮기기는 성가신 일이잖아? 그래서 어창이 차면 곧바로 아피아로 돌아가자고. 거기에는 수송선이 대기할 테니까 거기에서 하역 작업을 하면 돼."

나는 선장으로부터 인수한 내용에 따라 배를 북서로 달리기로 한다. 배를 달리기 전에 갑판을 돌면서 최종 점검을 한다. 두릿그물의 그물과 사슬들은 잘 감겨 있는지? 윈치의 쬠줄과 뜸줄은 정상적으로 감겨 있는지? 캡스턴(capstan)은 제 자리에서 기능을 다하고 있는지? 스킵 보트와 스피드 보트들의 위치도 점검한다. 이윽고 점검이 끝난 뒤에 뱃고동을 크게 울린다.

부우우웅! 부우우웅!

그러면서 선내 방송을 통하여 선원들에게 알린다.

"새로운 어장으로 이동! 선원들, 각자의 휴식 위치로!"

선박에서 규정된 당직 시간을 헤아려 본다. 선교의 당직은 밤낮 구분 없이 4시간씩으로 배정된다. 선장은 4시부터 8시까지이며 1항은 8시부터 12시까지이고 2항은 12시부터 4시까지이다. 다만 비상한 악천후일 때만 순번이 바뀐다. 선원 식당에서 저녁 식사까지 마친 터다. 밤 시간에 작업을 끝내고는 자정 무렵에 2항에게 인계하면 된다. 선교의 통유리 바깥을 내다보니 선원들이라고는 그림자조차도 비치지 않는다. 낮 동안 그리도 파드득거리던 갈매기 떼들이 전혀 보이지 않는다. 밤과 낮의 경계가 무서울 정도로 엄정한 것에 놀라울 따름이다.

배를 달리면서도 하와이(Hawaii) 호놀룰루(Honolulu) 관측소가 보낸 기상도를 들여다본다. 해상에 저기압이 조금씩 발생하고 있음이 드러난다. 저기압 골이 깊어지면 밤에는 비가 내릴지도 모른다. 더운 낮의 기온으로 밤에 비가 내리면 시원해지리라 여겨진다.

선교의 통유리 바깥을 내다보며 상념의 너울에 휩쓸려든다. 선장이 강조한 내용에 마음이 실린다.

"생존자인 항해사의 마음이 얼마나 공포에 시달렸겠어? 조선족 6명이 언젠가는 그마저도 죽이리라는 것을 파악했을 것이기 때문이야. 새벽 4시에 집단 구타를 당해 부식 창고에 갇혔잖아? 구타당한 지 4시간 반이 경과되어서야 겨우 석방되었잖아? 석방은 석방이되 언젠가는 살해당하리라는 위기 상황에 놓였던 그였어. 어떻겠어? 이런 상태에 놓여 있는 사람의 마음 말이야. 말로만 살았을 따름이지 실제로는 시신과 동일한 입장이었잖아?"

선장의 말대로 생존자인 항해사는 시종 죽음을 예감했을 터였다. 게다가 조선족 6명이 인도네시아인 6명을 죽이려고 벼르지 않았던가? 그런 상황을 항해사가 가까스로 말렸으니 조선족은 항해사에게 악감을 품었으리라. 8월 2일부터 페스카마호는 일본을 향해 이동했다.

8월 2일부터 선교를 맡은 항해사는 배를 몰면서도 수시로 생각했다. 어떻게 하면 살해의 위기에서 벗어나게 될지를 궁리했다. 하지만 뚜렷한 해결 방안이 떠오르지 않았다. 그래서 마음만 바빴을 따름이지 구체적인 대책을 세우지 못했다. 그러다가 인도네시아인들에게 생각이 미쳤다. 인도네시아인들은 부산을 자주 들락날락하는 사람들이었다. 그러다 보니 한국어에도 다들 귀가 뚫린 상태였다. 항해사는 의식만 돌아오면 죽음의 공포에 직면했다.

항해사가 지원 세력으로 교섭할 대상은 인도네시아인들이었다. 이들을 포섭하여 조선족을 상대해야만 승산이 있다고 여겼다. 하지만 머릿속으로 구상하기만 바빴을 따름이고 실제로 행한 바가 없었다. 배를 모는 이외에는 행동의 자유조차 박탈된 상태였다. 언제 조선족의 마음이 변하여 칼을 들고 달려들지 모르는 상황이었다. 마음 같아서는 항해사도 칼을 휴대하고 싶었다. 그렇게 생각하다가도 섬뜩 놀라 고개를 내젓고는 했다. 조선족 사내들이 번갈아가며 항해사를 은밀히 감시하리라 여겨졌다.

칼을 휴대한 장면이 조선족에게 발각되면 곧바로 공격당하리라 생각되었다. 칼을 쥐는 것이 마음속으로는 너무도 간절했지만 쥐어서는 안 되었다. 그랬기에 머리가 빠개질 듯한 통증에 때때로 시달리곤 했다.

'오, 대자연의 신령님이시여! 재주가 빈약한 저한테 영감을 내려주십시오. 어떻게 하면 조선족 사내 6명을 제거할 수가 있겠는지요? 제발 그 방법만 알려주시면 살아서 평생 대자연에게 배례(拜禮)하면서 살겠습니다.'

하지만 아무리 궁리해도 항해사에게는 기발한 영감이 떠오르지 않았다. 8월 20일에는 조선족 사내들이 배의 나무를 모아 뗏목을 만들었다. 유사시에 대비하여 구상을 한 모양이었다.

8월 22일에는 배가 일본 남쪽의 도리시마 부근에 들어섰다. 도리시마(鳥島)는 일본 도쿄에서 남쪽 해상으로 550킬로미터 떨어진 섬이다. 도리시마 옆을 통과할 때 배가 기울어지기 시작했다. 항해사가 조선족 사내들에게 설명했다. 갑판 아래 어창(魚艙)의 물건들을 바로 세워야 한다고 일러주었다. 그 물건들 때문에 배의 균형이 안 맞다고 들려준다. 배의 균형을 맞추려면 어창의 물건들을 바로 세우라고 말했다. 이 말에 조선족 사내들이 어창으로 내려갔다.

어창과 위쪽 갑판은 둥근 출입구로 연결되어 있었다. 어창 출입구에는 작은 사다리가 매달려 있었다. 이 사다리를 통하여 사람들이 드나들 수 있었다.

19. 극대의 풍어

이전의 어장에서 20킬로미터 북서쪽으로 배가 허허로운 구름처럼 경쾌하게 내달린다. 선장이 제시한 좋은 어장이라 여겨지는 곳이다. 경험이 풍부한 선장의 말은 해양의 경전이라 여겨질 정도다. 그가 제시한 방책들에서 실수라고는 모기의 눈알 크기만큼도 발견되지 않는다. 선박등을 비롯하여 현창에 달린 전등마다 불을 켠다. 바다가 먹구름 속에서 얼굴을 내미는 달빛처럼 훤해진다. 바다에 불빛이 밀려들자 물고기들이 몰려든다. 밤중임에도 백파가 소나기 줄기처럼 바다의 곳곳에 형성된다. 그러자 낡은 토담이 무너지듯 맹렬한 위세로 참치들이 몰려든다.

한동안 바다의 장관을 굽어보며 판단을 내린다. 두릿그물을 투입시킬 시점이 되었음이 저절로 느껴진다. 선장에게서 익힌 학습대로 선내 방송을 실시한다.

"선원들은 전원 투망 위치로! 선원들은 전원 투망 위치로!"

내 말에 갑판장이 복창을 하고 부원들이 복창한다. 이윽고 차근차근히 방송으로 통제한다.

"스킵 보트 대기! 스킵 보트 대기!"

투망할 때마다 반복하는 용어라서 다들 친숙한 모양이다. 스킵 보트에는 헌철과 웅환이 올라타 있다. 스피드 보트 두 척도 수면으로 미끄러져 내린다. 스피드 보트 두 척은 인도네시아인인 산드라(Sandra)와 자밀라(Jameela)가 각각 몬다. 투망 준비가 되자 윈치가 작동되면서 두릿그물이 물속으로 잠겨들기 시작한다. 커다란 구렁이들이 물속으로 빨려들 듯 그물은 잘도 풀려 나간다.

선장이 휴식 중인 상태에서 투망을 하니 가슴이 벌렁거린다. 숱하게 치른 일임에도 괜히 가슴이 두려워지고 조심스러워진다. 20분에 걸쳐서 은성호가 2.5킬로미터 길이의 두릿그물을 원형으로 수면에 펼친다. 그러자 뜸에 의해 원형의 윤곽선이 선명하게 보인다. 파워블록을 통과하는 뜸줄과 캡스턴(capstan)을 통과하는 죔줄이 감겨 올라오기 시작한다. '통통' 소리를 내며 올라오는 뜸이 파워블록을 통과하면서 가지런히 배열된다. 18명의 부원들이 갑판에 늘어서서 올라오는 그물들을 털어서 정렬하기에 분주하다.

윈치가 작동된 지 대략 40분이 지났을 때다. 점차 수축되는 두릿그물 안의 참치들의 파동이 이만저만이 아니다. 아무래도 어창의 저장 공간을 넘어설 듯한 위기감마저 느껴진다. 어창의 저장 공간을 넘기면 작업은 곧바로 종료해야 한다. 잡힌 참치들의 신선도는 어창의 냉동 상태에 달려 있다. 그럼에도 어창이 냉동 기능을 못할 지경이면 참치는 썩게 된다. 극히 드물지만 이런 경우는 거의 없기에 그나마 정신적인 위안으로 삼는다.

갑판장이 브레일러(brailer) 기둥에 묶여 있던 원형 그물을 두릿그물로 보낸다. 수평으로 밀고 갔다가 수직으로 곤두세우는 작업이 진행된다. 얼핏 보기에도 실로 어마어마한 어획량이다. 양망 작업이 끝나는 대로 사모아로 향할 작정이다. 아피아 항구에 내려서서는 위령제를 지낼 구체적인 절차를 생각하기로 한다.

원형 그물의 밑바닥 죔줄이 풀리면서 숱한 참치들이 어창에 채워진다. 원형 그물은 커다란 두릿그물 내의 참치를 건져 올리는 그물이다. 내가 어창으로 내려가서 참치들의 수량을 확인한다. 인도네시아인과 한국인 부원들이 저장 용기(容器)에 얼음을 채우는 중이다. 수확량이 대단하여 철제 용기마다 참치들이 넘칠 지경으로 쌓인 상태다. 지난달 어획량의 2배를 넘어서는 기록에 해당한다.

위령제 행사를 어선에서 추진해도 회사의 손해가 생기지 않으리라 확신된다. 회사의 임원진은 소득의 관점을 초월하여 승인을 해준 상태다. 금전에만 아등바등 매달리는 기업이 아님을 대외적으로 과시하는 듯한 위용(威容)이다.

반시간이 지나 작업이 마무리되면 은성호는 아피아 항구로 달릴 예정이다. 고기잡이에서는 기상 현상이 엄청나게 중요한데 날씨의 덕을 많이 봤다. 나뿐 아니라 선원들이 다들 그렇게 여기고 있다.

선교 내의 폐쇄회로 텔레비전의 화면으로 선미의 작업 광경이 밀려든다. 점차 원형 그물의 들락거리는 속도가 빨라진다. 작업의 완료 시점이 점차 다가든다는 정경을 보여준다. 18명의 부원들이 열심히 작업에 참여하고 있다. 어떤 부원도 요령이나 게으름을 피우는 기색이 보이지 않는다. 그들도 동료들로부터의 평가에 민감한 사람들임을 잘 안다. 당당한 대우를 받으려면 자신의 처신도 떳떳해야 함을 아는 사람들이다.

　문득 성국의 정황이 답답하게 머릿속으로 밀려든다. 캘리포니아의 버클리대학교에 민정과 같이 유학을 떠나서 민정과 헤어지다니? 그것도 부부였다가 이혼하게 되었다니? 상식적으로는 도저히 이해하기 힘든 현상이라 여겨진다. 어디 결혼이나 이혼이 장난인가? 가족의 일생이 걸린 중요한 행사가 아닌가? 예전의 결혼도 양가의 부모를 무시하고 산사에서 진행했다지 않은가? 게다가 친구인 나한테도 결혼한다고 연락하지도 않았다. 무엇에 눈이 멀면 주변이 안 보이는 모양이라 여겨질 판이다.
　부부가 되어 미국으로 유학을 갔으면 둘이서 헤쳐 나가야 했으리라. 그랬는데도 미국인 사내한테 마음이 홀려서 민정이 가정을 포기하다니? 얼마나 미국 청년이 매력적이었으면 성국과 이혼을 했을까? 생각할수록 정상적으로는 도저히 납득되지 않는 일이다. 보다 객관적으로 판단하려면 둘의 얘기를 다 들어봐야 하리라 생각된다. 남편이 있음에도 외간 남자한테 신혼의 아내가 눈을 돌리다니? 분명히 성국과 민정 간의 내면적 대립이 생겼음을 의미한다. 부부 사이의 틈이 생기지 않고서는 신부의 마음이 흐트러지지 않았으리라.
　이미 이혼하여 남이 된 민정과 성국이 아닌가? 둘 다 내가 아는 친구였기에 내 마음도 안타깝다. 그런데 내겐 성국과 민정 둘 다 문제의 인물이라 여겨진다. 민정은 혜미로부터 일방적으로 성국을 가로채지 않았던가? 이런 민정의 태도라면 미국 청년과 달라붙은 민정이 이해될 지경이다. 그녀의 몸에 넘쳐 나는 뜨거운 피가 혹여 문제는 아니었을까? 바람기라는 것에 주체를 못하는 사람들이 더러 있기는 하다. 혹여 민정도 그런 부류의 여자인지도 모르지 않는가?

민정에 대한 해석이 이렇게 흘러들자 내가 고개를 흔들며 중얼댄다.

'보거나 확인하지 않은 사실로 상대를 미리 예측하지는 말자. 그간 내 눈에 비친 민정은 나름대로 일관성을 지니고 있었잖아? 그녀가 성국을 가로챘다가 공처럼 걷어찬 데에는 원인이 있으리라 생각해. 다음에 혹시라도 그녀를 만나게 되면 직접 물어봐야지.'

문득 머릿속으로 어떤 영감이 떠오른다. 성국이 사모아로 올 때엔 민정과 함께 오라고 제안하고 싶어진다. 그렇게 되면 그들의 일이 객관적으로 파악되리라 여겨진다. 그러면 성국과 혜미와 나 사이의 일도 원만히 해결되리라 예견된다. 생각난 김에 휴대전화로 성국에게 전화를 건다. 성국이 금세 전화를 받는다. 내가 그를 향해 말한다.

"사모아로 오겠다고 했지? 그러면 8월 1일 저녁에 아피아 항구로 와. 네가 혜미 문제를 해결하려면 민정도 데리고 오는 게 좋겠어. 그래야 상황이 객관적으로 파악되어 해결이 원활해지리라 믿어. 네 생각은 어때?"

성국이 내 말에 반가움을 나타내며 말한다.

"그렇지 않아도 내가 민정에게 사모아로 함께 가자고 부탁했어. 그랬더니 그녀가 애인인 템퍼슨(Temperson)과 함께 가겠다고 허락했어. 아마도 템퍼슨의 집이 부유한 모양이야. 그런데 사모아로 혜미도 오겠다고 했니? 사모아에서 혜미도 함께 만나야 일이 풀릴 텐데."

내가 성국에게 말한다.

"혜미와 그녀의 친구인 현지는 현재 내 애인이야. 내 애인 둘도 8월 1일 저녁에 사모아로 올 거야. 위령제 행사에 참여하려고 오겠다는 거였어. 하여간 그 날 서로 만날 수 있겠네."

내 말이 끝나자 성국이 매우 즐거운 음색으로 전화를 끊는다.

문득 나에게 과제 하나가 남겨진 느낌이다. 성국과 민정과 혜미와 내가 만나야 해결될 일이 있다. 혜미가 헤쳐 나갈 노선의 결정이다. 혜미의 속마음이 어떤 것인지를 정확히 모르지 않는가? 겉으로는 성국과 재결합하지 않겠다고 펄펄 뛰지 않는가? 성국이 민정에 의한 일방적인 피해자로 밝혀지면 상황이 달라지리라 예측된다. 색정을 못 견뎌 민정이 성국을 취했다가 걷어차 버렸다면? 생각이 여기에 미치자 내 머리가 아파지려고 한다.

내게 부각된 혜미는 다정다감하면서도 지적 매력을 지닌 여인이다. 혜미가 나와 일생을 살겠다고 말하지 않았는가? 혜미의 말은 그녀와 나와는 연인임을 뜻한다. 내 연인인 혜미를 성국에게 양보해서는 안 된다는 생각이 든다. 세상의 그 누구한테도 애인을 넘겨주어서는 안 될 일이다. 성국이 민정에게 일방적으로 이용당했을지라도 성국 본인이 선택한 길이었잖은가? 엄연히 성국이 혜미를 걷어차고는 민정을 선택한 거였다. 성국이 행한 행동에 마땅히 책임을 져야 하리라 생각된다.

생각이 여기에 미치자 확실함을 보장받기 위해 혜미에게 전화를 건다. 신호음이 두 번째로 전해지자 혜미가 곧바로 전화를 받는다.

"자기야, 안녕? 잘 지내고 있니? 지금 시간에는 통화할 여유가 있는 모양이구나."

내가 그녀의 말에 곧바로 응답한다.

"참, 확인할 게 있어. 너와 현지가 8월 1일 저녁에 아피아로 오는 것 맞지? 예전에 네가 말했던 것을 확인하는 중이야."

혜미가 반가운 음색으로 응답한다.

"그럼, 당연하지. 사모아로 가겠다는 말도 예전에 내가 먼저 했잖아? 현지는 나랑 입장이 같으니까 당연히 같이 가기로 했어. 사모아로 가서 너도 만나고 위령제에도 참석하고 싶어."

내가 알았다고 말하고는 잠시 생각에 잠긴다.

'그 날 성국과 민정도 사모아에 온다는 얘기를 해야 할까? 그래야 혜미가 충분히 대비를 할 것이잖아? 아무래도 진솔하게 들려주는 게 낫겠지?'

생각이 여기에 미치자 내가 혜미에게 덧붙여 말한다.

"혜미야, 그 날 성국과 민정도 함께 사모아에 오기로 했어. 성국이 너를 만나 할 얘기가 있다는데 괜찮겠니?"

내 말이 떨어지자마자 혜미가 곧바로 응답한다.

"잘 됐네. 직접 만나서 일을 마무리 짓는 게 확실할 것 같아. 그럼 그렇게 알고 있을게. 그만 끊을게, 안녕!"

혜미의 참석 상황도 전화로 확인되었다. 내친 김에 주변의 참석 상황을 점검할 작정이다. 내가 큰어머니한테 전화를 건다. 그랬더니 큰어머니의 대답이 또렷이 들린다. 이미 항공권 예매를 마쳤다고. 8월 1일 저녁에 정하와 함께 오겠다고 들려준다.

통화를 마치고는 내가 갑판으로 내려가서 현장을 둘러본다. 갑판의 작업이 완료되어 바닷물로 갑판을 씻어내는 중이다. 그 작업마저도 금세 끝이 난다. 이제 정말 모든 작업이 완료되었다. 내가 어창에 들러 최종 점검을 하기로 한다. 그런 뒤에 배를 아피아 항구로 몰고 갈 예정이다. 회사에 전화를 걸어 운반선이 아피아 항구로 언제 도착하느냐고 확인한다. 그랬더니 30시간이 지나면 도착해 있으리라 들려준다. 은성호가 아피아 항구에 닿을 시간을 예측해 본다. 거의 40시간이 걸리리라 예견된다.

어창에 들렀더니 용기가 모자라 갑판에 있던 물통까지 동원되어 있다. 근래에 보기 드문 대단한 풍어 실적이다. 이번 달의 어획량은 지난 달 어획량의 2배는 되리라 추정된다. 나는 어창의 출입문을 닫고는 갑판을 거쳐 선교로 올라간다. 배의 밑바닥에는 어창과 기관실이 배치되어 있다. 기관실 내에는 연료 탱크가 들어 있다. 연료 탱크 곁에는 식수 탱크가 자리 잡고 있다. 갑판이 있는 층에는 부식 창고와 식당과 부원 선실이 있다. 부원은 사관 선원에 대비되는 하급 선원을 일컫는 용어다. 배의 최상층에는 선교와 사관 선실이 있다.

선교(船橋)는 각종 전자기기와 통신 장비가 들어 있는 배의 통제실이다. 선장이 배의 이동과 화물(貨物)의 선적을 지휘하는 곳이기도 하다. 선교에는 선장을 비롯한 항해사가 들락거린다. 최상층 선수 부근의 갑판을 선수 상갑판이라 부른다. 거기에는 닻을 감아 올리는 양묘기와 계류선을 감는 윈치가 있다. 선미의 최상층인 선미

상갑판에는 각종 어구(漁具)들이 갖춰져 있다. 뜸줄 및 죔줄 윈치와 양망기와 캡스턴이 놓여 있다. 마스트 주변 공간에는 기중기를 닮은 파워블록이 우뚝 치솟아 있다.

이윽고 내가 선교에 들어선 뒤다. 선내 방송을 통해 알린다.

"귀항 준비 완료! 귀항 준비 완료!"

부우우웅! 부부우웅!

뱃고동을 확실하게 울린 뒤에 배를 출발시킨다.

"침로 남동 45도로 변경! 침로 남동 45도로 변경!"

내 말에 조타수가 복창하며 키를 남동쪽으로 서서히 전환한다. 전환 속도가 빠르면 배가 기울어질 가능성이 커진다. 시간을 두고 서서히 방향을 바꾸어야 한다. 이를 두고 침로(針路) 변경이라 일컫는다.

마침내 침로가 아피아 항구 방향으로 맞춰졌다. 이제 배는 40여 시간을 줄곧 달리기만 하면 되는 상황이다. 나는 마음속으로 대자연에게 경배를 한다. 나는 거대한 대자연에게 수시로 고마워하는 마음을 갖는다. 인간의 출생도 대자연을 통하여 300만 년 전에 이루어졌다. 지구에 인간들을 배출시킨 것이 대자연이지 않은가? 실로 대자연만큼 위대한 존재는 없으리라 생각된다.

배는 구름 속을 미끄러지는 바람결처럼 평온한 상태로 바다를 달린다. 가슴이 벅차오를 지경이다. 시계를 들여다본다. 자정이 가까운 시점이다. 잠시 후면 2항사인 덕평이 나타날 것이다. 2항사의 당직 시간이 12시부터 4시까지의 4시간인 탓이다. 덕평이 나타나면 업무를 인계하고 나는 선실로 가면 된다. 사관 선실은 선교 뒤

쪽 공간에 배치되어 있다. 선교와 사관 선실은 철판 벽으로 차단
되어 있다.

이윽고 선교의 출입문이 열리면서 덕평이 나타난다.

"안녕하세요? 수고 많으셨습니다. 업무 인수하러 왔습니다."

덕평에게 작업 상황을 설명하고 항해 일지를 넘겨주며 업무를
인계한다. 그러고는 곧바로 선교 뒤쪽의 사관 선실로 발걸음을 옮
긴다.

선장실 맞은편의 내 선실에 들어선 뒤다. 욕실에서 샤워를 끝내
고는 잠옷으로 침상에 드러눕는다. 하루의 시간이 너무 길게 느껴
진다. 배도 많이 몰았고 어로 작업도 많이 했다. 게다가 전화 통화
도 많이 했다.

눈을 감아도 사람들의 얼굴이 연달아 밀려든다. 혜미를 만나게
해 달라고 부탁하던 성국의 모습이 떠오른다. 혜미를 만난 뒤에는
자신한테로 혜미를 넘겨 달라고 졸라댈 친구다. 직접 만나서 일을
마무리 짓겠다던 혜미의 얼굴도 밀려든다. 우아하고 단아한 자태
로 나를 매혹시키는 현지의 얼굴도 떠오른다. 정하랑 사모아로 오
겠다고 말하던 큰어머니의 얼굴도 떠오른다. 사람들의 그리운 모습
을 떠올리다가 이내 의식이 허물어짐을 느낀다. 하루의 일과가 너
무 힘들었던 모양이다.

눈을 뜨니 새벽 다섯 시 무렵이다. 배는 통통거리며 바다를 잘 달
리고 있다. 시간상으로 선장이 선교를 맡았으리라 여겨진다. 침대에
서 일어나자마자 세수를 하고는 근무복으로 갈아입는다. 선실을 나

가기에 앞서서 잠시 생각에 잠긴다.

'예전에 윤혜도 종태랑 사모아에 온다고 하지 않았던가?'

윤혜를 떠올릴 때 마침 휴대전화가 떨어댄다. 귀에 갖다 대니 종태의 목소리가 흘러든다.

"안녕하세요? 종태예요. 윤혜 씨랑 8월 1일 저녁에 사모아에 도착할 겁니다. 그때 만나서 즐겁게 얘기를 나누기를 바랍니다."

내가 흔쾌히 응답한다.

"윤혜와 종태 씨가 연인이 되어 참 좋아 보이군요. 그래요, 그 날 만나서 얘기를 나눕시다."

통화를 끝내고는 생각에 잠긴다.

'8월 1일 저녁에 내가 만나야 할 사람이 몇 사람인가? 큰어머니, 정하, 윤혜, 종태, 성국, 현지와 혜미까지 7명이군. 7명에게 어떻게 시간을 할애해야 다들 만족하게 여길까?'

아직 시간이 많이 남았으니 천천히 생각하자면서 침상에서 일어서려는 순간이다. 문득 주머니의 휴대전화가 떨어댄다. 귀에 갖다 대니 영국 처녀인 플랭킨의 목소리가 흘러든다.

"안녕하세요? 플랭킨이에요. 그간 잘 지내셨어요? 예전에 화상 채팅 방식으로 통화했잖아요? 이제는 직접 만나고 싶군요. 첫인상이 마음에 들어서 그냥 대화를 나누고 싶어요. 언제쯤이나 사모아에 도착하세요? 곧 사모아에 은성호가 귀항할 거란 소식을 항구의 친구로부터 들었어요. 그때가 언제쯤인지 말해 줄 수 있으시죠?"

그녀의 말을 듣자마자 도착 시간을 헤아려 본다. 이튿날 오후 2시 무렵이 되리라 예상된다. 그러자 그녀에게로 말한다.

"내일 오후 2시 무렵에 배가 아피아 항구에 도착할 겁니다. 참치를 운반선으로 넘겨주는 데 시간이 걸리거든요. 넉넉잡고 오후 3시 무렵이면 충분히 만나리라 여겨져요. 그런데 첫 만남인데 저를 알아보시겠어요?"

내가 웃으며 응답한다.

"이미 화상 채팅으로 서로의 얼굴을 확인했잖아요? 저는 충분히 그대를 알아볼 수 있으니까 걱정 말고 나오세요."

통화가 끊기려니 했는데 플랭킨이 말을 덧붙인다.

"아직 미혼이라 들었거든요. 확실하죠? 저도 미혼인 처녀의 몸이에요."

뭔가 느낌이 좀 이상했지만 밝은 음색으로 응답한다.

"미혼이기 하지만 연인은 있어요. 혹시 플랭킨 씨도 처녀이지만 애인은 있지 않나요?"

그랬더니 플랭킨이 웃음을 터뜨리더니 다음에 만나서 이야기하자며 전화를 끊는다.

마침내 통화도 끝난 뒤라 선실 밖으로 나간다. 선교에 들어서니 선장이 환한 미소를 머금으며 말한다.

"잘 잤어? 오늘 하루를 달리고도 내일 14시간을 달려야 사모아에 도착하겠어."

선장의 말에 나도 환히 웃으며 응답한다.

"선장님 덕분에 안전하게 여기까지 왔군요. 날씨마저 화창하여 눈부실 지경입니다."

내가 선교에서 선장과 통유리 밖의 바다를 바라볼 때다. 선장이 내게 플랭킨의 얘기를 들려준다. 플랭킨이 나를 만나도록 선장이 허가해 달라고 부탁하더라는 얘기를 전한다. 내가 언제 전화가 왔더냐고 선장에게 묻는다. 선장이 조금 전에 걸려 왔었다고 말한다. 시간을 따져 보니 나랑 통화한 직후라 여겨진다. 젊은 남녀라서 만나고 싶은 심정은 이해할 만하다. 하지만 상사에게 전화를 해서까지 부탁할 정도의 친분은 아닌 터다. 아직 만난 적도 없는데 상사에게까지 전화할 정도라면 고개가 갸우뚱거려진다.

선장이 내게 입을 열어 말한다.
"김항에게는 애인이 둘씩이나 있다고 했지? 나한테는 아직 한 명도 연인이 없거든. 그런데 내 마음에는 플랭킨이 딱 들어. 그랬는데 그녀의 관심이 김항에게로 쏠리는 것 같아서 좀 불안해. 혹시 나보다 김항이 마음에 든다고 구애할 수도 있잖아? 왠지 그런 느낌이 강하게 들어서 마음이 씁쓸해."
나는 어이가 없는 세상의 기류에 맥이 탁 풀리는 듯하다.

20. 생존한 항해사

갈증 난 사슴이 물을 마시듯 아침 식사를 끝낸 뒤다. 8시부터 내가 선교를 관리한다. 키의 방향을 남동으로 유지한 채 순풍이 지나듯 내달린다. 선장이 내게 인사를 하고는 선교에서 선장실로 향한다. 나는 양달의 햇살처럼 포근한 마음으로 통유리 바깥의 수평선을 바라본다. 갈매기들의 숫자가 밤이 되면서부터 풀잎에 드리워지는 이슬처럼 늘어나는 추세다.

이때 선장과 대담하던 장면이 머릿속에 떠오른다. 페스카마호의 생존자인 항해사의 심리에 초점이 맞춰진다.

'만약 내가 당시의 생존자였던 항해사라면? 당시의 내 마음은 어땠을까?'

생각이 여기에 미칠 때다. 선장의 의견을 반영하여 당시 항해사의 상황을 분석하기로 한다. 항해사를 제외하고는 배에 12명의 선원이 탄 상태였다. 절반은 조선족이고 절반은 인도네시아인들이었다. 인도네시아인들이나 조선족은 한국어를 다 알아듣는 사람들이었다. 조선족의 눈에 띄지 않게 인도네시아인들에게 접근을 해야만 했다. 하지만 6명의 조선족이 언제나 항해사의 곁을 감시하고 있었다. 만약 조금이라도 항해사의 의중이 드러나면 곧바로 살해되리라 여겼다. 이런 상황에서 어떻게 인도네시아인들에게 접근이 가능하겠는가?

심지어 화장실에서 용변을 볼 때에도 바깥에는 누군가가 서성대는 느낌이었다. 제일 최악의 상태는 밤에 잠을 자기도 쉽지 않다는 점이었다. 혹시 잠자다가 칼에 찔릴 수도 있는 문제였다. 2항사의 자격증을 지닌 전재천의 존재가 항해사에게는 위협적이었다. 전재천이 배를 몰겠다고 나서는 순간에 항해사는 살해되리라 여겨졌다. 그랬기에 자다가도 피살당할 확률이 크다고 생각하니 잠들기가 무서워졌다. 조선족 사내들이 사관 선실에 들어와 잠을 자는 처지였다. 예전처럼 사관 선실의 자유 같은 것이 송두리째 사라졌다.

눈만 뜨면 적의를 품은 눈빛으로 그들은 항해사를 노려보았다. 두어 명은 번갈아 가며 꼭 주먹으로 배를 쥐어박았다. 맞장을 떠서 당장에 삶을 끝내고 싶을 때가 많았다. 하지만 도무지 인도네시아인들에게 접근할 수가 없었다. 인도네시아인들도 조선족 사내들을 은밀히 견제하고 있었다. 유사시엔 일제히 칼부림을 하겠다는 의사를 노골적으로 드러내기도 했다. 인도네시아인들은 하급 선실에 머물렀다. 그들은 거기에서 자신들끼리 모여 앉아 인도네시아어로 떠들곤 했다. 그러면서도 눈길은 항상 조선족 사내들을 쫓고 있었다.

문제는 양쪽의 인원수가 동일하다는 점이었다. 어느 쪽이 먼저 선뜻 칼부림을 하기가 애매했다. 같은 숫자이기에 결국은 다 죽는 길만 남았을 따름이다. 인도네시아인들이 뭐라고 쑤군거리는 기색만 보여도 조선족은 민감하게 서성거렸다.

나는 현재의 회사에 입사하기 전에 페스카마호의 사건이 궁금했다. 그래서 법원과 검찰청과 기록 보관소를 뛰어다니며 판결 자료를 수집했다. 그래서 누구보다도 정확하게 페스카마 15호의 진상을 파악했다. 괜히 떠도는 소문들에는 한계가 있었다. 그만큼 무성의한 내용물이 의외로 많이 떠돌아서 놀라웠다. 연도나 날짜에 이르기까지 일관성을 지닌 자료가 드물었다. 하지만 법원이나 검찰청 기록들은 어느 것보다 정확한 자료였다. 철저하게 검증된 기록물에 의해 나는 당시의 정황을 유추하는 중이다.

조선족 사내들 6명과 인도네시아인들은 식사도 따로 만들어서 먹었다. 음식 문화의 차이가 아닌 상호의 불신 탓에 서로를 꺼렸다. 점차 이들은 물과 기름처럼 서로를 경계하며 지냈다. 항해사의 눈에 기름 탱크의 기름이 점차 소진됨이 드러났다. 그래서 위성 지도에서 마셜 군도를 찾았다. 그래서 조선족 사내들을 불러 계기판의 바늘을 가리키며 말했다.

"배에 기름이 거의 다 소진된 상태요. 여기서 제일 가까운 곳이 마셜 군도요. 마셜 군도에서 기름을 넣어야만 일본까지 항해가 가능해요. 마셜 군도로 가도 되죠?"

조선족 사내들은 6명이 둘러앉아 의견을 주고받았다. 그러다가 일단 기름은 넣어야 한다고 의견을 모았다. 이때 항해사는 생각에 잠겼다.

'마셜 항구에만 도착하면 바로 경찰에 신고를 해야겠어. 그렇지 않으면 내가 벗어날 길이 없어. 항구에 도착하기만 하면 제일 먼저 경찰을 불러야겠어.'

이윽고 커다란 페스카마호가 마셜 군도의 마주로(Majuro) 섬에 진입했다. 섬은 동서의 길이가 39킬로미터로 길쭉하고 남북으로는 10킬로미터 길이로 짤막했다. 섬의 동쪽 끝에 마주로 항구가 있었다. 항구의 위성 지도 좌표는 동경171도, 북위 7도였다. 주유를 하려고 항구에 내려서기 직전이었다. 조선족 사내 둘이 항해사에게 다가왔다. 그들의 품에서는 휴대한 칼의 모습이 은근히 드러났다. 둘 중의 한 사내가 낮은 소리로 항해사에게 말했다.

"너와 함께 우리 둘도 같이 내릴 거야. 도망한다거나 엉뚱한 짓을 꾸미면 현장에서 바로 죽여 버리겠어. 알아듣겠어? 개새끼야."

난동을 부린 이후부터 조선족은 항해사에게 낮춤말을 썼다. 예전에는 생각조차 할 수 없었던 일이었다. 그런데 상황이 달라지자 모든 게 엉망진창이 되었다. 잠깐 살려 주는 것만 해도 고맙게 여기라는 뜻이 깔렸다. 그러고는 말끝마다 '개새끼'라는 욕을 덧붙여 경멸감을 드러내었다. 조선족 사내들의 어투에서는 반드시 살해하겠다는 의도가 꿈틀대었다.

선박에 주유를 하고 배를 탈 때까지 기회를 잡지 못했다. 조선족 사내 둘이 항해사의 몸에 밀착하듯 달라붙어 있었기 때문이다. 배는 마주로 섬과 아르노(Arno) 섬 사이를 거쳐 북상했다. 배를 몰면서도 항해사는 참으로 미칠 지경이었다. 무조건 출입국 관리소로 달려가고 싶었던 충동이 컸다. 그랬다면 자신은 당장 두 사내들한 테 현장에서 살해되리라 여겨졌다. 사내 둘은 생명을 내걸고 항해 사를 감시하는 처지였기 때문이다. 세상에서 목숨을 내건 사람만 큼 두려운 존재는 없는 터였다.

마셜 군도를 지나 북상하는 항해사의 마음은 가히 발작할 지경 이었다. 기관총이 있었다면 그것으로 사내들을 마구 갈겼으리라 여 길 정도였다.

'상대를 죽이지 않으면 자신이 죽어야만 하는 신세. 세상에 이처 럼 분하고 억울한 경우가 어디에 있겠는가?'

항해사는 생각할수록 분노로 심장이 터질 지경이었다. 하지만 조 금이라도 내색을 하면 금세 칼에 찔릴 처지였다. 항해사는 눈만 뜨 면 천지신명에게 마음속으로 빌었다.

'오, 천지신명님이시여! 불쌍한 저로 하여금 이 난관을 벗어나게 해 주십시오. 제발 간절히 빕니다.'

여태껏 세상을 살면서 한 번이라도 천지신명께 빌어 보지를 못했 다. 그랬는데 위기가 닥치니 저절로 천지신명을 찾게 되었다. 마주 로에서 일본까지는 북서쪽으로 4,480킬로미터를 더 달려야 하는 상 태였다. 어마어마하게 먼 거리였다. 그 먼 거리를 쉬지 않고 달려야 만 하는 처지였다. 전재천이 2항사라는 소문만 떠돌았지 그가 배를 몰려고는 하지 않았다. 그랬기에 항해사의 생명이 유지된 터였다. 나중에 누가 끝까지 살아남겠는지 귀추가 주목되는 상황이었다.

조선족 사내들 중에서 항해사 일을 맡을 사람은 아무도 없었다. 전재천마저 배의 운전에 대해서는 전혀 모르는 척했다. 다만 그가

2항사라는 소문은 뻔질나게 나돌았다. 그가 정말 자격증을 지녔는지 확인할 길이 없었다.

결국 항해사와 교대 근무를 할 사람이 아무도 없었다. 결국 항해사는 24시간 선교를 벗어날 수 없는 상태였다. 선교에는 번갈아 가며 한 사내가 항해사 주변을 얼쩡거렸다. 혹시라도 수상한 기색이 보이면 당장 찌르겠다는 의도로 보여 비감스러웠다. 배는 키를 북서 방향에 맞춰 고정시킨 채 계속 달렸다. 아무도 교대해 주는 사람도 없이 배를 몰아야만 하는 항해사였다. 조선족 사내들과 인도네시아인들은 어떻게 지내는지 궁금했다.

언제 그들 사이에 일전이 벌어질지 모르는 상황이었다. 조선족과 인도네시아인들이 싸우면 덤으로 항해사도 살해될 확률이 컸다.

'세상에 무슨 일이 이렇게 꼬일 수가 있어? 어떻게 해서든 살아날 방법을 찾아야 하는데 길이 없잖아? 길이 없어.'

항해사에게는 어느새 인도네시아인들마저 믿지 못하게 되었다. 소리가 없는 고요. 죽음 같은 정밀이 몰고 올 폭풍이 어떤 것일지 궁금했다. 항해사의 머릿속에는 온갖 망상이 들끓었다. 심지어 식사 때마다 식당에 들러 식사를 하기는 했다. 조선족 사내들이 번갈아 가며 음식을 만든다고 애를 썼다. 어창에서 참치도 꺼내어서 국을 끓이기도 했다. 부식 창고에서 음식을 꺼내 지지고 볶아 대었다. 이들이 만든 음식은 조선족 사내들만 모여서 먹었다.

인도네시아인들은 그들끼리 부식 창고를 뒤져서 음식을 만들어 먹었다. 음식을 먹을 때도 인도네시아인들은 보초를 세웠다. 예전에 없던 행위였다. 조금이라도 조선족 사내들이 날뛰면 곧바로 응징하겠다는 태도였다. 대응하는 조선족 사내들끼리의 나누는 대화도 더욱 은밀해졌다.

인도네시아인들은 밤에 잘 때에도 보초를 세우기 시작했다. 칼을 든 자세가 언제든 곧바로 찌를 형세였다. 물과 기름처럼 조선족과 인도네시아인들은 점차 다가서려 하지도 않았다. 어느새 배에는 2개의 독립 왕국이 구축된 터였다. 먹느냐 먹히느냐? 죽이느냐 살해당하느냐? 참으로 볼 만한 대결 국면이 설정되었다.

이런 와중에서도 항해사에게 음식을 대어 주는 것은 조선족 사내들이었다. 일본으로 건너가야 살 길이 열리리라 믿는 조선족이었다. 일단 일본으로 건너갔다가 밀항하여 동남아시아로 건너갈 작정이었다. 동남아시아의 각처에서 원양 어선의 노무자로 다시 취업할 작정을 했다.

밤낮으로 쉴 새 없는 악몽에 시달리며 항해사는 배를 몰았다. 한동안 항해사가 식사할 때엔 닻을 내리고 엔진을 껐다. 그러다가 계속 달려야 한다면서 항해사를 선교에만 머물게 했다. 식사 때엔 식사를 만들어 선교에 갖다 주었다. 용변을 보는 시기마저도 망망대해를 달릴 때로 국한시켰다. 눈앞에 장애물이 보일 때엔 화장실에도 내보내지 않았다.

항해사는 사형수가 되어 조선족 사내들의 감시를 받는 형국이었다. 어떤 경우에서조차도 조선족 사내들의 감시로부터 벗어날 수가 없었다. 수면 부족 상태에서 항해사가 잠시 졸 때였다. 배가 무인도인 바위섬으로 점차 돌진하고 있었다. 조선족의 한 사내가 알아차리고는 항해사한테 달려들어 주먹질을 해대며 떠들었다.

"이 새끼가 사람들을 다 죽이겠네? 어디로 배를 몰아 이 새끼야?"

연신 주먹질을 해대는 바람에 두통으로 구토가 일 지경이었다. 얼굴이 벌겋게 얻어맞은 상태로 항해사가 얼른 키의 방향을 바꾼다. 그러자 배가 아슬아슬하게 바위섬을 피해 대양으로 빠져 나갔다. 그런 일이 생긴 이후부터는 부쩍 감시가 더 심해졌다. 수시로 항해사가 조는지 안 조는지를 살폈다. 참으로 세상에 태어나서 너무나 견뎌 내기 어려운 상황이었다. 어쩌다가 이런 국면에까지 이르렀는지 모를 지경이었다.

그러다가 세월이 좀 흐른 8월 22일경의 오후3시 무렵이었다. 위성 지도를 보니 일본 해역으로 들어선 거였다. 일본 남해안에서 남쪽으로 550킬로미터 떨어진 도리시마(鳥島) 섬에 배가 접근했다. 도리시마 섬까지는 4킬로미터쯤 떨어졌는데 배가 왼쪽으로 기울어지기 시작했다. 배가 기울어지면 결국은 침몰하게 되는 터였다. 배가 기울어지자 조선족 사내들이 몰려들었다. 그들이 항해사에게 원인이 뭐냐고 물었다.

바로 이때 항해사의 머릿속으로 영감이 섬광처럼 떠올랐다.

'오, 이것이야말로 내가 그토록 기다려 왔던 기회야. 이들을 사로잡을 중요한 기회가 생겼어.'

항해사가 조선족 사내들을 둘러보며 말했다.

"어창에 실린 화물이 한쪽으로 쏠렸기 때문입니다. 빨리 화물을 반대편으로 옮기지 않으면 배가 침몰해요. 어서 어창으로 들어가서 화물들의 위치를 옮겨야 해요. 빨리 동료들한테 연락해서 함께 움직여야 해요. 나는 인도네시아인들한테도 긴급 방송으로 전달하겠어요. 그러고는 여기서 배의 균형을 계속 지켜봐야 하니까 말입니다."

그러고는 선내 방송으로 항해사가 곧바로 말했다.

"긴급 사태 발생! 긴급 상태 발생! 모든 선원들은 어창으로 달려와 주세요. 지금 당장요."

조선족 사내들이 먼저 허겁지겁 어창으로 달려왔다. 어창은 갑판 하부로 연결된 대형 창고였다. 갑판과 어창을 연결하는 출입구는 수직 통로로 드리워져 있었다. 수직 통로의 상부는 원형의 철제 뚜껑으로 덮여 있었다. 출입구 상부의 원형 뚜껑을 밖에서 잠그면 어창에서는 올라오지 못했다. 아무리 강한 외력을 쓰더라도 밑에서는 뚜껑을 열지 못하는 구조였다. 열린 원형 뚜껑의 수직 사다리를 타고 부원들이 내려가기 시작했다. 이때 항해사는 갑판으로 나와 어창의 뚜껑 옆에 서 있었다.

조선족 사내들이 화물의 위치를 옮기겠다고 다섯 명이 먼저 내려갔다. 그들은 아래에서 인도네시아인들한테도 내려오라고 소리를 질러대었다. 인도네시아인들도 두 명이 아래로 내려갔다. 이때 항해사가 평소에 친하게 지내던 인도네시아인에게 나지막한 목소리로 말했다.

"지금 내려가서 인도네시아 동료 두 명을 빨리 불러 오세요. 조선족들이 눈치 채지 못하게 그냥 살짝 데리고 올라오세요. 당신들한테만 내가 특별히 줄 선물이 있어요."

그러자 인도네시아인 우무트라(Umutra)가 신속히 수직 사다리를 타고 어창으로 들어간다. 잠시 후에 인도네시아인 두 명을 데리고 올라온다. 아래쪽 어창에서는 조선족 사내들 5명이 고함을 질러댄다. 빨리 인도네시아인들도 내려와서 화물을 옮기도록 하라고 야단을 쳤다. 3명의 인도네시아인들이 갑판 위로 올라섰을 때였다. 항해사가 인도네시아인들에게 말했다.

"지금 빨리 출입구에 쇠뚜껑을 둘러씌우세요. 그러고는 빨리 잠그세요."

인도네시아인들이 항해사의 속내를 간파하고는 신속히 출입구의 쇠뚜껑에 자물쇠를 채웠다. 이때 조선족 사내 1명이 갑판으로 다가왔다. 항해사가 인도네시아인들에게 말했다.

"지금 저 사람을 잡아서 묶으세요. 저 사람들이 당신 나라 사람 3명을 죽였잖소?"

이 말이 끝나자마자 인도네시아인 3명이 조선족에게로 달려들었다. 3명이 한 명을 상대하는 격투였다. 대번에 제압된 조선족 사내를 인도네시아인들이 밧줄로 꽁꽁 묶었다. 제압된 조선족 사내를 부식 창고에 가두고 바깥에서 자물쇠를 채웠다. 항해사는 인도네시아인들을 모두 불러 모았다. 그러고는 그들에게 진행 상황을 들려주었다.

"저와 여러분은 이제야 살게 되었어요. 조선족 6명은 벌써부터 당신들을 죽이려고 별렀어요. 그들이 한국인들을 죽였는데 그 장면을 당신들이 지켜봤기 때문이오. 그래서 범죄 사실을 감추려고 당신들을 죽이려고 별렀어요."

항해사의 말에 인도네시아인들이 흥분한 목소리로 말했다.

"저 새끼들 때문에 우리 동료가 셋이나 죽었어요."

"우리도 저들을 모두 죽여야 하지 않겠어요?"

항해사는 흥분하는 인도네시아인들을 차분히 달래면서 말했다.

"보복은 보복을 부르기 마련입니다. 우리는 합법적인 절차에 따라 범죄인의 처리를 국가에 맡기면 됩니다. 그러면 정부가 나서서 우리의 억울함을 해소시켜 줄 거예요."

항해사의 말이 떨어지자 40세가량의 인도네시아인 사내가 항해사에게 말했다.

"조선족의 요구로 나랑 저 친구가 최동호 실습생을 바다에 던졌어요. 그래서 죽게 만들었거든요. 이런 경우에 우리도 처벌받지 않을까요?"

항해사가 대번에 두 사내를 달래며 안심시켰다.

"칼을 든 조선족이 강제로 시켰잖아요? 당시에 시킨 대로 하지 않았으면 당신들 둘도 살해되었을 겁니다. 생명의 위협을 받아 행한 일은 정상이 충분히 참작됩니다. 그러니 걱정하지 않으셔도 됩니다. 제가 상황을 확실하게 법정에서 진술할 테니 두려워하지 마세요."

항해사는 그대로 배를 일본 남해안으로 몰고 갔다. 그러다가 아무래도 배가 위태롭기에 24일에는 구조를 일본에 요청했다. 그랬더니 어업 구조선이 1시간 만에 현장에 도착했다. 28일에는 한국의 해양 경찰이 일본에 도착하여 배와 선원들을 인수했다. 그러고는 31일 오전에 부산 부두에 페스카마호를 정박시켰다.

이 사건에 대해서는 1996년 10월 26일에 1심 판결이 이루어졌다. 여기에 관련되어 중국에서는 조봉 변호사가 국내로 들어와서 변호를 맡았다. 하지만 6명의 조선족 사내들한테는 모두 사형이 선고되었다. 1997년 4월 18일에는 2심 판결이 이루어졌다. 여기에서는 주범에게만 사형이 선고되었고 나머지 5명에게는 무기징역이 선고되었다. 2007년에는 정부의 특별 사면으로 전재천은 사형수에서 무기수로 전환되었다. 현재 6명은 천안, 대전, 광주, 부산에 분산되어 수감 중이다. 범죄를 저질러 20여 년을 세상과 격리된 삶을 사는 터다.

내가 재직한 회사에서 생겼던 일이라 누구보다도 항해사로서 관심이 많았다. 그래서 수사와 재판 관련 서류들을 전부 수집하여 조사하게 되었다. 이런 조사의 결과를 바탕으로 당시의 상황을 머릿속으로 재구성해 봤다. 생존한 항해사는 정신적으로 너무나 피해를 많이 받았다고 간주된다. 살아 있어도 산 느낌이 없을지도 모르리라는 생각마저 들 지경이다. 한 마디로 지옥의 불구덩이에까지 갔다가 생환한 사람이라고 여겨진다.

사망자도 사망자이지만 생존한 항해사의 정신적 피해는 무엇으로 보상할 것인가? 알량한 위로금의 지급으로는 아예 감당이 되지 않으리라 여겨진다. 이런 참담한 정황으로 말미암아 큰어머니의 위령제 부탁을 받아들이기로 했다. 다행히 회사의 임원진들이 피해자들의 정서에 충분히 공감을 느꼈다. 그랬기에 위령제가 회사의 원양 어선에서 치러지게 배려가 되었다. 당시의 '대현 수산'이란 회사가 상호를 바꿔 현재의 회사가 되었다.

생존한 선배 항해사를 떠올리기만 하면 눈물이 치솟는다. 인간으로서는 도저히 견뎌내기 어려운 최악의 수모를 당했기 때문이다. 누구든 그의 처지가 되었더라면 가해자들에게 기관총을 발사하고 싶었으리라 여겨진다. 그가 끝까지 기지를 발휘하여 합법적인 절차를 밟았다는 점이 돋보인다. 항해사의 품격과 위상이 어느 정도인지를 세상에 보여준 실례(實例)라 여겨진다. 그를 한 번도 만난 적이 없지만 기록만으로도 그를 존경한다.

위령제를 치르게 되면 망령(亡靈)뿐만 아니라 항해사의 영혼도 위로하려고 한다. 같은 항해사의 관점에서 내 마음이 너무나 간절해진다. 그가 지금은 무슨 일을 하는지도 모르지만 생각만으로도 마음이 애달파진다.

점심을 식당에서 먹고는 선교의 관리를 덕평에게 인계한다. 덕평이 정오부터 오후 4시까지 선교를 관리하게 된다. 그도 상당히 숙달된 선원이기에 마음속으로 신뢰가 된다. 나는 점심을 먹고는 선실로 가기에 앞서서 바다를 굽어보기로 한다. 바다를 바라보며 미해결 과제를 생각해 보기로 한다.

당장 발등에 떨어진 불은 성국과 혜미에 관한 일이다. 이 문제를 어떻게 슬기롭게 해결할는지 가슴이 답답해진다. 혜미와 내가 연인이 되지 않았다면 일은 간단히 해결되리라 여겨진다. 그런데 문제는 내가 현재 혜미의 연인이라는 점이다. 사모아의 난파선 앞에서 셋이 연인으로 맺어진 일은 특별하기 그지없다. 혜미와 연지와 나의 셋이 마음이 통했던 대사건이었다. 셋은 결코 쾌락만을 탐한 상태는 아니었다. 정신적인 사랑을 주축으로 하여 육체적인 가능성까지 서로가 받아들인 날이었다.

다만 사회의 평범한 식견으로서는 수용되기 어려운 점이 하나 생겼다. 두 남녀가 아닌 세 남녀가 연인이 되기로 했다는 점이다. 상식적인 사회 규범으로서는 도저히 용납되지 못할 현상이 벌어진 거였다. 여기에 대하여 셋은 머리를 맞대고 진지하게 의견을 나누었다. 어느 누구도 억압을 받았거나 강제로 벌어진 일이 아니었다. 셋은 정신이 온전한 사회인으로서 만난 터였다. 그랬기에 타당한 방식으로 서로를 인정하기에 이른 거였다.

21. 사모아의 바람결

 세월은 유성(流星)의 빛살처럼 빠르게 흐르는 모양이다. 마지막으로 작업한 어장에서 출발한 지 40여 시간이 지난 시점이다. 덕평이 모는 배가 마침내 사모아의 아피아 항구에 정박한다. 오후 2시 무렵의 시점이다. 은성호가 항구에 도착하자 운반선이 다가와 1시간에 걸쳐서 어획물을 옮긴다. 그러고는 운반선이 그리움의 정감을 피워 올리며 태평양의 수평선으로 스러진다.

 어획물을 운반선에까지 넘겨주었기에 은성호의 할 일은 끝난 터다. 관행에 따라 사모아에서의 24시간 특별 휴가가 부여된다. 선원들은 다들 즐거운 기분으로 하선한다. 선장과 나는 은성호를 계류선에 단단히 묶고는 선체를 면밀히 점검한다. 반시간에 걸친 점검 절차를 끝낸 뒤다. 선장과 내가 마지막으로 은성호에서 내린다. 다른 선원들은 어디로 갔는지 행적이 묘연하다.

선장이 나를 향해 말한다.

"또 혼자서 어디를 둘러보러 가는 거지?"

나는 쑥스러운 미소를 머금고는 응답한다.

"솔직히 남자들끼리 다니면 재미가 없잖아요? 선장님도 즐거운 시간 보내고 오세요."

선장이 내게 손을 흔들어 주고는 밤의 장막 속으로 사라진다. 이제 내가 어디로 갈 것인지를 생각할 찰나다. 내 등 뒤로부터 쾌활한 여인의 목소리가 들린다.

"아까 내가 전화했잖아요? 오늘 도착 시간에 맞춰 만나러 온다고 했죠? 제가 누군지는 아시겠죠?"

아침에 내게 플랭킨이 전화한 기억이 떠오른다. 내가 플랭킨과 악수를 나누며 말한다.

"화상으로 본 얼굴보다 훨씬 더 미인이군요. 제 마음이 송두리째 흔들리려고 해서 좀 두려워요."

플랭킨이 활짝 웃으며 내게 말한다.

"댁의 외모도 눈부실 정도라 화상에서 대했을 때부터 가슴이 설레었어요. 정말 이렇게 직접 만나니 너무 기분이 좋아요."

하늘을 흘깃 바라보니 오후 3시 무렵의 햇살이 강렬하기 그지없다. 플랭킨이 나를 바라보며 말을 잇는다.

"사모아는 섬 전체가 화산섬으로서 용암 대지에 해당되거든요. 그래서 대부분의 지형이 매우 평탄한 곳이 많아요. 예전에 섬을 경비행기로 구경하셨다고 했죠?"

내가 그녀에게 그렇다고 대답하자 그녀가 주차장을 가리키며 말한다.

"여기서 중고차를 하나 샀어요. 아직 여기서의 체류 기간이 많이 남았기에 장만한 거예요. 저랑 해변의 순환도로를 타며 사모아의 정취를 즐기지 않을래요?"

내가 즉시 흔쾌히 응답한다.

"좋아요. 사모아는 섬 자체가 아름다워 푹 빠져들고 싶을 지경입니다."

플랭킨도 사모아를 엄청나게 좋아한다고 들려준다. 사모아 주변의 지질 구조에 대해서는 훤히 파악해 놓았다고 들려준다. 섬의 지질은 물론이요 수중의 지질까지도 파악했다고 말한다.

이윽고 둘이 주차장으로 함께 걸어간다. 이윽고 플랭킨이 백색 승용차를 가리킨다. 차에 올라타니 중고차라고 해도 품격이 느껴질 지경이다. 승차감이 대단히 편안히 느껴진다. 이윽고 차가 아피아에서 서쪽 방향으로 뻗은 순환도로에 진입한다. 해변의 순환도로에 올라선 뒤다. 섬의 북서 방향을 바라보며 생각에 잠긴다.

'사모아의 북서쪽 100킬로미터 지점이 조선족이 난동을 부린 곳이잖아? 서경 173도, 남위 7도인 지점이잖아? 조선족 사내들에게 살해된 시신들은 해저의 어느 곳에 모여 있을까? 아니면 해조류에 휘말려 뿔뿔이 수중에서 흩어져 버렸을까?'

플랭킨이 내게 말한다.

"위령제를 지낸다는 풍속은 세계의 곳곳에 다 있거든요. 영국의 교외에서도 흔히 위령제를 지내곤 해요. 망령을 위로하기보다는 행사 주최자들이 위로받겠다는 취지가 큰 것 같았어요. 위령제를 열었기에 후손으로서 도리를 다했다는 일종의 자위가 아닐까요?"

플랭킨의 말을 듣자 그녀에게 사모아 근해의 지형을 묻기가 부담스러워진다. 20년 전의 시신의 유골은 물에 녹아 흩어졌을 거라고 여겨진다. 하지만 어떤 지점에 몰려 있었을 확률이 컸겠는지 궁금하다고 생각된다. 내 질문에 플랭킨이 시신이 버려진 위치를 알려달라고 한다. 사모아 북서쪽 100킬로미터인 지점으로서 서경 173도이며 남위 13도라고 일러준다.

내 말을 듣자 플랭킨이 길가의 안전한 위치에 차를 세운다. 그러고는 위성 지도에서 해당 위치를 금세 찾아낸다. 그러고는 고개를 까딱거리더니 나를 향해 말한다.

"공교롭게도 그 부위의 해저는 사방이 탁 튄 곳이에요. 시신이 어디로 흘러갔을지 아무도 알아낼 수가 없어요. 어떤 방향이라고 주장해도 설득력이 있는 말로 받아들일 지형이에요."

한 가닥의 기대를 걸던 사항마저 의미를 상실해 버리는 시점이다. 괜히 속으로부터 울음이 치솟으려고 한다. 덧붙여 플랭킨이 우폴루 섬에 대해 들려준다. 남쪽의 산악 지방 일대는 퇴적암이 융기되어서 만들어졌다고 일러준다. 그래서 우폴루의 남쪽 산악에는 석회동굴이 많이 존재한다고 알려준다. 이들 석회동굴 속에는 독특한 최음(催淫) 식물이 자란다고 들려준다. 한 뼘 길이 높이의 '몽환버섯(Fantasy Mushroom)'이 대표적인 식물이라 들려준다.

붉고 푸른색이 뒤섞인 색채의 향기가 진하게 나는 버섯이라고 알려준다. 동굴에서 남녀들이 그 식물의 향기를 맡으면 사건이 생긴다고 들려준다. 그러면서 그녀의 휴대전화의 촬영 사진을 내게 보여준다. 시날레이 동굴에서 보았던 버섯임에 틀림없다. 그래서 내가 거듭 놀라서 가슴이 뜨끔거린다. 그리하여 시날레이 동굴에서의 사건이 떠올라 플랭킨에게 얘기한다. 플랭킨이 놀란 얼굴로 내게 자신의 견해를 들려준다.

"아, 그래서 애인이 둘이 생겼다고 얘기했군요. 얘기만 들어도 몽환버섯의 최음 작용이었다고 확신해요. 동굴 바닥에 대자리를 깔면서 대규모로 몽환버섯들을 부러뜨렸을 거잖아요? 이때 분출된 최음 증기로 일행이 육체적으로 흥분했으리라 여겨져요. 동물 실험에서도 최음 효과가 엄청나게 컸음이 입증된 식물이에요. 최음 효과로 야기된 현상이기에 어떤 법적인 책임에서도 모면되는 경우예요. 혹시라도 여인들을 진심으로 사랑하지 않는다면 당당히 밝히셔야 해요."

플랭킨이 잠시 내 표정을 살피더니 말을 잇는다.

"세 사람이 진정으로 사랑하지 않는다면 진실을 밝혀야만 해요. 그래야만 셋이 다 불행하지 않을 거예요. 동양의 윤리라는 틀에 얽매어 엉뚱한 길로 진입해서는 안 돼요."

내가 플랭킨의 말에 제동을 걸 듯 응답한다.

"설혹 최음 작용이었을지라도 저는 당시의 정황을 온전하게 수용하기로 했어요."

플랭킨이 바다의 수평선을 슬쩍 바라보고는 내게 차를 타라고 말한다. 차가 움직이자 플랭킨이 벼르고 있었다는 듯 얘기를 쏟아낸다.

"예전에 책을 읽으면 국가를 초월하여 사랑을 이루는 경우가 보였거든요. 그때는 그런 작품의 구도가 전혀 피부에 와 닿지 않았어요. 그랬는데 그대와 화상 채팅을 한 날 밤이었어요. 그대의 풍모(風貌)가 너무 제 마음을 흔들었기에 전신이 마비될 지경이었어요."

이때 내 머릿속으로 문득 민정의 얼굴이 밀려든다. 그러면서 나 자신도 모르게 중얼댄다.

'민정에게 유혹당한 미국인 청년의 마음을 이해할 수 있겠군. 플랭킨 당신의 미모와 품격은 가히 환상적인 수준의 매력을 가졌어요. 내게 연인이 없었다면 금세 무릎을 꿇고 구애하고 싶을 지경이에요.'

자신도 모르게 중얼대던 나를 플랭킨이 미소를 머금으며 바라본다. 정말 찰나간의 현상이었지만 흥분한 나머지 얼굴이 불타는 느낌이다. 이때 플랭킨이 내게 손길을 내뻗었다면 감격스럽다면서 무릎을 꿇을 지경이다. 내가 정신을 가다듬고는 해학이 실린 말로 응답한다.

"저를 너무 띄우는 바람에 잠깐 실신할 뻔했어요. 지난번에 사모아에서 경비행기를 제가 너무 오래 탔던 모양입니다. 그러기에 그대의 말에 분수처럼 하늘로 치솟을 뻔했어요. 하지만 제겐 애인이 현재 둘이에요. 그러니 괜히 저를 띄우려고 하지는 마세요, 아시겠죠?"

내 말을 듣자 플랭킨이 손뼉까지 쳐대며 까르르 웃는다. 그러더니 내게 농담 실린 말을 내뱉는다.

"그 경비행기는 어디서 탔어요? 제가 탔던 경비행기는 자꾸만 추락할 듯해서 무척 두려웠거든요. 사소한 몇 마디로도 사람을 하늘에 띄울 정도였다고요? 우리 당장 그 경비행기 타러 가지 않을래요?"

나는 잠시 얼굴을 붉히며 내 농담이 지나쳤던 모양이라며 사과한다. 그러자 플랭킨이 나를 향해 말을 잇는다.

"아니, 관계 개선을 위해 농담 조금 했기로서니 사과할 일이에요? 너무 사람이 순진하고 청아해 보여서 딱 달라붙어 버리고 싶어요."

이때 나 자신도 모르게 엉뚱한 한국어가 터져 나왔다.

"아하, 민정이 탈이 난 것도 이런 유사한 패턴이었겠구먼."

내 한국어에 당황한 듯 플랭킨이 내게 묻는다.

"조금 전에 말한 한국어는 무슨 내용이었죠? 혹시 나를 놀리는 말은 아니었죠?"

순간적으로 터져 나오는 웃음을 참지 못해 소리를 내어 웃었다. 그러면서 플랭킨이 오해하지 않게 차분히 설명해 준다.

잠시 후에 둘이 차를 타고 다시 해안도로를 달린다. 해안도로를 달리면서 크게 깨달은 점이 있다. 민정이 미국인에게 현혹된 것이 이상한 일은 아니라고 생각된 점이다. 마음이 동하면 플랭킨처럼 속내를 터놓을 수도 있겠거니 여겨진다. 이와 동시에 성국이 참 불쌍하다는 생각이 든다. 민정의 유혹에 넘어가 결혼까지 했다가 이혼당해 외톨이가 되었기 때문이다. 다시 혜미와 결합을 시도해도 혜미마저 등을 돌린 처지라 안타깝다.

한나절을 플랭킨과 해안도로를 돌면서 많은 이야기를 나누었다. 풋풋한 아카시아의 싱그러움을 닮은 플랭킨의 인상이 너무 좋았다. 애인이 없었다면 연인이 되어 달라고 매달리고플 정도로 매력이 컸다. 이런 플랭킨으로 말미암아 민정의 심리 변화까지 이해할 듯한 느낌이다. 민정의 상황이 이해되니 성국의 처지도 이해가 된다. 어쩌면 성국과 혜미의 일이 잘 해결될 듯한 느낌이 전해진다.

예전에 혜미는 그녀의 진솔한 마음을 내게 한껏 털어놓았다. 나도 그녀의 말에 공감하여 그녀의 의견을 받아들이기로 했다. 혜미한테서 성국을 가로채 민정이 자신의 배우자로 삼지 않았던가? 혜미는 당시에 진솔하게 말했다. 친구인 민정도 나쁘게 여겨졌지만 성국은 더 나쁘게 여겨졌다고 들려주었다. 설혹 민정이 끼어들었어도 성국의 마음만 흔들리지 않으면 무관하리라 말했다. 그랬는데 성국마저 민정과 마음이 맞아 혜미를 걷어 찬 거였다. 도저히 용납할 수 없는 일이라 말했다.

플랭킨과 승용차로 사모아의 우폴루 섬의 일주를 끝낸 뒤다. 저녁에 식사까지 항구의 음식점에서 마치고는 둘이 작별한다. 8월 2일 새벽에 다시 나를 찾아오겠다고 말한다. 그 날 새벽에 만나서 위령제에 참석하겠다고 한다. 그녀의 숙소는 아피아 항구에 있기에 만나러 오기가 쉽다고 한다.

세월은 눈부신 속도로 흘렀다. 사모아에서 하루를 쉬고 은성호로 돌아가 재차 조업에 나섰다. 그 사이에 사모아를 중심으로 원형의 해로를 돌았다. 그러면서 십여 차례에 걸쳐 조업을 계속했다. 그러는 사이에 8월 1일을 맞았다. 회사에서 은성호의 선원들에게 8월 1일부터 2일까지 이틀간의 휴가를 주었다. 그래서 7월 31일부터 8월

2일까지는 항구에 숙소를 예약했다. '하버 라이트 호텔(Harbor Light Hotel)'이 내가 머무는 곳이다. 항구의 선착장에서 숙소까지는 100미터가량 떨어져 있다. 호텔 3층인 306호실에 내 숙소를 배정받았다.

8월 1일 오전 5시에 렌터카를 타고 해변의 순환도로에 진입한다. 총 180킬로미터에 달하는 해안 순환도로가 우폴루 섬의 빼어난 노선이다. 누구든 순환도로에만 들어서면 세상의 환희가 가슴 가득히 느껴질 지경이다. 굽이치는 태평양과 광막한 야자수의 밀림이 사람의 영혼을 맑히리라 여겨진다.

아피아에서 순환도로의 서쪽 방향으로 차를 달리면 절경이 연이어 나타난다. 매물도가 고향인 나이지만 사모아 해변의 경치에는 넋을 잃을 지경이다. 그만큼 이국적인 섬의 풍광이 사람을 매혹시킬 정도다. 섬의 풍광이 하도 빼어났기에 어떤 날은 하염없이 걷기도 했다. 해안도로에는 차량도 생각만큼 많이 달리지도 않았다. 그래서 온갖 상념에 잠기며 해안도로를 거닐 수 있었다. 사모아의 처녀인 윈차도르를 처음 만난 것도 해안도로를 거닐 때였다. 그때는 석양 무렵이어서 바다가 불타는 핏빛으로 출렁댈 때였다.

이국의 섬에 혼자서 배회하다가 보니 가슴속으로부터 서러움이 울컥 치밀었다. 마치 누가 일부러 나를 배회하게 만든 느낌마저 들었던 탓이다. 마음이 공허하여 길가에 주저앉아 머리를 두 손으로 움켜쥐고 훌쩍였다. 작년의 일이었기에 어머니도 살아 있을 때였다. 살아오면서 울어 본 기억이 별로 없던 나였다. 그런데도 그 날은 석양을 보자 마음이 너무 공허해졌다. 살짝 바닷물에 닿기만 해도 몸이 해체될 지경이었다. 왜 석양이 가슴속의 공허함을 불러일으켰는지는 모를 일이었다. 하지만 석양을 대하자 핏빛 같은 뜨거운 설움의 불길이 치솟았다.

마음이 이렇다 보니 자신도 모르게 눈가로 눈물이 흘러내렸다. 그러면서 기억에도 없던 공허함의 너울이 연신 가슴으로 부딪쳤다. 어느 기억의 굽이에서도 희미했던 울음이 돌발적으로 터져 나왔다. 사내답지 못하게 어깨선이 심하게 흔들릴 지경으로 마구 울음을 토했다.

한참 울음을 쏟아낸 뒤에 일어서려니까 누군가의 인기척이 느껴졌다. 창졸간에 놀라 주변을 둘러볼 때였다. 수수한 외모에 표정이 밝은 사모아의 처녀가 나를 내려다보고 있었다.

여인이 유창한 영어로 내게 말했다.

"혹시 몸이 편찮으세요? 제가 가까운 병원으로 모셔다 드릴까요?"

나는 울음을 툭 멈추고는 그녀에게 영어로 응답했다.

"몸이 아파서가 아니라 마음이 쓸쓸해서 울었어요."

내 대답에 여인의 눈빛이 한결 더 강해지며 여인이 말했다.

"마음이 쓸쓸해서 울다니요? 그렇다면 애인도 없는 총각이란 말씀이죠? 정말 그러세요?"

내가 긍정의 뜻으로 고개를 끄떡인 뒤였다. 여인이 나랑 잠시 얘기를 나누고 싶다고 했다. 내가 좋다고 대답하며 일어설 때였다. 여인이 내게 손을 내밀며 말했다.

"내 이름은 윈차도르(Winchador)예요. 사모아 원주민의 후예예요. 제 나이는 33살이고 저도 아직 미혼이에요."

첫인상에도 무척 청순하고 단아하게 보이는 외모였다. 나도 부담 없이 나 자신을 그녀에게 소개했다.

"저는 26살의 총각인 김춘호라는 한국 항해사예요. 원양 어선을 타고 다니기에 여기에는 자주 들르는 편입니다. 별로 울어 보지 못했던 제가 울다가 그대에게 발각되고 말았군요."

원차도르를 만났던 당시의 순환도로 곁에는 마을이 펼쳐져 있었다. 아피아 서쪽으로 14킬로미터 떨어진 아페가(Afega)라는 마을이었다. 순환도로에서 500미터가량 부채 모양으로 북쪽 바다로 펼쳐진 마을이 아페가였다. 마을의 규모는 작았지만 야자수의 밀림 사이로 가옥들이 늘어서 있었다.

당시에 원차도르는 내게 그녀의 가족들에 대해 얘기했다. 그녀의 부모는 70대의 노부부로 어부였다고 한다. 연로한 관계로 원차도르가 부모를 공양하고 있다고 밝혔다. 원차도르는 중학교까지만 마치고는 어민이 되었다고 한다. 배를 몰아 어망으로 물고기를 건져 올리거나 수중 해산물을 채취했다. 소라나 전복이나 해삼 종류가 수중에서 채취하는 대표적인 해산물이었다. 그녀는 20톤 규모의 어선을 갖고 있었다. 그 어선으로 생계를 해결한다고 들려주었다.

그 날 그녀의 제안으로 나는 그녀의 배에 올랐다. 탁 틘 바다를 그녀의 동력선이 달릴 때였다. 배를 모는 그녀가 세상 밖의 선녀로 비칠 지경이었다. 당시에 하도 느낌이 묘하여 자신도 모르게 중얼 대었다.

'여인의 외모도 수수할 따름인데 선녀 같은 느낌으로 비치다니 놀라워.'

그때 여인이 내게 말했다.

"이렇게 만난 것도 연분이라 생각해요. 마음 편한 친구로 지내면 좋겠군요. 오늘은 재미로 바다낚시를 해 볼까요?"

국적을 초월하여 그녀한테서는 사람을 끄는 매력이 느껴졌다. 나도 그녀의 매력을 인정하며 그녀와 바다낚시를 즐겼다.

순환도로에서 서쪽으로 14킬로미터 거리를 달리자 아페가 마을이 나타난다. 윈차도르가 떠올라 차창 밖을 내다볼 때다. 공교롭게도 윈차도르가 순환도로를 배회하는 모습이 눈에 띈다. 내가 즉시 그녀를 향해 고함을 지른다.

"윈차도르, 거기서 뭐해요?"

여인이 즉시 내게로 달려오며 응답한다.

"아, 기분이 좋아 죽겠어요. 내가 그대를 떠올리며 막 산책하는 중이었거든요. 그랬는데 내 마음을 귀신처럼 알고 그대가 나타나 나를 불러주다니요? 이게 정말 현실 맞나요?"

내가 길가에 차를 세우고는 그녀에게 다가서며 손을 내민다. 그랬더니 윈차도르가 내 손은 마다한 채 달려들어 나를 껴안는다. 그녀가 안기자 나도 동시에 그녀를 폭 끌어안는다. 그러자 그녀가 이내 내게서 물러서며 내게 말한다.

"친구끼리 포옹해도 연인 같은 느낌이 드네요. 제겐 얼마 전에 연인이 생겼어요. 국제공항이 있는 팔레올로(Faleolo) 마을의 청년 어부예요."

팔레올로는 아페가에서 서쪽으로 19킬로미터 떨어진 해안 마을이다. 윈차도르가 내게 제안한다. 친구로서 함께 바람을 쐬고 싶으

니까 차에 태워 달라고 한다. 내가 흔쾌히 동의하며 그녀를 조수석
에 태운다.

차를 몰며 내가 윈차도르에게 묻는다.
"애인은 어떻게 만나게 되었어요? 궁금하니 얘기해 주세요."
윈차도르가 미소를 짓더니 입을 열기 시작한다. 윈차도르가 공
항 주변의 어물전에 물고기를 실어다 주고 돌아올 때였다. 공항 주
변의 시장에 해산물을 싣고 오던 청년과 길에서 마주쳤다. 하필 좁
은 길에서 마주쳐서 한 사람은 후진해야 했다. 데테마르(Detemar)라
는 32살의 청년이 선뜻 차를 후진시켰다. 그러면서 차에서 내려 불
편하지 않았느냐면서 예의 반듯하게 말을 건넸다. 묘하게도 청년의
인상이 그녀한테는 나를 많이 닮았다고 여겨졌다. 그래서 대번에
청년에게 호감이 생기더라고 말했다.
그리하여 둘이 길가의 찻집을 찾아 들어갔다. 얘기를 나누다가
둘이 연락처를 주고받았다. 그 뒤로 두어 차례 더 만나다가 둘이 애
인이 되었다. 얘기하다가 생각난 듯 그녀가 묻는다.
"그 새 그대한테도 애인이 생겼는지 궁금해요."
나도 미소를 지으며 생겼다고 들려준다. 그랬더니 그녀가 손뼉을
치며 좋아한다. 둘 다 애인이 있으니 그녀와 나는 친구임이 분명하
다면서 좋아한다. 나도 그녀의 말이 맞다면서 순환도로를 타고 차
를 몬다. 아무래도 사모아의 풍광은 환상적인 아름다움을 자아낸
다고 여겨진다.

22. 억압에서 자유로워진 여심

물수리가 상공에서 호수를 선회하듯 순환도로를 따라 일주한 뒤다. 윈차도르와 항구의 음식점에서 점심 식사를 마치고는 작별한다. 윈차도르도 위령제에 참석하고 싶다고 말한다. 이튿날 새벽에 그녀의 애인과 함께 오라고 그녀에게 들려준다. 그녀가 해당화의 꽃잎처럼 고운 미소로 응답하면서 그녀의 마을로 돌아간다.

아피아 항구의 호텔 숙소에서 휴식하고 있을 때다. 오후 2시 무렵에 전화가 걸려온다. 받으니 큰어머니의 목소리가 밀려든다. 반시간 후면 사모아의 팔레올로 공항에 도착하리라는 내용이다. 정하와 함께 온다는 얘기다. 내가 외출복으로 갈아입고는 차를 해안의 순환도로로 몬다. 순환도로를 타고 33킬로미터만 달리면 공항에 도착된다. 차를 잠시 길가에 정차시킨 뒤에 정하에게 전화를 건다. 이내 정하의 목소리가 귓전으로 흘러든다.

"숙소 때문에 전화한 거지? 숙소는 인터넷으로 예매해 놓았어. 아피아의 사모아 마리나 호텔(Samoa Marina Hotel)이야."

내 숙소인 하버 라이트 호텔과는 도보로 75미터 떨어진 곳이다. 숙소가 가까워서 별로 부담이 느껴지지 않는다. 내가 그녀의 말에 곧바로 응답한다.

"누나, 알았어요. 잠시 후에 공항에서 만나기로 해요. 내가 렌터카를 가지고 가니까 편안한 마음으로 오세요."

나는 이내 차를 다시 순환도로에 진입시킨다. 그러고는 편안한 마음으로 차를 몬다. 그러다가 문득 큰어머니가 데려온다던 무당과 박수에 생각이 미친다. 여기에 대해 전화하려다가 만나서 직접 알아보겠다고 작정한다.

이윽고 반시간이 흐른 뒤다. 공항의 주차장에 차를 세워 두고는 공항 대합실로 들어선다. 대합실에 도착해서도 반시간이 지나서야 안내 방송이 대합실에 울려 퍼진다.

"피지의 나디(Nadi) 발 팔레올로 착 항공기가 방금 공항에 도착했습니다."

피지에서 북동쪽으로 무려 1,220킬로미터 거리를 날아 공항에 도착한 거였다. 한국인들은 인천을 떠나 나디에 도착했다가 팔레올로 행 비행기로 갈아탄다. 인천에서 피지의 나디까지는 8,450킬로미터의 하늘을 날아야 한다. 인천에서 사모아의 팔레올로까지는 9,670킬로미터의 거리다. 인천에서 나디까지는 10시간이 소요되고 나디에서 팔레올로까지는 1시간 30분이 걸린다. 나디에서의 교대 비행기 대기 시간이 1시간이 걸리는 상태다. 따라서 인천에서 팔레올로까지는 비행기로 12시간 30분이 걸리는 먼 거리다.

생각해 보니 인천에서 새벽 2시 반에 출발했다는 얘기다. 비행기 내에서 큰어머니와 정하가 잠을 잤으리라 여겨진다. 잠시 후에 그녀들을 만나면 그녀들의 숙소로 데려다 주면 된다. 그러고는 위령제 행사에 대해 의견을 주고받으면 된다. 별로 크게 신경을 쓸 일은 없다고 생각된다.

차를 몰면서 생각에 잠긴다.

'오늘 오후에는 윤혜와 종태 씨도 도착한다고 했지? 또한 성국과 민정도 도착한다고 했어. 그뿐이랴? 혜미와 현지도 아피아에 도착한다고 했어. 내일 새벽에는 윈차도르와 데테마르가 항구에 도착한다고 했어. 또한 플랭킨도 내일 새벽에 항구에 도착한다고 했어.'

잠시 생각해 봐도 만날 사람들이 적지 않다. 모두에게 유쾌한 기분을 안겨 주기가 쉽지는 않으리라 여겨진다. 누구보다도 성국과 민정과의 만남이 무척 가슴에 부담스럽다. 이들이 어떻게 나올지가 내 마음에 불안감으로 작용한다.

성국은 혜미와의 재결합을 바라는 상태다. 하지만 혜미는 성국에게 불신감을 갖고는 강하게 반발하는 국면이다. 현지는 당당하게 나와 연인이 되겠다고 한다. 혜미도 현지와 나랑 연인이 되었고 장차 배우자가 되겠다고 밝혔다. 나는 혜미와 현지 중 하나를 택하고 싶지는 않다. 그녀들이 나를 원하기에 내가 그녀들에게 실망감을 주지는 않을 작정이다. 그녀 둘을 취하여 한국의 규범에 벗어난다면 국적을 옮길 작정이다. 우주에서의 삶이 유한한데 여인들에게 실망감을 주고 싶지는 않다.

이런 마음을 가진 배경은 혜미 때문이다. 이미 성국으로부터 배신당하여 엄청난 좌절감을 느꼈다. 다시 내게서까지 좌절당하면 삶을 포기하겠다고 내게 밝혔다. 나를 협박한 것이 아니라 그녀의 마음을 진솔하게 드러낸 거였다. 마찬가지로 현지도 그녀의 마음을 밝혔다. 그녀도 내게서 사랑을 거절당하면 깨끗이 삶을 정리하겠다고 밝혔다. 두 여인들이 이처럼 강하게 그녀들의 의사 표현을 내게 했다. 생존의 문제보다 더 큰 가치가 세상에서 그 어디에 있겠는가?

말하는 기운으로 봐서 절대로 예사롭지 않은 단호함이 느껴졌다. 내가 여인들을 잘 대해 주지도 못했잖은가? 그런 처지에 여인들이 혹여 자살이라도 한다면? 그 자살을 방치한 사람은 나로 확정되지 않겠는가? 여인들을 잘 대하지도 못했으면서 여인들에게 불행을 안기고 싶지는 않다. 무엇보다도 내 기준에는 두 여인들 모두 훌륭하다고 판단되었다. 아무리 여인들이 생명을 걸었더라도 내 기준에 미흡했다면 상황은 달라졌으리라. 내 기준과 여인들의 요청 조건이 부합되었기에 셋의 결합이 전제되었다.

이윽고 입국 심사대를 거쳐서 여행객들이 줄지어 몰려온다. 무리의 중간에 큰어머니와 정하가 눈에 띈다. 내가 그녀들을 향해 팔을 크게 흔든다. 그러자 그녀들이 나를 발견하고는 반가운 표정으로 내게로 다가온다.

"큰어머니, 비행시간이 길어서 힘드셨죠? 누나도 즐겁게 잘 오셨어요?"

큰어머니와 정하가 곧바로 응답한다.

"조카 덕분에 편하게 다녀가겠구나. 회사의 경비 지원도 받고 말이야."

"동생은 아무리 봐도 멋있어. 상당히 보고 싶었어."

이윽고 그녀들의 짐 가방을 찾아서 끌고는 그녀들과 주차장으로
향한다. 주차장에서 짐 가방을 차의 트렁크에 싣는다. 그런 뒤에 큰
어머니와 정하를 태운 뒤에 차를 몬다. 익숙한 순환도로이기에 편
안한 마음으로 차를 몬다.

차를 몰 때다. '삑삑' 소리를 내며 문자 메시지가 휴대전화로 날아
든다. 액정 화면을 흘깃 바라보니 혜미와 현지가 항구에 도착했다
는 내용이다. 5분쯤 지나자 또 다시 메시지 신호음이 들린다. 액정
화면을 바라보니 윤혜와 종태도 항구에 도착했다는 내용이다. 차
를 몰면서 생각에 잠긴다.

'성국과 민정과 그녀의 애인인 템퍼슨(Temperson)으로부터의 연락
이 남았어. 다들 오늘 저녁에는 좋은 결론에 도달하기를 바랄 따
름이야. 그래서 위령제를 치르기 이전에 얽힌 문제들이 해결되기
를 원해.'

공항을 떠난 지 40분이 걸려서 아피아 항구에 들어선다. 이윽고
그녀들의 숙소인 사모아 마리나 호텔에 들어선다. 그녀들의 숙소
는 205호실로 배치되어 있다. 그녀들과 함께 내가 그녀들의 숙소로
들어선다. 그녀들이 세수를 하고 실내복으로 갈아입은 뒤다. 다탁
에 그녀들과 내가 둘러앉는다. 이윽고 큰어머니가 내게 입을 연다.

"내 말을 흘려 넘기지 않은 조카가 정말 고마워. 무당 2명과 박수
1명은 어젯밤에 아래층 106호에 도착해 있어. 잠시 후에 이리로 오
라고 연락해 놓았어."

내가 곧바로 응답한다.

"네, 잘 알았습니다. 잠시 여기서 기다리죠."

내 말이 막 끝나자마자 출입문의 초인종이 울린다. 문을 여니 두 여인과 한 사내가 들어선다. 그들이 일제히 큰어머니를 향해 인사를 한다.

"잘 건너오셨군요. 곁에 계신 분이 조카님인 것 같군요."

이윽고 내가 이들을 향해 인사를 한다.

"안녕하세요? 오시느라 수고 많으셨습니다. 저는 큰어머니의 조카인 김춘호예요."

무녀들은 50대 중반이고 박수는 50대 초반이다. 이들에게 어떤 방식으로 위령제 의식을 올릴 것인지를 물어본다. 이들은 너무나 간결하게 대답한다. 내가 계획한 위령제 절차를 따르겠다고 한다. 그 절차들 중 무속 분야에서만 50분간 굿을 하겠다고 들려준다. 굿이란 음식을 차려놓고 무당이 귀신에게 길흉화복을 비는 무속 의식이다. 길흉화복을 비는 행위에 있어서 주문을 외고 춤을 추기도 한다. 초청된 무당과 박수는 무속계에서 명성이 꽤 알려진 사람들이다. 아마 상당히 거금을 주고 초청했으리라는 느낌이 든다.

꼭 길게 얘기해야만 의례의 윤곽이 잡히는 것은 아니다. 내겐 명확히 어떤 방식으로 진행될지 감이 잡힌다. 그래서 내가 무당과 박수에게 말한다.

"내일 새벽 4시 40분까지 항구의 대합실로 나오세요. 새벽 5시에 배를 출항시킬 예정입니다. 아시겠죠?"

무당과 박수가 일제히 인사를 하고는 그들의 숙소로 물러간다.

남자 하나에 여자가 둘이기에 그들의 숙소는 방 2개로 잡혔다. 큰 어머니와도 할 얘기가 끝나서 숙소에서 물러나올 때다. 정하가 큰 어머니에게 말한다.

"엄마, 나 잠깐 동생이랑 휴게실에서 얘기 좀 하다가 올게. 한 시간 이내에는 돌아올 테니까 걱정하지 마."

큰어머니가 고개를 끄떡여 정하의 말을 받아들인다. 이윽고 정하와 내가 호텔 중앙의 휴게실에 이르렀을 때다. 사람들이 의외로 북적대자 정하가 내게 말한다. 호텔 옆의 해변으로 나가서 얘기를 나누자고 한다. 나도 흔쾌히 동의하며 함께 해변으로 걸어 나간다. 이윽고 해변에 정하랑 나란히 섰을 때다. 정하가 내게 말한다. 정하로부터 심상찮은 얘기를 들은 적이 있었기에 내심으로 긴장하며 듣는다.

"아버지가 세상을 떠난 지가 20년 만이거든. 정말 딱 20년이 흘렀어. 내 가슴속에는 아버지에 대한 추억이 거의 없어. 그래서 가슴속은 언제나 텅 빈 느낌이 들어. 그래서 예전에 내가 너한테 다소 이상하게 들릴 얘기를 했어. 그 근원은 아버지에 대한 기억의 상실이 아닌 추억의 상실이야. 네가 유일한 친척이기에 동생이지만 많이 의지하고픈 마음이 들었어. 이제는 우리가 다들 성인들이잖아? 과거의 추억에만 매달릴 때는 아니라고 생각해."

나는 정하의 얘기를 듣자 괜히 걱정을 했다는 생각마저 든다. 정하의 얘기 중 어디에도 잘못된 부분이 없기 때문이다. 나는 정하의 얘기에 적극적으로 공감을 표시하며 귀를 기울인다. 그런 어떤 순간이다. 정하가 나를 해변의 야자수 그늘로 이끌며 소근대듯 말한다.

"춘호야, 부탁이 하나 있어. 네가 아버지 대신에 나를 잠깐만 껴안아 줄 수 있겠니? 아버지의 영혼 위로도 중요하지만 내 망가진 영혼도 예사롭지 않아. 내가 충분히 연유를 설명했는데도 곤란하다면 거절해도 돼. 너의 포옹으로 내가 건강하게 비상할 수 있다면 좋지 않겠니?"

이때 뭔가 한계를 긋는 게 옳으리라는 생각이 든다. 내가 침착하게 그녀를 향해 말한다.

"누나의 이런 부탁이 이번 한 번이라면 기꺼이 들어 드릴게요. 이후에는 어떤 유사한 부탁도 하지 않겠다고 대답할 수 있으세요? 그래 주신다면 당장 응해 드릴게요."

정하가 내 눈을 들여다보며 침착하게 말한다.

"너는 역시 내가 생각한 대로 멋있는 사내야. 적어도 상대의 아픔을 헤아려 주려고 노력하는 사람이기에 훌륭하다고 여겨져. 동생이 아니라면 평생의 연인으로서 가슴에 담고 살고 싶을 정도야. 정말 너는 너무나 훌륭하고 멋있어."

정하의 말을 들으면서도 나는 정하의 표정 변화를 예리하게 살핀다. 혹시라도 이상한 징후가 보이지는 않는지 면밀히 살핀다. 하지만 끝내 우려할 정도는 아니라고 판단된다. 내가 마음을 추스르고 정하에게 말한다.

"누나의 정신적 피해가 얼마나 컸겠는지 충분히 짐작됩니다. 충분히 이해할 수 있어요. 위령제 못지않게 포옹으로 누나의 영혼이 회복되기를 간절히 빌게요."

내 말이 끝나면서부터 이제는 정하가 여자가 아닌 누나로 비친다. 생각이 여기에 미치자 의외의 결론에 도달한다. 여태껏 누나를 이상하다고 여겼는데 정작 이상한 사람은 나였다고 생각된다. 나는 진심으로 누나의 억압된 영혼이 해소되기를 간절히 바라는 심정이다. 이때 누나의 목소리가 귓전으로 흘러든다.

"네 표정을 보니 진심으로 나를 이해해 주는 느낌이 들어. 너를 보니 세상에 왜 친척이 소중한지 느껴져. 나를 바라보며 혹여 잘못되지는 않을지 끝까지 우려하는 눈빛이 감동적이었어. 간혹 조선족 사내들이 나를 겁탈하려는 꿈을 꾸었던 적이 있어. 페스카마호를 탔던 그 조선족들 말이야. 눈을 떠도 그들이 은밀히 집안을 노리는 듯한 망상에 빠져들었어. 언젠가 살아서 방면된다면 그들이 어떻게 행동할지 너무 두려워. 피해자 가족들만 찾아다니며 복수하겠다고 날뛰지는 않을는지 언제나 두려웠어."

내가 미처 응답하기도 전에 누나의 말이 이어진다.

"춘호야, 너는 정말 자랑스러운 내 동생이야. 네 눈빛이 상처 입은 사람들의 마음을 얼마나 다독거리는지 모를 거야. 네 영혼에는 상처 입은 사람들을 치료하는 기운이 실린 것 같아. 그래서 누나가 동생한테 이처럼 마음의 상태를 고백하는 중이야."

내가 누나를 향해 들려준다.

"너무 염려하지 마세요. 설혹 나중에 조선족 사내들이 방면되더라도 그들도 많이 변모되었으리라 여겨져요. 20년 세월 동안 그들도 반성과 참회를 많이 했으리라 여깁니다. 결코 방면된다고 해서 복수를 시도하지는 않으리라 생각돼요. 20년의 참회가 그처럼 값어치가 없으리라고는 생각되지 않기 때문이에요. 그들도 반성을 하여

새 삶을 산다면 의미가 크리라 여겨집니다."

어느새 누나의 얼굴에서 방울방울 눈물이 떨어져 내리기 시작한다. 기나긴 세월에 가슴 언저리에는 피해에 따른 망상이 수시로 꿈틀대었다. 망상으로 인하여 죽고 싶을 때가 많았다고 누나가 눈물로 고백한다. 깊은 이해도 없이 함부로 이상한 여자로 여겼던 점이 부끄러워진다. 누나의 눈물을 대하자 세상 떠난 어머니가 생각난다. 문득 돌연한 생각이 떠오른다.

'세상 떠난 어머니는 나 모르게 눈물을 흘리지는 않으셨을까? 자식 앞이라고 평생 가슴에 가두고 살다가 병들지는 않으셨을까?'

생각이 여기에 미치자 자신도 모르게 눈시울에 눈물이 맺힌다. 너무나 상대에 대해 배려할 줄 몰랐던 내가 섬뜩할 지경이다. 어느새 내 뺨을 타고 눈물이 흘러내리기에 이른다. 누나의 눈에도 내 눈물이 발견된 모양이다. 얼핏 누나의 표정에 처연한 색조가 어린다. 기대한 일에 대한 실망감의 느낌이 순식간에 전해진다. 나는 자신도 모르게 뭔가 잘못되어 감을 느낀다. 그래서 내가 진솔하게 누나에게 말한다.

"누나, 누나의 눈물을 대하자 세상 떠난 어머니가 떠올랐어요. 어머니는 눈물을 흘리지 않았을까를 생각하다가 그만 눈물을 흘리게 되었어요. 혹시라도 오해하지는 말아 주세요."

이윽고 누나가 서서히 나를 향해 다가선다. 나도 침착한 모습으로 누나에게 다가간다. 그러다가 둘의 몸이 맞닿았을 때다. 남매가 한 몸뚱이처럼 서로를 끌어안는다. 누나의 전신이 유난히 바들거리며 떨린다고 여겨진다. 하지만 나는 침착하게 누나를 껴안는다. 그러다가 둘의 **뺨**이 슬쩍 맞닿는 순간에 깜짝 놀란다. 마치 서로의 **뺨**이 탈 듯 뜨거웠기 때문이다. 포옹하는 순간에 세상이 모두 단절된 느낌마저 든다. 그대로 세상이 멈춰도 좋으리라는 생각마저 들 정도다.

서서히 포옹을 풀고 물러선 뒤다. 누나가 바닷물로 돌멩이들을 날려 보내며 말한다.

"아버지의 영혼 못지않게 내 정신을 달래 주어서 진심으로 고마워. 앞으로는 당당한 네 누나가 될게. 같이 호텔로 돌아가자고."

나도 눈가의 눈물을 지우며 누나의 말에 응답한다.

"누나, 오늘 저도 친척이 정말 소중함을 재차 느꼈어요. 저도 이후에 누구를 만나더라도 당당한 사람이 되도록 노력할게요."

내가 큰어머니의 숙소로 누나를 데려다 준 뒤에 호텔을 나선다. 그러고는 75미터 떨어진 숙소인 하버 라이트 호텔로 발걸음을 옮긴다. 숙소의 침상에 올라앉아 생각에 잠길 때다. 인터폰이 느닷없이 울린다. 귀에 갖다 대니 여종업원의 목소리가 흘러든다.

"안녕하세요? 1층 안내실이에요. 휴게실에 손님을 찾는 손님들이 있어서 알려드립니다."

"네, 알았어요. 금방 내려갈게요."

신속히 외출복으로 갈아입고는 1층 안내실로 내려간다. 안내실로 가서 나를 찾은 사람들이 어디에 있는지를 묻는다. 20대 중반의 여종업원이 좌측의 휴게실을 가리키며 말한다.

"저기 휴게실로 가 보면 알게 될 거에요."

내가 곧바로 휴게실을 향해 발걸음을 옮긴다. 휴게실에 들어서자

2명의 여인들이 나를 향해 환호성을 질러댄다.

"잘 지냈어? 내 낭군!"

"빨리 만나게 되어 반가워. 너를 보고 싶었던 현지의 마음 알아주겠니?"

둘은 혜미와 현지다. 그런데 성국과 민정 및 미국 청년도 눈에 띈다. 나는 대뜸 알아차린다. 미국 청년이 바로 민정의 새로운 애인이라는 사실을. 내가 성국과 민정과 템퍼슨에게로 차례로 손을 내밀며 말한다.

"성국아, 정말 오랜만이야. 이렇게 도중에 나와도 학업에는 지장이 없니?"

"민정아, 너도 참 오랜만이야. 그간 미국에서 잘 지냈니?"

"안녕하세요? 템퍼슨 씨! 민정의 친구인 김춘호예요."

이들을 동시에 만나니 마음이 무거워지면서도 홀가분해지는 느낌이 든다. 내가 먼저 성국에게 숙소가 어디인지를 묻는다. 그러자 성국이 내게 말한다.

"네가 여기에 숙소를 잡았다는 것을 알고는 다들 여기로 예약했어. 나는 2층에 숙소를 정했어. 혜미와 현지 씨는 3층에, 템퍼슨 씨와 민정은 5층에 배정되었어. 다들 네가 머무는 306호실에서 가까운 위치야."

혜미와 현지가 내 숙소의 맞은편인 307호실이 숙소임을 내게 일러준다. 나는 마음속으로 홀가분함을 느낀다. 밤을 새워 얘기를 나눌 사람들이 같은 호텔에 머물기 때문이다.

템퍼슨이 먼저 일행을 둘러보며 입을 연다.

"저는 민정 씨 부탁으로 여기까지 왔어요. 한 마디만 들려드리고 민정 씨랑 숙소로 돌아가려고 해요. 괜찮겠죠?"

내가 템퍼슨을 향해 말한다.

"좋아요. 판단은 주변 사람들이 할 테니까 어디 얘기해 봐요."

템퍼슨이 간략하게 말한다. 3주 후에는 정식으로 민정과 결혼하기로 했다고 들려준다. 이런 상황을 밝혔으니 그들의 숙소로 물러가도 되지 않겠느냐고 묻는다. 내가 곧바로 응답한다.

"좋아요. 시간이 바쁜 듯 보이니 민정이랑 나가서도 좋아요."

내 말에 템퍼슨과 민정이 희희낙락하며 그들의 숙소로 올라가 버린다. 이제는 성국과 혜미와 현지 및 내가 남았다. 어쨌든 만나야 할 사람이 만난 거라 생각된다.

이때 주머니에서 휴대전화가 떨어댄다. 귀에 갖다 대니 윤혜의 목소리가 들린다.

"안녕? 나 윤혜야. 조금 전에 종태 씨랑 호텔에서 네 큰어머니를 만났어. 공교롭게도 같은 호텔에 숙소가 정해졌기에 만나게 되었어. 말을 들으니 오늘 네가 참 바쁘다고 들었어. 내일 새벽에 네 큰어머니랑 함께 나갈게. 부두에서 만나기로 해."

나도 반가워서 쾌활한 목소리로 응답한다.

"지금은 조금 바빠서 나중에 너를 보러 갈게. 거기까지는 거리가 가깝기에 금방이면 돼."

23. 뒤엉킨 굴레로부터의 해방

사모아의 노을이 불길처럼 농염한 8월 1일의 저녁 무렵이다. 사모아 항구의 호텔에는 위령제와 연관된 사람들이 차례차례 모여든다. 큰어머니와 사촌 누나가 사모아의 팔레올로 공항에 도착했다. 내가 그녀들을 마중하여 예약된 호텔까지 데려다 주었다. 내가 머무는 호텔은 아피아 항구의 하버 라이트 호텔이다. 큰어머니와 누나가 머무는 호텔은 사모아 마리나 호텔이다. 호텔 간의 거리는 노을의 정감만큼이나 친근하게 느껴지는 75미터에 불과하다.

내가 머무는 호텔에 혜미와 현지도 예약해 들어왔다. 성국도 내가 머무는 호텔에 숙소를 정했다. 민정과 템퍼슨도 내가 머무는 호텔에 숙소를 마련했다. 윤혜와 종태는 사모아 마리나 호텔에 묵었음이 나중에 밝혀졌다. 내가 머무는 호텔에 혜미와 현지, 민정, 템퍼슨, 성국이 모여들었다. 1층 휴게실에서 일행이 만나서 의견을 나눌 때다. 템퍼슨과 민정이 먼저 의견을 말하고는 그들의 숙소로 올라가 버린다. 그런 뒤에 내가 일행을 향해 제안한다.

"우리의 논의는 조금 은밀한 얘기들이잖아? 차라리 내 방으로 올라가 얘기를 나누도록 하자고."

성국과 혜미와 현지가 일제히 내 제안에 찬성한다.

다들 나를 따라 306호실로 향한다. 내가 내 숙소 문을 열자 일행이 우르르 방으로 들어선다. 침대 주변의 원형 다탁 둘레로 넷이 둘러앉는다. 그러고는 내가 냉장고에서 음료와 빵을 꺼낸다. 음료와 빵은 내가 항구의 상점에서 산 것들이다.

일행이 음료와 빵을 먹으면서 의견을 나누기 시작한다. 성국이 진지한 표정으로 먼저 입을 연다. 나와 혜미와 그의 셋만의 문제라 여긴 모양으로 낮춤말로 말한다.

"내가 처음에는 혜미와 연인이었어. 그러다가 민정에게 마음이 이끌려 민정과 결혼했어. 어쨌든 내가 혜미와의 사랑을 저버리고 배신자가 되었어. 그러다가 민정에게 걷어차여 이혼남이 되었어."

잠시 호흡을 가다듬고는 성국이 말을 잇는다.

"나는 진정으로 예전에 혜미에게서 떠났던 것에 대하여 후회하고 반성해. 혜미만 나를 용서해 준다면 진심으로 재결합하고 싶어. 혜미야, 내가 어떻게 하면 나를 다시 받아주겠니?"

혜미가 싸늘한 목소리로 성국을 바라보며 말한다.

"나를 배신한 남자한테 나는 더 이상 관심이 없어. 한 번 배신한 사람은 언제든 다시 배신할 사람인 탓이야. 나는 새로운 연인인 춘호밖엔 관심이 없어. 너는 지금 순간 이후로 나를 잊어 주기를 원해. 네가 계속 남아서 이야기하기를 원한다면 차라리 내가 여기서 나갈게."

성국이 간절한 음색으로 혜미를 바라보며 말한다.

"거듭 말하지만 예전에 내가 정말 죽을 죄를 지었어. 원하면 절이라도 할 테니 나를 다시 받아주면 안 되겠니? 정말 간절히 이렇게 빌게, 응?"

혜미가 다시 낮은 목소리로 말한다.

"성국아, 네가 나갈래? 아니면 내가 방에서 나갈까? 제발 철부지 짓은 한 번으로 끝내자고."

성국이 나를 향해 도움을 바라는 듯 말한다.

"춘호야, 너도 좀 생각 고쳐먹지 않을래? 어떻게 혼자서 여자 둘을 연인으로 취하겠다고 생각하니? 그게 말이 되는 소리라고 생각하니?"

현지가 정색을 하고 말한다.

"혜미와 제가 그렇기를 원하고 춘호 씨가 동의했는데 뭐가 문제예요? 춘호 씨는 누구처럼 배신한 일도 없어서 진심으로 존경해요. 나 같아도 배신한 남자와는 상종하지도 않을 거예요."

성국의 표정이 노여움으로 인하여 급격히 붉게 달아오른다. 하지만 그의 처지를 생각했음인지 이내 표정을 추스른다. 그러고는 다시 인내심을 발휘하여 말한다.

"현지 씨의 경우도 제겐 이해되지 않아요. 어떻게 온전한 정신으로 두 여자가 한 남자와 살겠다는 거죠? 변태가 아니고서는 생각하기조차 어려운 일이잖아요?"

이번에는 현지의 얼굴이 불길처럼 달아오르더니 급기야 격분하여 고함을 질러댄다.

"아니, 무슨 말을 이따위로 해요? 변태라니요? 누가 변태라는 말이죠? 세 사람의 마음이 합치되어 동의한 일에 시비를 걸어요? 셋은 누구도 성국 씨처럼 신의가 없지는 않아요. 내가 성국 씨라면 부끄러워서 혜미를 찾아오지도 못했을 거예요. 어떻게 이처럼 뻔뻔할 수가 있어요?"

자존심이 엄청나게 상한 듯 성국도 언성을 높여 떠든다.

"사람이 어쩌다가 실수를 할 수도 있잖아요? 그 실수를 두고 지나치게 인신공격을 해도 되는 거예요? 어쨌든 저는 혜미를 간절히 사랑해요. 제발 혜미만 제 마음을 받아 주면 당장이라도 재결합하고 싶어요. 정말 진정으로 원해요."

혜미가 벌컥 역정을 내며 성국을 향해 말한다.

"얼굴 두껍게도 어디에 나타나서 고함을 지르고 야단이냐? 제발 내 눈앞에서 꺼져 주었으면 고맙겠어. 제발 다시는 보고 싶지 않다고."

성국이 분노로 달아오른 얼굴로 혜미를 바라보다가 목소리를 낮추며 말한다.

"제발 한 번만 나를 용서해 주면 안 되겠니? 두 여자가 변태처럼 춘호와 어울리겠다니 정신 좀 차리라고. 최종적으로 한 번만 더 물을게. 정말 나랑 재결합할 생각은 없는 거니?"

혜미가 작정한 듯 쓴 소리를 떠들어댄다.

"오죽하면 결혼한 여자한테 내쫓기니? 그래 놓고서는 무슨 염치로 재결합하겠다고 나를 찾아와 야단이니? 그런 주제에 나를 변태로 몰아 세워? 아무래도 네 정신 구조에 문제가 생긴 것 같아. 제발 인간 비린내 그만 풍기고 좀 꺼져 줘. 정말 간절하게 부탁할게."

아무래도 이런 식으로 가다가는 악감만 안고 헤어지리라 여겨진다. 보다 슬기로운 해결이 없을까를 생각하는 찰나다. 현지가 금세 차분해진 목소리로 입을 연다.

"성국 씨, 아무래도 우리의 대화는 이루어지기 어렵겠군요. 신의를 저버린 주제에 우리를 변태 성욕자로 모독하는 당신이 불쌍해요. 우리를 그처럼 모독하면서 어떻게 혜미와 재결합하기를 원해요? 혜미가 그토록 재결합하는 것을 거부해도 자꾸 들이대는 까닭이 뭐예요?"

성국이 자신의 분노를 추스르지 못해 길길이 뛰며 고함을 질러 댄다.

"세상에 뭐 이런 일이 다 있어? 변태 셋이 똘똘 뭉쳐서 나 하나를 바보로 만들려고 하다니? 길을 막고 사람들에게 물어 보자고. 어디 당신들을 정상적인 사람들로 봐 주겠느냐고? 세상에 셋이 뒤엉켜서 부부가 되겠다는 사람들이 어디 있겠어? 참으로 세상이 더럽게 변했어, 정말."

'세상이 더럽게 변했어, 정말.'이라는 말을 듣는 순간이다. 친구라고 끝까지 참으려고 했던 인내의 한계가 순간적으로 무너져 버린다. 하도 어이가 없어서 내 입에서 한숨이 터져 나가는 찰나다. 이때 성국이 주먹으로 내 면상을 후려치며 고함을 내지른다.

"남의 애인을 가로챈 주제에 한숨을 다 쉬어? 도대체 네 정신이 제대로 박혔어?"

그에서 맞은 내 얼굴에서 코피가 흘러내린다. 어느새 격분한 상태의 내 주먹이 성국의 면상으로 날아든다. 화가 난 내 고함 소리가 덩달아 실내에 울려퍼진다.

"여자한테 걷어차인 주제에 뭐가 잘 났다고 행패를 부려? 네가 행패를 부릴 처지나 돼?"

사내들이 서로 치고 받아 코피를 흘리니 여인들이 달려들어 말린다. 성국과 나의 안면으로 코피가 크게 터져 흘러내린다. 둘은 각자 손수건을 꺼내 지혈하며 잠시 동작을 멈춘다. 지혈을 하면서 성국과 내가 이내 서로에게 사과한다. 손찌검을 해서 미안하다고. 그러면서도 여전히 말이 안 통하는 서로를 바라보며 안타까움에 젖는다.

혜미와 현지의 눈빛에 성국에 대한 경멸의 색조가 남실댄다. 분노의 감정을 추스르면서 혜미가 성국을 향해 차분하게 말한다.

"나와 재결합을 원한다는 사람이 어쩜 이런 난동을 벌여? 어떻게 나와 현지와 춘호를 변태 성욕자로 몰아 세워? 네 수준이 그밖에는 안 되는 거니? 나와 현지는 지금도 진정으로 춘호를 사랑해. 만약에 춘호로부터 선택받지 못하면 차라리 세상을 포기할 마음이야. 너한테는 사랑이 장난일지 모르겠지만 나와 현지에게는 삶의 절박한 선택이야. 현지도 분명히 내게 말했어. 그녀도 춘호한테 선택받지 못하면 세상을 떠나겠다고 밝혔어.

춘호도 왜 일부일처제를 모르겠니? 현지와 나를 애인으로 받아들인 이유를 너는 짐작조차 못 할 거야. 둘 중의 누구라도 실의하여 죽지 않게 지키려는 마음 때문이었어. 이런 춘호를 단순한 네 척

310

도로 변태 성욕자로 몰아 세워? 네가 정말 온전한 정신을 가진 사람이니?"

여인들의 차분한 언변에 접하자 성국이 기가 질리는 듯한 표정이다. 그도 이제는 흥분이 가라앉은 목소리로 현지한테 말한다.

"현지 씨, 정말 춘호가 당신을 거부하면 죽을 작정입니까? 단순한 협박인지 진정한 마음인지를 꼭 알고 싶어요."

현지가 정말 어이없다는 표정으로 싸늘한 목소리로 대답한다.

"듣고 싶다니 확실하게 말할게요. 세상에 태어나서 춘호 씨를 만난 자체가 복이라 생각되었어요. 이런 복을 놓치게 되면 생존의 의미가 없다고 여겨져요. 그래서 그한테 선택받지 못하면 깨끗이 세상과 결별할 작정이에요. 혜미도 저랑 뜻이 같음을 제가 잘 알아요. 춘호 씨가 혜미와 저를 선택한 원인은 둘을 살리려는 취지였어요. 이제는 제 말을 제대로 알아듣겠어요?"

현지의 말을 듣고 나서야 성국의 정신이 번쩍 드는 모양이다. 느닷없이 방바닥에 꿇어앉더니 성국이 통곡을 해댄다.

으흐으흑! 으흐으흐흑!

통곡이 하도 절절하여 듣는 것만으로도 가슴이 마비될 지경이다. 성국의 울음소리에는 너무나 처연하고 암담한 여운이 스며 있는 듯하다. 그래서 누구도 선뜻 성국을 달랠 엄두를 내지 못한다. 통곡을 해댄 지 십여 분이 흐른 뒤다. 성국이 일행을 향해 말한다.

"단순한 생각으로 세 사람을 변태 성욕자로 모독(冒瀆)해서 정말 죄송합니다. 혜미 씨께도 마지막으로 용서를 구합니다. 저도 이제는 삶의 의미를 상실했기에 세상에 머물고 싶지 않아요. 덕이 없는 제 소치라 여기고 용서해 주기를 간절히 빕니다."

성국의 어투가 갑자기 바뀌자 불길한 느낌이 물씬 느껴진다. 아무래도 무슨 일을 저지를 듯한 예감이 전해진다. 성국이 줄줄 눈물을 쏟으며 방바닥에서 일어선다. 그러고는 비틀거리는 걸음걸이로 방에서 빠져나간다. 누구보다도 혜미의 마음이 가장 애잔한 모양이다. 혜미가 주춤거리다가 성국을 뒤쫓는다. 숙소를 빠져 나가는 성국의 뒷모습을 나도 불안감에 휩싸여 응시한다. 혜미가 빠져 나가자 현지도 덩달아 내 방에서 빠져 나간다.

나는 너무 많은 곳에 신경을 썼기에 몸이 너무나 피곤하다. 혜미가 성국을 뒤쫓는 모양이어서 성국의 문제는 혜미한테 맡기기로 한다. 너무 피곤하여 그대로 자고 싶지만 윤혜에게 전화를 건다. 도리상 반드시 만나야 하기 때문이다. 윤혜가 쾌활한 목소리로 전화를 받는다.

"지금 어디냐? 종태 씨랑 그렇잖아도 너를 기다리고 있는 중이야."

내가 곧바로 응답한다.

"10분 이내에 도착할게. 409호라고 했지?"

이윽고 사모아 마리나 호텔 409호실 초인종을 내가 누른다. 그러자 문이 열리면서 윤혜와 종태가 나를 맞이한다. 마을 옆집에 사는 윤혜인지라 엄청나게 반가운 마음이 든다. 반가움을 그대로 표정에 드러낸 채 내가 그들에게 말한다.

"멀리 사모아까지 찾아 주어서 고맙습니다. 해역은 다르지만 위령제가 윤혜 씨의 부친께도 위안이 되리라 여겨집니다."

내 말에 윤혜가 눈을 동그랗게 뜨며 말한다.

"네가 나를 '윤혜 씨'라고 부르면서 격식을 차리니 갑자기 무서워져. 평소 때처럼 대해 줘. 내가 어색해서 몸이 뒤틀릴 지경이야."

내가 윤혜에게 알았다는 뜻으로 고개를 끄떡여 동의한다. 그들 연인과 반시간쯤 화기롭게 대화하다가 내 숙소로 되돌아간다.

숙소의 문 앞에는 혜미가 현지가 서 있다. 내가 그녀들에게 다가서며 말한다.

"아니, 잠을 안 자고 왜 문 앞에서 기다리는 거야?"

혜미가 심각한 표정으로 내게 말한다.

"우리는 병원에서 이제 막 도착했어. 구조대원에게 겨우 성국이 구조되었어. 가까스로 의식이 돌아온 걸 보고 되돌아왔어."

현지도 곁에서 입을 연다.

"혜미가 성국 씨를 뒤쫓으면서 내게 부탁했어. 해변의 구조대원을 긴급히 불러달라고. 그래서 곧바로 해양 구조대원 2명과 함께 혜미를 뒤쫓았어. 구조대원을 찾아 해변으로 가느라고 조금 시간이 지체된 모양이야. 구조대원들과 내가 막 해변에 도착했을 때였어. 혜미가 미처 성국 씨한테 다가가기도 전이었어. 해안 절벽에서 성국 씨가 바다로 몸을 날렸어. 투신한 지점이 항구의 컨테이너 선박이 드나드는 선착장의 절벽이었어.

구조대원들의 말에 따르면 그 부분의 수심이 30미터라고 했어. 구조대원들이 성국 씨를 구조했지만 물을 많이 삼켜 위험한 상태였어. 그래서 곧바로 항구 곁의 병원에 입원시켰어. 겨우 의식이 돌아오는 걸 확인하고는 곧바로 이리로 왔어."

내 숙소의 맞은편 방이 혜미와 현지의 숙소다. 그녀들로부터 얘기를 들으니 가슴이 답답해진다. 자신도 모르게 내가 마음속으로 중얼댄다.

'내가 윤혜와 종태를 만날 때에 성국이 익사할 뻔했구나. 목숨을 초연할 정도의 사랑이라면 그를 배려해야겠어. 나도 혜미에게 잘 얘기해야겠어.'

이윽고 내 숙소의 원형 다탁에서 혜미와 현지와 둘러앉는다. 내가 혜미에게 말한다.

"목숨을 내놓을 정도라면 네가 성국의 마음을 받아들여야 하지 않겠니? 지난 일은 용서하고 새롭게 시작하는 게 어떻겠니? 그가 투신으로써 자신의 진정한 마음을 네게 보여주었잖아? 또한 성국과 너는 원래의 연인이었잖아? 나도 너를 정말로 사랑해. 하지만, 너를 정말로 사랑하기에 원래의 연분을 되찾아 주고 싶어. 내 말뜻을 충분히 이해하겠지?"

내 말에 당장 대답하지 않고 한동안 혜미가 침묵을 지킨다. 방 안은 순식간에 물속 같은 정밀로 가득 찬다.

반시간의 시간이 흐른 뒤다. 혜미가 내 눈을 응시하며 말한다.

"나는 위선자를 가장 미워하며 경멸해. 네가 위선자가 아니란 걸 나한테 보여줄 수 있겠니?"

왠지 혜미의 눈빛에 슬쩍 광기(狂氣)가 실린 느낌이 전해진다. 이때에는 무조건 화자(話者)의 말에 적극적으로 응해 주어야 함을 안다. 생각이 여기에 미치자 내가 혜미한테 말한다.

"좋아, 내게 무슨 말을 해도 좋아. 가능하다면 네가 원하는 대로

다 응해 줄게."

혜미가 속이 끓는 듯한 짙은 한숨을 내쉬더니 내게 말한다.

"분명히 네가 현지보다 나를 덜 사랑하는 것은 아니지? 성국을 핑계 삼아 나를 배제하는 것이 아니라는 걸 보여줘. 네가 나를 현지만큼 사랑하고 있음을 행동으로 보여줘. 그래야 성국의 일도 내가 재고해 보겠어. 내 말 알아듣겠지? 당장 지금 네 행동으로 보여줘, 어서!"

나는 자신도 모르게 차가운 한숨을 내쉬고는 혜미한테로 다가간다. 다가가서는 곧바로 혜미의 입술에 진한 입맞춤을 한다. 그러고는 혜미의 블라우스와 치마를 차례대로 벗기기 시작한다. 현지만 다탁에 앉아서 나와 혜미의 행위를 지켜보고 있다. 내가 혜미를 발가벗겨서 침대에 눕힌 뒤다. 이윽고 현지에게 다가가 그녀의 옷을 차례로 벗기기 시작한다. 이윽고 두 여인을 침대에 눕힌 뒤다. 이때 내 머릿속으로 어떤 상념의 물줄기가 흘러든다.

'세상이나 우주란 것도 사람의 눈에 비치는 허상일 따름이다. 어느 것이 참이고 거짓인지의 구분은 애초부터 없는 것이다. 따지기 좋아하는 인간들이 기준을 세워 적용할 따름이다.'

예전에 어떤 서책에서도 읽은 적이 없는 상념이다. 왠지 이 순간에는 이 상념의 물줄기에 따라야 마땅하리라 여겨진다. 나는 혜미의 유두에 먼저 입술을 갖다 댄다. 그러면서 손으로는 현지의 젖무덤을 주물러대기 시작한다. 그러자 여인들의 손길이 내 가슴과 사타구니의 성기를 더듬기 시작한다. 금세 전신이 황홀감으로 저릿저릿해진다. 여인들의 뺨이 흥분으로 온통 벌겋다. 왠지 이때부터 사막으로 해풍이 밀려드는 느낌이 든다. 꽃이라고는 피우지 못한 광막한 사막에 휩쓸리는 달빛 같은 느낌이랄까?

느닷없이 꿈결처럼 수향의 얼굴이 밀려든다. 첫 연인이었던 수향의 얼굴이 밀려들면서 혜미와 현지가 수향으로 느껴진다. 이때부터는 폭풍 같은 흥분의 전율이 이어진다. 누가 혜미이며 누가 현지인지 구분이 안 될 지경으로 뒤엉킨다. 끌어안고 안기는 과정이 구름 속에서 춤추는 용(龍)의 몸부림이라 느껴진다. 천 년 세월을 기다렸다가 승천하는 용의 몸부림이 여실히 느껴진다. 나만 용이 아니라 혜미와 현지도 당당한 품격의 용이라 느껴진다. 오늘이 있기까지 어느 산골짜기의 용소(龍沼)에서 숨어 있었는지 궁금할 지경이다.

세상의 움직임이란 죄다 멈춘 느낌이다. 다만 우주의 움직이는 실체는 세 마리의 용이라 느껴질 따름이다. 다들 배우자로서 흥분을 공유한다는 느낌만 강하게 밀려들 따름이다. 한동안의 정사가 지속된 뒤다. 셋은 샤워를 하고 옷을 차려 입고는 원형의 다탁에 둘러앉는다.

이때 혜미가 훌쩍이면서 내게 말한다.

"시날레이 해변을 다녀온 이후부터 이런 삶이 지속되기를 염원했어. 나는 연인으로서 춘호 너를 영원히 잊지 못할 것 같아. 하지만 오늘 보여준 성국의 진정성이 내 가슴을 울렸어. 나는 마지막으로 그의 진정성을 믿어 보고 싶어. 그렇게 하는 것이 여러 사람을 살리는 길이라 여겨져. 그래서 성국과 재결합하기로 방금 마음을 굳혔어. 그럼에도 오늘은 너랑 마지막 연인으로서 현지랑 여기서 묵고 싶어. 성국은 민정과 부부로 지내면서 숱하게 색정을 나누었잖아?

나는 오늘 단 하루를 너와 현지랑 머물고 싶을 따름이야. 어때 내 제안을 받아들이겠니?"

내겐 혜미의 말이 우주에 깔린 신들의 명령이라 여겨진다. 그래서 자연스레 고개를 끄떡여 사모아에서의 마지막 열기를 방출하기로 한다. 혜미가 잊은 듯 나와 현지를 향해 말한다.

"너희들은 정말 아름다운 부부가 되리라 여겨져. 사실은 현지 네게 엄청난 부러움을 느끼고 있어. 어쨌든 결론적으로는 네가 나를 밀어내기에 성공한 여자이기 때문이야. 네가 세상의 행운을 다 챙긴 것 같은 느낌마저 들어."

현지가 장난스레 혜미한테 눈을 흘기며 말한다.

"너와 나는 지기이잖아? 솔직히 나는 너를 포함하여 셋이 함께하기를 엄청나게 기원했어. 현대인들이 꿈꾸는 영원한 동화의 세상을 살고 싶기도 했어. 하지만 하늘이 우리한테는 이 정도까지만 행운을 허용해 주는 모양이야. 네 바람대로 춘호와 잘 살게. 너도 성국 씨랑 평생을 멋진 배우자로 살기를 바랄게."

나는 침상에 드러누워 숱한 상념의 물결에 휩쓸린다. 오른팔은 현지가 베고 왼팔은 혜미가 베고 있다. 잠을 자야 하는데 쉽게 잠들 것 같지 않다. 수시로 용의 숨결이 느껴지는 탓이다.

좀처럼 해결되지 않을 것 같은 일이 해결되어 가슴이 개운하다. 시날레이 동굴 사건 이후로는 언제나 이민을 염두에 두었다. 한국에서는 허용되지 않은 다처제가 허용되는 세상이 필요한 거였다. 이런 조건에 부합되는 나라들은 동남아시아에서는 적지 않았다. 또한 사모아에서도 충분히 허용되는 환경이었다. 그랬기에 당연히 사모아로의 이민 계획을 세우고 있었다. 그랬는데 성국의 출현으로 혜미를 성국에게 되돌려 주게 되었다. 일이 이렇게 되었기에 이제는 이민으로 나설 필요가 사라졌다.

현지와 가정을 꾸려서 행복하게 살기만 하면 되는 터였다. 내 품에 안긴 두 연인(戀人)들이 너무 소중하게 여겨진다. 어느새 내 의식도 맥없이 허물어짐을 느낀다.

24. 20년 만의 위령제

심산의 안개가 스러지듯 밤이 지나고 어느새 날이 밝았다. 눈을 뜨자마자 나는 병원에 들러 성국을 문병한다. 위기를 넘겼기에 전혀 생명에는 지장이 없는 상태임을 확인한다. 사랑을 위해 생명의 불꽃마저도 잠시 내던졌던 벗의 숨결에 취한다. 그런 성국이 나를 향해 말한다.

"친구야, 고마워. 나를 위해 끝까지 혜미를 잘 설득시켜 주어서 고마워. 나는 오늘 위령제에는 참석하지 못할 건강 상태야. 마음속으로 여기서 조난당한 망령들을 위로하겠어."

나와 성국이 손을 맞잡고 둘이 눈물을 글썽이며 서로를 바라본다. 내가 그에게 말한다.

"성국아, 어젯밤에 곧장 들르지 못해서 미안해. 사실은 네가 갓 구조된 상태였기에 회복의 시간이 필요하리라 여겼어. 네 인생을 혜미한테 걸었음을 보여준 네 행동에 진정으로 감동했어. 그랬기에 돌아섰던 혜미의 마음도 다시 네게로 기울어졌음을 알았어. 부디 마지막 기회라 여기고 혜미와 행복한 삶을 누리기를 기원할게."

병원을 다녀온 뒤에 사람들을 항구로 데려간다. 큰어머니와 누나와 윤혜와 종태를 부두로 옮긴다. 혜미와 현지도 부두에 옮긴다. 민정과 템퍼슨은 나보다 먼저 부두에 도착한 상태다. 부두의 광장에는 회사 직원 8명이 배치되어 있다. 사망자의 가족들이 죄다 참석한 상태다.

새벽 4시 반에는 플랭킨이 부두에 도착했다. 4시 40분 무렵에는 윈차도르와 데테마르가 부두에 도착했다. 오전 4시 40분부터 은성호에 사람들이 승선하기 시작했다. 은성호의 양쪽 측면에는 대형 플래카드가 부착되어 있다.

'한국 피해 원양 선원 합동 위령제'

한국어 밑으로는 영어 자막까지 기록되어 있다. 회사의 직원으로는 본사에서 8명이 파견되었다. 하지만 임원들은 전혀 눈에 띄지 않는다. 8명의 직원들 중에는 은성호의 선원들은 포함되지 않은 상태다. 유가족의 참석 인원은 53명에 이른다.

이윽고 은성호는 오전 5시를 기하여 아피아 항구에서 뱃고동을 울린다.
부웅부웅! 부웅부우웅!
뱃고동이 울리자마자 배가 우폴루 섬의 북서 방향으로 내달린다.

해안에서 100킬로미터 떨어진 곳이 사망자들이 살해당한 곳이다. 서경 173도이며 남위 13도인 해역이기도 하다.

배는 오전 8시 20분에 정확히 조난 지점에 도착한다. 갑판에 53명의 피해자 친척들을 정렬시킬 무렵이다. 바다에는 길이 350미터에 이르는 수송선 2척이 조난 장소로 다가든다. 수송선에 매달린 깃발이 태극기임이 드러난다. 선장이 나를 불러 말한다.

"회사에서 수송선 2척을 행사장으로 파견했어. 우측의 수송선 중앙에는 김해천(金海泉) 그룹 회장님이 타고 계셔. 함께 온 임원들 수만 해도 11명에 달해. 유가족들은 은성호에 배치시키고 행사의 진행은 수송선에서 진행한다고 어젯밤에 연락받았어. 김항은 나랑 스피드 보트로 우측 수송선으로 건너가자고. 거기서 임원들께 인사하고는 행사를 진행시켜야지. 자, 나랑 가자고."

선교 뒤의 스피드 보트를 내가 바다에 띄운다. 이윽고 선장과 내가 스피드 보트로 우측의 수송선으로 달려간다. 수송선에 올라서서 회장에게 선장과 내가 경건하게 인사를 한다. 그러고는 주변 임원들한테도 골고루 인사한다. 그러고는 마이크로 행사를 진행한다. 수송선에서 건너다보니 2항사인 덕평이 은성호를 잘 관리하고 있다. 수송선에서 은성호까지의 거리는 30미터에 달한다. 유가족들에게는 행사장을 관람시키려고 60여 개의 쌍안경을 빌려 준 상태다. 이윽고 내가 마이크를 들고는 행사를 진행시킨다.

"안녕하세요? 저는 은성호 항해사인 김춘호입니다. 지금부터 2016년 원양 어선 합동 위령제를 시행하도록 하겠습니다. 자리에 앉으신 귀빈과 유가족 여러분께서는 일어나 주시기 바랍니다. 수송선 중앙의 국기를 바라봐 주세요. 국기에 대한 경례! 바로!"

잠시 뜸을 들인 후다. 은성호와 주변 바다를 둘러보며 우렁찬 목소리로 말한다.

"순국 선원들의 영령에 대한 묵념!"

잠시 음악이 흐른 뒤에 큰 소리로 말한다.

"바로! 일어선 귀빈들과 유가족들께서는 착석해 주시기 바랍니다."

나는 절차에 따라 의식을 진행한다.

"행사 시행에 대해 적극적으로 배려해 주신 회장님의 인사말이 있겠습니다."

이윽고 회장이 수송선 연단에 설치된 마이크 앞에 선다. 그러고는 건너편의 은성호 유가족들을 바라보며 입을 연다.

"벌써 세월이 많이 흘렀습니다. 이제야 위령제를 올리게 되어 죄송하다는 말씀을 먼저 올립니다. 과거에는 추진하기 어려웠던 점이 많았습니다. 조난 장소가 남태평양이어서 한국에서 여기로 건너오기가 여간 어렵지 않았습니다. 한국은 전자나 조선 및 해양 산업에서 세계적인 위상을 갖추었습니다. 이에 본 그룹에서는 그룹 차원에서 위령제를 올리기로 뜻을 모았습니다."

회장의 말이 여기에까지 이르자 은성호의 유가족들이 일제히 박수를 쳐댄다. 또한 좌측 수송선의 일반 구경꾼들도 회장의 말에 환호성을 질러댄다. 10여 분에 걸친 회장의 인사말이 끝난 뒤다. 두 명의 외부 인사에 의한 축사까지 진행되었다. 큰어머니의 주선으로 온 무당과 박수가 수송선의 중앙에 자리 잡는다. 내가 마이크를 통해 말한다.

"이어서 김창열 유가족께서 주선한 천도(薦度) 굿을 진행하도록 하겠습니다. 굿이 끝나면 기독교나 불교, 천주교 의식도 순서대로 진행할 예정입니다. 지금부터 잘 지켜봐 주시면서 조난 영령들을 위로해 주시기를 기원합니다."

수송선에서 50대의 무당 2명과 박수 1명이 주변 사람들에게로 인사한다. 그러고는 수송선의 무대에 주과포혜를 갖춘 제사상을 차린다. 피해자 7인의 영령들에게 제사하는 커다란 밥상이다. 제사상 앞에는 채색 종이로 만들어진 조화인 연꽃들이 펼쳐져 있다. 징과 꽹과리와 방울들이 제사상 앞에 놓여 있다. 50대 중반의 무녀가 육성으로 주변 사람들을 향해 주문을 읊조린다. 이와 때를 같이 하여 박수가 북을 퉁퉁 친다. 무녀로 불리는 무당의 육성이 바다의 공간을 장악하기 시작한다. 마이크를 쓰는 이상으로 소리가 허공으로 잘도 울려 퍼진다.

2016년 병신년 음력 유월 삼십일 병진일 진시에

제자 조금주가 천지신장님께 영령들의 천도를 기원하나이다.

신장님께서는 1996년 병자년 음력 유월 십팔일 새벽에

사모아 북서쪽 100킬로미터 해상에서 희생된

일곱 영가들을 좋은 세상으로 인도하여 주사이다.

천지신장님께 고하는 영가의 명단은 아래와 같나이다.

33세 최기택 선장 영가

33세 강인호 갑판장 영가

53세 김신일 기관장 영가

36세 김창열 조기장 영가

32세 박종승 전기사 영가

45세 조장주 조리사 영가

19세 최동호 실항사 영가

위에 고한 7위의 영가들을 좋은 세상으로

천도시켜 주시기를 진심으로 기원하나이다.

무당이 우렁찬 목소리로 신고 주문을 발설한 뒤다. 박수가 일어서서 징을 둥둥 울리고 다른 무당이 방울을 흔들어댄다. 무당이 내게로 다가와 유가족 대표자 1명씩을 부르라고 한다. 이미 유가족 대표자 7명은 수송선 갑판에서 대기하던 중이다. 무당의 지시로 7명의 유가족들이 제사상을 향해 2차례씩 절을 한다. 절을 하고는 수송선 가장자리로 물러나서 의식을 지켜본다.

제사상 비용만으로도 엄청나게 많이 들었으리라 여겨진다. 숱한 떡과 과일, 물고기, 소탕(素湯), 어탕(魚湯), 육탕(肉湯) 등이 즐비하다. 사회를 진행하면서 굿을 면밀히 관찰한다. 유가족 대표가 간혹 불려나와 제사상 앞에서 절을 한다. 그러고는 무당 둘이 방울을 흔들고 꽹과리를 치며 굿춤을 춘다. 박수는 일정한 주기로 북을 둥둥 치며 행사 흐름을 조절한다.

어느 순간이다. 큰어머니가 유가족 대표로 제사상에 나와 절을 한 뒤다. 큰어머니 곁의 무당의 손에 들린 대나무가지가 유난히 크게 흔들린다. 그러더니 무당의 입에서 통곡이 터져 나온다.

"보소, 마누라! 무던히도 보고 싶었소. 이처럼 나를 찾아 주어서 너무나 고맙소. 그래, 딸도 잘 지내시오? 어떻게 하든 굳건히 잘 참고 견디소. 내 간절한 부탁이오."

무속의 접신(接神) 현상이라 여겨진다. 무당의 인체를 통해 망령이 접속되어 말하게 한다는 현상이다. 무속의 골격에 해당하는 사항이라 잘 모르겠지만 신비롭기는 한 영역이다. 그런데 놀라운 것은 큰어머니의 반응이다. 무당의 손을 맞잡고는 마주 통곡을 해댄다. 통곡 소리가 얼마나 애절한지 수송선의 임원들의 눈시울마저 눈물로 얼룩진다. 묘하게도 무당이 쓰는 어투가 큰아버지의 어투와 너무나 닮은 모양이다. 아마도 그 영향으로 큰어머니가 무당의 손을 맞잡고 통곡하는 듯하다. 사회를 진행하느라 지켜보는 내 눈시울마저 금세 눈물로 얼룩이 진다.

무당의 신기(神氣)가 통하는 탓인지 유가족 대표들마다 무당과 손잡고 오열한다. 도대체 왜 가해자들이 피해자들의 가정을 파탄으로 만들었는지 저주스러울 지경이다. 불만이 있으면 합법적으로 행할 일이지 상대를 살해하다니?

통퉁! 투두둥!

이윽고 북 소리를 신호로 45분간 진행된 무속의 위령제가 끝났다. 피해자 대표들의 오열로 시종 울음바다였던 굿판이 조용해진다. 마치 새로운 세상이 펼쳐진 느낌이다. 이때부터 각종 종교 대표들이 몰려나와 위령 의식을 간단간단히 거행한다. 기독교에서는 목사들이 나와 단체로 기도문을 읽고는 물러난다. 불교에서는 승려들이 나와 반야심경을 암송하고는 물러난다. 천주교에서는 신부들이 나와 영가들을 위해 합동으로 기도하고는 물러난다.

오전 10시경이 되어서야 기나긴 위령제가 끝났다. 내가 사회자로서 행사 종료를 수송선에서 선언한다.

"참여해 주신 모든 분들께 감사를 드립니다. 이상으로 위령제의 모든 의식을 종료합니다. 다들 안전하게 귀항하게 되기를 기원합니다. 사회자 김춘호였습니다. 다들 안녕히 가세요."

내 말이 막 끝났을 때다. 일제히 양쪽 수송선에서 진혼곡이 우렁차게 연주된다. 회사의 연주대가 연주를 시작한 모양이다. 그러더니 회장이 흰색 국화를 한 송이 바다에 던진다. 회장을 필두로 임원들과 유가족들이 바닷물로 국화를 한 송이씩 던진다. 숱한 국화 송이들이 다 던져질 때까지 애절한 진혼곡이 울린다. 큰어머니를 비롯한 망령의 참배객들은 또 한 번 울음바다에 휩쓸린다.

내게 그룹 회장의 인품이 제대로 느껴진 때가 바로 이때다. 국화를 날려 바닷물로 보내기까지 꽃송이에서 시선을 떼지 않는다. 진정으로 피해자들의 망령을 위로한다는 마음이 주변인들한테 절절하게 느껴질 정도다. 동작 하나만으로도 진정한 마음을 전할 수 있는 경지의 달인이라니!

회장에 이어서 수송선 위의 숱한 사람들이 해면으로 꽃송이를 던진다. 국화 송이들이 파도에 휩쓸려들 때마다 바다마저 울음을 터뜨리는 듯하다. 파도에 휩쓸리면서도 애틋한 연민의 설움으로 꽃송이들도 마냥 흐느끼는 듯하다. 치솟는 물결도 슬퍼하고 휘감기는 꽃송이도 목메어 훌쩍이는 느낌이다. 고운 빛살처럼 다가왔다가 시린 서릿발처럼 공허하게 스러져 가는 포말들이다. 그 숱한 포말들마다 피해자들의 망령들이 하염없이 흐느끼는 듯하다. 세월 지난 통한의 슬픔들이 이다지도 명징하게 느껴지는지 놀랍게 느껴진다.

슬픔이 하도 애절하여 나도 모르게 어깨를 들먹대며 울음을 터뜨린다. 세상이 순간적으로 울음의 먹구름 속에 갇힌 듯하다. 찰나간의 교감이랄까? 피해자들의 망령과 가해자들의 영혼이 포말들을 통해 서로를 달래는 듯하다.

'아, 이런 날을 기다려 그처럼 대양(大洋)도 오랫동안 선율로 출렁거렸던가? 허공에 날려 포말로 흩어지는 순간까지도 시린 정한으로 여태껏 울부짖었던가?'

생각이 여기에 미치자 눈가에 흘러내린 눈물로 시야가 차단될 지경이다. 가슴에는 처절하고 신산스런 회한의 불길이 마냥 소리를 내며 타오른다.

참으로 20년 만의 망령과 유가족들 간의 회합의 자리라 여겨진다. 유가족의 친척으로서 내가 마이크를 쥔 것도 운이라 생각된다. 수송선에서 스피드 보트를 타고 은성호의 갑판으로 올라설 때다. 갑판에 서 있던 누나가 내게 달려들어 나를 꼭 껴안는다. 나도 덩달아 누나를 힘껏 껴안는다. 내가 누나를 향해 자연스레 말한다.

"누나, 오늘 누나가 와서 큰아버지가 기뻐하셨을 거예요. 앞으로는 자신감을 갖고 당당하게 사시기를 빌게요."

누나가 내게 천천히 응답한다.

"춘호야, 네가 나한테 많은 힘을 주었어. 사실은 너와 하루 종일 이렇게 있으면 좋겠다는 생각이 들어. 내 욕심이 너무 많은 거니?"

내가 미소를 짓고 가만히 누나를 풀어 준다. 그러고는 선교로 가려던 중에 플랭킨이 나를 발견하고는 내게 달려든다. 내가 손을 내밀자 둘이 반가이 악수를 나눈다. 플랭킨과 가벼운 대화를 나누고 헤어질 때다. 윈차도르가 나를 보더니 손을 흔들며 다가온다. 내가 신속히 그녀의 곁을 바라본다. 그녀의 애인인 데테도르가 윈차도르 뒤에서 다가든다.

내가 다가드는 윈차도르에게 미소를 지으며 다가선다. 그러자 그녀가 나를 반갑게 포옹한다. 그러자 나도 반갑게 윈차도르와 포옹한다. 그러고는 이내 그녀한테서 물러서며 말한다.

"오늘 행사에 참여해 주셔서 고마워요. 애인까지 함께 와 주셔서 너무 기뻐요."

데테도르와도 내가 악수를 하며 인사를 나눈다. 윈차도르가 내게 엉뚱한 말을 건넨다.

"선상에서 사회를 맡으면 다들 매력적으로 느끼나 봐요. 오늘 그대가 엄청나게 멋있어 보였어요. 그래서 나도 모르게 그대를 껴안게 되었는데 억울하지는 않죠?"

내가 순간적으로 윈차도르에게 응답한다.

"억울한 게 아니라 영원한 사모아의 추억으로 간직해야죠."

내 말을 듣자 그녀가 미소를 지으며 내게 손을 흔든다. 고맙다는 느낌의 손짓으로 보인다.

윈차도르와 데테도르에게서 작별한 직후다. 윤혜와 종태가 나란히 내게 다가와 수고했다며 인사를 한다. 이때 익살스럽게도 종태가 내게 말한다.

"저기 귀퉁이에서 여기까지 오는 동안 저는 두 차례나 목격했어요. 항해사님이 여인들과 포옹하는 장면을 말입니다. 그런데 윤혜 씨까지도 항해사님과 포옹하고 싶다고 했어요. 그래 괜찮다며 하라고 했어요. 그랬는데도 항해사님이 두려운지 악수만 하고 끝내 더군요."

내가 쓴웃음을 지으며 종태한테 들려준다.

"서양 풍속하고 동양 풍속은 좀 달라서 그럴 거예요."

곧바로 종태가 응답한다.

"2차례의 포옹 중 동양인이 1명, 외국인이 1명이던데요. 항해사 님의 이론에 따르면 동서양의 풍속이 같아야 하는 게 아닌가요?"

결국 참으려던 웃음을 참지 못하고 껄껄대며 끝낸다. 배에 도착 하여 시설물을 점검한 뒤에 아피아로 귀항할 작정이다. 이런 내용 을 선교(船橋)에서 방송을 하여 알린다.

"오늘 행사에 참여해 주신 모든 분들께 감사를 드립니다. 배가 귀 항할 때까지는 대략 3시간 20분이 걸릴 예정입니다. 남은 시간 동안 즐거운 항해가 되기를 기원합니다."

항구까지는 덕평이 배를 몰겠다고 한다. 선장과 내가 고맙다며 나란히 갑판으로 나선다. 갑판에는 숱한 유가족들이 대담을 나누 는 중이다. 그들의 표정에서 저절로 생동감이 느껴진다.

이윽고 선장과 갑판에 나란히 서서 수평선을 바라본다. 갑판에 는 숱한 유가족들이 이리저리 몰려다니며 이야기를 나눈다. 혜미 와 현지가 나를 발견하고는 내게로 다가든다. 내가 먼저 혜미를 향 해 말한다.

"새벽에 성국한테 내가 가 봤어. 상태가 괜찮더군. 이제부터는 성 국과 네가 잘 지내길 빌게."

혜미가 밝게 웃으며 곧바로 응답한다.

"나도 새벽에 병원에 다녀왔어. 조금 피곤하다고 해서 내가 쉬라고 했어. 아무리 봐도 너는 참 멋진 사내야. 너와 함께 한 사모아의 추억을 영원히 잊지 않을게."

이번에는 현지가 나를 바라보며 말한다.

"사회 보느라 수고 많았어. 우리한테 사모아는 참 멋진 추억의 공간이 되리라 믿어."

혜미와 현지로부터 헤어진 뒤다. 나는 선장과 함께 갑판에서 수평선을 바라본다. 문득 페스카마 15호 사건으로 복역 중인 가해자들이 머릿속으로 떠오른다. 일시적인 실수로 20년간 세상과 단절된 삶을 사는 그들이 아닌가? 천안, 대전, 광주, 부산의 교도소에 분산되어 수감되어 있지 않은가? 누구든 인간의 고귀한 삶을 함부로 침범해서는 안 되리라 여겨진다. 가해자들도 단절된 삶을 살면서 삶의 의미를 깊이 깨우쳤기를 바란다.

바다 저 멀리로부터 스산한 바다의 신음소리가 밀려드는 느낌이 든다. 그 신음소리는 어느새 뱃머리까지 휘몰려드는 듯하다. 묘하게도 그 신음소리는 배를 몰 때마다 들은 듯하다. 특히 사모아에서 북서 방향의 항로를 이동할 때마다 들었다고 생각된다. 항로의 수중 하부에는 폴리네시아 해령(海嶺)이 기다랗게 뻗어 있다. 해령을 따라 돌고래들이 이동하는 게 어군 탐지기로 발견되기도 했다. 문득 선장이 내게 뱃머리를 손가락으로 가리키며 말한다.

"김항, 돌고래들이 나타나 은성호 주변을 맴돌며 소리를 지르고 있어. 저기를 보라고."

문득 가슴이 섬뜩해져 뱃머리를 내려다볼 때다. 거기에는 돌고래

5마리가 나타나 은성호에 몸을 부딪는다. 그러던 중에 눈 주변에 작살이 박힌 돌고래가 눈에 띈다. 이 고래가 유난히 뱃머리를 몸으로 들이받는다. 이때 선장이 내게 말한다.

"아하, 이제야 알 것 같아. 페스카마호 사건이 생겼던 새벽에 일어났던 일이었다는 기록이었어. 용승류(湧昇流)에 떠밀려 솟구치려는 시신을 가라앉히려고 조선족이 작살을 날렸다고 했어. 그때 지나다니던 돌고래가 작살을 맞은 모양이야. 그 고통을 기억하고는 지나가는 배를 들이받아 원한을 풀려는 거였어. 이런 내용을 조선족 사내들의 진술문에서 확인했던 적이 있어."

선장의 말을 들으니 내게도 그 기억이 뚜렷이 되살아난다. 작살을 맞고도 죽지 않은 돌고래가 겪었을 고통이 너무나 참담하게 느껴진다. 과거에서부터 들렸던 돌고래들의 스산한 울음소리의 내력이 이제야 밝혀진 셈이다. 선상 유가족들의 대다수도 작살 박힌 돌고래의 유래를 알게 되었다. 작살이 박힌 돌고래를 유가족들이 발견하자마자 갑판에서 통곡소리가 터져 나온다. 살해된 피해자들도 작살에 맞아 수침(水沈)되었으리라는 확신이 들었기 때문이다.

돌고래한테 박힌 작살을 제거해 주지 못하는 현실이 부끄럽다고 생각된다. 인간의 잔학성이 그대로 새겨진 현상이라 숨이 막힐 지경이다. 작살은 제거해 주지 못할망정 돌고래의 상처가 악화되지는 않기를 기원한다.

나 자신에게 인간이 이처럼 부끄럽게 여겨진 날이 없다. 작살을 맞아 가라앉은 피해자의 시신들이 너무나 처참하게 여겨진다. 배의 탑승자들을 수치스럽게 만든 가해자들의 망동(妄動)이 너무나 비감스럽게 느껴진다. 이런 와중에서도 조용히 천지신명을 향해 마음속으로 합장하여 빈다. 피해자의 망령뿐만 아니라 가해자의 병든 영혼까지 순화시켜 주십사고 기원한다. 바다를 굽어보며 훌쩍거리는 유가족들의 흐느낌으로 은성호의 분위기는 질식할 지경이다. 숱하게 떠 흐르는 국화 송이들마다 돌고래들의 통곡이 빛살처럼 굽이친다. 🐟

올해는 저자에게 각별히 의미 있는 해라고 여겨진다. 올해 1월에는 제6회 김만중 문학상 금상 수상작인 '떠도는 기류'를 남해군청을 통하여 출간했다. 같은 해에 두 번째의 장편소설을 출간하게 되어 무척 기쁘게 생각한다. 이번 책에서 다룬 소재는 해양(海洋)이다. 지구 최초의 생명체가 출현한 곳은 육지가 아니라 바다다. 인간도 기본적으로는 물에 엉겨 붙었던 코아세르베이트(coacervate)로부터 진화되어 출생했다. 바다는 인간 생명의 출생지다. 이런 소중한 바다를 문학에서 다루는 것은 너무나 자연스러운 일이다.

바다를 소재로 작품을 창작하는 형태는 크게 2가지로 분류된다. 하나는 발전하는 해양과학을 조명하는 방식이다. 다른 하나는 해양과학과는 무관하게 바다를 소재로 삼는 경우다. 저자의 경우에 전자의 관점에서는 2작품이 출간되었다. '태평양의 회오리(2011)'와 '꿈꾸는 바다(2015)'가 여기에 해당된다. '태평양의 소용돌이'는 해양과학을 참신하게 조명했다는 관점이 평단의 관심을 이끌어 2011년에 제3회 노원문학상과 제20회 경기도문학상을 수상하게 되었다.

이번의 작품은 후자의 관점에서 창작되었다. 1996년 8월 2일에 발생된 페스카마(Pescamar)호의 선상 난동 사건이 다루어졌다. 참치잡이 원양 어선이 태평양에서 조업하다가 생긴 사건이었다. 조선족 중국인 사내 6명이 한국인 7명을 포함한 11명의 선원을 살해했다.

조선족과 한국인 사이의 미묘한 정서가 관여된 사건이다. 그래서 정확한 내막을 모르고서는 다루기가 조심스러운 영역이다. 하지만 최대한 객관화된 관점에서 자료를 확보하여 사건을 다루었다. 이와 유사한 난동 사건을 방지하려면 정확한 조명이 필요하다고 여겨진다. 당시의 사건 기록과 판결문을 바탕으로 최대한 사건을 객관화시키도록 노력했다.

사건이 일어난 남태평양은 여전히 원양 어업이 활발히 이루어지는 곳이다. 특히 '사모아'라는 국가는 원양 어선이 기항하는 곳으로 유명한 지역이다. 국제화 시대에 사모아의 자연 환경과 풍광을 다루어 보았다. 오염되지 않은 원시의 바다에 가까운 남태평양은 인간의 안식처라 여겨진다. 사모아의 대다수를 이루는 두 섬은 사바이와 우폴루이다. 두 섬이 제주도의 크기와 유사하여 친근감을 자아낸다. 근래에는 사모아 관광청이 국내에까지 손을 내밀어 한결 여행하기가 쉬워졌다.

바다는 육지에서 배출된 시냇물과 강물을 모두 머금는 곳이다. 그리하여 수시로 물을 증발시켜 구름으로 띄워 올리기도 한다. 치솟은 구름은 밀도가 커지면 다시 비가 되어 쏟아진다. 물의 순환이라는 것이 하늘을 거쳐서 육지와 바다 사이에서 이루어진다. 이런 우주의 현상과 더불어 인간의 포용성도 다루어 보았다.

때로 생명까지도 교환할 정도의 친구인 지기(知己)의 개념도 다루었다. 지기가 나란히 주인공과 연정을 품은 경우를 사실적인 관점에서 다루었다. 쉬운 경우는 아니지만 일어날 수 있는 개연성에 초점을 두었다.

문인이란 독자의 정서를 순화시킬 수 있는 작품을 창작해야 한다. 작품은 설정된 내부 갈등을 거쳐서 독자들에게 감동을 주어야 한다. 이런 일은 결코 쉬운 일이 아니다. 문인은 정서 순화와 언어

조탁(彫琢)의 관점에서 부단히 수련해야 한다. 이번 작품에서는 해양을 소재로 인간의 내면 정서를 면밀하게 다루었다. 작품의 완성도를 높이려고 부단히 수련했음에 작은 보람을 느낀다.

가을의 색조가 연하게 나부끼는 상계동에서

청재 손정모